LA ESTANCIA AZUL

JEFFERY
DEAVER
LA ESTANCIA AZUL

Traducción de Íñigo García Ureta

ALFAGUARA

ALFAGUARA

Título original: The Blue Nowhere
© 2001, Jeffery Deaver
© De la traducción: Íñigo García Ureta
© De esta edición:
  2001, Grupo Santillana de Ediciones, S. A.
  Torrelaguna, 60. 28043 Madrid
  Teléfono 91 744 90 60
  Telefax 91 744 92 24
  www.alfaguara.com

• Aguilar, Altea, Taurus, Alfaguara S. A.
Beazley 3860. 1437 Buenos Aires. Argentina
• Aguilar, Altea, Taurus, Alfaguara S. A. de C. V.
Avda. Universidad, 767, Col. del Valle,
México, D.F. C. P. 03100. México
• Distribuidora y Editora Aguilar, Altea,
Taurus, Alfaguara, S. A.
Calle 80 n° 10-23
Santafé de Bogotá. Colombia

  ISBN: 84-204-4328-X
  Depósito legal: M. 42.473-2001
  Impreso en España - Printed in Spain

© Cubierta:
Jordi Salvany

«[C]uando afirmo que el cerebro es una máquina no pretendo denigrar la mente sino reconocer el potencial de las máquinas. No creo que la mente humana sea menos de lo que imaginamos que es sino, más bien, que una máquina puede ser mucho, mucho más.»

W. DANIEL HILLIS, *The Pattern on the Stone*

1. El Wizard

«Es posible (...) cometer cualquier tipo de crimen con un ordenador. Uno podría asesinar a alguien usando un ordenador.»

UN OFICIAL DEL DEPARTAMENTO
DE POLICÍA DE LOS ÁNGELES

Capítulo 00000001 / Uno

Esa furgoneta cochambrosa la había dejado intranquila.

Lara Gibson estaba sentada en el bar del Vesta's Grill de De Anza en Cupertino, California, donde asía su fría copa de martini mientras ignoraba a dos jóvenes informáticos que se encontraban de pie cerca de ella, y que le lanzaban miradas de coqueteo.

Volvió a echar una ojeada fuera, hacia el sirimiri cerrado, y no vio por ninguna parte la Ecoline que, según ella, la había seguido desde su casa, unos kilómetros más allá, hasta el restaurante. Lara se bajó del taburete, fue hacia la ventana y echó un vistazo. La furgoneta no estaba en el aparcamiento del restaurante. Tampoco estaba en el aparcamiento de Apple Computer al otro lado de la calle ni en el contiguo, que pertenecía a Sun Microsystems. Cualquiera de ellos habría sido un buen emplazamiento para observarla —si el conductor hubiera estado persiguiéndola.

No, decidió que la furgoneta era sólo una coincidencia —una coincidencia agravada por un punto de paranoia.

Volvió al bar y echó un vistazo a los dos chicos que, alternativamente, la ignoraban y le lanzaban sonrisas insinuantes.

Como casi todos los jóvenes que estaban allí en la *happy hour*, llevaban pantalones informales y camisas de vestir pero sin corbata, y lucían la insignia omnipresente de Silicon Valley —las credenciales de identificación de las empresas, que colgaban de sus cuellos con un cordel grueso. Estos dos lucían los pases azules de Sun Microsystems. Había otros escuadrones que representaban a Compaq, a Hewlett Packard y a Apple, por no hablar del grupo de los chicos nuevos del barrio que pertenecían a nacientes empresas de Internet, y a quienes los asiduos más venerables del Valle miraban con cierto desdén.

A los treinta y dos años, Lara Gibson era seguramente cinco años mayor que sus dos admiradores. Y, al tratarse de una mujer empresaria que trabajaba por su cuenta y no de una geek —un geek es un loco por los ordenadores que está vinculado a empresas de informática—, también debía de ser cinco veces más pobre. Pero eso no les importaba a esos dos hombres fascinados por su rostro exótico, intenso, y por esa melena azabache, esos botines, esa falda gitana en rojo y naranja y esa camiseta negra sin mangas que mostraba unos bíceps ganados a pulso.

Se imaginó que uno de los chicos se acercaría a ella en dos minutos, pero su cálculo falló por diez segundos.

El joven le brindó una variante de la frase que ella había oído con anterioridad no menos de una docena de veces: «Perdona no pretendo interrumpir pero hey te gustaría que le rompiera la rodilla a tu novio por hacer esperar sola en un bar a una chica tan guapa por cierto ¿te puedo invitar a algo mientras decides qué rodilla quieres que le rompa?».

Otra mujer se habría enfurecido, otra mujer se habría quedado cortada, se habría sentido incómoda o le habría seguido el juego y le habría permitido que la convidara a una copa no deseada al no tener los recursos necesarios para afrontar la situación. Pero esas mujeres eran más débiles que ella. Lara Gibson era «la reina de la protección urbana», tal como la había apodado el *Chronicle* de San Francisco. Miró al hombre, le brindó una falsa sonrisa y dijo:

—Ahora mismo no deseo compañía.

Así de fácil. Fin de la charla.

Su franqueza lo dejó perplejo y él evitó su mirada directa y volvió con su amigo.

Poder..., todo se basaba en el poder.

Bebió un sorbo.

De hecho, esa maldita furgoneta blanca le había traído a la memoria todas las reglas que ella había desarrollado para enseñar a las mujeres a defenderse en la sociedad actual. Camino del restaurante, había mirado por el espejo retrovisor en repetidas ocasiones y había advertido la presencia de la furgoneta a unos seis u ocho metros. La conducía un chico. Era blanco pero tenía el pelo lleno de trenzas, como un rastafari. Llevaba ropas de camuflaje y, a pesar del sirimiri, gafas de sol. Pero, por supuesto, esto era Silicon Valley, morada de *slackers* y de hackers, donde no era infrecuente que a uno, si se paraba en un café Starbucks para tomar un *vente latte* con leche desnatada, lo atendiera un quinceañero educado, con una docena de piercings, la cabeza rapada y vestido como si fuera un rapero. En cualquier caso, el conductor la había mirado con una hostilidad sostenida y espeluznante.

Abstraída, Lara echó mano del spray antiagresores que guardaba en el bolso.

Otra ojeada por la ventana. Sólo había coches elegantes comprados con dinero del punto-com.

Una mirada a la sala. Sólo geeks inofensivos.

«Tranquila», se dijo a sí misma, y echó un trago de su potente martini.

Miró el reloj de pared. Las siete y cuarto. Sandy llevaba quince minutos de retraso. No como ella. Lara sacó el móvil pero en la pantalla se leía: «Fuera de servicio».

Estaba a punto de buscar un teléfono público cuando alzó la vista y vio que un joven entraba en el bar y que le hacía señas. Lo conocía de algún sitio pero no sabía decir de dónde. Le sonaban su cabello, largo aunque bien cortado, y su perilla. Vestía vaqueros blancos y una arrugada camisa de faena azul. Su única concesión a la América empresarial era la corbata; su dibujo no era de rayas ni de flores diseñadas por Jerry García, como se estila en los hombres de negocios de Silicon Valley, sino de dibujos del canario Piolín.

—Hola, Lara —se acercó, le dio la mano y se apoyó en la barra—. ¿Te acuerdas de mí? Soy Will Randolph. El primo de Sandy. Cheryl y yo te conocimos en Nantucket, en la boda de Fred y de Mary.

Sí, de eso le sonaba. Su esposa y él habían compartido mesa con ella y con su novio, Hank.

—Claro, ¿cómo estás?

—Bien. Mucho trabajo. Pero ¿quién no anda igual por aquí?

Su pase colgado del cuello decía: «Xerox Corporation PARC». Estaba impresionada. Incluso los que no eran geeks conocían el legendario Centro de Investigación de Xerox en Palo Alto, a unos siete u ocho kilómetros al norte de donde se encontraban.

Will hizo una seña al camarero y pidió una cerveza light.

—¿Cómo está Hank? —preguntó él—. Sandy dijo que estaba intentando conseguir un puesto en la Wells Fargo.

—Sí, lo obtuvo. Ahora mismo está en Los Ángeles, en el curso de orientación.

Llegó la cerveza y Will echó un trago.

—Felicidades.

Un destello blanco en el aparcamiento.

Alarmada, Lara miró rápidamente en esa dirección. Pero el vehículo resultó ser un Ford Explorer blanco con una pareja sentada en los asientos delanteros.

Sus ojos dejaron el Ford y escrutaron de nuevo la calle y los aparcamientos; recordó que había visto un costado de la furgoneta al adentrarse en los estacionamientos del restaurante. En ese costado había una mancha de algo oscuro y rojizo, barro, lo más probable, pero ella había pensado que parecía sangre.

—¿Estás bien? —le preguntó Will.

—Claro. Perdona.

Se volvió hacia Will, encantada de contar con un aliado. Otra de sus reglas de protección urbana era: «Dos personas son siempre mejor que una». Lara hizo una modificación al añadir, ahora, «incluso si una de ellas es un geek delgado que no llega a metro ochenta».

Will prosiguió:

—Sandy me ha llamado cuando me iba a casa para pedirme que viniera a darte un recado. Ha tratado de llamarte al teléfono móvil pero no había línea. Se le ha hecho tarde y se pregunta si podríais encon-

traros en ese garito cerca de su oficina, ¿Ciro's?, adonde fuisteis el
mes pasado. En Mountain View. Ha hecho una reserva para las ocho.

—No tendrías que haberte molestado. Ella podría haber llamado
al camarero.

—Ella quería que te diera las fotos que tomé en la boda. Así, las
dos podéis echarles un vistazo durante la cena y decirme si queréis copias de alguna.

Will vio a un amigo al otro lado del bar y saludó —por mucha
extensión que tenga, Silicon Valley es un sitio muy pequeño. Le dijo
a Lara:

—Cheryl y yo íbamos a llevar las fotos este fin de semana a la
casa de Sandy en Santa Bárbara...

—Sí, vamos a ir allí el viernes.

Will se quedó quieto un instante y sonrió como si quisiera compartir un gran secreto. Sacó la cartera y la abrió para mostrar una foto
en la que se le veía en compañía de su esposa y un bebé muy pequeño y rubicundo.

—La semana pasada —comentó con orgullo—. Rudy.

—Oh, es adorable —susurró Lara. Pensó por un momento en que
Hank había comentado en la boda de Mary que no estaba seguro de
querer tener niños.

Bueno, nunca se sabe...

—A partir de ahora vamos a pasar mucho tiempo en casa.

—¿Qué tal está Cheryl?

—Bien. El niño está bien. No hay nada como eso... Pero ser padre le cambia a uno la vida por completo.

—Estoy segura de que es así.

Lara volvió a mirar el reloj. Las siete y media. A esta hora de la
noche había una carrera de media hora hasta Ciro's.

—Será mejor que me vaya.

Entonces saltó una alarma dentro de ella y recordó la furgoneta
y a su conductor.

Las greñas rasta.

La mancha oxidada en la puerta abollada.

Will pidió la cuenta y pagó.

—No tienes por qué pagar —dijo ella—. Ya me encargo yo.

Él se rió.

—Ya lo has hecho.

—¿Qué?

—Los fondos de inversión de los que me hablaste en la boda. Aquellos que acababas de comprar.

Lara recordó haber alardeado sin reparos sobre unas acciones de biotecnología que el año pasado habían subido un sesenta por ciento.

—Cuando regresé de Nantucket, compré una burrada de ellos... Así que... Muchas gracias —ladeó la cerveza hacia ella. Luego se levantó—. ¿Estás lista?

—Siempre lo estoy —Lara miraba la puerta con desasosiego mientras se encaminaban hacia ella.

Se dijo que todo eso era una paranoia. Por un momento pensó que debía buscarse un trabajo serio, como toda esa gente del bar. Que no debía estar tan metida en el mundo de la violencia.

Eso, todo era una paranoia...

Pero, aunque así fuera, ¿por qué había acelerado el joven de las trenzas rastafaris cuando ella se había introducido en el aparcamiento y lo había mirado?

Will salió y abrió su paraguas, colocándolo de tal forma que los cubriera a los dos.

Lara recordó otra regla para la protección urbana: «Nunca seas demasiado orgullosa ni demasiado vergonzosa a la hora de solicitar ayuda».

Y, no obstante, cuando Lara estaba a punto de pedirle que la acompañara hasta su coche tras haber recogido las fotos, pensó que si el chaval de la furgoneta fuera de verdad una amenaza, ¿no sería egoísta por su parte pedirle a él que se pusiera en peligro? Al fin y al cabo estaba casado y acababa de ser padre, tenía gente que dependía de él. Parecía injusto hacerle...

—¿Algo va mal? —preguntó Will.

—No, de verdad.

—¿Estás segura? —insistió él.

—Bueno, creo que alguien me ha seguido hasta el restaurante. Un muchacho.

Will miró a su alrededor.

—¿Lo ves por algún lado?

—Ahora no.

Él preguntó:

—Tienes una página web, ¿no? Para ayudar a las mujeres a protegerse solas.

—Sí, así es.

—¿Crees que él la conoce? Quizá te esté acosando.

—Podría ser. Te sorprendería la cantidad de correo lleno de odio que me llega.

Él sacó el teléfono móvil.

—¿Quieres llamar a la policía?

Ella lo sopesó.

Nunca seas demasiado orgullosa ni demasiado vergonzosa a la hora de solicitar ayuda.

—No, no. Sólo que... ¿te importaría acompañarme hasta mi coche cuando me hayas dado las fotos?

Will sonrió.

—Claro que no. No es que sepa kárate, pero a la hora de pedir auxilio puedo gritar como el que más.

Ella rió.

—Gracias.

Caminaron por la acera del restaurante y ella comprobó los coches. Como en cualquier otro aparcamiento de Silicon Valley, había docenas de automóviles Saab, BMW y Lexus. No obstante, no se veían furgonetas. No había chavales. No había manchas de sangre.

Will señaló el lugar donde había aparcado, en el espacio de atrás. Dijo:

—¿Lo has visto?

—No.

Fueron por el callejón hasta su coche, un Jaguar inmaculado.

Dios, ¿es que en Silicon Valley tenían que estar forrados todos salvo ella?

Él sacó las llaves del bolsillo. Caminaron hasta el maletero.

—Sólo saqué dos rollos en la boda. Pero algunas fotos son muy buenas —abrió el maletero, se detuvo y miró alrededor. Ella hizo lo mismo. Estaba completamente desierto. Ahí no había ningún coche aparte del suyo.

Will la miró.

—Seguro que andabas pensando en las greñas.

—¿Greñas?

—Sí —dijo él—. Las greñas de rastafari.

Su voz era distinta, más grave, abstraída. Él aún sonreía pero ahora su rostro era distinto. Parecía hambriento.

—¿Qué es lo que quieres decir? —apuntó Lara con calma, aunque el miedo se había apoderado de ella. Se fijó en que una cadena bloqueaba el acceso al aparcamiento. Y supo que él la había amarrado después de haber aparcado su coche: de esta manera, nadie más podía aparcar ahí.

—Era una peluca.

«Dios mío, Dios mío», pensó Lara Gibson, que no había rezado en veinte años.

Él la miró a los ojos, rastreando su miedo.

—Hace ya rato que aparqué el Jaguar aquí. Después, robé la furgoneta y te seguí desde tu casa. Con la ropa de camuflaje y la peluca puesta. Ya sabes, para que estuvieras nerviosa y paranoica y quisieras tenerme cerca... Conozco tus reglas —todo eso de la protección urbana. Nunca vayas a un aparcamiento vacío con un hombre. Un hombre casado es más seguro que un hombre soltero. ¿Y qué opinas de mi retrato de familia? —hizo un gesto señalando su billetera—: Bajé una foto de la revista *Padres* y la retoqué un poquito.

—¿Tú no eres...? —susurró ella desesperada.

—¿El primo de Sandy? Ni siquiera lo conozco. Escogí a Will Randolph porque es alguien a quien tú conoces de refilón y que se me parece algo, o esa impresión me dio, al menos. Y ya puedes sacar esa mano del bolso.

Él sostenía un tubo de spray antiagresores.

—Lo tomé mientras salíamos.

—Pero... —ahora gimoteaba con desesperación, con los hombros caídos—. ¿Quién eres? Ni siquiera me conoces...

—Eso no es cierto, Lara —susurró él, que estudiaba su angustia de la misma manera que un maestro tiránico de ajedrez examina el rostro de su vencido oponente—. Lo sé todo sobre ti. Todo, todo, todo.

Capítulo 00000010 / Dos

«Despacio, despacio...»

«No los estropees, no los rompas.»

Uno por uno, los diminutos tornillos salían de la carcasa negra de la pequeña radio y caían en los dedos largos y extremadamente musculosos del joven. En una ocasión estuvo a punto de desbastar la cabeza de uno de esos minúsculos tornillos y tuvo que parar, arrellanarse en la silla y observar por el ventanuco el cielo nublado sobre el condado de Santa Clara, hasta que se hubo relajado. Eran las ocho de la mañana y ya llevaba dos horas con esa faena tan trabajosa.

Los doce tornillos que protegían la carcasa de la radio salieron por fin y quedaron pegados en la lengua adherente de un post-it amarillo. Wyatt Gillette extrajo el armazón de la Samsung y se puso a estudiarlo.

Su curiosidad, como siempre, lo empujaba hacia delante como si de una carrera de caballos se tratara. Se preguntó por qué los diseñadores habían permitido que hubiera tanto espacio entre las distintas placas, por qué el sintonizador había utilizado un cable de ese determinado calibre, cuál sería la mezcla de metales utilizada en la soldadura.

Quizá éste fuera el diseño óptimo, quizá no.

Tal vez los ingenieros habían actuado con pereza o se habían distraído...

¿Existía una forma mejor para construir una radio?

Siguió desmantelándola, desatornillando las diferentes placas. «Despacio, despacio...»

A los veintinueve años, Wyatt Gillette tenía el rostro enjuto de un hombre que mide uno ochenta y cinco y sólo pesa sesenta y nueve kilos, un hombre del que la gente siempre pensaba: «Alguien tendría que engordarlo un poco». Tenía el cabello muy oscuro, casi azabache, y hacía tiempo que no se lo había lavado ni peinado. En su brazo derecho lucía un tatuaje chapucero, una gaviota que vuela sobre una palmera.

Sintió un escalofrío repentino provocado por el fresco de la mañana de primavera. Una convulsión hizo que sus dedos malograran la ranura de la cabeza de uno de los pequeñísimos tornillos. Jadeó con rabia. Gillette tenía mucho talento para la mecánica, pero nadie puede ir muy lejos sin las herramientas adecuadas, y él estaba usando un destornillador hecho de un clip de sujetar papeles. No poseía más herramientas que eso y sus propias uñas. Hasta una navaja habría sido de más ayuda, pero no cabía encontrar tal cosa allí donde se hallaba, en la residencia temporal de Gillette: la cárcel masculina de media seguridad de San José, California.

«Despacio, despacio...»

Una vez que hubo desmantelado la placa de circuitos, localizó el Santo Grial que andaba buscando (un pequeño transistor gris) y dobló sus menudos cables hasta que se quebraron. Acto seguido, montó el transistor en otra plancha de circuitos, trenzando los extremos de los cables con mucho cuidado para que hicieran contacto (habría dado lo que fuera por un poco de estaño de soldadura, pero eso tampoco estaba a disposición de los reclusos).

Justo cuando acababa de hacerlo se oyó un portazo y unos pasos resonaron en la galería. Gillette alzó la vista, alarmado.

Alguien se acercaba a su celda. «Cristo bendito, no», pensó Gillette. Los pasos estaban a seis metros. Escondió la plancha de circuitos en la que había estado trabajando entre las páginas de un ejemplar de la revista *Wired* y devolvió los componentes restantes a la carcasa de la radio. La dejó pegada a la pared.

Se tumbó en el catre y comenzó a hojear otra revista, *2600,* la gaceta de los hackers, mientras rezaba al Dios multiusos, a aquél con quien incluso los reclusos ateos hacen tratos al poco tiempo de estar entre rejas: «Por favor, que no registren la celda. Y, si lo hacen, por favor, que no encuentren el circuito».

El guardia puso el ojo en la mirilla y dijo:

—En posición, Gillette.

El recluso se levantó y fue al fondo de la cámara, con las manos en la cabeza.

El guardia penetró en la pequeña celda en penumbra. Pero no se trataba de un registro. Esposó las manos extendidas de Gillette y lo sacó afuera.

En el cruce de corredores entre la galería de reclusión administrativa y la galería de presos comunes, el guardia torció y condujo al interno a un pasillo que a éste no le resultó familiar. Se oían sonidos apagados de música y gritos provenientes del patio de ejercicios, y en unos instantes se adentraban en un habitáculo provisto de una mesa y dos bancos, todo ello anclado al suelo. Sobre la mesa había anillas para las esposas del recluso pero el guardia no amarró las de Gillette en ellas.

—Siéntate.

Gillette así lo hizo. ¿A qué venía todo esto?

El guardia salió y la puerta se cerró tras él, dejando a Gillette a solas con su curiosidad. Se sentó temblando en aquel habitáculo sin ventanas que en ese momento le parecía menos un lugar del Mundo Real que una escena de un juego de ordenador, uno de esos que están ambientados en la Edad Media. Decidió que ésa era la celda en la que se amontonaban los cuerpos rotos de los herejes tras el potro de tortura, a la espera del hacha del verdugo.

Thomas Frederick Anderson era un tipo con muchos nombres.

Tom o Tommy cuando estaba en la escuela primaria.

Una docena de motes como Stealth o CryptO cuando era estudiante de instituto en Menlo Park y actualizaba tableros de anuncios y programaba en antiguos Trash-80, en Commodores y en los primeros Apple.

Había sido T. F. cuando trabajó para los departamentos de seguridad de AT&T, Sprint y Cellular One, localizando a hackers, a perturbados y a acosadores telefónicos; sus colegas decidieron que esas iniciales respondían al apelativo de «Tenaz Follador», dado el noventa y siete por ciento de éxito que tuvo a la hora de ayudar a la policía a detener maleantes.

Había tenido otros nombres ya como detective de la policía en San José: usó, en chats de Internet, apodos como Lolita334, LonelyGirl o BrittanyT cuando escribía extraños mensajes atribuibles a niñas de catorce años para pedófilos. Éstos elaboraban estrategias para seducir a estas ficticias chicas de ensueño y las conducían hasta centros comerciales del extrarradio, donde pretendían mantener con ellas encuentros galantes, para acabar comprobando que sus citas eran, a la hora de la verdad, con media docena de policías provistos de órdenes de detención y armas.

Últimamente se referían a él como Dr. Anderson (al presentarlo en jornadas o charlas sobre informática) o como Andy a secas.

En los documentos oficiales se leía: teniente Thomas F. Anderson, jefe de la Unidad de Crímenes Computerizados de la Policía del Estado de California.

Era larguirucho, de pelo castaño muy rizado y cuarenta y cinco años de edad, y ahora marchaba junto a un alcaide mofletudo por el fresco y desolado pasillo de la Institución Correccional de San José: o San Ho, como se la conocía entre delincuentes y policías. Los acompañaba un guardia latino muy musculoso.

Caminaron por el pasillo hasta llegar a una puerta. El alcaide hizo un gesto de asentimiento. El guardia la abrió y Anderson entró, al tiempo que le echaba un ojo al preso.

Wyatt Gillette estaba muy blanco, lucía «moreno de hacker», que es como se designaba de forma irónica esa extremada palidez, y también estaba muy delgado. Tenía el pelo mugriento, lo mismo que las uñas. Daba la impresión de que no se había duchado ni afeitado en varios días.

El policía advirtió que los ojos castaños de Gillette lo miraban de forma un tanto rara: como si lo hubieran reconocido.

—Usted es... Es Andy Anderson, ¿no? —preguntó.

—Querrás decir «detective» Anderson —le corrigió el alcaide.

—Dirige la Conferencia Anual de la División de Crímenes Informáticos del Estado —dijo Gillette.

—¿Me conoces?

—Escuché su ponencia en la Comsec hace unos años.

La asistencia a la Conferencia Comsec, sobre informática y seguridad en la red, estaba restringida: sólo entraban profesionales del sector de la seguridad y defensores de la ley y no se permitía el acceso a extraños. Anderson sabía que colarse en el ordenador del registro y agenciarse las acreditaciones pertinentes era uno de los pasatiempos de todo hacker joven en el ámbito nacional. Sólo dos o tres de ellos habían sido capaces de conseguirlo en toda la historia de la conferencia.

—¿Cómo lograste entrar?

Gillette se encogió de hombros.

—Encontré una acreditación que alguien había tirado.

Anderson asintió con escepticismo.

—¿Qué te pareció mi ponencia?

—Estoy de acuerdo con lo que dijo: los chips de silicio quedarán obsoletos en unos cuantos años. Los ordenadores funcionarán con electrónica molecular. Y eso significa que los usuarios tienen que empezar a buscar nuevas formas de protección frente a los hackers.

—Nadie más pensó eso en la conferencia.

—Lo abuchearon —recordó Gillette.

—¿Tú no?

—No. Tomé notas.

El alcaide se apoyó en una pared mientras el policía se sentaba frente a Gillette y abría un fichero para echarle una ojeada y refrescarse la memoria.

—Te queda un año de la condena de tres a cinco que se te impuso bajo el Acta Federal de Privacidad Informática. Entraste en los

ordenadores de la Western Machine y les robaste los códigos originales de la mayor parte de sus programas.

El código original es la cabeza y el cerebro del software, y su pro-
pietario lo guarda como oro en paño. Si se lo roban, significa que el
ladrón puede quitar la identificación y los códigos de seguridad sin
grandes problemas y así reembalar el software y venderlo a su nombre. La piratería, la copia de discos de software ajeno, resulta muy
fácil de identificar y, por tanto, de probar ante un juez. Pero tratar de
probar que un software muy parecido al de aquel que posee los derechos de copyright está basado en realidad en códigos robados es una
auténtica pesadilla, y a veces incluso imposible. Los mayores activos
de Western Software eran, de hecho, los códigos originales de los juegos, de las aplicaciones para negocios y de los programas utilitarios
de la empresa: si un hacker con pocos escrúpulos los hubiera robado,
ello habría significado la ruina para esa compañía billonaria.

—No hice nada con esos códigos. Los borré una vez que los hu-
be bajado a mi ordenador —explicó Gillette.

—Entonces, ¿para qué entraste en sus sistemas?

El hacker se encogió de hombros.

—Vi al presidente de la empresa en la CNN, o en cualquier otro
canal. Dijo que nadie podría acceder a sus sistemas, que sus medidas
de seguridad eran a prueba de tontos. Quise comprobar si era cierto.

—¿Y lo eran?

—Sí, sí lo eran. Pero el problema radica en que uno no tiene que
protegerse de los tontos. Sino de gente como yo.

—Bueno, una vez dentro, ¿no se te ocurrió advertirle de los fallos
de sus sistemas? ¿Hacer de *white hat*?

White hats son hackers que se introducen en sistemas de seguridad y luego advierten a sus víctimas sobre los defectos de dichos sistemas. A veces por la gloria que conlleva hacerlo, otras veces por dinero. Y en ocasiones porque opinan que es su deber.

Gillette se encogió de hombros.

—No es mi problema. No puedo arreglar el mundo. Y él dijo que
no se podía hacer. Sólo deseaba comprobar si yo era capaz.

—¿Por qué?

Otra vez se encogió de hombros.

—Por curiosidad.

—¿Por qué se te echaron encima los federales de esa manera? —preguntó Anderson. El FBI rara vez investiga a un hacker (siempre y cuando no venda lo que ha robado o desestabilice un negocio), y menos aún remite el caso a un abogado del Estado.

Fue el alcaide quien respondió a esa pregunta:

—La razón se llama DdD.

—¿El Departamento de Defensa? —exclamó Anderson, echando un vistazo al llamativo tatuaje que lucía Gillette en uno de sus brazos. ¿Era un avión? No, se suponía que era un pájaro.

—Patrañas —murmuró Gillette—. No hay quien se lo trague.

El policía miró al alcaide, quien se explicó:

—El Pentágono cree que escribió algún programa o algo que le dio acceso al último software de codificación del DdD.

—¿En su Standard 12? —exclamó Anderson, divertido—. Se necesitaría toda una docena de superordenadores trabajando a destajo durante medio año para poder leer un solo correo electrónico.

El Standard 12 acababa de reemplazar al DES como el más novedoso software de codificación (también llamado de «encriptación») para uso gubernamental. Era el instrumento del que se servían las distintas agencias para codificar sus mensajes y sus datos más secretos. Tan importante era este programa de codificación para la seguridad nacional que las distintas leyes de exportación lo consideraban «munición» y, por tanto, no podía ser trasladado al extranjero sin el consentimiento del ejército, por miedo a que terroristas u otros gobiernos lo usaran en su beneficio y entonces la CIA no pudiera entrar en sus mensajes.

—Pero ¿y qué si llegó a decodificar algo que hubiera pasado antes por el Standard 12? Todo el mundo trata de leer contenidos codificados... —se preguntó Anderson.

No había nada ilegal en todo esto, siempre que el documento codificado no estuviera clasificado o fuera robado. De hecho, muchos productores de software animan a la gente a que trate de leer documentos codificados con sus programas y ofrecen recompensas a quien sea capaz de hacerlo.

—No —dijo el alcaide—, lo que afirman es que él se metió en el ordenador del DdD, descubrió algo sobre la manera en la que funciona el Standard 12 y escribió un programa que decodifica los documentos. Y que permite leerlos en pocos segundos.

—Eso es imposible —replicó Anderson riendo—. No puede hacerse.

—Y eso es lo que yo les dije —comentó Gillette—. Pero no quisieron creerme.

Y aun así, a medida que Anderson estudiaba los ojos vivaces hundidos tras las pestañas oscuras de aquel hombre, y sus dedos que se movían con impaciencia frente a él, se preguntó si de verdad había podido escribir un programa mágico como ése. El propio Anderson no podría, y tampoco sabía de nadie que fuera capaz de algo así. Pero, en cualquier caso, la razón por la que el policía se encontraba allí, con el sombrero en la mano, era que Gillette era un mago: un wizard, de usar el término que utilizan los hackers para describir a aquellos que han alcanzado los niveles más altos posibles dentro del Mundo de la Máquina.

Alguien llamó a la puerta y el guardia dejó entrar a otros dos hombres. El primero, de unos cuarenta años, tenía un rostro enjuto y el cabello rubio peinado para atrás con fijador. También llevaba unas patillas al estilo de hace unas décadas. Vestía un traje gris barato. La roída camisa le quedaba varias tallas grande y le caía por fuera del pantalón. Echó un vistazo a Gillette sin un asomo de interés.

—Señor —dijo dirigiéndose al alcaide con voz ronca—, soy el detective Frank Bishop, del Departamento de Homicidios de la Policía Estatal.

Saludó a Anderson con laconismo y quedó en silencio. El otro hombre, más joven y más pesado, dio la mano tanto al alcaide como a Anderson. Tenía el rostro lleno de marcas de acné infantil o de varicela.

—Detective Bob Shelton.

Anderson no sabía nada de Shelton pero había oído algunas cosas sobre Bishop y tenía sentimientos encontrados con relación a su participación en el caso. Se suponía que Bishop era a su manera un wizard, habida cuenta de su experiencia en atrapar asesinos y violadores en barrios tan duros como el de la dársena de Oakland, Haight-Ashbury o el infame Tenderloin en San Francisco. Los de Crímenes Informáticos no tenían competencias —ni habilidades— para llevar un caso de homicidio como éste sin contar con alguien de la Sección de Crímenes Violentos pero, tras algunas conversaciones telefónicas con Bishop, Anderson seguía teniendo dudas. El de homicidios parecía distraído y apático y, peor aún, no sabía nada de ordenadores.

Anderson también había oído que Bishop ni siquiera deseaba trabajar con los de Crímenes Informáticos. Que había tratado de usar sus contactos para ocuparse del caso MARINKILL, llamado así por el FBI debido al lugar del crimen: tres atracadores de bancos habían asesinado a dos transeúntes y a un policía en la sucursal del Bank of America del Condado de Marin para, acto seguido, huir hacia el este, lo que significaba que muy bien podían haber girado hacia el sur y encontrarse ahora sobre el dominio actual de Bishop, el área de San José.

De hecho, lo primero que hizo Bishop nada más entrar fue echar una ojeada a la pantalla de su teléfono móvil, se supone que para ver si tenía algún mensaje hablado o escrito acerca de su reasignación.

Anderson invitó a tomar asiento a los detectives: «¿Desean sentarse, caballeros?», dirigiendo la mirada hacia los bancos de la mesa de metal.

Bishop hizo un gesto de asentimiento pero continuó de pie. Se metió la camisa dentro del pantalón y se cruzó de brazos. Shelton se sentó junto a Gillette. En un segundo, el corpulento policía lanzaba una mirada de asco al prisionero y se levantaba, para ir a sentarse al extremo opuesto de la mesa.

—Quizá no te vendría mal lavarte de vez en cuando —murmuró dirigiéndose al recluso.

—Quizá podría usted preguntarle al alcaide por qué sólo me dejan ducharme una vez a la semana —replicó Gillette.

—Porque hiciste algo que no tendrías que haber hecho, Wyatt —dijo el alcaide, sosegado—. Ésa es la razón por la que estás en régimen de reclusión administrativa.

Anderson no tenía ni tiempo ni ganas de andar de cháchara. Dijo a Gillette:

—Tenemos un problema y queremos que nos ayudes —miró a Bishop y le preguntó—: ¿Quiere ponerle en antecedentes?

De acuerdo con el protocolo de la policía estatal, en teoría era Frank Bishop quien estaba al mando. Pero el delgado detective negó con un gesto.

—No, señor. Proceda.

(Anderson pensó que el «señor» se lo había endilgado con un tono muy poco sincero.)

—Anoche raptaron a una mujer en un restaurante de Cupertino. La asesinaron y encontramos su cuerpo en el valle Portola. La habían acuchillado hasta matarla. No abusaron sexualmente de ella y tampoco existe ningún motivo aparente para el crimen.

»Ahora bien —prosiguió—, esta mujer, Lara Gibson, era famosa. Daba conferencias y llevaba una página web donde explicaba autodefensa a otras mujeres. Había salido en prensa de ámbito nacional y hasta en el programa de Larry King. Bueno, lo que sucedió fue algo así: esta chica está en un bar y entra un tipo que parece conocerla. El camarero recuerda que el tipo dijo llamarse Will Randolph. Es el nombre del primo de la mujer con la que la víctima iba a cenar anoche. Randolph no tiene nada que ver —lleva toda la semana en Nueva York— pero hemos encontrado una fotografía digital de él en el ordenador de la víctima y el sospechoso y Randolph se parecen. Creemos que ésa es la razón de que el malo lo eligiera para suplantarlo.

»Así que cuenta con toda esta información sobre ella: amigos, lugares a los que ha viajado, trabajo, acciones de Bolsa, hasta el nombre de su novio. Incluso pareció saludar a alguien en el mismo bar, aunque los de Homicidios preguntaron a todos los clientes que se encontraban allí anoche y nadie sabía quién era. De modo que creemos que se lo inventó para tenerla tranquila, para hacer que ella creyera que era un parroquiano.

—Ingeniería social —dijo Gillette.

—¿Qué significa eso? —preguntó Shelton.

Anderson conocía el término pero dejó que Gillette se explicara:

—Significa engañar a alguien simulando que eres otra persona. Los hackers lo hacen para acceder a bases de datos, líneas telefónicas o contraseñas. Cuanta más información tengas sobre alguien para camelarlo, más te creerá y hará aquello que deseas que haga.

—Sí, pero Sandra Harwick, la chica con la que Lara había quedado, nos comentó que había recibido una llamada de alguien que dijo ser el novio de Lara y que cancelaba los planes para cenar juntas. Trató de llamar a Lara a su teléfono móvil pero estaba apagado.

Gillette asintió:

—Inutilizó el móvil —luego frunció el ceño—. No, quizá toda la red.

—Eso mismo. Mobile America denunció una pausa en la red 850 de cuarenta y cinco minutos exactos. Alguien introdujo códigos que apagaron todo el funcionamiento y más tarde lo volvió a encender.

Los ojos de Gillette se contrajeron. Anderson podía ver que el asunto empezaba a interesarlo.

—Así que —continuó el hacker— se hizo pasar por alguien a quien ella creería y la mató. Y lo hizo con información que había extraído del ordenador de su víctima.

—Exacto.

—¿Ella tenía servicio on-line?

—Con Horizon On-Line.

Gillette se rió.

—Por Dios, ¿sabe lo seguro que es eso? Él se metió en uno de los dispositivos que conecta la red local y leyó los correos de ella —sacudió la cabeza mientras observaba el rostro de Anderson—: Pero eso lo hace hasta un bebé. Cualquiera puede. Hay algo más, ¿no?

—Sí —admitió Anderson—. Hablamos con el novio y nos metimos en su ordenador. La mitad de la información que el camarero oyó que él le decía a ella no estaba en los e-mails de la víctima. Estaba en su ordenador.

—Quizá husmeó basuras y obtuvo su información allí.

—Husmear basuras significa buscar información en papeleras que le ayude a uno a piratear: antiguos manuales de la empresa, facturas, recibos, copias impresas, cosas así —explicó Anderson a Bishop y a Shelton. Pero luego, volviéndose a Gillette—: Lo dudo. Todo estaba almacenado en el ordenador de ella.

—¿Y si fue acceso sólido? —preguntó Gillette. Acceso sólido es cuando un hacker allana la casa o la oficina de alguien y entra en el ordenador mismo de la víctima. Acceso leve es cuando alguien entra mediante Internet en otro ordenador conectado a la red y lo hace desde cualquier lugar.

—Tuvo que ser acceso leve —comentó Anderson negando con la cabeza—. Hablé con la amiga con la que Lara había quedado, Sandra. Dijo que la única vez que hablaron de reunirse esa noche fue mediante un mensaje instantáneo esa misma tarde. Por fuerza, el asesino tenía que estar en otro lado.

—Eso es interesante —comentó Gillette.

—Eso mismo pensé yo —respondió Anderson—. Lo que pasa es que creemos que el asesino usó un nuevo tipo de virus para introducirse en el ordenador de ella. Pero lo malo es que nuestra unidad no puede localizar ese virus. Nos gustaría que le echaras un vistazo.

Gillette hizo un gesto de asentimiento, mientras miraba el techo de la celda mugrienta con los ojos semicerrados. Anderson advirtió que el joven movía los dedos de forma breve y rauda. En un principio pensó que Gillette sufría algún tipo de parálisis o un tic nervioso. Pero luego comprendió lo que hacía el hacker. Al parecer, tenía el vicio nervioso de teclear un teclado invisible de forma inconsciente.

El hacker bajó la mirada y escrutó a Anderson:

—¿Qué han usado para examinar su disco duro?

—Norton Commander, Vi-Scan 5.0, el paquete de detección forense del FBI, Restore8 y el analizador 6.2. de partición y ubicación de archivos de la DdD. Y también hemos probado con el Surface-Scour.

Gillette se rió confundido:

—¿Todo eso y no han encontrado nada?

—Nada de nada.

—¿Y creen que yo voy a descubrir algo más que ustedes?

—He echado una ojeada a varias cosas que has escrito: en todo el mundo no habrá más de tres o cuatro personas que puedan programar así de bien. Seguro que tienes software mejor que el nuestro... O puedes crearlo.

—¿Y qué gano yo con todo esto? —preguntó Gillette a Anderson.

—¿Qué? —preguntó Bob Shelton encogiendo la cara picada de viruela y mirando fijamente al hacker.

—¿Qué consigo si les ayudo?

—¡Serás mamón! —aulló Shelton—. Han asesinado a una chica. ¿Es que no te importa una mierda?

—Lo siento por ella —replicó Gillette de inmediato—, pero el trato es que les ayudaré sólo si consigo algo a cambio.

—¿Qué? —preguntó Anderson.

—Quiero una máquina.

—Nada de ordenadores —replicó el alcaide al instante—. Ni hablar —y luego le dijo a Anderson—: Ésa es la razón por la que se halla en régimen de reclusión por ahora. Lo pillamos en el ordenador de la biblioteca: se había conectado a Internet. El juez dictó una orden como parte de la sentencia en la que se especifica que no puede conectarse a la red sin supervisión continua.

—No me conectaré a red —dijo Gillette—. Seguiré en la galería E, que es donde ahora me encuentro. No tendré acceso a la línea telefónica.

El alcaide se burló.

—Seguro que prefieres permanecer en reclusión administrativa.

—En régimen de aislamiento —rectificó Gillette.

—¿... y sólo quieres un ordenador?

—Sí.

—Si el recluso estuviera encerrado sin ninguna posibilidad de conectarse a la red, ¿habría algún problema?

—Supongo que no —dijo el alcaide.

—Trato hecho —comentó a Gillette el policía—. Te conseguiremos un portátil.

—¿Va a regatear con él? —le preguntó Shelton a Anderson sin creérselo aún. Miró a Bishop para que lo apoyara pero el arcaico agente estaba de nuevo ojeando su móvil, a la espera de que lo dispensaran de todo aquello.

Anderson no se molestó en contestar a Shelton. Y añadió, dirigiéndose a Gillette:

—Pero no tendrás tu ordenador hasta que hayas analizado el de la señorita Gibson y nos hayas dado un informe completo.

—Me parece justo.

Consultó su reloj.

—Su ordenador era un clónico de IBM, por si te interesa. Lo tendrás aquí dentro de una hora. Tenemos todos sus disquetes, software y demás...

—No, no y no —dijo Gillette con firmeza—. Aquí no lo puedo hacer.

—¿Qué quieres decir?

—Necesito estar fuera.

—¿Por qué?

—De nada me serviría usar los mismos programas que han usado ustedes. Voy a necesitar una conexión con algún ordenador central, quizá un superordenador. Y voy a necesitar manuales técnicos y software.

Anderson miró a Bishop, que parecía no enterarse de nada de lo que allí se hablaba.

—Y una puta mierda —comentó Shelton, el más locuaz de los agentes de Homicidios, aun a pesar de lo limitado de su vocabulario.

Anderson estaba meditando todo esto cuando el alcaide preguntó:

—¿Podríamos salir un segundo al pasillo, caballeros?

Capítulo 00000011 / Tres

Había sido un divertido acto de piratería informática.

Pero sin tanto desafío como a él le hubiera gustado.

Phate (su alias en la red, escrito con *ph* en vez de *f* en la mejor tradición hacker) conducía ahora camino de su casa de Los Altos, en el corazón de Silicon Valley.

Había sido una mañana movidita. Había abandonado la furgoneta blanca manchada de sangre utilizada ayer para prender la hoguera de la paranoia bajo los pies de Lara Gibson y se había desprendido de su disfraz: la peluca de greñas rastafaris, la chaqueta de camuflaje del acosador y el uniforme de informático limpio y chillón de Will Randolph, el primo de Sandy que acababa de ser papá.

Ahora era alguien completamente distinto. Bueno, no era alguien que respondiera a su verdadero nombre o a su identidad: no era Jon Patrick Holloway, aquel que naciera en Saddle River, Nueva Jersey, hace veintisiete años. No, en ese instante era uno de los seis o siete personajes ficticios que había creado hace poco. Para él, estos personajes eran como un grupo de amigos, y todos tenían sus licencias de conducir, sus cédulas de identificación de distintas empresas y sus tarjetas de la Seguridad Social. También les había otorgado acentos y gestos distintos, que él practicaba regularmente.

¿Quién quieres ser?

A menudo se hacía esa pregunta y, en su caso particular, la respuesta era: cualquier persona de este mundo.

Pensó en el caso de Lara Gibson y decidió que había sido demasiado fácil acercase a alguien que se enorgullecía tanto de ser la reina de la protección urbana.

Ya iba siendo hora de hacer que el juego se volviera un poco más difícil.

El Jaguar de Phate marchaba con lentitud a través del tráfico de hora punta que fluía por la interestatal 280, la autopista Junípero Serra Highway. A su derecha, hacia el oeste, las montañas de Santa Cruz se alzaban sobre los espectros de las brumas que se escurrían hacia la bahía de San Francisco. En años anteriores el valle había sufrido sucesivas sequías pero esta primavera —por ejemplo, hoy mismo— el tiempo era lluvioso y los campos estaban verdes. No obstante, Phate no prestaba ninguna atención al bello paisaje. Estaba escuchando en su reproductor de CD la grabación de una obra de teatro, *La muerte de un viajante*. Era una de sus favoritas. En ocasiones su boca seguía los diálogos, pues se la sabía de memoria.

Diez minutos más tarde, a las 8.45, aparcaba en el garaje de su casa en la urbanización Stonecrest cercana a la carretera de El Monte, en Los Altos.

Metió el coche en el garaje, cerró la puerta. Vio una mancha de sangre de Lara Gibson como una pequeña coma torcida sobre el suelo, por lo demás, inmaculado. Se reprendió a sí mismo por no haberse dado cuenta antes. Lo limpió y entró, tras haber cerrado la puerta y echado la llave al garaje.

La casa era nueva, no tendría más de seis meses, y aún olía a cola de moqueta y a pintura.

Si algún vecino se decidiera a llamar a su puerta para darle la bienvenida al barrio y se quedara esperando en el recibidor mientras le echaba una ojeada a la sala, se toparía con pruebas fehacientes del tipo de vida familiar y desahogada que tantas familias de clase media-alta habían conseguido aquí, en el Valle, gracias al dinero suministrado por la informática.

«Hola, ¿qué tal?... Sí, así es, me mudé el mes pasado... Estoy en una nueva empresa de Internet ahí, en Palo Alto. A mí me han trasladado desde Austin un poco pronto, y Kathy y los niños vendrán en junio, cuando acaben las clases... Mire, son los de la foto. Hice esas fotos en enero, nos tomamos unos días de vacaciones en Florida. Troy y Brittany. Él tiene cuatro años. Ella cumplirá dos el mes que viene.»

Había docenas de fotos de Phate posando junto a una mujer rubia sobre la repisa, sobre cada extremo de cada mesa y sobre cada mesa camilla: en la playa, cabalgando, abrazándose en la cima de una montaña nevada en alguna estación de esquí, en su baile nupcial. Había otras fotos de la pareja con sus dos hijos. De vacaciones, jugando al fútbol, en Navidad, en Semana Santa. Y muchas fotos de los críos solos, en distintas edades.

«Bueno, la verdad es que os invitaría a cenar o algo así, pero es que en esta nueva empresa nos hacen trabajar como locos... Sí, mejor cuando estemos toda la familia, claro. Kathy es quien se ocupa de las relaciones sociales... Y también cocina mucho mejor que yo. Sí, claro, gracias por la visita.»

Y los vecinos dejarían el vino, o las galletas o las begonias que habían traído como signo de bienvenida y se irían de vuelta a sus casas sin saber que toda la escena, en la que habían sido manipulados de la mejor y más creativa de las maneras con ingeniería social, había resultado tan falsa como cualquier obra de teatro.

Al igual que las fotos que mostrara a Lara Gibson, había creado estas instantáneas en su ordenador: su rostro reemplazaba al de un modelo masculino y Kathy tenía una cara femenina bastante común sacada de una modelo de *Self*. Los chavales habían salido del *Vogue Bambini*. También la casa era una fachada: las únicas piezas amuebladas eran la sala y el vestíbulo, y eso obedecía al único propósito de engañar a quien llamara a la puerta. En la habitación no había nada salvo un catre y una lámpara. El comedor (la oficina de Phate) contenía una mesa, una lámpara, dos ordenadores portátiles y una silla de oficina que era extremadamente cómoda, pues allí pasaba la mayor parte del tiempo. En cuanto al sótano... Bueno, digamos que el sótano contenía algunas otras cosas que bajo ningún concepto debían quedar a la vista del público.

En un caso extremo, y sabía que podía ser una posibilidad, nada le impedía salir por esa puerta en un abrir y cerrar de ojos y dejarlo todo atrás. Todo lo importante (sus verdaderos ordenadores, las antigüedades informáticas que coleccionaba, la máquina de falsificar credenciales y las piezas y componentes de superordenadores que compraba y vendía para ganarse la vida) se encontraba en un almacén a varios kilómetros de distancia. Y aquí no había nada que pudiera ofrecer a la policía ninguna pista sobre su paradero.

Fue al salón y se sentó a la mesa. Encendió un portátil.

La pantalla cobró vida, el indicador C: parpadeó en ella y, con la sola aparición de ese símbolo luminoso, Phate renació de entre los muertos.

¿Quién quieres ser?

Bueno, en este instante no era ni Jon Patrick Holloway ni Will Randolph ni Warren Gregg ni James L. Seymour ni ninguno de los otros personajes que había creado y que conformaban un reparto de gente atrapada en el Mundo Real. En ese preciso instante él era Phate. Ya no era ese tipo rubio de casi metro ochenta y constitución mediana que andaba errante entre casas de tres dimensiones y edificios de oficinas, entre aviones y autopistas de cemento y césped y cadenas y candados y semiconductores y plantas, bandas, centros comerciales, mascotas, gente, gente, gente y más gente tan numerosa e insignificante como bytes digitales...

Todos eran fatuos, insustanciales y deprimentes.

En cambio, ésta sí que era su realidad: la del mundo dentro de su monitor.

Tecleó algunos comandos y escuchó, con un estremecimiento en el vientre, el sensual pitido ascendente y descendente del apretón de manos electrónico de su módem (la mayor parte de los verdaderos hackers nunca pensaría en usar la lenta comunicación de los módems y las líneas de teléfono en vez de la conexión de fibra óptica para conectarse a la red. Pero Phate tenía que hacer esta concesión: la velocidad era muchísimo menos importante que ser capaz de ocultar su rastro entre millones de miles de líneas telefónicas alrededor del mundo).

Una vez que se hubo conectado a la red, miró si tenía correo. Si hubiera recibido algún mensaje de Shawn lo habría abierto al instante, pero no era así; los demás los leería más tarde. Salió de la bandeja de correo y tecleó otro comando. Apareció un menú en la pantalla.

Cuando Shawn y él escribieron el software de Trapdoor el año pasado decidió que, a pesar de que nadie más lo iba a usar jamás, crearía un menú muy sencillo: por la simple razón de que eso es lo que hace todo buen programador, todo wizard.

Trapdoor
Menú Principal
1. ¿Desea reanudar alguna sesión anterior?
2. ¿Desea crear/ abrir/ editar un fichero de fondo?
3. ¿Desea buscar un nuevo objetivo?
4. ¿Desea decodificar/descriptar una clave o un texto?
5. ¿Desea salir del sistema?

Escogió el número 3 y pulsó *Enter*.

Un segundo después, Trapdoor le preguntaba con toda amabilidad:

Por favor, introduzca la dirección de e-mail del objetivo.

Tecleó de memoria un nombre de usuario y pulsó *Enter*. En menos de diez segundos se había conectado con el ordenador de otra persona: de hecho, es como si espiara por encima del hombro de esa persona que nada sabía de todo ello. Comenzó a tomar notas.

Lo de Lara Gibson había sido divertido pero esto aún sería mejor.

—Él hizo esto —les dijo el alcaide.

Los policías se hallaban en una habitación que servía como almacén en San Ho. Las baldas se encontraban atestadas de enseres para drogarse, motivos nazis, enseñas de la Nación Islámica y armas de diseño artesanal: barras, cuchillos, puños de metal, hasta había algunas pistolas. Estaban en el depósito de objetos confiscados y todos esos hoscos artilugios habían sido decomisados durante años de manos de internos rebeldes.

Lo que señalaba el alcaide en esos momentos, no obstante, no era algo letal ni inflamatorio. Era una caja de madera de unos sesenta por noventa centímetros, llena de cables que interconectaban docenas de componentes electrónicos.

—¿Qué es esto? —preguntó Bob Shelton con voz ronca.

Andy Anderson se echó a reír y dijo entre susurros:

—Dios mío, es un ordenador. Un ordenador de fabricación casera.

Se agachó, asombrándose por lo simple del cableado, lo perfecto de las conexiones sin soldadura y el eficaz uso del espacio. Era rudimentario pero a un tiempo increíblemente elegante.

—No sabía que uno pudiera construirse un ordenador —comentó Shelton. Bishop seguía sin abrir la boca.

—Gillette es el peor adicto que he visto en la vida —comentó el alcaide—, y llevamos años recibiendo a gente enganchada a la heroína. Pero él es adicto a esto, a los ordenadores. Les garantizo que hará lo que sea para conectarse a la red. Estoy convencido de que es capaz de lesionar a quien sea para conseguirlo. Y, cuando digo lesionar, lo digo muy en serio. Construyó esto para meterse en Internet.

—¿Le puso también un módem? —preguntó Anderson, que aún seguía ensimismado con el aparato—. Espera, mira, aquí está.

—Yo me lo pensaría dos veces antes de sacarlo a la calle.

—Podemos controlarlo —afirmó Anderson, mientras alejaba la vista de la creación de Gillette, de mala gana.

—Creen que pueden —replicó el alcaide, encogiéndose de hombros—. La gente como él dice lo que sea para conectarse a la red. Son como alcohólicos. ¿Saben lo de su esposa?

—¿Está casado? —preguntó Anderson.

—En pasado: estuvo casado. Trató de dejar los pirateos informáticos cuando contrajo matrimonio, pero no pudo. Después lo arrestaron y perdieron todo lo que tenían por pagar al abogado y abonar la fianza. Ella se divorció de él hace dos años. Pero aquí viene lo bueno: a él le da lo mismo. No habla de nada que no sean esos malditos ordenadores.

Se abrió la puerta y apareció un guardia que traía una carpeta desgastada de papel reciclado. Se la pasó al alcaide, quien se la dio a su vez a Anderson.

—Éste es el archivo con lo que tenemos sobre él. Quizá le ayude a decidir si de verdad lo quieren cerca.

Anderson echó una ojeada al archivo de Gillette. Lo habían fichado de muy joven, aunque lo de aquella detención no había sido por nada serio. Gillette había llamado a la sede central de Pacific Bell desde una cabina —lo que los hackers denominan un «teléfono fortaleza»— y programado el teléfono para que le permitiera realizar llamadas gratis a larga distancia. Los teléfonos fortaleza se consideran la escuela primaria para cualquier hacker joven, quienes aprenden a usarlos para introducirse en los conmutadores de las compañías telefónicas, que en el fondo no son sino enormes sistemas informáticos. Al arte de quebrar los sistemas de las compañías telefónicas para hacer llamadas a larga distancia o sólo por pasarlo bien se le denomina *phreaking*. El informe señalaba que Gillette había hecho llamadas al servicio horario y al de información sobre el tiempo de lugares como París, Atenas, Frankfurt, Tokio o Ankara. Una acción que el policía entendió como señal de que el hacker se había introducido en el sistema para ver si podía conseguirlo, y no para sacar tajada.

Anderson siguió ojeando las páginas del archivo por ver si encontraba algo que le ayudara a tomar una decisión respecto a la excarcelación de Gillette. Existían pasajes claros concernientes a lo que el alcaide había comentado: a Gillette lo habían interrogado por doce delitos informáticos graves en los últimos ocho años. En el juicio por el asunto de Western Software, el fiscal había tomado prestada una expresión del juez que sentenció al famoso hacker Kevin Mitnick: dijo que Gillette era «peligroso cuando estaba armado con un teclado».

Anderson también observó que el comportamiento de Gillette con los ordenadores no había sido siempre delictivo. Había trabajado para un montón de empresas de Silicon Valley donde invariablemente recibía entusiastas expedientes por su habilidad como programador: al menos hasta que lo echaban por no ir al trabajo o por quedarse dormido en el puesto tras haberse pasado toda la noche en vela frente a su computadora. Asimismo, había escrito muchísimos y muy brillantes programas de *freeware* y *shareware*: aquellos cuyo uso se ofrece de forma gratuita a quien quiera que los desee. El joven había impartido charlas en conferencias sobre nuevos desarrollos en lenguajes de programación y seguridad.

Anderson volvió a revisar todo y se topó con algo que le hizo reír. Se encontró con una copia de un artículo que Wyatt Gillette había escrito hace años para la revista *On-Line*. Era un artículo muy conocido y Anderson recordó haberlo leído cuando fue publicado pero sin prestar ninguna atención al nombre de su autor. Su título era «La vida en la Estancia Azul». Su tesis afirmaba que los ordenadores eran el primer invento tecnológico de la historia que afectaba a todas y cada una de las facetas de la vida humana, desde la psicología hasta el entretenimiento pasando por la inteligencia, las comodidades materiales o el mal, y que por eso tanto humanos como máquinas sufrirían un crecimiento a la par. Es algo que implica muchos beneficios y también muchos peligros. La expresión «Estancia Azul», que reemplazaba a la de «ciberespacio», apuntaba al mundo de los ordenadores, al que también se conocía como el «Mundo de la Máquina». En la frase acuñada por Gillette, «azul» aludía a la electricidad que alimenta los ordenadores, y «estancia» a que nos hallamos en un lugar real aunque, a un tiempo, intangible.

Andy Anderson encontró algunas fotocopias de su juicio más reciente. Vio montones de cartas que habían sido enviadas al juez, suplicando su indulgencia a la hora de dictar sentencia. El padre de Gillette, un ingeniero americano que trabajaba en Arabia Saudí, había enviado al juez numerosas y sentidas peticiones de reducción de condena por correo electrónico. La madre del hacker había fallecido (un infarto inesperado cuando se hallaba en la cincuentena) pero parecía que el joven mantenía una buena relación con su padre. Asimismo, el hermano del hacker, Rick, un funcionario de Montana, había salido en ayuda de su familiar enviando muchos faxes al juzgado en los que también solicitaba indulgencia (Rick Gillette llegaba a sugerir, de forma bastante enternecedora, que su hermano menor podría irse a vivir con él y su mujer «en un enclave montañoso prístino y escarpado», como si el aire puro y el trabajo físico pudieran alejar al hacker de las conductas criminales).

Anderson se conmovió al leer esto, pero también se sintió sorprendido: la mayoría de los hackers que Anderson había perseguido provenían de familias muy desestructuradas.

Cerró el archivo y se lo pasó a Bishop, quien lo hojeó sin interés, visiblemente aturullado por las referencias técnicas a diversas máquinas. El detective murmuró: «¿La Estancia Azul?». Un minuto después tiraba la toalla y entregaba el archivo a Anderson.

—¿A qué hora lo sacamos?

—Todo el papeleo está ya en el juzgado, esperando —replicó Anderson—. En cuanto un magistrado federal lo firme, Gillette es nuestro.

—No digan que no les he avisado —afirmó el alcaide. Hizo un gesto señalando el ordenador de fabricación casera—: Si desean soltarlo, adelante. Sólo tienen que pensar que tienen ante sí a un yonqui que lleva dos semanas sin pincharse.

—Creo que será mejor que llamemos a la Central —dijo Shelton—. No nos vendrían mal unos cuantos federales en este caso. Y habría más gente para echarle un ojo al recluso.

Pero Anderson negó con la cabeza:

—Si lo hacemos, el DdD se enterará de todo y les dará un patatús cuando oigan que hemos soltado al hacker que entró en su Standard 12. Gillette estará de vuelta en media hora. Mejor será que lo mantengamos en silencio. La orden de excarcelación la pondremos a nombre de Juan Nadie.

Anderson miró a Bishop, y lo pilló ojeando de nuevo su callado teléfono móvil.

—¿Qué piensas, Frank?

El delgado detective pronunció por fin unas cuantas frases completas:

—Señor, en mi opinión, creo que deberíamos sacarlo, y cuanto antes mejor. Ese asesino anda suelto y seguro que no está de charla. No como nosotros.

Capítulo 00000100 / Cuatro

Wyatt Gillette llevaba ya media hora atroz sentado en esa celda fría y medieval y negándose a especular en verdad si sucedería: si lo soltarían. No quería permitirse el menor soplo de esperanza: lo primero que muere en una cárcel son las ilusiones.

Luego, se abrió la puerta de la celda con un ruido casi imperceptible, y entraron los policías.

Anderson miró a Gillette, quien se fijó en que el hombre lucía el punto marrón en el lóbulo de la oreja de un agujero de pendiente que hubiera cerrado tiempo atrás.

—Un magistrado ha firmado la orden de excarcelación temporal.

Gillette suspiró tranquilo. Cayó en la cuenta de que tenía los dientes apretados y los hombros tensos y hechos un nudo debido a la espera. Comenzó a relajarse.

—Tienes dos opciones: o bien te dejamos las esposas puestas durante todo el rato, o bien te colocamos una tobillera de detección y localización electrónica.

Gillette se lo pensó:

—La tobillera.

—Es un modelo nuevo —dijo Anderson—. De titanio. Sólo pueden ponértela y quitártela con una llave especial. Nadie ha sido capaz de despojarse de ella.

—Bueno, hubo un tipo que lo hizo —añadió Bob Shelton—, pero después de haberse arrancado el pie. Y sólo pudo avanzar kilómetro y medio antes de desangrarse por completo.

A Gillette ese policía corpulento le hacía tanta gracia como odio parecía sentir el agente contra él.

—Te localiza en un radio de noventa kilómetros y emite a través del metal —prosiguió Anderson.

—Ha quedado claro —le contestó Gillette. Y al alcaide—: Necesito traer unas cuantas cosas de mi celda.

—¿Qué cosas? —se rió aquel hombre—. No te vas por tanto tiempo, Gillette. No es necesario que hagas las maletas.

—Necesito llevar algunos libros y cuadernos —comentó Gillette a Anderson—. Y muchos recortes. De *Wired* y *2600*.

El policía de la UCC, que estaba suscrito a ambas publicaciones, dijo:

—Sí, pueden ser de utilidad —y al alcaide—: No hay problema.

Cerca sonó un aullido electrónico muy estridente. Gillette se sobresaltó al oírlo. Le llevó un minuto reconocer lo que era ese sonido que nunca había oído en San Ho. Frank Bishop contestó la llamada de su móvil.

El policía flacucho se llevó el teléfono a la oreja y escuchó durante un rato mientras se acariciaba las patillas. «Sí, señor... Capitán... ¿Y?» Hubo una larga pausa durante la cual las comisuras de sus labios se endurecieron. «¿Nada que pueda hacer?... Bien, señor.»

Colgó.

Anderson levantó una ceja en su dirección. El detective de homicidios dijo:

—Era el capitán Bernstein. La emisora ha difundido nuevas noticias sobre el caso MARINKILL. Han divisado a los sospechosos cerca de Walnut Creek. Es de suponer que vienen hacia aquí —lanzó una mirada a Gillette tan vaga como si oteara una mancha sobre el banco y se dirigió a Anderson—: Creo que debo decírselo: solicité que me sacaran de este caso y me pusieran a trabajar en ése. Se han negado. El capitán Bernstein piensa que aquí puedo ser de más ayuda.

—Gracias por indicármelo —respondió Anderson. No obstante, a Gillette no le dio la impresión de que el policía de la UCC estuviera especialmente agradecido por la ratificación de que el detective no se sintiera del todo involucrado en el caso. Miró a Shelton.

—¿Usted también aspiraba a unirse al MARINKILL?

—No. Reclamé estar en éste. A esa muchacha la asesinaron en mi patio, como quien dice. Quiero asegurarme de que no volverá a ocurrir una cosa así.

Anderson miró su reloj. Gillette advirtió que eran las 9.15.

—Deberíamos volver a la UCC.

El alcaide llamó al musculoso guardia y le dio instrucciones. El hombre condujo a Gillette de vuelta a su celda.

Cinco minutos después había seleccionado todo lo que necesitaba, usado el baño y se había puesto una chaqueta encima. Caminó delante del guardia hasta la zona central de San Ho.

Dejó atrás una puerta, otra, el área de visitas donde había visto a un amigo hacía un mes; la sala de abogados, donde había pasado demasiadas horas con aquel hombre que se llevó hasta el último céntimo que Ellie y él tenían.

Por fin, respirando fuerte a medida que la excitación lo embargaba, Gillette llegó al penúltimo pasillo: a la zona sin puertas de seguridad donde estaban las oficinas y las garitas de los guardas. Allí le esperaban los policías.

Anderson hizo una seña al guardia, quien le quitó las esposas. El guardia volvió por donde había venido y Gillette se encontró, por primera vez en dos años, libre de la dominación del sistema de prisiones. Había conseguido una pequeña parcela de libertad.

Se frotó la piel de las muñecas y caminó hacia la salida: dos puertas de madera con un cristal con enrejado contra incendios, a través de las cuales Gillette podía ver el cielo gris y encapotado. «Le pondremos la tobillera afuera», dijo Anderson.

Shelton se le acercó furtivamente y le susurró al oído:

—Quiero comentarte una cosa, Gillette. Quizá pienses que ahora que tienes las manos libres vas a poder robar un arma. Mira, si te veo una mirada rara o sospecho algo, te vas a acordar de mí, ¿me sigues? No tendré reparos en acabar contigo.

—Me metí en un ordenador —dijo Gillette, harto—. Es mi único crimen. Nunca he hecho daño a nadie.

—Recuerda lo que te he dicho —dijo Shelton, y volvió a colocarse a su espalda. Gillette caminó más aprisa, hasta alcanzar a Anderson:

—¿Dónde vamos?

—A las oficinas de la UCC, la Unidad de Crímenes Computerizados, que se encuentran en San José. En una base apartada. Nosotros...

Sonó una alarma y una luz roja se encendió en el detector de metales por el que pasaban. Como salían de la prisión y no al contrario, el guardia encargado apagó la alarma y les hizo una seña para que continuaran.

Pero justo cuando Anderson ponía la mano en la puerta para abrirla, una voz dijo:

—Un momento —era Frank Bishop y estaba señalando a Gillette—: Pásale el escáner.

Gillette se detuvo.

—Esto es estúpido. Salgo, no entro. ¿Quién se dedicaría a sacar algo de la cárcel?

Anderson no dijo nada pero Bishop hizo un gesto al guardia para que se acercara. Pasó la varilla del detector por el cuerpo de Gillette. La varilla se aproximó al bolsillo derecho de sus pantalones flojos y emitió un chirrido estridente.

El guardia metió la mano en el bolsillo y sacó una placa de circuitos, llena de cables.

—¿Qué demonios es eso? —preguntó Shelton.

Anderson lo examinó de cerca. «¿Una caja roja?», preguntó a Gillette, quien miraba frustrado al techo:

—Sí.

—Existe un montón de cajas de circuitos que los *phreaks* telefónicos usan para engañar a las compañías de teléfonos: para tener servicio gratis, pinchar líneas o evitar que se las pinchen a ellos... Se conocen por los distintos colores. Ya no se ven más de este tipo, como esta caja roja. Reproduce el sonido de las monedas cayendo por la cabina. Puedes llamar a donde quieras en todo el mundo y lo único que necesitas es seguir dándole al botón de 25 centavos para pagar la llamada —miró a Gillette—. ¿Qué es lo que ibas a hacer con esto?

—Pensé que igual me perdía y necesitaba llamar a alguien.

—También podías vendérsela en la calle a cualquier *phreak* por, pongamos, unos doscientos dólares. En el caso de que, por ejemplo, quisieras escapar y necesitaras algo de dinero.

—Supongo que alguien podría hacer eso. Pero yo no.

Anderson echó una ojeada a la placa de circuitos:

—El cableado está muy bien.

—Gracias.

—Apuesto a que echaste en falta un soldador, ¿no?

—No lo sabe bien —contestó Gillette, afirmando con la cabeza.

—Vuelve a sacar algo así y regresas ahí dentro tan pronto como tarde en traerte de vuelta el coche patrulla, ¿entendido?

—Entendido.

—No ha estado mal —le susurró Bob Shelton —. Pero, qué putada, la vida es una decepción tras otra, ¿no?

«No», pensó Gillette, «la vida es un *hack* tras otro».

En el extremo este de Silicon Valley, un estudiante regordete de quince años tecleaba con furia mientras observaba con atención la pantalla en la sala de ordenadores de la Academia St. Francis, un viejo colegio privado masculino de San José.

Aunque llamar sala a eso no era hacer justicia, la verdad. Es cierto que contenía ordenadores. Pero lo de «sala» era ya algo más inseguro, como opinaban todos los estudiantes sin excepción. Se encontraba en el subsuelo, tenía barras en las ventanas y no sólo parecía una celda sino que antiguamente lo había sido: esa ala del edificio tenía 250 años. Se decía que fray Junípero Serra, el famoso misionero de la vieja California que daba nombre a la Interestatal 280, había difundido la Palabra de Dios en esta habitación donde desnudaba a los indios hasta la cintura y los flagelaba hasta que aceptasen a Jesús.

Según la versión que los estudiantes veteranos contaban a los más jóvenes, algunos de esos indios no habían podido sobrevivir a su conversión y sus fantasmas seguían vagando por celdas, bueno, por *salas,* como ésta.

Jamie Turner, el más joven de quienes ahora ignoraban a los espíritus y tecleaban a la velocidad de la luz, era un desmañado estudiante moreno de segundo año. Nunca sacaba nada más bajo que un notable alto y, a pesar de que aún quedaban dos meses para el final del semestre, ya había cumplido con las lecturas obligatorias (y con la mayor parte de los trabajos) para todas sus clases. Él solo poseía el doble de libros que cualquier estudiante de St. Francis y se había leído cada novela de Harry Potter cinco veces; *El señor de los anillos,* ocho veces, y cada palabra que hubiese sido escrita por William Gibson, el escritor visionario de informática-ficción, más veces de las que sea posible recordar.

El sonido de sus dedos sobre el teclado se extendía por la sala como disparos de metralleta con silenciador. Oyó un ruido detrás de él. Se dio la vuelta. Nada.

Otro ruido.

Nada.

«Malditos fantasmas... Siempre jodiendo. Volvamos al trabajo.»

Jamie Turner empujó sus gruesas gafas nariz arriba y retornó a su tarea. La luz cenicienta de ese día lluvioso sangraba a través de las ventanas llenas de barrotes. Fuera, en el campo de fútbol, sus compañeros corrían, reían, metían goles y trotaban adelante y atrás. Acababa de empezar la clase de educación física de las 9.30. Se suponía que Jamie estaba con ellos: a Booty no le haría ninguna gracia saber que él se encontraba ahí, en la sala de ordenadores, y no en el campo de juego.

Pero Booty no lo sabía.

No es que Jamie aborreciera al rector del internado. En absoluto. Resultaba muy difícil aborrecer a alguien que se preocupaba por él. (No como, pongamos por caso, ¿hola?, sus padres. «Nos vemos el veintitrés, hijo... No, espera, tu madre y yo estaremos en Mallorca.

Volvemos para el uno o el siete. Entonces nos podemos ver. Te queremos, adiós.»)

Jamie sabía que Booty hacía algunas cosas que resultan ineludibles cuando uno está al cargo de un internado de trescientos muchachos: imponer castigos si los chavales decían palabrotas o se acostaban tarde o tenían revistas guarras. ¿Qué se podía esperar en esos casos? Formaba parte del juego. Pero es que la paranoia de este hombre rayaba en lo estrafalario. Conllevaba encerrarlos por las noches con todas esas alarmas y seguridad, y estar encima de ellos a cada rato.

Y también, por ejemplo, negarse a dejar que los chicos fueran a conciertos de rock inofensivos en compañía de sus muy responsables hermanos mayores, hasta que sus padres no hubiesen firmado la hoja de permiso, cuando quién iba a saber *dónde* se encontraban sus padres, por no hablar de lo imposible que resultaría hacerles perder unos preciosos minutos en firmar algo y mandarlo por fax a tiempo, por muy importante que fuera eso para uno.

Te queremos, adiós...

Pero ahora había tomado cartas en el asunto. Jamie golpeaba feliz las teclas de su ordenador mientras flotaba en celestiales nubes de bytes. Se ajustó las gafas que siempre usaba (con pesados cristales de seguridad) y guiñó los ojos mientras contemplaba la pantalla.

Pensaba en lo absoluto de su dicha: estaba trabajando de lleno en una Tarea que reunía no sólo afanarse con el ordenador sino también encontrarse con su hermano, que era el ingeniero de sonido de un concierto que tendría lugar esa misma noche en Oakland. Mark le había dicho a su hermano menor que si podía escaparse de St. Francis lo llevaría al concierto de Santana y, lo más seguro, con un par de pases de *backstage* de acceso ilimitado.

No le importunaba que la Tarea (agenciarse de forma clandestina la clave de Herr Mein Fuhrer Booty, perdón, del Doctor y Licenciado Mr. Willem Cargill Boethe) fuese ilícita, ni le restaba interés: muy al contrario, lo convertía en algo mucho más excitante.

En cualquier caso, Jamie Turner debía rebasar más de un obstáculo. Si no salía del colegio para las seis y media, su hermano tendría que irse solo para no llegar tarde al trabajo. Y esa hora límite era un problema. Porque salir de St. Francis no era nada fácil, no era descolgarse por la ventana usando una cuerda hecha de sábanas anudadas, como hacen los chavales cuando se escapan en las viejas películas. St. Francis podía tener la apariencia de un viejo castillo español pero, en cuanto a seguridad se refiere, todo era alta tecnología.

Por supuesto que Jamie podía salir de su habitación: las puertas no se cerraban, ni siquiera de noche (St. Francis no era *exactamente* una prisión). Y podía salir del mismo edificio por la puerta de incendios, en el caso de que llegara a desconectar la alarma de humos. Pero todo eso no le llevaría más allá del patio del colegio. Y éste estaba rodeado por un muro de tres metros y medio de alto, coronado además por una alambrada. No había manera de pasar por ahí (al menos para un empollón regordete como él que odiaba las alturas) salvo que pudiera agenciarse el código de acceso de una de las puertas que daban a la calle.

Así que se había metido en los archivos del ordenador de Booty y entonces había descargado el archivo que contenía la clave (con el conveniente nombre de «códigos de seguridad». ¡Muy sutil, Booty!). Ese archivo contenía, por supuesto, una versión encriptada de la clave que Jamie debía decodificar si quería hacer uso de ella. Pero el ordenador enclenque y clónico de Jamie tardaría días en hacerlo, así que Jamie se había metido en una página de Internet para encontrar una máquina capaz de descubrir el código a tiempo para la mágica hora límite.

Jamie estaba al corriente de que se había creado un extenso circuito académico de redes en Internet con el fin de facilitar el intercambio de investigaciones, para no guardar la información en secreto. Las que fueran las primeras instituciones en estar unidas por la red (en su mayor parte universidades) tenían aun hoy sistemas de seguridad peores que los de las agencias gubernamentales y las corporaciones que habían accedido mucho más tarde a Internet.

Llamó, metafóricamente hablando, a la puerta del laboratorio informático de la Facultad de Ingeniería y Tecnología de la Universidad del Norte de California y le respondieron así:

¿Nombre de Usuario?

Jamie respondió: Usuario.

¿Contraseña?

Su respuesta: Usuario.
Y apareció este mensaje:

Bienvenido, Usuario.

«Vaya, ¿qué tal un muy deficiente en seguridad?», pensó Jamie retorcidamente antes de empezar a navegar por el directorio raíz —el principal— hasta que se topó con un superordenador, un viejo Cray, lo más seguro, en el *network* de la facultad. En ese momento calculaba la edad del universo. Algo interesante, sí, pero no tan importante como un concierto de Santana. Jamie empujó a un rincón el proyecto de astronomía y cargó un programa llamado Crack-er, que él mismo había escrito y que empezó a llevar a cabo la laboriosa tarea de extraer de los ficheros de Booty la clave que buscaba. Él...

—Mierda, joder —exclamó en un lenguaje muy poco al estilo de Booty. Su ordenador se había vuelto a quedar colgado.

Esto le había ocurrido unas cuantas veces en los últimos días y le enfurecía no conocer la causa. Sabía de ordenadores y no lograba encontrar ninguna explicación para este tipo de atascos. Y no tenía tiempo para estas cosas, hoy no, no cuando tenía una hora límite a las seis y media. En cualquier caso, el muchacho anotó lo ocurrido en su cuaderno de hacker, como haría cualquier programador inteligente, reinició el sistema y volvió a enchufarse a la red.

Comprobó el Cray y vio que el ordenador de la Facultad había seguido trabajando, pasando el Crack-er por los ficheros de Booty incluso cuando él estaba desconectado.

Podría...

—Señor Turner, señor Turner —dijo una voz muy cerca de él—. ¿Qué es lo que hace aquí?

Esas palabras le helaron la sangre hasta niveles insospechados. Pero no lo sobresaltaron tanto como para olvidarse de pulsar *Alt-F6* en el ordenador justo antes de que el rector Booty avanzara con suavidad sobre sus zapatos con suelas de goma entre las terminales de ordenadores.

En la pantalla, un texto sobre el maltrecho estado de la selva amazónica sustituía al informe del estado de su programa ilegal.

—Hola, señor Boethe —dijo Jamie.

—Ah —dijo el hombre alto y delgado, inclinándose para observar la pantalla—. He pensado que quizá se dedicaba a observar imágenes indecentes.

—No, señor —respondió Jamie—. Yo nunca haría eso.

—Así que estudia el Medio Ambiente y anda preocupado por el mal que le hemos infligido a nuestra pobre Madre Tierra, ¿eh? Está bien, está muy bien. Pero debo recordarle que es hora de su clase de Educación Física. Por lo tanto, usted debería estar disfrutando de la Madre Tierra de primera mano. Ahí fuera, en los campos. Respirando el aire puro de California. Corra y salga a meter goles. Es usted muy listo, señor Turner, y deseamos que siga así, pero lo que es bueno para el cuerpo es bueno para la mente.

—¿No está lloviendo? —señaló Jamie.

—Yo lo llamaría sirimiri. Además, jugar al fútbol bajo la lluvia afianza el carácter. Ahora salga, señor Turner. Los verdes están jugando con uno menos. El señor Lochnell giró a la derecha mientras su tobillo iba en sentido contrario. Vaya en su ayuda. Su equipo le necesita.

—Tengo que apagar el sistema, señor. Me llevará unos minutos.

El rector salió por la puerta y dijo:

—Quiero verlo vestido ahí fuera en un cuarto de hora.

—Sí, señor —respondió Jamie Turner, sin demostrar su desilusión por tener que trocar su ordenador por un pedazo de césped lleno de barro, la compañía de una docena de lerdos condiscípulos y —peor aún— el hecho de que fuera a quedar en ridículo, como sucedía siempre que practicaba cualquier tipo de deporte.

Alt-F6 expulsó la página sobre la selva amazónica y Jamie empezó a teclear un informe de Estado para ver cómo iba su Crack-er con relación a la clave. Luego hizo una pausa, pues guiñando ambos ojos ante la pantalla había visto algo extraño. La imagen del monitor parecía estar algo más borrosa de lo normal y los caracteres escritos titilaban.

Y había algo más, encontró que las teclas reaccionaban con torpeza cuando las pulsaba.

Nunca antes había experimentado este tipo de fallo imprevisto y se preguntó cuál podría ser el problema. Había escrito varios programas de diagnóstico y decidió pasar uno o dos de ellos cuando hubiera conseguido la clave. Quizá le dijeran lo que andaba mal.

Intuyó que el fallo estaba en un defecto en la subcarpeta del sistema, tal vez una complicación en el acelerador de gráficos. Examinaría eso primero.

Pero, por un segundo, Jamie Turner pensó algo ridículo: que las letras borrosas y el lento tiempo de respuesta de las teclas al pulsarlas no se debían a ningún problema del sistema operativo. Que obedecían a las órdenes del fantasma de un antiguo indio que flotaba entre Jamie y su ordenador, enfadado por la interferencia humana cuando sus dedos, fríos y espectrales, tecleaban un mensaje desesperado pidiendo ayuda.

Capítulo 00000101 / Cinco

En el extremo superior izquierdo de la pantalla de Phate había una pequeña ventana que decía:

Trapdoor- Modo Caza de Objetivo: JamieTT@hol.com
On-line: sí
Sistema operativo: MS-DOS/Windows
Software Antivirus: Desconectado

Phate podía ver en su pantalla exactamente lo mismo que Jamie veía en su monitor, a algunos kilómetros de distancia, en la Academia St. Francis. En ese instante lo que ambos tenían enfrente era el menú de un programa para averiguar contraseñas. Jamie era el autor de ese programa. A Phate le impresionó gratamente.

Phate se sentía intrigado por este personaje en particular de su juego desde la primera vez que entró en la máquina del chico, un mes atrás.

Phate había invertido mucho tiempo en ojear los ficheros de Jamie y había aprendido tantas cosas sobre él como lo hiciera anteriormente de Lara Gibson

Por ejemplo:

Jamie Turner odiaba los deportes y la historia, y sobresalía en matemáticas y ciencias, aunque sus profesores no tenían suficiente habilidad para estimularlo. Era un lector compulsivo. El chaval era un MUDhead (pasaba muchas horas en los chats del Dominio de Multiusuarios), que sobresalía jugando a juegos de rol y creando y salvaguardando las sociedades de fantasía que tan famosas son en la esfera de los MUD. Jamie también era un programador excelente: y además autodidacto. Había diseñado su propia página web, ganadora de un segundo premio de la *Revista de Websites Online*. Y había concebido una idea para un nuevo juego que Phate creía interesante y que tenía un claro potencial comercial.

Jamie se había acercado a unos almacenes de Radio Shack cercanos a su colegio y, desde allí, usando los ordenadores, teléfonos y módems en exposición, se había conectado a la red y pirateado la página oficial del Gobierno del Estado de California, donde insertó una versión en dibujos animados del oso del escudo californiano que recorría la página, y que de vez en cuando dejaba excrementos por aquí y por allá. (Y había ocultado su rastro tan bien que los ciberpolicías seguían sin tener ni idea de quién podía haber hecho tal cosa.)

El mayor miedo del muchacho era perder la visión: había encargado unas gafas especiales con cristales antirrotura a un optómetra on-line.

El único miembro de su familia con quien se comunicaba habitualmente a base de correos electrónicos era su hermano Mark. Sus padres eran ricos y andaban ocupados y no respondían sino a uno de cada seis o siete correos que su hijo les enviaba.

Phate había llegado a la conclusión de que Jamie Turner era brillante, imaginativo, elástico y vulnerable.

Y de que era el tipo de hacker que un día se convertiría en una amenaza para él.

Phate, como muchos otros grandes wizards electrónicos, poseía una faceta mística. Era como esos físicos que ponen la mano en el fuego para defender la existencia de Dios o esos políticos que se entregan con devoción al misticismo masónico. Phate creía que las máquinas poseen un lado indescriptiblemente espiritual y que sólo aquellos cuya visión es limitada pueden negar semejante verdad.

Así que no resulta tan extraño que la personalidad de Phate fuera a un tiempo supersticiosa. Y una de las cosas que había llegado a creer, mientras se servía del Trapdoor para husmear en el ordenador de Jamie durante las semanas anteriores, era que el chico era una representación de su propia decadencia y declive. Ni la policía ni la gente de las corporaciones de seguridad lograrían ocasionarle la ruina. Pero podría suceder que un hacker imberbe como Jamie lo consiguiera.

Ésa era la razón por la que debía conseguir que el joven Jamie T. Turner concluyera sus aventuras en el Mundo de la Máquina. Y Phate había planeado una manera de pararle los pies que era especialmente efectiva.

Ojeó más ficheros. Shawn se los había enviado vía e-mail, y le ofrecían información muy detallada sobre el colegio del chico, la Academia St. Francis.

El internado tenía un gran renombre en el aspecto académico pero, aún más importante, representaba un verdadero desafío táctico para un jugador como Phate. Si no existía cierta dificultad —y riesgo— a la hora de eliminar a los personajes de los juegos de Phate tampoco había ninguna razón para jugar. Y St. Francis presentaba ciertos obstáculos muy serios. La seguridad era abrumadora, pues en el colegio se había dado un caso de allanamiento años atrás, en el que un alumno resultó muerto y un profesor gravemente herido. El rector, Willem Boethe, había jurado que de ningún modo volvería a ocurrir algo así. Había renovado el colegio por completo para volver a ganarse la confianza de los padres, y lo había convertido en una fortificación. Los pasillos se cerraban con llave por la noche, los patios tenían dobles portones, y tanto las puertas como las ventanas contaban con alarmas. Y uno necesitaba saber unas claves para entrar o salir del muro que, coronado con alambradas, rodeaba el complejo.

En definitiva: colarse en ese colegio era el tipo de desafío que le gustaba a Phate. Significaba un paso adelante si lo comparábamos con lo de Lara Gibson: representaba pasar a un nivel superior, más difícil dentro del juego. Él podría...

Phate fijó la vista en la pantalla. No, otra vez no. El ordenador de Jamie (y, por lo tanto, el suyo también) se había vuelto a quedar colgado. Anteriormente había sucedido otra vez, diez minutos atrás. Ése era el único defecto de Trapdoor: en ocasiones tanto su ordenador como el invadido se paraban sin más. Y entonces ambos tenían que recargar (reiniciar) sus ordenadores para volver a conectarse a la red. Phate tenía que volver a cargar Trapdoor de nuevo.

Eso significaba un retraso de no más de un minuto de duración pero para Phate suponía un grave defecto. El software debía ser perfecto: tenía que ser elegante. Shawn y él habían estado tratando de arreglar ese fallo durante meses, pero aún no habían tenido suerte.

Un instante después, tanto su joven amigo como él habían vuelto a la red y Phate ojeaba de nuevo los archivos del ordenador del chico.

Una ventanita brilló en su monitor y Trapdoor le preguntó:

El objetivo acaba de recibir un mensaje instantáneo de MarkTheMan. ¿Quieres leerlo?

Ése debía de ser Mark, el hermano de Jamie Turner. Phate tecleó «sí» y siguió el diálogo de los hermanos desde su pantalla.

MarkTheMan: ¿Puedes hablar?
JamieTT: Tengo una cita fútil, digo con el fútbol.
MarkTheMan: LOL*. ¿Sigue en pie lo de esta noche?
JamieTT: Claro. ¡Santana es el amo!
MarkTheMan: Me muero de ganas. Te veo enfrente de la puerta norte a las 6.30. ¿Listo para el rock?

Phate pensó: «Como nunca, chaval».

---

* *Laughing Out Loud:* ¡Se siente! (*N. del T.*)

Gillette se quedó quieto en la entrada, se sentía como si hubiera viajado hacia atrás en el tiempo.

Miró a su alrededor en la Unidad de Crímenes Computerizados de la Policía Estatal de California (la UCC, alojada en un edificio de una sola planta a varias millas de la Central de la Policía Estatal de San José).

—Es un corral de dinosaurios.

—Y todo nuestro —le contestó Andy Anderson. Pasó a explicar a Bishop y a Shelton, aunque parecía no interesarles a ninguno de los dos, que, en los primeros días de la informática, instalaban las antiguas supercomputadoras, como las que fabricaron IBM o Control Data Corporation, en salas especiales como ésa, llamadas *dinosaur pens*, corrales de dinosaurios.

Estas salas tenían techos elevados, bajo los que corrían cables gigantes llamados boas, por su parecido con las serpientes (y porque en ocasiones se desenroscaban violentamente y herían a los técnicos). Docenas de conductos de aire acondicionado recorrían la sala en diagonal: el aire acondicionado era necesario para evitar que aquellos ordenadores gigantes se recalentaran y se quemaran.

La Unidad de Crímenes Computerizados estaba ubicada a las afueras de West San Carlos, en un distrito comercial de renta baja de San José, cerca de Santa Clara. Para llegar hasta allá uno debía pasar frente a un montón de concesionarios de coches («¡Cómodos plazos! ¡Se Haba Espanol!*») y sobre otro montón de vías de tren. El desatendido edificio de una sola planta necesitaba una mano de pintura y algunas reparaciones, y se diferenciaba mucho de, por poner algún ejemplo, las oficinas centrales de Apple Computer, que quedaban a kilómetro y medio de distancia y estaban enmarcadas en un edificio futurista y prístino decorado con un retrato de más de doce metros de alto de su cofundador, Steve Wozniak. La única escultura

---

* Así en el original. (N. *del* T.)

que se podía encontrar en la UCC era una máquina de Pepsi rota y oxidada, tirada cerca de la puerta principal.

Dentro del amplio edificio había docenas de pasillos oscuros y recintos de oficinas vacías. La policía sólo usaba una pequeña parte del espacio disponible: la zona central, donde habían acomodado una docena de cubículos modulares. Tenían ocho estaciones de trabajo de Sun Microsystem, algunos IBM y Apple y una docena de portátiles. Había cables por todas partes, pegados al suelo con cinta adhesiva o colgando por encima de las cabezas como las plantas trepadoras de la selva.

—Ahora te alquilan estos viejos depósitos de procesamiento de datos por dos duros —le explicó Anderson a Gillette. Se rió—: Por fin reconocen que la UCC es una parte legítima de la policía estatal y lo hacen dándonos cuevas que llevan veinte años sin ser utilizadas.

—Mire, un conmutador de fuga —Gillette señalaba un conmutador rojo de la pared. Una señal polvorienta indicaba «Usar sólo en caso de emergencia»—. Nunca había visto uno.

—¿Qué es eso? —preguntó Bob Shelton.

Anderson se lo explicó: los viejos depósitos podían alcanzar unas temperaturas tan altas que, si el aire acondicionado se paraba, los ordenadores se sobrecalentaban y prendían en cuestión de segundos. Y los gases que soltaban esos ordenadores, con tanta resina y plástico y goma como tenían en sus componentes, te mataban antes de que las llamas pudieran alcanzarte. Ésa era la razón por la que todos los corrales de dinosaurios estuvieran equipados con conmutadores de fuga, cuyo nombre lo habían tomado prestado del conmutador de cierre de los reactores nucleares. Si se originaba un fuego, uno apretaba el conmutador de fuga que apagaba el ordenador, llamaba a los bomberos y echaba gas halón sobre la máquina para acabar con las llamas.

Andy Anderson presentó a Gillette, a Bishop y a Shelton al equipo de la UCC. La primera fue Linda Sánchez, una achaparrada latina de mediana edad que vestía un traje color café claro. Era la oficial encargada de DBB: detención, búsqueda y bitácora. Se encargaba de asegurar el ordenador del chico malo, comprobando que no tuviera explosivos escondidos; igualmente copiaba los ficheros y anotaba todo lo referente a hardware y software para convertirlo en pruebas judiciales. Además era experta a la hora de «excavar» en el disco duro: buscaba pruebas escondidas o destruidas (de hecho, también se conoce a los agentes de búsqueda y bitácora como los arqueólogos informáticos).

—¿Alguna novedad, Linda?

—Aún no, jefe. Esa hija mía es la muchacha más perezosa del mundo.

—Linda está a punto de convertirse en abuela —le comentó Anderson a Gillette.

—Lleva un retraso de casi tres semanas. Nos está volviendo locos a todos.

—Y éste es mi segundo de a bordo, el sargento Stephen Miller.

Miller era mayor que Anderson, andaba cercano a los cincuenta. Gillette vio que tenía el cabello cano, espeso y pensó que lo llevaba un poco largo para lo que se estila en los policías. De hombros caídos como un oso, tenía el cuerpo en forma de pera. Parecía tranquilo. Gillette también estimó que, dada su edad, habría pertenecido a la segunda generación de programadores informáticos: aquellos hombres y mujeres que innovaron el mundo de los ordenadores a principios de la década de los setenta.

El tercero era Tony Mott, un tipo risueño de treinta años con el pelo largo y liso y unas gafas de sol Oakley que se suspendían de su cuello por medio de un cordón verde fosforito. Tenía el cubículo lleno de fotos en las que aparecía haciendo bici de montaña y practicando el *snowboarding* en compañía de una belleza asiática. Había un casco sobre su mesa y unas botas de esquí en un rincón. Era un representante de la última generación de hackers: tipos atléticos y amantes del riesgo, ya se tratara de lidiar con el software desde un teclado o de competiciones de skateboard extremo. Gillette también cayó en la cuenta de que Mott era el que llevaba la pistola más grande de todo el departamento: una automática plateada y reluciente.

La Unidad de Crímenes Computerizados contaba también con una recepcionista, pero la mujer estaba enferma. La UCC se encontraba en un nivel del escalafón muy bajo dentro de la jerarquía de la policía del Estado (sus colegas de los otros departamentos los llamaban los «polis geeks») y los de la Central no se mataban por enviarles reemplazos temporales. Por esa razón, los miembros de la unidad se veían forzados a anotar mensajes telefónicos, repartirse el correo y ocuparse de los archivos durante unos días. Todo esto, como es comprensible, no le hacía mucha ilusión a ninguno de ellos.

Los ojos de Gillette toparon con unas pizarras blancas que supuestamente se usaban para ir tomando notas de las distintas pruebas. En una de ellas habían pegado una foto. No llegaba a ver con claridad qué representaba y se acercó. Acto seguido se quedó boquiabierto y paró en seco, afectado. En la foto aparecía una joven vestida con una falda roja y naranja aunque con el torso desnudo, pálida y llena de sangre, que yacía sobre una parcela de césped. Gillette se sobrecogió.

Había jugado a un montón de juegos (*Mortal Combat*, *Doom* o *Tomb Raider*) pero, por muy macabros que resultaran, no eran nada comparados con la violencia terrible y congelada que se había llevado a cabo contra aquella víctima real.

Anderson consultó el reloj de pared, que no era digital, como hubiera resultado apropiado en un centro informático, sino un modelo analógico viejo y polvoriento con una manecilla grande y otra pequeña. Eran las diez en punto de la mañana.

—Contamos con dos aproximaciones compatibles para este caso —dijo el policía—. Los detectives Shelton y Bishop se encargarán de la investigación rutinaria del homicidio. La UCC manipulará las pruebas informáticas, con la ayuda de Wyatt —echó una ojeada al fax que había sobre la mesa y añadió—: También esperamos a una consultora de Seattle, una experta en Internet y sistemas on-line. Llegará de un momento a otro.

—¿Es policía? —preguntó Shelton.

—No, civil —contestó Anderson—. Pero la hemos investigado. Y también hemos comprobado todas sus credenciales.

—Acudimos a la gente de empresas de seguridad de continuo —añadió Miller—. La tecnología cambia tan deprisa que no podemos estar al día con todos los nuevos desarrollos; los malos siempre nos sacan una cabeza. Así que procuramos usar consejeros técnicos externos siempre que podemos.

—Y suelen estar siempre ahí, haciendo cola —agregó Tony Mott—. Queda muy aparente eso de escribir en el currículum que uno ha cazado a un hacker.

—¿Dónde está el ordenador de la señorita Gibson? —preguntó Anderson a Sánchez.

—En el laboratorio de análisis, jefe —dijo la mujer mirando hacia uno de los pasillos oscuros que se diseminaban desde la sala central—. Hay un par de técnicos de Escena del Crimen que están buscando huellas: por si el asesino entró en casa de la víctima y lo tocó. Estará listo en diez minutos.

Mott alcanzó un sobre a Bishop:

—Esto te ha llegado hace diez minutos. Es un informe preliminar de la escena del crimen.

Bishop se peinó el pelo hirsuto con el dorso de los dedos. Gillette podía ver las marcas del peine que se distinguían claramente en los mechones férreamente pegados con fijador. El policía le echó una ojeada al informe pero no dijo nada. Le dio a Shelton el grueso fajo de papeles, se metió la camisa por el pantalón una vez más y se apoyó contra la pared.

El poli regordete abrió el informe, se tomó un instante para leerlo y luego levantó la vista:

—Los testigos afirman que el chico malo era un varón blanco de estatura y complexión medias, y que vestía pantalones blancos, camisa azul claro y corbata con un motivo de dibujos animados. Entre veintimuchos y treinta y pocos. El camarero afirma que tenía la misma pinta que todos los cerebrines que van a su bar —el policía se acercó a la pizarra blanca y comenzó a escribir todas esas pistas. Prosiguió—: La acreditación que llevaba colgada al cuello decía Centro de Investigación Xerox Palo Alto, pero estamos seguros de que es falsa. Llevaba perilla. Pelo rubio. En la víctima se encontraron fibras de dril de algodón azul que no corresponden ni a la ropa que llevaba puesta ni a la que tenía en su armario. Quizá provengan del chico malo. El arma del crimen fue un cuchillo militar Ka-bar con filo superior de sierra.

—¿Cómo sabe eso? —le preguntó Tony Mott.

—Las heridas equivalen a las producidas por ese tipo de arma y el laboratorio ha encontrado óxido en ellas. Los Ka-bar están hechos de hierro y no de acero inoxidable —Shelton volvió al informe—. Asesinó a la víctima en cualquier lado y luego la arrojó en la autopista. Nadie de quienes se encontraban cerca vio nada —una mirada amarga a los presentes—. Como si vieran algo alguna vez... Estamos tratando de localizar el coche del asesino: salieron del bar juntos y se les vio dirigiéndose hacia el aparcamiento pero nadie echó un vistazo a las ruedas. En el lugar del crimen ha habido más suerte: tenemos la botella de cerveza. El camarero recordó que Holloway había puesto alrededor una servilleta pero hemos probado tanto con la botella como con la servilleta y no hemos encontrado nada. El laboratorio ha descubierto un tipo de adhesivo en la boca de la botella pero desconocen cuál es, sólo que no es tóxico. Eso es todo lo que saben. No concuerda con nada que tengamos en la base de datos del laboratorio.

Por fin habló Bishop:

—Una tienda de disfraces.

—¿Disfraces? —dijo Anderson.

—Quizá necesitaba una ayudita para tener el aspecto de ese Will Randolph al que suplantaba —dijo el detective—. Quizá era goma para pegarse en la cara un bigote o una barba.

Gillette estaba de acuerdo:

—Todo manipulador de ingeniería social que se precie se viste para el engaño. Tengo amigos que se han cosido ellos mismos uniformes de guardalíneas de Pac Bell.

—Eso es bueno —le dijo Tony Mott a Bishop, como si estuviera almacenando toda esta información en un curso mental de educación continuada.

Anderson asintió ante el consenso provocado por esta sugerencia. Shelton llamó a la Central de Homicidios de San José y lo preparó todo para que unos agentes comprobaran si las muestras de adhesivo eran o no de goma teatral.

Frank Bishop se quitó la chaqueta de su traje barato y la colocó con cuidado en el respaldo de una silla. Miró fijamente la foto y la pizarra blanca, con los brazos cruzados. La camisa volvía a escapársele del pantalón. Vestía botas con puntera. Cuando Gillette estaba en la universidad, algunos amigos de Berkeley alquilaron una película obscena para una fiesta: una cinta de machos de la década de los años cuarenta o cincuenta. Uno de los actores vestía exactamente igual que Bishop.

Bishop arrebató el informe de las manos de Shelton y le echó una ojeada. Luego alzó la vista:

—El camarero comentó que la víctima había tomado un martini y el asesino una cerveza light. Pagó el asesino. Si pudiéramos localizar la factura podríamos encontrar alguna huella.

—¿Y cómo va a hacer eso? —era el corpulento Stephen Miller quien hacía la pregunta—. Lo más seguro es que el camarero las tirase al cerrar el bar anoche.

Bishop miró a Gillette:

—Pondremos a unos cuantos agentes a hacer lo que él sugirió: husmear basuras —y le dijo a Shelton—: Diles que busquen una nota de un martini y una cerveza light en los cubos de basura del bar, con la hora fechada alrededor de las siete y media.

—Eso les llevará años —dijo Miller.

Bishop ya había cumplido con su parte y quedó en silencio, sin prestar atención al policía de la UCC. Shelton llamó a los agentes de la Central para que se pusieran manos a la obra.

Entonces Gillette se dio cuenta de que nadie quería tenerlo cerca. Vio que todo el mundo llevaba la ropa limpia, el pelo oliendo a champú y las uñas libres de mugre.

—Oiga, ya que contamos con unos minutos antes de que el ordenador esté listo —le dijo a Anderson—, me pregunto si no habrá una ducha por aquí...

Anderson se tocó el lóbulo que mostraba el estigma de una vida anterior y se echó a reír:

—No sabía cómo traerlo a colación —le dijo a Mott—: Llévalo al vestuario de empleados. Pero quédate cerca: recuerda que es un recluso.

El joven policía asintió y condujo a Gillette por el pasillo. No paró de comentar las ventajas del sistema operativo Linux, una variante del Unix clásico, que mucha gente empezaba a utilizar en vez de Windows. Conversaba con entusiasmo y sabía de lo que hablaba. Hizo algunas bromas sobre los hackers que habían detenido y escuchó con atención los comentarios de Gillette. No obstante, el joven policía conservaba la mano muy cerca de su enorme pistola en todo momento.

Mott le explicó que la «Patrulla geek» necesitaba al menos otra media docena de policías a tiempo completo, pero no había presupuesto. No podían dar abasto con todos los casos que se les presentaban (desde hackers hasta acosadores cibernéticos, pasando por pornografía infantil y pirateo de software) y el volumen de trabajo aumentaba mes a mes.

—¿Por qué entraste en el cuerpo? —le preguntó Gillette—. ¿En la UCC?

—Creía que iba a ser apasionante. Me gustan las máquinas y supongo que se me dan bien pero andar revisando códigos en un caso de violación de copyright no es tan excitante como esperaba. No es como bajar las pistas de esquí de Vail. Creo que soy un adicto a la velocidad.

—¿Y qué pasa con Linda? —dijo Gillette—: ¿Es también ella una geek?

—No. Es lista pero no lleva las máquinas en la sangre. Fue pandillera en Lechugalandia, ya sabes, Salinas. Luego se metió en Trabajo Social y se inscribió en la academia. Hace unos años le pegaron un tiro a su compañero en Monterrey, lo dejaron malherido. Linda tiene una familia de la que ocuparse (la hija embarazada y otra que está en el instituto) y su marido nunca para en casa. Es agente de inmigración. Así que decidió moverse al lado más tranquilo del oficio.

—Justo lo contrario que tú.

—Eso parece —dijo Mott, riendo.

Mientras Gillette se secaba tras la ducha, Mott puso unas cuantas de sus prendas de deporte sobre una banca. Una camiseta, unos pantalones de chándal negros y un impermeable. Mott era más bajo que Gillette pero más o menos tenían la misma talla.

—Gracias —dijo Gillette, poniéndose la ropa. Se sentía de maravilla después de haber borrado de su cuerpo delgado un tipo particular de mugre: el residuo de la cárcel.

Cuando volvían a la sala principal, pasaron por una pequeña cocina. Tenía una cafetera, una nevera y una mesa sobre la que había un plato de donuts. Gillette se paró y miró los dulces: se sentía hambriento. Vio que también había un armario.

—Supongo que no tendréis Pop-Tarts por aquí, ¿no?

—¿Pop-Tarts? No, pero come un donut.

Gillette se acercó a la mesa y se sirvió café. Luego tomó un donut de chocolate.

—No, uno de ésos no —dijo Mott. Se lo arrebató a Gillette de la mano y lo tiró al suelo. Botó como si fuera una pelota.

Gillette se quedó perplejo.

—Los ha traído Linda. Es una broma —cuando Gillette se le quedó mirando, añadió—: ¿Es que no lo pillas?

—¿Qué es lo que no pillo?

—¿Qué día es hoy?

—No tengo ni idea.

—Es *April's Fool,* el 1 de abril: nuestro Día de los Inocentes —apuntó Mott—. Son donuts de plástico. Linda y yo los hemos puesto esta mañana aquí y estábamos esperando que Andy viniera a hincarles el diente, pero aún no lo ha hecho. Parece que está a dieta —abrió el armario y sacó una caja de donuts de verdad—. Toma.

Gillette lo comió en un abrir y cerrar de ojos.

—Vamos, toma otro —dijo Mott.

Le siguió otro, que tragó con enormes sorbos de café del tazón que se había servido. Era lo mejor que había probado en mucho tiempo.

Mott agarró un bote de zumo de zanahoria de la nevera y volvieron a la zona principal de la UCC.

Gillette echó una ojeada al corral de dinosaurios, a los cientos de boas desconectadas que dormían en las esquinas y a los conductos del aire acondicionado, con la mente revuelta. Pensaba en algo. Frunció el entrecejo.

—Uno de abril, ¿eh? ¿Así que el asesinato tuvo lugar el 31 de marzo?

—Así es —respondió Anderson—. ¿Es algo significativo?

—Lo más seguro es que sea una coincidencia —dijo Gillette, dubitativo.

—Desembucha.

—Bueno, es sólo que el 31 de marzo es un día señalado en la historia de la informática.

—¿Por qué? —preguntó Bishop.

Una voz grave de mujer habló desde el pasillo:

—¿No es la fecha de la aparición del primer Univac?

Capítulo 00000110 / Seis

Al volverse se toparon con una treintañera desenfadada de pelo castaño, que vestía un desafortunado chándal gris y unos gruesos zapatos negros.

—¿Patricia? —preguntó Anderson.

Ella hizo un gesto afirmativo y entró en la sala, saludando con la mano.

—Ésta es Patricia Nolan, la consultora de la que os he hablado. Trabaja en el Departamento de Seguridad de Horizon On-Line.

Horizon era el mayor proveedor de servicios comerciales por Internet del mundo, incluso mayor que America Online. Tenía decenas de millones de suscriptores registrados y cada uno de ellos podía contar con hasta ocho nombres diferentes de usuarios, para amigos o familiares, y durante un tiempo fue habitual que un gran porcentaje del mundo que miraba las cotizaciones en bolsa, engañaba a otra gente en los chats, leía los últimos cotilleos de Hollywood, compraba cosas, comprobaba el pronóstico del tiempo, escribía o recibía correos electrónicos o se descargaba porno suave de la red lo hiciera vía Horizon On-Line.

Nolan escudriñó el rostro de Gillette durante un instante. Echó una ojeada a su tatuaje con la palmera. Y a sus dedos, que tecleaban de forma compulsiva en el aire.

—Horizon nos llamó cuando oyeron que la víctima era una de sus clientes y se ofrecieron a enviarnos ayuda —explicó Anderson—. Por si alguien había entrado en sus sistemas.

El detective le presentó al grupo y ahí fue donde Gillette la examinó a fondo. Las modernas gafas de sol de diseño, probablemente compradas en un impulso, no ayudaban mucho a hacer que su rostro, algo masculino y bastante vulgar, pareciera un poco menos vulgar. Pero los feroces ojos verdes detrás de esas gafas eran muy rápidos, y supo que ella también estaba entusiasmada por encontrarse en un antiguo corral de dinosaurios. Su complexión era floja, viscosa y oscurecida por un maquillaje muy grueso que podría haber estado de moda, aun incluso siendo entonces excesivo, en la década de los años setenta. Tenía la piel muy pálida, y Gillette apostó a que ella no habría salido al aire libre más que unas pocas horas en el mes pasado. Su pelo castaño era muy grueso y le caía en medio de la cara.

Después de los apretones de manos, ella se acercó inmediatamente a Gillette. Jugó con un mechón de su cabello enroscándolo entre los dedos y, sin preocuparse de si les podrían oír o no, dijo de pronto:

—He visto cómo me has mirado cuando has oído que yo trabajaba para Horizon.

Los verdaderos hackers despreciaban a Horizon On-Line, como despreciaban a todos los grandes proveedores comerciales de servicios de Internet (AOL, CompuServe, Prodigy y los demás). Los wizards usaban programas de telnet para saltar directamente desde su ordenador a otros y surcaban la red con *browsers* customizados diseñados para el viaje interestelar. Nunca se les ocurriría usar proveedores de Internet exiguos y de pocos caballos de potencia como Horizon, que estaban diseñados para el entretenimiento familiar.

A los subscriptores de Horizon se les conocía con nombres como «HOdidos» o «HOpardillos». O, siguiendo la última denominación de Gillette, simplemente como los «HO».

—Y, para poner todas las cartas sobre la mesa —prosiguió Nolan, hablando para Gillette—, te diré que estudié la carrera en el Tecnológico de Massachusetts y que me gané el master y el doctorado en Informática en Princeton.

—¿En el IA? —preguntó Gillette—. ¿En Nueva Jersey?

El laboratorio de Inteligencia Artificial de Princeton era uno de los mejores del país. Nolan hizo un gesto afirmativo:

—Eso mismo. Y también he pirateado un poco.

A Gillette le chocó que ella se justificara ante él (el recluso del grupo, a fin de cuentas) y no ante la policía. Había percibido un tono algo tajante en su voz, y la escena parecía ensayada. Supuso que eso se debía al hecho de que fuera mujer: la Comisión para la Igualdad en las Oportunidades de Empleo no tenía potestad para acabar con los perennes prejuicios de los hackers varones contra las mujeres que buscaban hacerse un sitio en la Estancia Azul. No sólo se las expulsa de los chats y de los boletines de noticias, sino que a menudo se las insulta y hasta se las amenaza. Las chicas que quieren dedicarse a la piratería informática tienen que ser más listas y diez veces más duras que sus homólogos masculinos.

—¿Qué era eso que decías sobre Univac? —preguntó Tony Mott.

—Es todo un acontecimiento en el Mundo de la Máquina —contestó Gillette.

—31 de marzo de 1951 —completó Nolan—. La primera Univac se construyó para la Oficina del Censo para llevar a cabo operaciones regulares.

—Pero ¿qué es Univac? —preguntó Bob Shelton.

—Significa *Universal Automatic Computer*, Ordenador Automático Universal.

—En informática las siglas están a la orden del día —comentó Gillette.

—Quizá queda más claro si decimos que el Univac es uno de los primeros superordenadores modernos que conocemos —añadió Nolan—. Claro que ahora uno puede comprarse un portátil que es mucho más rápido y hace un millón de cosas más.

—¿Y eso de la fecha? —inquirió Anderson—. ¿Creéis que es una coincidencia?

—No lo sé —Nolan se encogía de hombros.

—Quizá nuestro asesino siga algún esquema —sugirió Mott—. Vamos, que tenemos la fecha de un acontecimiento en el mundo de los ordenadores y un asesinato sin motivo en el corazón de Silicon Valley.

—Desarrollemos eso —dijo Anderson—. Hay muchas más fechas, así que busquemos si ha habido otros crímenes sin resolver en otras áreas de concentración de altas tecnologías. En el año pasado, por ejemplo. Buscad en Seattle, Portland... Allí tienen un Silicon Forest. Y Chicago tiene un Silicon Prairie. Y la 128 a las afueras de Boston.

—Austin, Texas —añadió Miller.

—Vale. Y la carretera de peaje al aeropuerto de Dulles a las afueras de Washington D. C. Empecemos por ahí y veamos con qué nos topamos. Enviad la petición al VICAP.

Tony Mott introdujo algunos datos y en unos minutos conseguía respuesta. Leyó la pantalla y dijo:

—Hay algo en Portland. El 15 y el 17 de febrero. Dos asesinatos sin resolver, un mismo modus operandi y además muy similar al que nos ocupa: las dos víctimas fueron acuchilladas en el pecho y murieron de las heridas. Se supone que el sospechoso es blanco, de unos veintitantos. Las víctimas fueron un ejecutivo de una rica corporación y una atleta profesional.

—¿15 de febrero? —preguntó Gillette.

Nolan lo escrutó

—¿ENIAC?

—Justo —apuntó el hacker antes de explicarse—. ENIAC fue un proyecto parecido al de Univac pero más antiguo. Salió en los cuarenta. Se celebra el 15 de febrero.

—¿Y qué significa esa sigla?

—*Electronic Numerical Integrator And Calculator*. O sea: calculadora e integradora numeral electrónica —como todos los hackers, era un loco de la historia de la informática.

Llegó otro mensaje de VICAP. Gillette le echó una ojeada y aprendió que esas letras significaban «Programa de Aprehensión de Criminales Violentos» del Departamento de Justicia.

Así que los policías usaban tantas siglas como los hackers.

—Tíos, hay uno más —dijo Tony Mott leyendo la pantalla.

—¿Más? —preguntó Stephen Miller, desanimado. Estaba ordenando con la mirada perdida el montón de disquetes y papeles que atiborraba su mesa, de una altura de varios centímetros.

—Un diplomático y un coronel del Pentágono (ambos con escolta) fueron asesinados en Herndon, Virginia, hace aproximadamente dieciocho meses. En sólo dos días. Ése es el pasillo de alta tecnología de la carretera del aeropuerto de Dulles... Voy a pedir el informe completo.

—¿Cuáles fueron las fechas de los asesinatos de Virginia? —preguntó Anderson.

—12 y 13 de agosto.

Escribió eso en la pizarra blanca y miró a Gillette alzando una ceja.

—¿Qué pasó esos días?

—El primer PC de IBM —contestó el hacker—. Se puso a la venta un 12 de agosto.

Nolan asintió.

—Así que tiene un esquema —dijo Bob Shelton.

—Y eso significa que va a seguir adelante —añadió Frank Bishop.

La terminal ante la cual se encontraba sentado Mott emitió un pitido suave. El joven policía se acercó más y su enorme pistola automática chocó contra la silla haciendo ruido. Frunció el entrecejo:

—Aquí tenemos un problema.

En la pantalla se leía lo siguiente:

No se pueden descargar los ficheros.

Debajo había un mensaje más largo.

Anderson leyó el texto y sacudió la cabeza:

—Han desaparecido del VICAP los informes de los asesinatos de Portland y Virginia. Hay una nota del administrador de sistemas que afirma que se perdieron en un accidente de almacenamiento de datos.

—Accidente —musitó Nolan, que cruzaba miradas con Gillette.

—No estaréis pensando... —dijo Linda Sánchez, con ojos asombrados—. Vamos, ¡no puede haber pirateado VICAP! Nunca nadie ha hecho algo así.

—Busca en las bases de datos de los Estados: en los archivos de las policías estatales de Oregón y Virginia —le dijo Anderson al joven teniente.

En un instante los informaba:

—No hay registro de ningún archivo sobre esos casos. Se han esfumado.

Mott y Miller se miraron con extrañeza.

—Esto empieza a dar miedo —dijo Mott.

—Pero ¿cuál es su móvil?

—Que es un maldito hacker —replicó Shelton—. Ése es su móvil.

—No es un hacker —afirmó Gillette.

—¿Entonces qué es?

A Gillette no le hacía mucha gracia tener que dar lecciones a su oponente policía. Miró a Anderson, quien lo explicó:

—La palabra *hacker* es todo un halago. Significa programador innovador. Como en *hackear* software. Un verdadero hacker sólo entra en el ordenador de otro para comprobar si es capaz de hacerlo y para averiguar qué esconde: para satisfacer su curiosidad. La ética hacker implica mirar pero no tocar. A la gente que entra en sistemas ajenos como vándalos o como rateros se les denomina *crackers:* ladrones de códigos.

—Yo ni siquiera diría eso —añadió Gillette—. Los *crackers* quizá roben y armen follones pero no se dedican a hacer daño físico a nadie. Yo diría que es un *kracker,* con *k* de *killer.*

—*Cracker* con *c, kracker* con *k* —murmuró Shelton—, ¿dónde está la diferencia?

—Existe —replicó Gillette—. Di *phreak* con *ph* y estás hablando sobre alguien que roba servicios telefónicos. *Phishing* significa buscar en la red la identidad de alguien, aunque se parezca a *fishing,* que en inglés significa una expedición de pesca. Escribe *warez* con *z* final y no con *s* y no te refieres a *warehouses,* a los grandes almacenes, sino a software comercial robado. Los locos de la red saben que todo reside en la ortografía.

Shelton se encogió de hombros y siguió impertérrito.

Los técnicos de identificación del Departamento Forense de la Policía del Estado volvieron a la sala principal de la UCC portando maletines repletos de cosas. Uno de ellos consultó un pedazo de papel:

—Hemos hallado dieciocho muestras parciales latentes y doce parciales visibles —se refería al portátil que colgaba de su hombro—. Las hemos pasado por el escáner y parece que todas pertenecen a la chica o a su novio. Y no había muestras de mancha de guantes en las teclas.

—Así que lo más seguro es que entrara en el sistema de ella desde una dirección remota —comentó Anderson—. Acceso leve, como nos temíamos —dio las gracias a los técnicos y éstos se fueron.

Entonces Linda Sánchez, metida de lleno en el asunto y dejando de lado su faceta de abuela, le dijo a Gillette:

—He asegurado y «logado» todo en su ordenador. Aquí tienes un disco de inicio.

Estos discos, que en inglés se llaman *boot discs,* contienen material del sistema operativo necesario para iniciar o cargar el ordenador de un sospechoso. La policía utiliza estos discos, en vez del disco duro, para iniciar los ordenadores ante la eventualidad de que su dueño (o, en este caso, el asesino) haya instalado previamente algún programa en el disco duro que destruya pruebas o todo el disco por completo si se inicia del modo habitual.

—He comprobado la máquina tres veces y no he encontrado ninguna trampa escondida pero eso no quiere decir que no las haya. ¿Sabes lo que estás buscando?

—Wyatt ha escrito la mitad de las trampas que se encuentran en el mercado —replicó Anderson, riendo.

—He escrito unas cuantas, pero lo cierto es que jamás he usado ninguna en mi ordenador —dijo Gillette.

La mujer puso los brazos en jarras sobre sus anchas caderas, sonrió con escepticismo y le espetó:

—¿Nunca has usado trampas?

—No.

—¿Por qué no?

—Siempre tenía en el ordenador algún programa que estaba ultimando y no quería perderlo.

—¿Prefieres que te pillen antes que perder tus programas?

Él no dijo nada, estaba claro que pensaba de esa manera: los federales le habían sorprendido con cientos de ficheros incriminatorios, ¿o no?

Ella se encogió de hombros y dijo:

—Seguro que ya lo sabes pero procura mantener el ordenador de la víctima y los discos lejos de bolsas de plástico, cajas o archivadores: pueden causar electricidad estática y borrar datos. Lo mismo pasa con los altavoces. Contienen imanes. Y no dejes ningún disco sobre baldas de metal: pueden estar imantadas. En el laboratorio encontrarás herramientas no magnéticas. Y a partir de aquí, supongo que ya sabes qué hacer.

—Sí.

—Buena suerte —dijo ella—. La habitación está cruzando ese pasillo.

Con el disco de inicio en la mano, Gillette recorrió el oscuro y frío pasillo.

Bob Shelton lo siguió.

El hacker se volvió.

—No quiero tener a nadie vigilándome por encima del hombro.

«Y a ti menos que a nadie», pensó para sus adentros.

—Está bien —dijo Anderson al policía de Homicidios—. Allá, la única puerta que hay tiene alarma y lleva su pieza de joyería casera puesta —miraba la tobillera electrónica de metal brillante—. No va a ir a ningún lado.

A Shelton no le hizo gracia pero cedió. No obstante, Gillette se dio cuenta de que tampoco regresaba a la sala principal. Se apoyó en una pared del pasillo cerca del laboratorio y cruzó los brazos, con pinta de ser un portero de noche con mala leche.

Ya en el laboratorio, Gillette se acercó al ordenador de Lara Gibson. Era sin duda un clónico de IBM.

Pero en un principio no hizo nada con él. En vez de eso, se sentó en una terminal y escribió un *kludge,* palabra que denomina un programa sucio y desaliñado con el que se pretende solucionar un problema específico. Terminó de escribir el código de origen en cinco minutos. Llamó al programa «Detective» y luego lo copió en el disco de inicio que le había dado Sánchez. Insertó el disco en el ordenador de Lara Gibson. Lo encendió y el ordenador comenzó a producir chasquidos y zumbidos con una familiaridad reconfortante.

Los dedos musculosos y gruesos de Wyatt Gillette recorrieron con destreza el frío plástico del teclado. Posó las yemas, encallecidas durante años de pulsar teclas sin descanso, sobre las pequeñas concavidades de las correspondientes a la *F* y a la *J*. El disco de inicio circunvaló el sistema operativo Windows de la máquina y fue directo al magro MS-DOS, el famoso *Microsoft Disc Operating System,* que es el precedente del más asequible Windows. Pronto, una *C:* blanca apareció en la negra pantalla.

Cuando vio aparecer ese cursor brillante e hipnótico su corazón empezó a latir más deprisa.

Y entonces, sin mirar el teclado, pulsó una tecla, la correspondiente a la *d* minúscula, la primera letra de la línea de comando, detective.exe, que pondría en marcha el programa.

El tiempo en la Estancia Azul es muy distinto del tiempo en el Mundo Real, y esto fue lo que sucedió en la primera milésima de segundo después de que Gillette pulsara esa tecla:

El voltaje que fluía en el circuito debajo de la tecla *d* cambió ligeramente.

El procesador del teclado advirtió el cambio y lanzó una señal de interrupción al ordenador principal, que envió momentáneamente las docenas de actividades que el ordenador estaba llevando a cabo a una zona de almacenaje conocida como «stack» y creó una ruta de prioridad especial para los códigos que provenían del teclado.

El procesador del teclado envió el código de la letra *d* a través de esta ruta hasta el sistema básico de input-output del ordenador, el BIOS, que comprobó si al mismo tiempo de pulsar esta tecla, Gillette había pulsado o no las teclas de *Shift, Control* o *Alternate*.

Una vez que comprobó que no era así, el BIOS tradujo el código de teclado para la *d* minúscula en otro código llamado ASCII, que fue enviado al adaptador de gráficos del ordenador.

El adaptador transformó el código en una señal digital, que a su vez fue enviada a los cañones de electrones que se encuentran en la parte posterior del monitor.

Los cañones dispararon un chorro de energía a la capa química de la pantalla. Y, milagrosamente, la letra *d* nació ardiendo en el negro monitor.

Y en lo que restaba de segundo, Gillette tecleó el resto del comando, e-t-e-c-t-i-v-e . e-x-e, y dio a *Enter* con el meñique de la mano derecha.

Pronto aparecieron más caracteres y gráficos en la pantalla y, como un cirujano a la búsqueda de un tumor elusivo, Wyatt Gillette comenzó a investigar el ordenador de Lara Gibson con cuidado: lo único de ella que había sobrevivido al ataque atroz, que aún estaba caliente, que al menos conservaba algunos recuerdos de lo que ella había sido y de lo que había hecho en su vida.

Capítulo 00000111 / Siete

«Tiene andares de hacker», pensó Andy Anderson al observar el paso encorvado de Wyatt Gillette que regresaba del laboratorio de análisis.

La «gente de la Máquina» adoptaba la peor postura de trabajo posible entre todas las profesiones en este mundo.

Eran casi las once en punto. El hacker sólo había pasado treinta minutos estudiando el ordenador de Lara Gibson.

Bob Shelton, que ahora escoltaba a Gillette de vuelta a la sala principal, preguntó ante el claro cabreo del hacker:

—¿Y bien? ¿Qué has encontrado? —pronunció sus palabras con un tono helado y Anderson se cuestionó por qué Shelton trataba tan mal al joven, teniendo en cuenta que él mismo se había ofrecido voluntario para este caso.

Gillette ignoró al policía mofletudo y se sentó en una silla giratoria. Cuando habló, lo hizo dirigiéndose a Anderson:

—Aquí pasa algo raro. El asesino estuvo en su ordenador. Había tomado el directorio raíz y...

—Dilo para tontos —murmuró Shelton—. ¿Que había tomado qué?...

—Cuando alguien ha tomado el directorio raíz —explicó Gillette—, eso significa que posee todo el control sobre el sistema de redes y sobre todos los ordenadores conectados a dicho sistema.

—Si uno toma el directorio raíz —prosiguió Anderson—, puede reescribir programas, borrar ficheros, añadir usuarios autorizados, quitarlos o conectarse a la red como si fuera otra persona.

—Pero no me explico cómo lo hizo —retomó Gillette—. Lo único extraño que he encontrado han sido varios ficheros revueltos: en un principio he pensado que se trataría de algún virus encriptado pero han resultado ser sólo morralla. No hay rastro de ningún tipo de software en ese ordenador que le haya permitido acceder a él —miró a Bishop y continuó—: Mira, yo puedo cargar un virus en tu ordenador que me permita tomar tu directorio raíz y meterme dentro cuando me dé la gana, desde donde quiera, sin necesidad de contraseña. Se llaman «puertas traseras», porque son virus que se cuelan como por una puerta trasera. Pero antes de que actúen yo he tenido que cargar algo en tu ordenador y haberlo activado. Te lo puedo enviar como un documento adjunto en un correo electrónico, y tú lo activas al abrir el adjunto sin saber lo que es. O puedo colarme en tu casa e instalarlo en tu ordenador y activarlo. Pero cuando eso ocurre, se crean docenas de pequeños archivos que se desparraman por todo el sistema para permitir que el virus funcione. Y en algún sitio suele quedar una copia del virus original dentro del ordenador —se encogió de hombros—. Pero no encuentro ningún rastro de esos ficheros. No, se metió en el directorio raíz de otra manera.

Anderson pensó que el hacker era un buen orador. Le brillaban los ojos con ese tipo de animación absorta que había visto antes en tantos geeks jóvenes: hasta en aquellos que estaban sentados en el banquillo de los acusados, sentenciándose a sí mismos al explicar sus fechorías al juez y al jurado.

—Así que sabes que se metió en el directorio raíz —le dijo Linda Sánchez.

—Bueno, he programado este *kludge* —contestó Gillette, dándole a Anderson el disquete.

—¿Qué es lo que hace? —preguntó Nolan, llena de curiosidad profesional, igual que Anderson.

—Se llama detective.exe. Busca aquellas cosas que no están dentro de un ordenador —señaló el disquete y explicó los términos a los policías no pertenecientes a la UCC—: Cuando tu ordenador funciona, tu sistema operativo, como Windows, almacena partes de los programas que necesita por todo el disco duro. Existen patrones que nos informan dónde y cuándo se han almacenado esos ficheros —e, indicando el disquete, añadió—: Eso me ha mostrado muchas de esas partes de programas alojadas en sitios que sólo tienen sentido si alguien de fuera se había introducido previamente en el ordenador de Gibson desde un lugar remoto.

Shelton sacudió la cabeza, confundido.

—Vamos, que es como si sabes que un ladrón ha entrado en tu casa porque ha movido los muebles y no los ha vuelto a dejar como estaban —dijo Frank Bishop—. Aunque ya se haya largado cuando tú regresas.

—Eso mismo —admitió Gillette.

Andy Anderson, tan capaz como Gillette en algunas áreas, sopesó el disquete que tenía en la mano. No podía evitar sentirse impresionado. Cuando estaba pensando si debía o no pedir a Gillette que los ayudara, el policía había visto partes de programas de Gillette, que el fiscal había presentado en el juicio como pruebas. Después de examinar las brillantes líneas de códigos, Anderson había pensado dos cosas. La primera era que si había alguien que podía aclarar cómo el asesino se había metido en el ordenador de Lara Gibson, ése era Gillette.

La segunda era que sentía una profunda y dolorosa envidia de las habilidades del joven. En todo el mundo hay decenas de miles de *code crunchers* (programadores que desarrollan software normal y eficiente para tareas mundanas) y otro tanto de *script bunnies* (chavales que, por pasárselo bien, escriben programas inmensamente creativos pero torpes y a la larga ineficaces). Pero sólo hay unos pocos que puedan concebir programas que sean «elegantes», el mayor elogio que existe al hablar del software, y que tengan la habilidad necesaria para llevarlos a cabo. Así era Wyatt Gillette.

Una vez más, Anderson observó que la mirada de Frank Bishop daba vueltas a la habitación como si estuviera en la luna. Su mente parecía hallarse lejos de allí. Pensó en llamar a la Central y pedirles que le asignaran otro detective. Que le dejaran perseguir a los ladrones de bancos del MARINKILL (ya que eso era tan importante para él) y enviaran a alguien que por lo menos prestase atención.

—Así que la clave del asunto —dijo el policía de la UCC a Gillette— es que se metió en el ordenador de la chica gracias a un nuevo virus desconocido que no sabemos cómo funciona.

—Básicamente, sí.

—¿Podrías encontrar algo más sobre él?

—Sólo lo que ya sabéis, que es experto en Unix.

Unix es un sistema operativo informático, como MS-DOS o Windows, aunque controla máquinas más grandes y potentes que los ordenadores personales.

—¿Cómo? ¿Qué sabemos? ¿A qué te refieres?

—El fallo que cometió.

—¿Qué fallo?

Gillette frunció el ceño.

—Cuando el asesino penetró en el sistema tecleó algunos comandos para entrar en los ficheros de ella. Pero eran comandos de Unix, que él debió de teclear por error antes de caer en la cuenta de que ella operaba con Windows. Son comandos raros y sólo los conoce alguien que sea un gurú de Unix. Los habéis tenido que ver.

Anderson miró interrogante a Stephen Miller, quien se suponía que había sido el primero en «excavar» el ordenador de la mujer. Miller dijo desasosegado:

—Sí que vi un par de líneas escritas en Unix. Pero pensé que había sido ella la que las había escrito.

—Ella era una civil —replicó Gillette, usando el término hacker para definir a una usuaria accidental de ordenadores—. Dudo que llegase a oír hablar de Unix, así que mucho menos sabría los comandos —en los sistemas operativos de Windows o Apple, los usuarios controlan sus máquinas con sólo hacer clic sobre una imagen o teclear palabras normales en inglés; para usar Unix uno necesita aprender cientos de códigos complicados hechos de símbolos y letras aparentemente incomprensibles.

—No lo pensé, lo siento —dijo Miller a la defensiva. Parecía descolocado por esta crítica referente a algo que él había considerado sin importancia.

Anderson supo que Stephen Miller había vuelto a cometer un nuevo error. Era un problema recurrente desde que Miller se uniera a la UCC dieciocho meses atrás. En la década de los años setenta, Miller había dirigido una empresa que fabricaba ordenadores y creaba software. Pero sus productos siempre iban un paso más atrás que los de IBM, Digital Equipment's o los de Microsoft, y su empresa acabó quebrando. Miller se quejó de que él ya había intuido muchas veces el «GC» (el «Gran Cambio», la locución empleada en Silicon Valley para denominar la innovación revolucionaria que iba a dejar pasmada a la industria y a convertir a sus creadores en millonarios de la noche a la mañana) pero los «grandes» no cesaban de sabotearlo.

Cuando su empresa se hundió y él se divorció, desapareció durante unos años del entorno informático *underground* de San Francisco y luego reapareció como programador *freelance*. Miller se pasó al campo de la seguridad informática y finalmente hizo pruebas para ingresar en la policía del Estado. No es que fuera el candidato ideal de Anderson para policía informático, pero en cualquier caso la UCC tampoco tenía muchos candidatos entre los que elegir (¿por qué conformarse con sesenta mil dólares al año trabajando en un empleo donde a uno le pueden pegar un tiro cuando se puede ganar diez veces más en cualquiera de las leyendas corporativas de Silicon Valley?).

Así que la carrera de Miller había estado repleta de frases como «No lo pensé, lo siento». Por otra parte, Miller, que nunca había vuelto a casarse y no parecía tener vida privada, era el que pasaba más horas en el departamento y se le podía encontrar en su puesto cuando ya se habían largado todos. También se llevaba trabajo «a casa», esto es: a los departamentos de informática de algunas universidades locales, donde tenía amigos y podía desarrollar proyectos de la UCC usando gratis superordenadores último modelo.

—¿Y en qué nos concierne? —preguntó Shelton—. ¿Qué pasa porque sepa ese rollo Unix?

—Es muy malo para nosotros —contestó Anderson—. Eso es lo que pasa. Los hackers que usan sistemas Windows o Apple son advenedizos. Los hackers serios trabajan en el sistema operativo Unix o en el de Digital Equipment's, VMS.

Gillette asintió.

—Unix es el sistema operativo de Internet —añadió—. Cualquiera que desee piratear los grandes servidores y *routers* (los dispositivos que conectan dos redes de área local) debe conocer Unix.

Sonó el teléfono de Bishop y él respondió la llamada. Luego miró a su alrededor y se dirigió a un cubículo contiguo. Se sentó erguido, según pudo observar Anderson: nada de encogimientos de hacker. El detective comenzó a tomar notas. Cuando colgó dijo:

—Tengo noticias. Uno de nuestros agentes ha hablado con unos IC.

Anderson tardó un segundo en recordar qué significaban esas letras. Informantes confidenciales. Chivatos.

—Se ha visto a un sujeto llamado Peter Fowler —dijo Bishop con su voz suave e impertérrita—, varón blanco de unos veinticinco años, natural de Bakersfield, vendiendo armas en esa zona. Parece que también tiene algunos cuchillos Ka-bar —hizo un gesto hacia la pizarra blanca—. Se le divisó hace una hora cerca del campus de Stanford en Palo Alto. En un parque a las afueras de Page Mill, a unos cuatrocientos metros al norte de la 280.

—El Otero de los Hackers, jefe —comentó Linda Sánchez—. En Milliken Park.

Anderson asintió. Conocía bien el lugar y no se sorprendió cuando Gillette afirmó que también lo conocía. Era una zona desierta de prados cercana al campus donde se reunían estudiantes de informática, hackers y gente de Silicon Valley. Se intercambiaban *warez* e historias y fumaban hierba.

—Conozco a gente allí —dijo Anderson—. Cuando acabemos con esto iré a echar un vistazo.

Bishop volvió a consultar sus notas y dijo:

—El informe del laboratorio afirma que el tipo de adhesivo de la botella es igual al que se usa en el maquillaje teatral. Un par de agentes han estado hojeando las páginas amarillas buscando tiendas. En la zona contigua sólo hay una tienda: Artículos Teatrales Ollie, en El Camino Real, Mountain View. El conserje me dijo que venden mucha mercancía. Pero no guardan registro de ventas. Ahora bien —prosiguió Bishop—, quizá tengamos algo sobre el coche del chico malo. Un guardia de seguridad en un edificio de oficinas enfrente de Vesta's, el restaurante donde el criminal recogió a la señorita Gibson, observó un sedán de color claro último modelo aparcado frente a las oficinas durante el rato que la víctima estuvo dentro del bar. En caso de ser así, su conductor puede haber observado con detenimiento el coche del asesino. Podríamos preguntar a todos los empleados de la empresa.

—¿Quiere echarle un vistazo mientras yo voy al Otero de los Hackers?

—Sí, señor, eso es lo que tenía pensado —repasó de nuevo sus notas. Luego, movió su cabeza de pelo endurecido apuntando a Gillette—: Los técnicos de la Escena del Crimen encontraron el recibo de la cerveza light y el martini en los cubos de basura en la parte trasera del restaurante. Han podido extraer un par de huellas y las han enviado a la Agencia para realizar el AFIS.

Tony Mott advirtió que Gillette fruncía el ceño con curiosidad:

—Es el sistema de identificación automática de huellas digitales —le explicó al hacker—. Primero busca en el sistema federal y luego va Estado por Estado. Lleva bastante tiempo para una búsqueda por todo el país pero si lo han arrestado por cualquier cosa en los últimos ocho años lo encontraremos.

Aunque tenía mucho talento para la informática, a Mott le fascinaba lo que él denominaba «el verdadero trabajo del poli» y no dejaba de acosar a Anderson para que lo trasladaran a Homicidios o a otra sección criminal para poder perseguir a «verdaderos delincuentes». Era sin lugar a dudas el único policía informático del país que llevaba como arma reglamentaria una automática del 45 capaz de parar un coche.

—Primero se concentrarán en la costa Oeste —dijo Bishop—. California, Washington, Oregón...

—No —dijo Gillette—. Que vayan de este a oeste. Que hagan primero Nueva Jersey, Nueva York, Massachusetts y Carolina del Norte. Luego Illinois y Wisconsin. Luego Texas. Y por último California.

—¿Por qué? —preguntó Bishop.

—¿Recuerda los comandos de Unix que tecleó? Eran de la versión de la costa Este.

Patricia Nolan les explicó a Bishop y a Shelton que existían varias versiones del sistema operativo Unix. El que el asesino hubiera utilizado los comandos de la costa Este parecía señalar que procedía de la orilla atlántica del país. Bishop asintió y pasó esta información a la Central. Luego miró su cuaderno y dijo:

—Sólo hay otra cosa que podemos añadir al perfil del sospechoso.

—¿Y qué es? —preguntó Anderson.

—La división de Identificaciones ha comentado que parecía como si el criminal hubiera sufrido algún tipo de accidente. Ha perdido la punta de casi todos sus dedos. Tiene suficiente yema como para dejar una huella pero en las puntas sólo se encuentra tejido cicatrizado. Los técnicos de Identificaciones creen que pudo haberse herido en algún incendio.

Gillette sacudió la cabeza:

—Son callos.

El policía lo miró. Gillette alzó su propia mano. Tenía las puntas de los dedos aplastadas y terminaban en callos amarillentos.

—Se le llama la manicura del hacker —explicó—. Cuando uno teclea durante doce horas al día, esto es lo que pasa.

Shelton escribió eso en la pizarra blanca mientras Bishop añadía que no se habían encontrado más pruebas.

Anderson miraba desesperanzado la pizarra blanca cuando Gillette dijo:

—Ahora quiero conectarme a la red y ver qué se cuentan los foros de discusión de los hackers más murmuradores, y los chats. Sea lo que sea lo que esté haciendo el asesino seguro que ha causado un gran revuelo y...

—No te vas a conectar a la red —le dijo Anderson.

—¿Qué?

—Que no —dijo el policía, testarudo.

—Pero tengo que hacerlo.

—No. Ésas son las reglas. Nada de andar on-line.

—Un momento —dijo Shelton—. Él ya se ha conectado a la red. Lo he visto.

Anderson volvió la cabeza hacia el policía:

—¿Se ha conectado?

—Sí, en la habitación del fondo, en el laboratorio. Lo he estado vigilando mientras él comprobaba el ordenador de la víctima —miró a Anderson—. Y he supuesto que tú lo habías permitido.

—No, no lo he hecho —Anderson preguntó a Gillette—: ¿Te has conectado?

—No —respondió Gillette con firmeza—. Me ha debido de ver cuando estaba escribiendo mi *kludge* y habrá pensado que estaba en la red.

—A mí me lo ha parecido —dijo Shelton.

—Se equivoca.

Shelton se encogió de hombros pero seguía sin creérselo.

Anderson podía haber ido al directorio raíz y comprobado los ficheros de conexión para saberlo con certeza. Pero pensó que el hecho de que se hubiera conectado o no a la red carecía de importancia. El trabajo de Gillette aquí había acabado. Tomó el teléfono y llamó solicitando que vinieran dos agentes a la UCC. «Tenemos un prisionero que debe ser trasladado de vuelta al Correccional de San José.»

Gillette se volvió hacia él, con ojos abatidos.

—No —dijo con tenacidad—. No me puede enviar de vuelta.

—Me aseguraré de que te entreguen el portátil que te prometí.

—No, no lo entiende. No puedo parar ahora. Tenemos que descubrir lo que el tipo hizo en el ordenador de esa chica.

—Pero tú has dicho que no has podido encontrar nada —gruñó Shelton.

—Es que ése es el verdadero problema. Si hubiera encontrado algo, podríamos entenderlo. Pero no puedo. Eso es lo terrible. Necesito seguir adelante.

—Si encontramos el ordenador del asesino —dijo Anderson—, o el de otra víctima, y si necesitamos analizarlos, te llamaremos de nuevo.

—Pero los chats, los paneles de noticias, los sitios de hackers. Ahí podríamos encontrar centenares de pistas. Seguro que la gente está hablando de este tipo de software.

Anderson vio la desesperación del adicto reflejada en el rostro de Gillette, tal como se lo había predicho el alcaide.

—A partir de ahora es nuestro, Wyatt —dijo—. Y gracias de nuevo.

Capítulo 00001000 / Ocho

Jamie intuyó que no iba a poder conseguirlo.

Era casi mediodía y estaba sentado solo en la oscura y fría sala de ordenadores, aún vestido con la ropa de jugar al fútbol («Jugar bajo la lluvia no afianza ningún carácter, Booty: sólo te empapas hasta los huevos»). Pero no quería perder tiempo dándose una ducha y cambiándose de ropa. Cuando estaba en el campo, en lo único que podía pensar era si el ordenador universitario al que había accedido habría sido capaz de adivinar el código.

Y ahora, mientras atisbaba la pantalla a través de sus gafas gruesas y empañadas, intuyó que el Cray no iba a poder descriptar la contraseña a tiempo. Estimó que tardaría dos días más en conseguirlo.

Pensó en su hermano, en el concierto, en los pases de *backstage,* y sintió ganas de llorar. Comenzó a teclear otros comandos para ver si podía acceder a otro ordenador universitario, a uno más rápido que había en el Departamento de Física. Pero ése tenía una larga lista de espera de gente que deseaba utilizarlo.

Sintió un escalofrío diferente al que le proporcionaban las ropas empapadas y miró por toda la sala oscura y rancia. Se estremeció de miedo. La única iluminación que había en la sala de ordenadores provenía de su pantalla encendida y de un débil flexo: los tubos catódicos del techo estaban apagados.

«Otra vez ese maldito fantasma...»

Quizá lo mejor era olvidarse de todo. Estaba harto de tener miedo, harto de tener frío. Quizá lo mejor era largarse de allí, ir al encuentro de Dave, de Totter o de los chicos del Club Francés. Sus manos se posaron sobre el teclado para detener el Crack-er e iniciar un programa de enmascaramiento que destruiría u ocultaría cualquier prueba de sus correrías informáticas.

Y entonces ocurrió algo.

El directorio raíz del ordenador universitario apareció de pronto en la pantalla frente a la que se encontraba. ¿Cómo había sucedido? Él no había pulsado ningún comando. Y, de pronto, se abrió un subdirectorio: el de los archivos de comunicación. Ese ordenador llamó entonces a otro. Se dieron un apretón de manos electrónico y en un santiamén tanto el Crack-er de Jamie Turner como el fichero de contraseñas de Booty eran transferidos al segundo ordenador.

¿Cómo demonios había sucedido?

Jamie Turner era un experto en cuestiones de informática, pero nunca había visto nada igual. La única explicación posible era que el primer ordenador (el universitario) tuviera algún tipo de arreglo con otros departamentos de informática para que las tareas que llevaran mucho tiempo fueran transferidas automáticamente a ordenadores más rápidos.

Pero lo verdaderamente raro era que el software de Jamie hubiera acabado en el gigantesco vector de datos paralelo del Centro de Investigación para la Defensa, donde había un dispositivo de superordenadores que se contaba entre los sistemas informáticos más rápidos del mundo. También era uno de los más seguros, y colarse en él resultaba casi imposible (Jamie lo sabía: lo había intentado). Contenía información altamente clasificada y en el pasado se había prohibido el acceso tanto a civiles como a departamentos universitarios. Jamie supuso que habían comenzado a alquilarlo para financiar los enormes gastos de mantenimiento de este gigantesco vector de datos paralelo.

Bueno, se le ocurrió que si, después de todo, había un fantasma, tal vez era un fantasma benévolo. Rió pensando que quizá era también fan de Santana.

Jamie se volcó ahora en su segunda tarea necesaria para completar la Gran Evasión. En menos de sesenta segundos se había convertido en un técnico de servicios de mediana edad con excesivo trabajo, en un empleado de la West Coast Security Systems, Inc. que no sabía dónde había puesto el diagrama esquemático del modelo de puerta de incendios con alarma WCS 8872 que estaba tratando de reparar, y que necesitaba que le echara una mano el supervisor técnico, quien —por otra parte— estaba encantado de hacerlo.

Sentado en su despacho de la sala de estar, Phate observaba trabajar al programa de Jamie en los superordenadores del Centro de Investigación para la Defensa, adonde lo había enviado junto con el fichero de la contraseña.

Sin que el administrador de sistemas tuviera noticia de ello, él poseía el control del directorio raíz de los superordenadores del Centro, que en estos momentos estaban gastando unos veinticinco mil dólares de tiempo de ordenador con el único propósito de permitir que un estudiante de segundo curso pudiera abrir una sola puerta cerrada.

Phate había echado una ojeada al progreso del primer superordenador que Jamie había usado en una universidad cercana y se había dado cuenta de que el chaval no conseguiría la clave para salir del colegio a tiempo para la cita de las seis y media con su hermano.

Eso significaba que el muchacho permanecería dentro del colegio y que Phate perdería ese asalto de su juego. Y eso no se podía permitir.

Pero, como había intuido, el vector de datos paralelo del Centro de Investigación para la Defensa lograría esa contraseña antes de la hora límite.

Si esa noche Jamie Turner hubiera llegado a asistir al concierto (algo que no iba a suceder) habría sido gracias a la ayuda de Phate.

Acto seguido, Phate se metió en la página del Consejo de Planificación y Zonificación de la Ciudad de San José y encontró una propuesta de edificación que había sido enviada por el rector de la Academia St. Francis. Quería construir otro muro de entrada y necesitaba

la aprobación del Consejo. Se descargó de la red los documentos
y los planos, tanto del colegio como de los patios.

Mientras examinaba los planos, su ordenador emitió un pitido
y se abrió una ventana, alertándole de que había recibido un mensaje de Shawn.

Sintió la punzada de excitación que le acometía cada vez que
Shawn le enviaba un mensaje. Le parecía que esta reacción era significativa, una clave importante para el desarrollo personal de Phate: no,
digamos mejor de Jon Holloway. Se había criado en una casa en la que
el afecto y el amor eran tan inusuales como abundante era el dinero, y
era consciente de que eso le había llevado a convertirse en una persona fría y distante. Así se comportaba con todo el mundo: familia, amigos, compañeros de trabajo, condiscípulos y las pocas personas con las
que había tratado de mantener una relación. Y, aun así, la hondura de
lo que Phate sentía por Shawn le demostraba que no estaba muerto
emocionalmente, que dentro de él fluía un enorme reguero de amor.

Deseoso de leer el e-mail, salió de la página de Planificación y Zonificación y se conectó a su servidor de correo.

Pero mientras leía esas palabras lúgubres se le borró la sonrisa de
la boca y su respiración se aceleró, así como su pulso.

—¡Dios! —murmuró.

El asunto del correo era que la policía había progresado en sus investigaciones mucho más de lo que él había supuesto. Sabían incluso lo de los asesinatos de Portland y Washington D. C.

Luego echó una ojeada al segundo párrafo y no llegó más allá de
la referencia a Milliken Park.

«No, no...»

Ahora sí que tenía un problema.

Phate se levantó de su asiento y echó a correr al sótano de su casa.
Divisó otra manchita de sangre seca en el suelo (proveniente del personaje de Lara Gibson) y luego abrió un taquillón. De éste extrajo su cuchillo manchado y oscuro. Fue hacia su armario, lo abrió y dio la luz.
Diez minutos después estaba en el Jaguar, corriendo por la autopista.

En el comienzo Dios creó el sistema de redes de la Agencia de Proyectos de Investigación Avanzada (llamado ARPAnet) y ARPA-net floreció y engendró a Milnet, y entre ARPAnet y Milnet crearon Internet y su proyecto, los foros de discusión de Usenet y la World Wide Web, y llegaron a ser la trinidad que cambió la vida de Su pueblo por siempre jamás.

Andy Anderson, quien solía describir así la red cuando enseñaba Historia de la Informática, pensó que ésa era una descripción demasiado halagüeña, mientras conducía por Palo Alto y pasaba frente a la Universidad de Stanford. Pues había sido en el cercano Instituto de Investigación de Stanford donde el Departamento de Defensa creara el predecesor de Internet en 1969, para enlazar dicho instituto con la UCLA, la Universidad de California en Santa Bárbara y con la Universidad de Utah.

La reverencia que sentía por ese lugar disminuyó, sin embargo, a medida que conducía bajo el sirimiri y enfrente veía la colina desierta del Otero de los Hackers, en Milliken Park. De haber sido un día normal, el lugar habría estado abarrotado de jóvenes intercambiando software e historias de sus andanzas y hazañas en la red y en los paneles de anuncios cibernéticos de todo el mundo. Hoy, la llovizna fría de abril había dejado el lugar vacío.

Aparcó, se puso un arrugado gorro gris para la lluvia que le había regalado su hija de seis años por su cumpleaños y salió del coche, cruzando por el césped y desplazando agua con los zapatos. Le descorazonaba la ausencia de un posible testigo que pudiera darle alguna pista sobre Peter Fowler, el vendedor de armas. En cualquier caso existía un puente cubierto en el medio del parque y a veces los chavales se reunían allí aunque hiciera frío o estuviera lloviendo.

Pero al acercarse Anderson comprobó que el lugar también estaba vacío.

Se paró y miró a su alrededor. Se veía que los pocos individuos que allí se encontraban no eran hackers: una señora mayor paseando a su perro y un ejecutivo que llamaba desde su móvil bajo la marquesina de un edificio cercano de la universidad.

Anderson pensó en una cafetería que había en el centro de Palo Alto, cercana al hotel California. Era un sitio donde se juntaban geeks para beber café cargado e intercambiar cuentos de sus tremendas hazañas. Decidió ir allí para preguntar si alguien sabía algo de Peter Fowler o de otra persona que vendiera armas o cuchillos. Y si no, lo intentaría en el edificio de Informática, y preguntaría a algunos profesores y estudiantes graduados con los que había trabajado si habían visto a alguien que...

Entonces el detective advirtió que algo se movía cerca de allí.

A unos quince metros había un joven que se encaminaba subrepticiamente hacia el puente bajo la lluvia. Miraba a un lado y a otro, y se veía que estaba paranoico.

Anderson se deslizó detrás de un macizo frondoso de enebro y se agachó. Anderson supo que ése era el asesino de Lara Gibson. Tenía unos veintitantos y vestía una chaqueta vaquera de la que de seguro provenían las fibras encontradas en el cadáver de la mujer. Era rubio e iba bien afeitado: la perilla que lució en el restaurante era falsa a todas luces, y se la había pegado con adhesivo teatral.

Ingeniería social...

Entonces la chaqueta del hombre se abrió por un instante y Anderson pudo avistar la funda nudosa de un cuchillo Ka-bar colgando de la pretina de sus vaqueros. El asesino se cerró la chaqueta con rapidez y prosiguió acercándose al puente, donde se adentró en las sombras y se puso a observar algo.

Seguro que había venido a comprar más armas a Fowler.

Anderson continuó fuera de su ángulo de visión. Llamó al despacho central de operaciones de la policía del Estado. Confiaba en que Nokia hiciera teléfonos a los que un poco de precipitación no les interfiriera. Un segundo después escuchaba la contestación de la Central que le preguntaba por su número de placa.

—Cuatro, tres, ocho, nueve, dos —susurró Anderson como respuesta—. Solicito apoyo inmediato. Tengo a la vista a un sospechoso de asesinato. Estoy en Milliken Park, Palo Alto, en el extremo sureste.

—Entendido, cuatro tres ocho —contestó el hombre—, ¿está armado el sospechoso?

—Veo un cuchillo. No sé si llevará armas de fuego.

—¿Está en un vehículo?

—Negativo —dijo Anderson, con el corazón a cien—. Por el momento va a pie.

Su interlocutor le pidió que esperara unos segundos. Anderson miraba fijamente al asesino, entornando los ojos, como si eso pudiera dejarlo helado en ese mismo sitio sin moverse. Susurró a Central:

—¿Cuál es el tiempo estimado de llegada para esos refuerzos?

—Un momento, cuatro tres ocho... Vale, le informo: estarán allí en veinte minutos.

—¿Es que nadie puede venir un poco más rápido?

—Negativo, cuatro tres ocho. Es todo lo que podemos hacer. ¿Procurará no perderle de vista?

—Lo intentaré.

Pero justo en ese instante el hombre volvió a ponerse en marcha. Dejó el puente y caminó por la acera.

—Se mueve, Central. Se dirige hacia el oeste a través del parque hacia los edificios de la universidad. Voy a seguirlo y le tendré informado de su localización.

—Oído, cuatro tres ocho. La UDC va para allá.

¿UDC? ¿Qué era eso ahora? Ah, vale: la Unidad Disponible más Cercana.

Anderson se acercó al puente, rozándose al agarrarse a los árboles al tratar de que el asesino no pudiera verlo. ¿Para qué habría vuelto? ¿A encontrar otra víctima? ¿Para ocultar las señales de algún crimen anterior? ¿Tendría acceso al envidiable departamento informático de Stanford, se habría servido de eso para poder escribir su virus?

Miró el reloj. Había pasado menos de un minuto. ¿Debería llamar otra vez y pedir que la unidad se acercara en silencio? No lo sabía. Quizá eso retrasara aún más su llegada. Seguro que había procedimientos establecidos para este tipo de situaciones: procedimientos que policías como Frank Bishop y Bob Shelton conocerían al dedillo. Anderson estaba acostumbrado a un tipo de trabajo policial muy diferente. Sus emboscadas se dirigían desde furgonetas, mientras uno ojeaba la pantalla de un portátil Toshiba conectado a un sistema de búsqueda radiodireccional Cellscope.

No creía haber sacado en dos años ni su pistola ni sus esposas de sus respectivas fundas.

Lo que le recordó: arma...

Miró la rechoncha empuñadura de su Glock. La extrajo de su cartuchera y apuntó hacia el suelo, con el dedo fuera del gatillo, tal como recordaba vagamente que había que hacer.

Quedaban diez minutos para que llegara la maldita UDC.

Entonces oyó un pequeño pitido electrónico a través de la bruma.

El asesino tenía un teléfono móvil. Se lo sacó del cinturón y se lo llevó a la oreja. Echó una ojeada al reloj y dijo unas palabras. Luego guardó el móvil y se fue por donde había venido.

«Vuelve a su coche», pensó el detective. «Lo voy a perder.»

Ocho minutos para que llegaran los refuerzos.

Andy Anderson decidió que no tenía alternativa. Iba a realizar algo que nunca antes había llevado a cabo: hacer un arresto en solitario.

Capítulo 00001001 / Nueve

Anderson fue hacia un pequeño arbusto.

El asesino se acercaba caminando rápidamente por el sendero, con las manos en los bolsillos.

Anderson consideró que eso era bueno: con las manos trabadas le sería más difícil sacar el cuchillo.

Pero, considerándolo, se detuvo: ¿qué pasaría si en realidad escondía una pistola?

Bueno, tengámoslo presente.

Y recuerda también que puede tener Mace, o un spray antiagresores o gas lacrimógeno.

Y recuerda que puede que de pronto salga en estampida. El policía se planteó qué haría en ese caso. ¿Cuáles eran las reglas ante un criminal en fuga? ¿Podría dispararle por la espalda? No tenía ni idea.

Había perseguido a docenas de delincuentes durante los últimos años, pero siempre arropado por agentes como Bishop, para quienes las armas y los arrestos de alto riesgo eran tan normales como lo era para Anderson recopilar un programa en C++.

Ahora el policía se movía más cerca del asesino, agradeciendo que lloviese así, pues eso silenciaba el sonido de sus pisadas. Se encontraban paralelos en lados opuestos de una hilera de crecidos setos de boj. Anderson se mantuvo agazapado y cerró un poco los ojos para ver a través de la lluvia. Pudo observar el rostro del asesino con claridad. Le recorrió una curiosidad intensa: ¿qué razón impulsaba a ese joven a cometer esos crímenes que se le imputaban?

Esa curiosidad era parecida a la que sentía cuando examinaba códigos de software o echaba una ojeada a los crímenes investigados por la UCC, sólo que ahora era más fuerte pues, a pesar de que era capaz de entender los principios de la informática y de los crímenes que ésta hacía posible, un criminal como éste se convertía en un verdadero enigma para Andy Anderson.

El hombre parecía afable, casi amigable, de no ser por el cuchillo o la pistola que podía empuñar con su mano oculta.

El detective se frotó la mano en la camisa para tratar de enjugarse la lluvia y volvió a aferrar la pistola con fuerza. Siguió adelante. Se trataba de algo muy diferente a arrestar hackers en terminales públicas de centros comerciales o esgrimir órdenes de detención en casas donde los mayores peligros provenían de platos de comida pútrida que se amontonaban a un lado del ordenador del adolescente.

Más cerca, más cerca...

Sus caminos coincidirían seis metros más allá. Dentro de nada, Anderson se vería sin ningún parapeto y tendría que actuar.

Hubo un instante en que lo abandonó el coraje. Pensó en su mujer y en su hija. Y lo extraño que se sentía allí, muy lejos de su terreno. «No —recapacitó—, sigue al asesino hasta su coche, toma nota de su matrícula y conduce tras él lo mejor que puedas».

Pero acto seguido Anderson pensaba en las muertes que este hombre había provocado y en los asesinatos que practicaría si no se le detenía. Y quizá fuera ésta su única oportunidad de echarle mano.

Siguió por el sendero que lo llevaría a interceptar al asesino.

Tres metros.

Dos y medio...

«Respira hondo.»

«No le quites ojo a la mano que lleva en el bolsillo», se recordó a sí mismo

Un ave, una gaviota, voló cerca y el asesino se detuvo a contemplarla, sobresaltado. Se rió.

Y en ese momento Anderson corrió desde los arbustos, mientras apuntaba al asesino con su arma y gritaba:

—¡Alto! ¡Policía! ¡Pon las manos donde yo pueda verlas!

Sacó la mano. Anderson miró sus dedos. ¿Qué era lo que sostenían?

Casi se ríe. Era una pata de conejo. Un llavero de la suerte.

—Suéltalo.

Lo hizo y luego alzó las manos de forma resignada, familiar: la forma de levantar las manos de alguien que ha sido arrestado previamente.

—Tírate al suelo y mantén los brazos bien abiertos.

—¡Dios! —soltó el tipo—. Dios, ¿cómo me has encontrado?

—¡Hazlo! —gritó Anderson con voz temblorosa.

El asesino se tumbó, con la mitad del cuerpo sobre el césped y la otra sobre la acera. Anderson se acuclilló a su lado, poniéndole la pistola en el cuello mientras le colocaba las esposas, tarea algo torpe que le llevó varios intentos. Acto seguido registró al asesino y lo despojó del cuchillo Ka-bar, del móvil y de la cartera. Y comprobó que sí llevaba una pequeña pistola, pero ésta se encontraba en un bolsillo de la chaqueta. Dejó las armas, la cartera, el móvil y el llavero de pata de conejo en una pequeña pila sobre la hierba. Anderson retrocedió unos pasos con las manos temblorosas por la descarga de adrenalina.

—¿De dónde has salido? —le murmuró el hombre.

Anderson no contestó y se quedó mirando a su prisionero, mientras la euforia reemplazaba al aturdimiento que había sentido durante la detención. ¡Vaya historia que tenía! A su mujer le iba a encantar. Y quería contársela también a su hija, pero tendría que esperar unos cuantos años. Vaya, y a Stan, y a sus vecinos...

Entonces Anderson se dio cuenta de que se había olvidado de leerle sus derechos al detenido. No deseaba cargarse un arresto como ése por un fallo técnico. Encontró la tarjeta en su billetera y leyó las palabras agarrotadamente.

El asesino musitó que entendía sus derechos.

—Oficial, ¿se encuentra bien? —dijo una voz de hombre a su espalda—. ¿Necesita ayuda?

Anderson miró detrás. Era el ejecutivo que había visto debajo de la marquesina. Tenía el traje empapado de lluvia: un traje caro de color oscuro.

—Tengo un móvil. ¿Lo necesita?

—No, gracias, todo está bajo control —Anderson se volvió hacia su detenido. Enfundó la pistola y sacó su propio móvil para dar parte de la detención. Pulsó «Rellamada» pero, por alguna razón, no se estableció la conexión. Echó una ojeada a la pantalla y decía: «Fuera de servicio».

Esto era muy raro. ¿Por qué...?

En un segundo —un segundo de puro horror— se dio cuenta de que ningún poli de la calle habría dejado que un civil no identificado se pusiera a su espalda durante un arresto. Mientras sacaba la pistola y se daba la vuelta sintió una inmensa explosión de dolor cuando el ejecutivo lo agarró por el hombro y le hundió el enorme cuchillo en la espalda.

Anderson gritó quejumbroso y cayó de rodillas. El hombre lo apuñaló de nuevo.

—No, por favor, no...

El tipo agarró la pistola de Anderson y le dio una patada que la envió lejos, sobre la acera.

Luego se acercó hacia el joven que Anderson acababa de esposar. Le dio la vuelta y lo miró.

—Menos mal que estás aquí —dijo el de las esposas—. Este tipo ha llegado de la nada y ya pensaba que estaba jodido. ¿Me quitas esto, tío? Yo...

El atacante se agazapó a su lado.

—Eras tú —le susurró Anderson al ejecutivo—. Tú mataste a Lara Gibson —sus ojos enfocaron al hombre que estaba esposado—. Y ése es Fowler.

—Es cierto —asintió el hombre—. Y tú eres Andy Anderson, te he reconocido —su voz denotaba una sincera sorpresa—. Pero no pensaba que tú vendrías en mi busca. Vamos, sé que trabajas en la UCC y que lleváis el caso de Lara Gibson. Pero no esperaba encontrarte aquí, en campo abierto. Increíble... Andy Anderson. ¡Eres todo un wizard!

—Por favor... Estoy sangrando. Ayúdame, por favor.

Entonces el asesino hizo algo raro.

Asió el cuchillo con una mano y tocó el abdomen del policía con la otra. Y comenzó a subir los dedos hasta el pecho con lentitud mientras contaba las costillas, bajo las que el corazón latía muy deprisa.

—Por favor —suplicó Anderson.

El asesino paró y bajó la cabeza hasta casi tocar la oreja de Anderson:

—No se conoce a alguien de veras hasta que llega un momento como éste —susurró, y acto seguido consumaba su crimen, una vez terminado su escalofriante sondeo del pecho del policía.

2. Demonios

«[Él] era de una nueva generación de hackers, no provenía de la tercera generación, inspirada por un asombro inocente (...) sino de la cuarta, privada de derechos y movida por la rabia.»

JONATHAN LITTMAN, *The Watchman*

Capítulo 0001010 / Diez

Un hombre de traje gris entraba en la Unidad de Crímenes Computerizados a la una de la tarde.

Lo acompañaba una mujer regordeta, vestida con un traje pantalón de color verde oscuro. Detrás llevaban dos policías uniformados. Con los hombros empapados por la lluvia y las caras largas.

Penetraron en silencio en la sala y marcharon hasta el cubículo de Stephen Miller.

—Steve —dijo el hombre alto.

Miller se puso en pie, peinándose el poco pelo que le quedaba.

—Capitán Bernstein —dijo.

—Tengo algo que decirte —añadió el capitán, en un tono que Gillette supo que aventuraba malos presagios. Miró también a Linda Sánchez y a Tony Mott, quienes se les unieron—. He querido venir en persona. Han encontrado el cuerpo de Andy Anderson en Milliken Park. Parece que el chico malo (el del asesinato de la Gibson) lo mató.

—¡Oh! —se atoró Sánchez, llevándose una mano a la garganta. Comenzó a llorar—. ¡No, Andy no...! ¡No!

A Mott se le ensombreció la cara. Musitó algo que Gillette no llegó a escuchar.

Patricia Nolan había pasado la última media hora sentada junto a un Gillette esposado, reflexionando sobre el tipo de software que podría haber usado el asesino para infiltrarse en el ordenador de Lara Gibson. Mientras charlaban, ella había abierto su bolso para extraer un frasco de esmalte, con el que incongruentemente comenzó a pintarse las uñas. Ahora el pequeño pincel se le había caído de las manos.

—¡Dios mío!

Stephen Miller cerró los ojos un momento.

—¿Qué ha pasado?

La puerta se abrió y entraron Frank Bishop y Bob Shelton.

—Acabamos de enterarnos —dijo Shelton—. Y hemos venido tan rápido como nos ha sido posible. ¿Es cierto?

Aunque la escena que tenía enfrente dejaba poco lugar a dudas.

—¿Han hablado con su mujer? —dijo Sánchez, empapada en lágrimas—. Oh, y con Connie, su pequeña. Tiene tan sólo cinco o seis años.

—El comandante y un orientador psicológico se dirigen a su casa en este momento.

—¿Qué ha pasado? —repitió Miller.

—Nos podemos hacer una idea —respondió el capitán Bernstein—, pues hay un testigo, una mujer que paseaba a su perro por el parque. Parece que Andy acababa de detener a un sujeto llamado Peter Fowler.

—Sí —dijo Shelton—, ése era el vendedor de armas que abastecía al asesino.

—Lo malo es que él pensó que Fowler era el asesino —continuó Bernstein—. Era rubio y vestía una cazadora vaquera —señaló la pizarra blanca—. ¿Recuerdan esas fibras de dril de algodón en la herida? Debían de haberse quedado adheridas al cuchillo que el asesino le compró a Fowler. En cualquier caso, mientras Andy esposaba a Fowler un hombre blanco se le acercó por detrás. Veintitantos años, pelo oscuro, traje azul marino y con un maletín en la mano. Dijo algo y cuando Andy se dio la vuelta lo apuñaló por la espalda. La testigo fue a pedir ayuda y eso es todo lo que vio. El asesino también mató a Fowler a cuchilladas.

—¿Por qué no pidió refuerzos? —preguntó Mott.

—Bueno, eso sí que es raro: hemos comprobado su teléfono móvil y el último número que marcó era el de la Central. Una llamada de tres minutos enteros. Pero en la Central no consta que se haya realizado y ninguno de los operadores habló con él. Nadie puede imaginarse qué es lo que ocurrió.

—Muy fácil —dijo el hacker—. El asesino alteró el conmutador.

—Eres Gillette —dijo el capitán. No necesitaba una respuesta para verificar su identidad: le bastaba con ver las esposas del detenido—. ¿Qué significa eso de «alteró el conmutador»?

—Se metió en el ordenador de la compañía de telefonía móvil e hizo que le enviaran a su propio teléfono todas las llamadas que salieran del aparato de Andy. Lo más probable es que se hiciera pasar por un operador y le dijera que un coche iba en su ayuda. Y luego dejó el móvil de Andy sin cobertura para que no pudiera llamar a nadie más.

El capitán asentía lentamente:

—¿Hizo eso? Pero ¿a qué diantres nos enfrentamos?

—Al mejor ingeniero social que he visto en la vida—contestó Gillette.

—¡Tú! —gritó Shelton—. ¿Es que no puedes parar de usar esos putos clichés informáticos?

Frank Bishop le tocó el brazo a su compañero para que se calmara y luego le dijo al capitán:

—Es culpa mía, señor.

—¿Culpa tuya? —el capitán miró al delgado detective—. ¿Qué es lo que quieres decir?

Sus ojos se movieron lentamente de Gillette hasta la pizarra blanca:

—Andy no estaba cualificado para realizar un arresto.

—En cualquier caso, era un detective entrenado —replicó el capitán.

—El entrenamiento no se parece en nada a lo que sucede en las calles —Bishop alzó la vista—. En mi opinión, señor.

La mujer que acompañaba al capitán se revolvió, nerviosa, en ese momento. El capitán la miró y dijo:

—Ésta es la detective Susan Wilkins de la sección de Homicidios de Oakland. Ella llevará el caso a partir de ahora. Dirige una brigada de agentes (hombres de fuerzas especiales y de Escena del Crimen) que van camino de la Central de San José. Tendrán todo el apoyo que necesiten.

—Frank, he dado el visto bueno a tu petición —añadió el capitán volviéndose hacia Bishop—. Bob y tú seréis trasferidos al caso MARINKILL. Un informe afirma que se ha avistado a los asesinos en una tienda de ultramarinos a treinta kilómetros al sur de Walnut Creek. Da la impresión de que vienen en esta dirección —miró a Miller—. Steve, tú te encargarás de lo que hacía Andy: del lado informático del asunto. Trabajarás con Susan.

—Claro, capitán, déjelo de mi cuenta.

El capitán se volvió hacia Patricia Nolan.

—Usted es la persona de la que nos habló el comandante, ¿no? La consultora de seguridad de ese entramado informático... ¿Horizon On-Line?

Ella asintió.

—Se preguntan si desea continuar.

—¿Quiénes?

—Las autoridades de Sacramento.

—Claro, estaré encantada de colaborar.

Gillette no se mereció una alusión directa. El capitán habló a Miller:

—Estos agentes conducirán al detenido hasta San José.

—Mire —suplicó Gillette—. No puede llevarme de vuelta.

—¿Qué?

—Me necesitan. Lo que está haciendo ese tipo no tiene precedentes. Tengo que...

El capitán lo despachó con un gesto y se volvió hacia Susan Wilkins, señalando la pizarra blanca y hablando sobre cuestiones relativas al caso.

—Capitán —reiteró Gillette—. No puede enviarme de vuelta.

—Necesitamos su ayuda —dijo Nolan, buscando con la vista a Bishop, quien no le hizo el menor caso.

El capitán miró a los dos agentes que le habían acompañado. Éstos fueron hasta Gillette y se colocaron cada uno a un lado del detenido, como si él mismo fuera el asesino. Se encaminaron hacia la puerta.

—No —se quejó Gillette—. ¡No tiene ni idea de lo peligroso que es ese hombre!

Sólo precisaron otra mirada del capitán para escoltarlo hacia la salida. Él empezó a decirle a Bishop que interviniera pero el detective estaba como ausente, seguramente reflexionando ya sobre el caso MARINKILL. Miraba al suelo, absorto en sus pensamientos.

—Vale —oyó Gillette que Susan Wilkins les decía a Miller, Sánchez y Mott—, lamento lo que le ha ocurrido a vuestro jefe pero ya he tenido que pasar por esto y estoy segura de que vosotros también, y la mejor manera de demostrar que Andy nos importaba es apresar al asesino y eso es justamente lo que vamos a hacer. Ahora bien, creo que todos estamos de acuerdo en lo concerniente a nuestra aproximación al caso. Pienso acelerar el procesamiento del informe de la escena del crimen y del expediente. El informe preliminar dice que el detective Anderson (al igual que ese Fowler) fue apuñalado. La causa de la muerte fue un paro cardiaco provocado por una herida de arma blanca. Ellos...

—¡Espere! —gritó Gillette cuando casi salía ya por la puerta.

Wilkins se detuvo. Bernstein hizo una seña a los policías para que lo sacaran de allí. Pero Gillette dijo a toda prisa:

—¿Y qué pasó con su primera víctima? ¿También fue acuchillada en el pecho?

—¿Adónde quieres llegar? —preguntó Bernstein.

—¿Lo fue? —reiteró su pregunta Gillette, enfático—. ¿Y las víctimas de los otros asesinatos, las de Portland y Virginia?

Por un instante nadie dijo nada. Por fin, Bob Shelton miró el informe del asesinato de Lara Gibson.

—Causa de la muerte, una herida de arma blanca en el...

—... en el corazón, ¿verdad? —dijo Gillette.

Shelton miró primero a su compañero y luego a Bernstein. Asintió. Tony Mott dijo:

—No sabemos qué pasó en Oregón ni en Virginia: borró los informes.

—Más de lo mismo —afirmó Gillette—. Os lo garantizo.

—¿Cómo puedes saberlo? —le preguntó Shelton.

—Porque sé cuál es su móvil —respondió Gillette.

—¿Y cuál es?—preguntó Bernstein.

—Acceso.

—¿Qué quieres decir? —musitó Shelton con belicosidad.

Patricia Nolan asentía:

—Eso es lo que buscan todos los hackers. Acceso a información, a secretos, a datos...

—Cuando uno es un hacker —sentenció Gillette—, el acceso es Dios.

—¿Y qué tiene eso que ver con los apuñalamientos?

—El asesino es un MUDhead.

—Claro —dijo Tony Mott—. Conozco a los MUD —parecía que Miller también los conocía. Estaba asintiendo.

—Es otra sigla —explicó Gillette—. Significa Dominio de Multiusuarios. Es un lugar de Internet donde la gente se conecta para practicar juegos de rol. Juegos de aventuras, de cruzadas, de ciencia ficción, de guerra. También contiene sociedades y civilizaciones virtuales. Como Sim-City. Los MUD son como un mundo fuera de éste, pero la gente que juega suele ser legal: ejecutivos, geeks, un montón de estudiantes y de profesores. Pero hace como tres o cuatro años hubo una gran controversia por un juego llamado *Access,* acceso.

—Me suena haber oído algo sobre ello —dijo Miller—. Muchos proveedores de Internet se negaron a mancharse las manos con eso.

Gillette asintió.

—Funcionaba como una ciudad virtual, poblada por personajes que llevaban una vida normal: iban a trabajar, salían con gente, criaban una familia, etcétera. Pero en el aniversario de una muerte famosa (como el asesinato de Kennedy, el día en que dispararon a Lennon o el Viernes Santo) un generador escogía un número al azar y con él designaba a uno de los habitantes para convertirlo en asesino. Era el único en saber que lo era. Y tenía sólo una semana para introducirse en la vida de la gente y matar a tantos como le fuera posible. El asesino podía elegir a cualquiera para convertirlo en su víctima —prosiguió Gillette— pero cuanta mayor dificultad planteara el asesinato, más puntos conseguía. Un político con escolta sumaba diez puntos. Un policía armado era quince puntos. La única limitación que tenía el asesino es que debía acercarse a sus víctimas lo bastante como para poder hundirles un cuchillo en el corazón: ésa era la forma definitiva de acceso.

—Dios mío, ése es nuestro asesino en pocas palabras —dijo Tony Mott—. El cuchillo, las heridas en el corazón, las fechas de aniversarios informáticos, buscar a gente que es difícil de asesinar, como Lara Gibson... Gente con guardaespaldas y mucha seguridad en su entorno. Lo hizo en Portland y en Washington D. C. Y se ha venido hasta aquí para jugar a su juego en Silicon Valley —el joven policía sonrió cínicamente—. Está en el nivel de expertos.

—¿Nivel? —preguntó Bishop.

—En los juegos de ordenador —le explicó Gillette—, uno avanza superando dificultades que se acrecientan desde el nivel de principiantes hasta el más complejo: el nivel de expertos.

—¿Así que todo esto no es sino un juego para él? —dijo Shelton—. No resulta fácil creérselo.

—No —dijo Patricia Nolan—. Me temo que resulta muy fácil de creer. El Departamento de Conducta del FBI en Quántico considera a los hackers ofensivos criminales compulsivos progresivos. Como los asesinos seriales impulsados por la lujuria. Necesitan cometer crímenes cada vez más intensos para satisfacer su ansia. Y diría que para él las máquinas son más importantes que la gente —prosiguió Nolan—. Una muerte no le supone ninguna pérdida: pero si se le rompe el disco duro es toda una tragedia.

—Eso es de ayuda —afirmó Bernstein—. Lo tendremos en cuenta —miró a Gillette—: Pero tú vuelves ahora mismo a la cárcel.

—¡No! —gritó el hacker.

—Oye, ya nos hemos metido en un buen aprieto por dejar salir a un recluso federal con una orden firmada bajo el nombre de Juan Nadie. A Andy no le importaba correr el riesgo. A mí, sí. Eso es todo lo que tengo que decir al respecto.

Hizo una nueva seña a los agentes y éstos condujeron al detenido fuera del corral de dinosaurios. A Gillette le parecía que esta vez lo agarraban con más fuerza, como si sintieran su desesperación y sus ganas de escapar. Nolan suspiró moviendo la cabeza y ofreció a Gillette una triste sonrisa mientras lo sacaban de allí.

La detective Susan Wilkins retomó su monólogo pero su voz se fue desvaneciendo mientras Gillette se encaminaba al exterior del edificio. Caía una lluvia persistente. Uno de los agentes le dijo: «Lo lamento», pero Gillette no sabía si se refería a su intento frustrado de permanecer en la UCC o a que carecían de un paraguas bajo el que cobijarle de la lluvia.

El agente lo ayudó a agacharse para entrar en el coche patrulla y cerró la puerta.

Gillette cerró los ojos y apoyó la cabeza en la ventanilla. Se oía el tamborileo del agua sobre el techo del coche.

Sentía una pesadumbre inmensa por su derrota.

Dios, cuán cerca había estado de...

Pensó en todos esos meses en la cárcel. Pensó en todos los planes que tenía.

Todo perdido. Todo estaba...

La puerta del coche se abrió.

Frank Bishop se agachaba. El agua le corría por la cara, brillaba en sus patillas y empapaba su camisa pero su pelo, domado por el fijador, continuaba en su sitio, inmune a la fuerte lluvia.

—Tengo una pregunta que hacerle, señor.

¿Señor?

—¿De qué se trata?

—Eso de los MUD. ¿Es morralla o no?

—No. Creo que el asesino está jugando su versión personal del juego: una versión real.

—¿Hay alguien que lo siga jugando? En Internet, me refiero.

—Lo dudo. Oí que los verdaderos MUDheads se habían indignado con el asunto tanto que sabotearon los juegos e inundaron de correos basura a los que aún jugaban, hasta que dejaran de hacerlo.

El detective volvió la vista hacia la oxidada máquina de Pepsi tirada enfrente del edificio de la UCC. Y luego preguntó:

—Ese tipo de ahí dentro, Stephen Miller... Es un peso pluma, ¿no?

Gillette lo pensó y un segundo después respondió:

—Proviene de los viejos tiempos.

—¿Qué?

La expresión se refería a las décadas de los años sesenta y setenta: aquella época revolucionaria en la historia de los ordenadores que finalizó con la aparición del PDP-10 de Digital Equipment Corporation, el ordenador que mudó el talante del Mundo de la Máquina para siempre. Pero sólo le dijo esto al detective:

—Supongo que era bueno, pero ha perdido el tren. Y sí, en términos de Silicon Valley eso significa que es un peso pluma.

—Ya veo —Bishop se irguió de nuevo y observó el tráfico que discurría por una autopista cercana. Y luego les dijo a los agentes—: Trasladen a este hombre otra vez dentro, por favor.

Ellos se miraron pero, cuando Bishop hizo un gesto enfático, sacaron a Gillette del coche patrulla.

Mientras retornaban a la oficina de la UCC, Gillette oyó cómo seguía canturreando la detective Susan Wilkins: «... y si es necesario actuaremos conjuntamente con los departamentos de seguridad de Mobile America y Pac Bell; ya he establecido líneas de comunicación con los equipos de fuerzas especiales. Otra cosa. A mi juicio, trabajar cerca de grandes recursos nos da un sesenta contra cuarenta más de eficacia, así que vamos a trasladar la Unidad de Crímenes Computerizados a la Central de San José. Según tengo entendido, aquí tienen algunos problemas administrativos relacionados con la ausencia de una recepcionista y podremos solucionar eso en la Central...».

Gillette dejó de prestar atención a la voz y se preguntó qué es lo que estaría tramando Bishop.

El policía dejó a Gillette esperando en el pasillo y se acercó a Bob Shelton, con quien estuvo charlando en susurros durante un rato. La conversación terminó cuando Bishop le preguntó a su compañero: «¿Me apoyarás?».

El policía corpulento observó despectivo a Gillette y musitó algo afirmativo a regañadientes.

El capitán Bernstein frunció el ceño y se acercó a Bishop y a Shelton, mientras Wilkins seguía hablando. Bishop le dijo:

—Señor, me gustaría llevar este caso, y pido que Gillette trabaje con nosotros.

—Querías colaborar en el caso MARINKILL.

—Quería, señor. En pasado. Pero he cambiado de opinión.

—Recuerdo lo que has dicho antes, Frank. Pero no eres responsable de la muerte de Andy. Él debería haber sabido sus limitaciones. Nadie lo obligó a perseguir a ese tipo en solitario.

—Si ha sido mi culpa o no ha sido mi culpa carece de importancia. No se trata de eso. Se trata de detener a un delincuente peligroso tan rápido como nos sea posible.

El capitán Bernstein entendió lo que quería decir y miró a Wilkins:

—Susan ya ha llevado casos como éste. Es buena.

—Sé que lo es, señor. Hemos trabajado juntos. Pero ella se licenció en Quántico y nunca ha trabajado en las trincheras, como yo. Sabe a lo que me refiero: Oakland, Haight, Salinas... Este delincuente es así de peligroso. Por eso prefiero llevar yo el caso. Pero el otro problema es que aquí no estamos jugando en nuestro terreno. Necesitamos a alguien que sea bien brillante —su tupé señaló a Gillette—. Y creo que él es tan bueno como el asesino.

—Tal vez lo sea —susurró Bernstein—. Pero no es eso lo que me preocupa.

—Me hago cargo, señor. Si algo sale mal, asumiré la culpa de todo. Ninguno de los míos volverá a correr riesgos.

Patricia Nolan se les unió y dijo:

—Capitán, si quiere cerrar este caso va a necesitar algo más que tomar huellas e interrogar a testigos.

—Bienvenidos al puto nuevo milenio —suspiró Shelton.

—Bien, el caso es tuyo —le dijo Bernstein a Bishop, asintiendo—. Escoge a alguien de Homicidios de San José para que os eche una mano.

—Huerto Ramírez y Tim Morgan —replicó sin dudar Bishop—. Me gustaría que se presentaran aquí tan pronto como fuera posible si está en su mano, señor. Quiero poner a todo el mundo en antecedentes.

Bernstein le comunicó los cambios a Susan Wilkins, quien se marchó, más perpleja que enfadada por la pérdida de su nuevo caso. Y luego el capitán preguntó a Bishop:

—¿Quieres trasladarlo todo a la Central?

—No, nos quedamos aquí, señor —dijo Bishop. Señaló una pantalla de ordenador—. Tengo la impresión de que éste será el lugar donde haremos la mayor parte del trabajo.

—Bueno, mucha suerte, Frank. Me ocuparé de que tanto Escena del Crimen como los hombres de fuerzas especiales estén a punto para echaros una mano.

—Pueden quitarle las esposas —dijo Bishop a los agentes que habían venido para escoltar a Gillette de vuelta a San Ho.

—¿Y también la tobillera de detección? —preguntó uno de los agentes, apuntando al artefacto que el detenido lucía en una de sus piernas.

—No —dijo Bishop, mostrando una extraña sonrisa—. Creo que se la vamos a dejar puesta.

Algo más tarde, dos hombres se unían al equipo de la UCC: un latino ancho y moreno que era extremadamente musculoso (tan musculoso como el dibujo del Gold Gym) y un detective alto y rubio vestido con camisa oscura, corbata oscura y uno de esos trajes de cuatro botones. Bishop los presentó como Huerto Ramírez y Tim Morgan, los detectives de la Central que había solicitado.

—Ahora me gustaría decir un par de cosas —anunció Bishop, metiéndose la camisa rebelde por dentro del pantalón y colocándose en el centro del grupo. Los observó a todos y mantuvo la mirada un instante—. En cuanto al tipo que perseguimos: es alguien perfectamente dispuesto a matar a quien se interponga en su camino y eso incluye a defensores de la ley e inocentes. Es un experto en ingeniería social —echó una mirada a los recién llegados Ramírez y Morgan—. Que, en resumen, significa disfraz y estrategias de diversión. Así que es importante que cada cual recuerde continuamente lo que sabemos sobre él.

Bishop miró a los ojos a todos los del equipo mientras revisaba la lista:

—Creo que tenemos ya confirmado que es un sujeto de unos veintitantos años. De constitución mediana, quizá es rubio pero es probable que sea moreno, con la cara afeitada pero que a veces lleva postizos faciales y cuya arma asesina preferida es un cuchillo Ka-bar. Puede invadir las líneas telefónicas e interrumpir el servicio o hacer que se le transfieran las llamadas. Puede meterse en los ordenadores de la policía —ahora fue Gillette quien recibió una mirada—, perdón, puede «crackear» los ordenadores de la policía y destruir fichas policiales e informes. Le van los desafíos y matar es para él un juego. Ha pasado muchos años en la costa Este pero ahora está cerca, aunque desconocemos su localización real. Creemos que compró artículos para sus disfraces en una tienda de productos teatrales de El Camino Real en Mountain View. Es un sociópata insensible e incontinente que ha perdido contacto con la realidad y que piensa en lo que hace como si jugara a un gran juego de ordenador.

Gillette estaba asombrado. El detective daba la espalda a la pizarra blanca mientras recitaba todos estos datos. El hacker cayó en la cuenta de que había juzgado mal a aquel hombre. Cuando el detective parecía mirar absorto por la ventana o posar la vista en el suelo no hacía otra cosa que absorber todos esos datos.

Bishop bajó los ojos pero siguió enfocándolos a todos:

—No quiero perder a ningún otro miembro de este equipo. Así que vais a tener que guardaros las espaldas y desconfiar de todo bicho viviente: hasta de la gente que creéis conocer. Pensad en estos términos: nada es lo que parece.

Gillette se dio cuenta de que asentía sin querer a esas palabras.

—Y ahora, las víctimas. Sabemos que elige a gente inabordable, gente con guardaespaldas y buenos sistemas de seguridad. Cuanto más difícil sea acercarse a ellos, tanto mejor. Debemos tenerlo presente cuando pensemos en anticiparnos a sus acciones. Vamos a seguir el plan general de investigación. Huerto y Tim, quiero que llevéis la escena del crimen de Anderson en Palo Alto. Interrogad a todo aquel que encontréis en Milliken Park y alrededores. Bob y yo iremos a buscar a ese testigo que vio el coche del asesino en el aparcamiento del restaurante donde mató a la señorita Gibson. Y Wyatt, tú te encargas del lado informático de la investigación.

Gillette movió la cabeza: no estaba seguro de haber oído correctamente.

—¿Perdón?

—Tú —repitió Bishop— te encargas del lado informático de la investigación —no hubo más explicaciones.

Stephen Miller no dijo nada, aunque miró al hacker con frialdad mientras continuaba ordenando inútilmente las pilas de disquetes y de papeles que abarrotaban su mesa.

Ramírez y el policía sacado del *Vogue,* Tim Morgan, se largaron para acercarse a Palo Alto. Una vez que se hubieron ido, Bishop preguntó a Gillette:

—¿Le dijiste a Andy que podrías encontrar más cosas sobre cómo el asesino entró en el ordenador de la Gibson?

—Sí. Sea lo que sea lo que ha hecho este tipo, habrá tenido su repercusión en los rincones ocultos de la comunidad hacker. Por eso tengo que conectarme a la red y...

Bishop señaló un cubículo.

—Haz lo que tengas que hacer y danos un informe en media hora.

—¿Así como así?

—En menos tiempo, a ser posible. Veinte minutos.

—Ejem —se hizo notar Stephen Miller.

—¿Qué pasa? —le preguntó el detective.

Gillette esperaba algún comentario sobre la degradación que acababa de sufrir Miller. Pero no se trataba de nada de eso.

—Lo que pasa —protestó Miller— es que Andy dijo que éste no debía enchufarse a la red. Y además existe una orden del juzgado que afirma lo mismo. Formaba parte de la sentencia.

—Y es muy cierto —replicó Bishop, cuyos ojos rastreaban la pizarra blanca—. Pero Andy está muerto y el juzgado no lleva este caso. Lo llevo yo —miró a Gillette con cierta impaciencia educada—. Así que agradecería mucho que todos nos pusiéramos manos a la obra.

Capítulo 00001011 / Once

Wyatt Gillette se arrellanó en una silla barata de oficina. Se encontraba en un cubículo de la parte trasera de la UCC, en calma, lejos de los otros miembros del equipo.

Miraba fijamente el cursor parpadeante de la pantalla.

Acercó la silla y se secó las manos en el pantalón. Acto seguido, las callosas yemas de sus dedos machacaban furiosamente el teclado negro. No apartaba la vista de la pantalla. Gillette sabía dónde se encontraban las teclas de cada carácter y de cada símbolo y escribía ciento diez palabras por minuto, sin cometer fallos. Cuando comenzaba a programar y a entrar en sitios web ajenos se había dado cuenta de que ocho dedos no eran suficientes, y acuñó una nueva técnica de mecanografía en la que también usaba los pulgares para aporrear ciertas teclas, en vez de reservarlos únicamente para la barra de espacio.

Aunque el resto de su cuerpo era endeble, tenía los dedos y los antebrazos verdaderamente musculosos: en la cárcel, mientras el resto de los reclusos mataba el tiempo levantando pesas en el patio, Gillette había estado haciendo ejercicios para fortalecer sus dedos, para estar en forma cuando pudiera ejercitar su pasión. Y ahora el teclado de plástico bailaba bajo sus envites, mientras él se disponía a desarrollar su búsqueda en la red.

La mayor parte de lo que hoy en día se encuentra en Internet es una combinación entre parque de atracciones, periódico sensacionalista, centro comercial y multicine. Tanto los *browsers* como los motores de búsqueda están decorados con personajes de dibujos animados e imágenes resultonas (por no hablar de un maldito montón de anuncios). Un crío de tres años no tiene el menor problema para dominar la tecnología necesaria para manejar un ratón y hacer clic sobre cualquier ventana. Y en cada nueva ventana nos esperan facilones menús de ayuda. Así es como se le presenta Internet al público, bajo la fachada reluciente de la comercializada World Wide Web.

Pero el Internet real (el del verdadero hacker, el que se esconde bajo la red) es un lugar salvaje y destemplado, donde los hackers usan comandos incomprensibles, utilidades de telnet y software de comunicaciones manipulado como un motor trucado que navega a través del mundo a la velocidad de la luz, literalmente.

Y esto es lo que se disponía a hacer Wyatt Gillette.

Pero había una cuestión preliminar antes de adentrarse en la búsqueda del asesino de Lara Gibson. Así como un mago mitológico no puede ponerse en camino sin sus varitas mágicas y sus libros de conjuros y sus pociones, así también un mago de los ordenadores (un *wizard*) tiene que empuñar sus defensas antes de lanzarse a la aventura.

Claro que lo primero que aprende un hacker es el arte de esconder el software. Ya que uno debe hacerse a la idea de que, en un momento determinado, un hacker rival (cuando no la policía o el FBI) puede apoderarse o destruir su ordenador, uno nunca deja la única copia que tiene de sus herramientas en su disco duro o en las copias de seguridad de sus disquetes que posee en su casa.

Uno los esconde en un ordenador distante, con el que no tiene ningún vínculo.

La mayoría de los hackers guarda su botín en ordenadores universitarios porque allí la seguridad brilla por su ausencia. Pero Gillette había pasado años trabajando en sus herramientas de software, en muchos casos escribiendo códigos de la nada, o modificando programas existentes para adaptarlos a sus necesidades. Perder todo ello le habría supuesto una desgracia: y un desastre para la mayor parte de los usuarios de ordenadores del mundo, pues los programas de

Gillette podían ayudar incluso a un hacker mediocre a entrar en un sitio gubernamental o en los sistemas de casi cualquier corporación.

Ésa fue la razón de que, años atrás, se colara en un lugar algo más seguro que el Departamento de Procesamiento de Datos de Dartmouth o la Universidad de Tulsa para almacenar sus programas. Se volvió para cerciorarse de que nadie estaba «surfeando en su hombro» (o sea, que nadie a su espalda leía su pantalla), escribió un comando y contactó desde aquel ordenador de la UCC con otro que se encontraba algunos Estados más allá. En un instante aparecieron estas palabras en su pantalla:

Bienvenido a la Sección de Investigación de armas nucleares de la base aérea de Los Álamos, Estados Unidos
 # ¿Usuario?

Como respuesta a esa pregunta tecleó: «Jarmstrong». El nombre del padre de Gillette era John Armstrong Gillette. Normalmente no era una buena idea que un hacker escogiera un nombre de pantalla o de usuario que tuviera algún tipo de conexión con su vida real, pero él se había permitido esta ligera concesión a su lado más humano.

El ordenador preguntaba ahora:

 # ¿Contraseña?

Tecleó: «4%xTtfllk5$$60%4Q», que, a diferencia de la identificación de usurario, pertenecía al más puro estilo hacker, frío a más no poder. Memorizar esta serie de caracteres había sido penosísimo (parte de su gimnasia mental diaria en la cárcel consistía en rememorar dos docenas de contraseñas tan largas como ésta) pero nadie podría imaginársela y un superordenador necesitaría semanas para descubrirla, dado que tenía diecisiete caracteres. Un ordenador personal clónico de IBM tendría que trabajar sin pausa durante cientos de años antes de dar con una contraseña tan complicada como ésta.

El cursor parpadeó durante un instante y luego la pantalla cambió y él leyó lo siguiente:

Bienvenido, Capitán J. Armstrong

En tres minutos había descargado un buen número de ficheros de la cuenta del ficticio Capitán Armstrong. Su artillería incluía el famoso programa SATÁN (una herramienta administrativa de seguridad para analizar sistemas, que tanto los administradores de sistemas como los hackers utilizaban para considerar la *hackabilidad* de sistemas informáticos); varios programas para forzar y entrar en directorios raíz de ordenadores, terminales y sistemas; un *browser* (un buscador y ojeador de sitios web) y lector de noticias hecho a medida; un programa de camuflaje que ocultaba su presencia cuando entraba en un ordenador ajeno y destruía las huellas de sus actividades cuando se desconectaba; programas «fisgones» que fisgoneaban (encontraban) nombres de usuarios, contraseñas y demás información útil en la red o en el ordenador de alguien; un programa de comunicaciones para reenviarse todos esos datos, programas de codificación; listas de sitios web de hackers y «anonimatizadores» (servicios comerciales que de hecho «blanqueaban» los correos electrónicos y los mensajes para que el receptor no pudiera seguirle la pista a Gillette hasta la UCC).

La última herramienta que descargó fue algo que había creado unos años atrás. HyperTrace. Lo usaba para encontrar y seguir la pista a otros usuarios de la red.

Con todas estas herramientas guardadas en un disco Zip, Gillette salió de Los Álamos. Hizo una pausa, flexionó los dedos y se inclinó hacia delante. Gillette comenzó su tarea mientras golpeaba las teclas con la sutileza de un luchador de sumo. Comenzó su búsqueda en los dominios de Multiusuarios, dada la supuesta motivación del asesino: jugar una versión real del infame *Access*. No obstante, en esos dominios nadie había jugado a *Access* o sabía de alguien que lo hiciera: o al menos eso es lo que aseguraban. El juego se había prohibido cuatro años atrás. En cualquier caso, Gillette logró extraer algunos datos de todo ello.

De los MUD se fue a la World Wide Web, de la que todo el mundo sabe algo pero que nadie podría definir. Es, simplemente, una red internacional de ordenadores, a la que se tiene acceso por medio de protocolos informáticos especiales que son únicos, pues permiten a los usuarios ver gráficos y escuchar sonidos, o saltar a través de las páginas web, o a otras páginas, con el mero acto de hacer clic en unos lugares determinados de sus pantallas: los hipervínculos. Antes de que existiera la WWW, la mayor parte de la información estaba en forma de textos y saltar de un sitio a otro era extremadamente engorroso. La red aún se encuentra en su adolescencia, al haber nacido hace una década en el CERN, el Instituto de Física suizo.

Gillette buscó en los sitios *underground* de la red, los barrios bajos, espectrales, de la red. Para entrar en algunos de esos sitios había que responder a una pregunta esotérica sobre la piratería informática, buscar un punto microscópico de la pantalla y hacer clic sobre él o proporcionar una contraseña. Ninguna de esas barreras demoraron a Gillette más de uno o dos minutos.

De un sitio a otro, se perdió cada vez más en la Estancia Azul y escudriñó en ordenadores que acaso se encontraran en Moscú o en México D. F. O que quizá estaban a la vuelta de la esquina, en Cupertino o en Santa Clara.

Gillette corría a través de ese mundo tan aprisa que no deseaba levantar los dedos del teclado por miedo a aminorar la marcha. Así que en vez de tomar notas con lápiz y papel, como hacía la mayoría de los hackers, copiaba todo aquel material que consideraba de utilidad y lo pegaba en una ventana del procesador de textos que había abierto en la pantalla.

Salió de la WWW y encaminó su búsqueda en Usenet: una colección de sesenta mil foros de discusión en los que aquella gente interesada en un tema determinado podía colocar mensajes, fotos, programas, películas y muestras de sonido. Gillette hizo un barrido por los clásicos foros de discusión hackers, como alt.2600, alt.hack, alt.virus y alt.binaries.hacking.utilities, copiando y pegando todo lo que le parecía relevante. Encontró referencias a otros grupos que no existían cuando lo metieron en la cárcel. Saltó a esos grupos y encontró referencias de muchos más. Sus nombres le ofrecían alguna orientación geográfica: alt.hack.uk para el Reino Unido; alt.hacking.de en Alemania. Los nombres de algunos grupos estaban codificados: oscurecidos aposta para evitar el escrutinio de las autoridades. Por ejemplo, rec.engine.cb. Lo curioso es que éste hacía referencia a Charles Babbage, el matemático e ingeniero británico que diseñara lo que fue denominado como el primer ordenador, llamado el Motor de Diferencias, a mediados del siglo XIX.

Más grupos. Más cortar y pegar.

Oyó un chasquido proveniente del teclado y vio esto en la pantalla:

ꟶꟶꟶꟶꟶꟶꟶꟶꟶꟶꟶꟶꟶꟶꟶꟶꟶꟶꟶꟶꟶꟶꟶꟶꟶꟶꟶꟶꟶꟶꟶꟶꟶ

Uno de sus vehementes golpes había roto el teclado. Era frecuente que eso le sucediera cuando estaba ejerciendo de hacker. Gillette lo desenchufó, lo tiró a un lado, enchufó otro nuevo y volvió a teclear.

De los foros de discusión fue hasta los *Internet Relay Chat rooms*. Los IRC o chats eran grupos de charla y discusión en tiempo real que no estaban regulados ni mostraban exclusiones en los que se reunía gente que tenía las mismas afinidades. Uno escribía una opinión, daba a *Enter* y sus palabras aparecían en las pantallas de todos aquellos que estuvieran conectados al chat en ese momento. Se adentró en el grupo #hack (los grupos se definían por un signo numérico seguido de una palabra explicativa). En ese grupo había pasado miles de horas como hacker, compartiendo información y discutiendo y bromeando con otros hackers de todo el mundo. No obstante, no reconoció ninguno de los nombres de usuario de quienes estaban conectados en ese momento.

De los IRC, Gillette se fue a buscar en los BBS, en los *bulletin boards* o carteles de anuncios que son como sitios web que carecen de imágenes y a los que se puede acceder por el coste de una llamada local: no se requiere ningún tipo de servicio proveedor de Internet. Muchos eran legítimos pero algunos (con nombres como DeathHack o Silent Spring) comprendían las zonas más oscuras del mundo on-line. Sin ningún tipo de regulación o vigilancia, eran los lugares adonde ir si uno buscaba bombas, gases venenosos o virus informáticos consuntivos que podían borrar los discos duros de la mitad de la población del mundo.

Rastreó las pistas: fue a más sitios web, a más foros de discusión, a más chats y a más archivos.

Estaba a la caza...

Esto es lo que hacen los abogados cuando husmean en viejas baldas polvorientas, buscando un caso que salve a su cliente de la ejecución; lo que hacen los deportistas cuando caminan con pesadez, a través de la hierba, hacia el lugar donde creyeron (sólo creyeron) oír el gruñido de un oso; lo que hacen los amantes cuando buscan el núcleo del deseo en el otro...

Aun cuando buscar en la Estancia Azul no es exactamente igual a buscar en estantes de biblioteca o campos de hierba alta o en la suave piel de tu amante: es como rastrear a través de todo el universo siempre en expansión, que no sólo contiene el mundo conocido y sus misterios no compartidos, sino también mundos pretéritos o que aún están por venir.

Es algo interminable.

Un chasquido...

Había roto otra tecla: la imprescindible *e*. Gillette arrojó el teclado muerto a una esquina del cubículo, donde se unió al cadáver de su amigo fallecido.

Enchufó un nuevo teclado y siguió.

A las dos y media de la tarde Gillette salió del cubículo. Le dolía la espalda de un modo verdaderamente brutal, por haber estado sentado tanto tiempo manteniendo la misma postura. Y aun así podía sentir el arrebato, proporcionado por ese breve rato que había pasado conectado a la red, y la renuencia a dejar el ordenador, que tiraba de él con fuerza. Experimentaba una falsa sensación de hambre: un ansia de comida en el alma a pesar de que el cuerpo sabe que está lleno.

Encontró a Bishop charlando con Shelton en la parte central de la UCC: los otros estaban al teléfono o rodeando la pizarra blanca de notas, repasando las pruebas. Bishop fue el primero en ver a Gillette y se calló.

—He encontrado algo —dijo el hacker, señalando sus notas.

—Cuéntanos.

—Dilo para tontos —le advirtió Shelton—. ¿Qué es lo principal?

—Lo principal —respondió Gillette— es que hay un tipo llamado Phate. Y que tenemos un problema muy serio.

Capítulo 00001100 / Doce

—¿*Fate?* ¿Destino? —preguntó Frank Bishop.

—Ése es su nombre de usuario —dijo Gillette—, su nombre de pantalla. Sólo que él lo escribe P-H-A-T-E. Como *Phishing,* con ph, ¿recuerdas? Como hacen los hackers.

Todo reside en la ortografía...

—¿Cuál es su nombre real? —preguntó Patricia Nolan.

—No lo sé. Nadie parece saber nada de él, pero quienes han oído hablar de él lo temen como a un demonio. No suele andar con ninguna de las bandas, lo que es raro. Es una leyenda.

—¿Es un wizard? —preguntó Stephen Miller.

—Es todo un wizard.

—¿Por qué crees que él es nuestro asesino? —preguntó Bishop.

—Esto es lo que he encontrado. Phate y un amigo suyo, alguien cuyo nombre es Shawn, escribieron un software denominado Trapdoor. Ahora bien, en el mundo de los ordenadores «trapdoor» hace alusión a un agujero construido dentro del sistema de seguridad que permite a los diseñadores de software volver dentro para arreglar problemas sin necesidad de contraseña. Phate y Shawn utilizan el mismo nombre para designar algo que es bien distinto. Es un programa que, de alguna manera, los deja entrar en cualquier ordenador.

—Trapdoor —musitó Bishop—. Suena a patíbulo.

—Es como un patíbulo —repitió Gillette.

—¿Y cómo funciona? —preguntó Nolan.

Gillette estuvo a punto de explicárselo en el lenguaje de los iniciados, pero entonces advirtió la presencia de Bishop y de Shelton. *Dilo para tontos.*

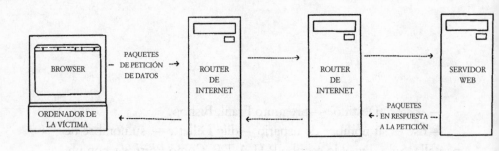

El hacker se acercó a una de las pizarras blancas que no tenían nada escrito y dibujó un diagrama. Dijo:

—La forma en que viaja la información por la red no es como en un teléfono. Todo lo que uno recoge cuando está conectado (un correo electrónico, música que uno desea escuchar, una fotografía que se descarga, los gráficos de un sitio web) se descompone en fragmentos de información llamados *packets,* paquetes. Cuando uno envía algo desde su ordenador, estos paquetes se mandan a Internet con una dirección y algunas instrucciones para volver a juntarlos. En el punto de recogida esos paquetes se vuelven a ensamblar y así uno puede acceder a ellos desde su ordenador.

—¿Y por qué los despedazan? —preguntó Shelton.

—Para que muchos paquetes diferentes —respondió Nolan— puedan enviarse por los mismos conductos a un mismo tiempo. Y para que, si algunos se pierden o se dañan, tu ordenador pueda reenviarlos —esto es, los dañados o perdidos— sin tener que reponer otra vez todos y con ello el mensaje completo.

Gillette señaló su diagrama.

—Los paquetes se envían a Internet por medio de estos *routers,* que no son sino enormes ordenadores diseminados por todo el país que guían a los paquetes hasta su destino final. Los *routers* poseen grandes dispositivos de seguridad pero Phate se las ha arreglado para entrar en algunos de ellos y colar dentro un paquete fisgón.

—Que, supongo —dijo Bishop—, busca unos paquetes concretos.

—Exacto —continuó Gillette—. Los identifica por el nombre de pantalla o por la dirección de la que proceden o hacia la que se dirigen. Y cuando el fisgón encuentra los paquetes que ha estado esperando los encamina hacia el ordenador de Phate. Y, una vez allí, Phate añade algo a esos paquetes —Gillette se dirigió ahora a Miller—: ¿Has oído hablar de la esteneanografía?

El policía negó con la cabeza. Tampoco Tony Mott ni Linda Sánchez conocían el término pero Patricia Nolan dijo:

—Son datos secretos y ocultos en, por poner un ejemplo, ficheros de sonido o de imagen, que uno envía por la red. Material de espías.

—Sí —confirmó Gillette—. Son datos encriptados, que viajan en el mismo entramado del fichero, y en el caso de que alguien intercepte tu correo y lo lea o mire la foto que envías, todo lo que verá será un inocente fichero y no los datos ocultos que contiene. Bueno, y eso es lo que hace el Trapdoor de Phate. Sólo que no esconde mensajes camuflados sino una aplicación.

—¿Un programa en funcionamiento? —preguntó Nolan.

—Eso mismo. Y luego él se lo reenvía a su víctima.

Nolan movió la cabeza. Su rostro pálido y rechoncho demostraba tanto pasmo como admiración. Abstraída, tiró de un mechón de su pelo rizado para evitar que le cayera sobre la cara. Embelesada, bajó el tono de voz para decir:

—Nadie había hecho nada igual.

—¿En qué consiste ese software que envía? —preguntó Bishop.

—Es un *demon,* un demonio —dijo Gillette, dibujando un segundo diagrama para explicar el funcionamiento de Trapdoor.

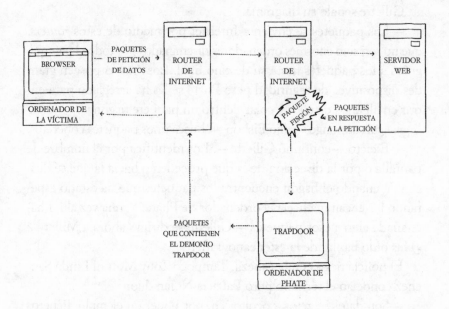

—¿Un demonio? —replicó Shelton.

—Hay toda una categoría de software llamada «bots» —explicó Gillette—. Una abreviatura de «robots». Y eso es lo que son: robots de software. Cuando se los activa, trabajan por su cuenta, sin necesidad de ninguna entrada de datos por parte de los humanos. Pueden viajar de una máquina a otra, pueden reproducirse, pueden esconderse, pueden comunicarse con otros ordenadores o con gente y pueden suicidarse. Los demonios son un tipo de «bots» —prosiguió Gillette—. Se asientan dentro de tu ordenador y hacen cosas como activar el reloj, recuperar archivos automáticamente o desfragmentar tu disco duro. Trabajo benéfico. Pero demonio Trapdoor ejecuta algo mucho más peligroso. Una vez que está dentro de tu ordenador modifica el sistema operativo y enlaza tu ordenador con el de Phate en cuanto te conectas a la red.

—Y toma tu directorio raíz —dijo Bishop.

—Exacto.

—Oh, esto sí que es malo —musitó Linda Sánchez—. Caray...

Nolan seguía enrollando en su dedo mechones de cabello rebelde. Sus ojos, pertrechados tras unas endebles gafas de diseño, denotaban una sensación de peligro, como si acabara de haber presenciado un accidente espantoso.

—Eso significa que si uno se conecta a la red, lee algo en un foro de discusión u hojea un correo electrónico, paga una factura, escucha música, descarga fotos o comprueba sus valores de Bolsa (o sea, hace cualquier cosa) Phate puede meterse en su ordenador.

—Sí. Cualquier cosa que obtengas vía Internet puede contener el demonio Trapdoor.

—Pero qué pasa con los cortafuegos —preguntó Miller—. ¿Por qué no lo frenan?

Los cortafuegos (*firewalls,* en inglés) son centinelas informáticos que sólo admiten la entrada en tu ordenador de aquellos ficheros o datos que previamente tú has solicitado. Gillette lo explicó:

—Es que eso es lo más genial de todo: que los demonios están escondidos en aquellos datos que tú has pedido, y que por tanto has exigido a los cortafuegos que no los detengan.

—¡Genial! —musitó un sarcástico Bob Shelton.

Tony Mott, absorto, tamborileaba con los dedos contra el casco de su bici.

—Está infringiendo la regla número uno.

—¿Cuál es? —preguntó Bishop.

—No te metas con los civiles —recitó Gillette.

—Los hackers creen que tanto el gobierno como las grandes empresas y los otros hackers son juego limpio —prosiguió Mott, asintiendo—. Pero uno nunca debería poner a civiles en su punto de mira.

—¿Hay algún modo de saber si se ha metido en tu ordenador? —preguntó Sánchez.

—Sólo minucias: el teclado anda un poco lento, los gráficos parpadean más de lo normal, un juego no responde tan rápido como antes o tu disco duro se demora un segundo o dos cuando no debería hacerlo. Nada tan obvio como para que la mayoría de la gente caiga en la cuenta de ello.

—¿Y cómo es que no encontraste esto de demonio en el ordenador de Lara Gibson? —le preguntó Bob Shelton.

—Lo encontré, de hecho, sólo que fue en forma de cadáver: era esa morralla. Phate insertó algún dispositivo autodestructivo en todo ello. Creo que el demonio advierte algo si uno trata de realizar algún tipo de análisis forense y se reescribe en forma de basura.

—¿Y cómo has llegado a descubrirlo? —le preguntó Bishop.

Gillette se encogió de hombros.

—He ido atando cabos a partir de esto —le pasó un montón de copias impresas que contenían información hallada en la red a Bishop.

Bishop ojeó los papeles.

Para: Grupo
De: Triple-X
He oído que Titan233 ha pedido una copia del Trapdoor. No lo hagas, tío. Olvida todo lo que te hayan comentado sobre el tema. Sé cosas sobre Phate y Shawn. Son PELIGROSOS. No bromeo.

—¿Quién es? —preguntó Shelton—. ¿Triple-X? Me encantaría tener una pequeña charla con él.

—No sé cuál es su verdadero nombre ni dónde vive —dijo Gillette—. Quizá formó parte de alguna banda de cibernautas en compañía de Shawn y Phate.

Bishop echó una ojeada al resto de páginas impresas, y todas ofrecían algunos detalles o rumores acerca de Trapdoor. En varias, además, se citaba a Triple-X.

Nolan golpeó una de las hojas:

—¿Crees que podríamos rastrear a Triple-X usando la información del encabezamiento de este mensaje?

—Los encabezamientos de los correos electrónicos y de los foros de discusión —les explicó Gillette a Bishop y a Shelton— encierran información técnica sobre el camino seguido por el mensaje desde el ordenador de quien lo envía hasta el receptor. En teoría, uno puede echar una ojeada al encabezamiento y localizar el ordenador del emisor. Pero ya lo he intentado —miró la página e hizo un gesto—. Son todos falsos. Los hackers más serios falsifican los encabezamientos para que nadie pueda encontrarlos.

—¿Así que es un callejón sin salida? —musitó Shelton.

—Lo he leído todo, pero muy deprisa. Quizá deberíamos volver a mirarlo con detenimiento —dijo Gillette, con las páginas impresas en la mano—. Voy a escribir mi propio bot. Buscará cualquier mención a las palabras Phate, Shawn, Trapdoor o Triple-X.

—Una expedición de pesca —dijo Bishop—. Y con *ph: Phishing.*
Todo reside en la ortografía...

—Llamemos al CERT —dijo Tony Mott—. Veamos si han oído algo sobre el tema.

Aunque la misma organización lo negara, todos los geeks del mundo sabían que el CERT era el *Computer Emergency Response Team,* el Equipo de Respuesta de Emergencia Informática. Ubicado en el campus Carnegie-Mellon de Pittsburgh, el CERT era una cámara de compensación que ofrecía información sobre virus y otro tipo de amenazas informáticas. También daba avisos para administradores de sistemas previos a inminentes ataques de hackers.

Una vez que le explicaron en qué consistía esa organización, Bishop hizo una seña para que prosiguieran.

—Pero no digas nada de Wyatt —añadió Nolan—. El CERT está asociado al Departamento de Defensa.

Mott llamó y estuvo hablando con alguien que conocía en la organización. Tras cruzar algunas palabras, colgó.

—Nunca han oído hablar de Trapdoor ni de nada parecido. Quieren que los tengamos informados.

Linda Sánchez estaba mirando el diagrama que Gillette había dibujado en la pizarra blanca. Y, con un susurro atemorizado, comentó:

—Así que nadie que se conecte a la red está a salvo.

Gillette miró a la futura abuela a los ojos, grandes y marrones.

—Phate puede encontrar cualquier secreto que tengas, puede hacerse pasar por ti o leer tus informes médicos. O robarte el dinero del banco y realizar contribuciones políticas ilegales, o asignarte un amorío ficticio y enviar copias de tus cartas de amor a tu marido o a tu esposa. Puede conseguir que te echen del trabajo.

—O puede matarte —añadió Patricia Nolan.

—*Señor Holloway, ¿dónde está usted? ¡Señor Holloway!*

—*¿Eh?*

—*¿Eh? ¿Eh? ¿Es ésa la respuesta que da un estudiante respetuoso? Le he hecho dos veces la pregunta y usted sigue mirando por la ventana. Si usted se niega a hacer los deberes me da que vamos a tener proble...*

—*¿Cuál era la pregunta?*

—*Déjeme acabar, joven. Si usted se niega a hacer los deberes me da que vamos a tener problemas. ¿Tiene usted idea de cuántos estudiantes cualificados están en lista de espera para acceder a este colegio? Claro que ni lo sabe ni le interesa, ¿no? Dígame: ¿leyó sus deberes?*

—*No del todo.*

—*«No del todo», ya veo. Bueno, la pregunta es: defina el sistema numeral octal y deme el equivalente decimal de los números octales 05726 y 12438. Pero ¿por qué se empeña en contestar la pregunta si ni siquiera leyó los deberes? No va a saber responder...*

—*El sistema octal es un sistema con ocho dígitos, así como el decimal tiene diez y el binario sólo dos.*

—*Vale, así que recuerda algo de lo que ha visto en el* Discovery Channel, *señor Holloway...*

—*No, yo...*

—*Ya que sabe tanto, ¿por qué no se acerca a la pizarra y trata de convertir esas cifras para que le veamos? ¡A la pizarra he dicho!*

—*No necesito escribirlo. El número octal 05726 se convierte al decimal en 3030. Y ha cometido un fallo con el segundo número. 12438 no es un número octal: el sistema octal no tiene el dígito 8. Va de cero a siete.*

—*No he cometido ningún fallo. Era una pregunta con truco. Para ver que la clase no se duerme.*

—*Si usted lo dice...*
—*Señor Holloway, creo que es hora de que pase por el despacho del director.*

Mientras estaba sentado en la sala de su casa de Palo Alto y escuchaba la voz de James Earl Jones en un CD de *Otelo,* Phate echaba un vistazo a los ficheros de su nuevo personaje joven Jamie Turner, y planeaba una visita a St. Francis esa misma tarde.

Pero pensar en Jamie le había traído a la memoria su mismo historial académico: como ese mal trago en la clase de matemáticas de primer año de instituto. La Educación Primaria de Phate siguió un patrón muy predecible. Durante el primer semestre todo eran sobresalientes. Pero cuando llegaba la primavera esas notas se habían convertido en insuficientes y muy deficientes. Esto sucedía porque sólo podía aguantar el aburrimiento que le producían las clases durante los primeros tres o cuatro meses, pero luego hasta la comparecencia en clase le parecía tediosa e invariablemente no se presentaba a los exámenes de las siguientes evaluaciones.

Y entonces sus padres lo llevaban a otro colegio y sucedía lo mismo de nuevo.

Señor Holloway, ¿dónde está usted?

En resumen, ése había sido el problema de Phate. No, casi es mejor decir que nunca había estado con nadie, pues siempre andaba a años luz de ellos.

Los profesores y los orientadores escolares lo intentaban. Lo ponían en clases de estudiantes avanzados y luego en las de los más avanzados entre los avanzados pero no podían lograr que se interesara. Y cuando se aburría se volvía sádico y depravado. Y sus profesores (como el pobre señor Cummins, el de matemáticas de primero de instituto que le preguntó sobre los números del sistema octal) dejaron de hacerle preguntas, por miedo a que los pusiera en ridículo y cuestionara sus limitaciones.

Unos cuantos años después, sus padres (ambos científicos) tiraron la toalla. Tenían mucho que hacer (papá era un ingeniero eléctrico y mamá una química que trabajaba en una empresa de cosméticos) y ambos se contentaron con dejar al chaval al cuidado de una serie de tutores al salir de clase: y así conseguían un par de horas para ellos y sus respectivos trabajos. Solían sobornar al hermano de Phate, Richard, que era dos años mayor, para que lo tuviera entretenido: lo que solía significar dejarlo en los locales de videojuegos del paseo de Atlantic City o en centros comerciales cercanos con cien dólares en monedas de veinticinco centavos a las diez de la mañana, para pasar a recogerlo diez horas después.

En cuanto a sus condiscípulos, ni que decir tiene que lo aborrecían al instante de conocerlo. Él era Cerebrín, él era Jon Mucho Coco, él era el Mago Wizard. Los primeros días de clase lo evitaban y, a medida que pasaba el semestre, se burlaban de él y lo insultaban sin compasión. (Al menos, a nadie le dio por pegarle pues, como dijera un jugador de fútbol americano: «Una chica puede romperle la puta cara, yo no voy a perder el tiempo en hacerlo».)

Y así, para evitar que la presión le explotara en su vertiginoso cerebro, comenzó a pasar las horas en el único sitio que podía resultarle un desafío: el Mundo de la Máquina. Mamá y Papá estaban encantados de gastarse dinero en él siempre y cuando los dejara tranquilos y desde un principio siempre tuvo el mejor ordenador personal que hubiera en el mercado. («Ya tiene doce años y aún lleva chupete», le oyó decir a su padre Phate un día, haciendo referencia al IBM del chico.)

Para él, un día normal de instituto consistía en soportar las clases hasta las tres de la tarde para acto seguido correr a casa y desaparecer en su habitación, donde despegaba hacia los *bulletin boards,* o se introducía en los sistemas de las compañías telefónicas o de la Fundación Nacional de Ciencias, de los Centros para el Control Sanitario, del Pentágono, de Harvard, o del instituto suizo de investigación CERN. Sus padres sopesaron la disyuntiva: podían elegir entre pagar una factura telefónica de ochocientos dólares o tener que faltar al trabajo para soportar infinitas reuniones con educadores y orientadores, y optaron con alegría por escribir un cheque a la New Jersey Bell.

Aunque no había duda de que el chaval caía en una espiral descendente cuando no estaba conectado: cada vez se recluía más y era más cruel y estaba de peor humor.

Pero antes de tocar fondo y, como pensaba entonces, «hacer el Sócrates» con alguna receta venenosa descargada de la red, sucedió algo.

El joven de dieciséis años aterrizó en un *bulletin board* donde estaban lidiando un juego MUD. En concreto, era un juego medieval: con caballeros que luchaban por conseguir una espada o un anillo mágico y cosas así. Los observó durante un rato y luego tecleó, con cierta timidez, estas palabras: «¿Puedo jugar?».

Uno de los jugadores más experimentados le dio una calurosa bienvenida y luego le preguntó: «¿Quién quieres ser?».

Y el joven Jon, que tenía dieciséis años, decidió ser un caballero medieval y jugó con su grupo de hermanos, y mató monstruos y dragones y tropas de enemigos durante ocho horas seguidas. Esa misma noche, le vino un pensamiento a la cabeza cuando estaba tumbado sobre el lecho, después de haber clausurado la conexión. Que no tenía por qué ser Jon Mucho Coco ni Mago Wizard. Que durante todo el día él sería un caballero de la mítica tierra de Cirania y así sería feliz. Y que quizá en el Mundo Real podía ser también alguien diferente.

¿Quién quieres ser?

Al día siguiente hacía algo nuevo para él: se inscribía en una actividad extracurricular. Eligió el taller de teatro. En un principio estuvo tenso, le costó empezar. Pero pronto comprendió que tenía un don natural para las tablas. Ninguno de los otros aspectos de su vida en el instituto mejoró (había demasiada animadversión entre Jon y sus condiscípulos y sus profesores) pero ya le daba igual: tenía un plan. Al final del semestre preguntó a sus padres si podía cambiarse de instituto por enésima vez para el curso siguiente, su penúltimo. Y ellos cedieron porque el traspaso no les hacía perder tiempo y porque él podía desplazarse hasta allí en autobús.

Entre los animosos estudiantes que se matriculaban al semestre siguiente para tomar clases en el instituto para superdotados Thomas Jefferson de Saddlebrook, Nueva Jersey, se encontraba un joven particularmente animoso llamado Jon Patrick Holloway.

Los profesores y los orientadores estudiaron la documentación que les habían enviado por correo electrónico desde sus anteriores colegios: sus notas, que mostraban desde la guardería una media de notable alto en todas las asignaturas; los informes encendidos de los orientadores escolares, que lo calificaban de chico sociable y sin problemas de adaptación; su examen de ingreso en el centro, que era sobresaliente, y un montón de cartas de recomendación de antiguos profesores. La entrevista cara a cara con el educado joven (que poseía buena planta vestido con pantalones claros, camisa azul cielo y chaqueta azul marino) fue una mera formalidad y le brindaron una calurosa bienvenida en el centro.

Bueno, muy de cuando en cuando tenía algún problemilla con sus notas pero siempre hacía los deberes y se movía entre el notable alto y el sobresaliente: como casi todos los estudiantes que disfrutaban de sus años mozos en el Tom Jefferson. Hacía ejercicio con disciplina y practicaba distintos deportes. Se sentaba sobre la hierba en la colina que bordeaba el colegio, donde se reunían los chicos más «in», y fumaba a hurtadillas y se burlaba de los empollones y de los perdedores.

Salió con chicas, fue a bailes y ayudó en las preparaciones de las fiestas de principios de curso.

Como todo el mundo.

Se sentó en la cocina de Susan Coyne, donde sus manos bucearon por su blusa y su lengua saboreó su ortodoncia. Billy Pickford y él tomaron prestado el Corvette de exposición de su padre y lo pusieron a ciento cincuenta en la autopista y luego volvieron a casa, donde desmantelaron el cuentakilómetros y lo dejaron como estaba antes de su carrera.

Era en cierto modo feliz, en cierto modo era melancólico, en cierto modo era bullicioso.

Como todo el mundo.

A los diecisiete años, Jon Holloway utilizó la ingeniería social para convertirse en uno de los muchachos más normales y populares del colegio.

De hecho, era tan popular que el funeral de sus padres y de su hermano fue uno de los actos que más gente atrajo en toda la historia de ese pequeño pueblo de Nueva Jersey donde vivían. (Los amigos de la familia proclamaban que había sido un milagro que el pequeño Jon hubiera llevado su ordenador a reparar esa misma mañana de sábado, cuando esa terrible explosión de gas mató a toda su familia.)

Jon Holloway había meditado sobre su vida y llegó a la conclusión de que tanto Dios como sus padres lo habían puteado tanto que su única forma de sobrevivir era tomarse la existencia como un juego MUD.

Y ahora volvía a jugar.

¿Quién quieres ser?

En el sótano de su bella casa de las afueras, Phate limpiaba la sangre de su cuchillo Ka-bar y lo afilaba, disfrutando del siseo que hacía el filo al frotarse contra la barra de afilar que había comprado en Williams Sonoma.

Éste era el cuchillo que había usado para acceder al corazón de un personaje importante de su juego: Andy Anderson.

Siseo, siseo, siseo...

Pequeñas virutas de metal se pegaron a la hoja. El oscuro cuchillo militar (hierro forjado y no acero inoxidable) se había imantado. Phate se detuvo y miró el arma de cerca. Se le había ocurrido algo interesante: los disquetes de ordenador están bañados de una película imantada de partículas de hierro como éstas. Es gracias a la imantación como los discos de ordenador pueden almacenar y leer datos. Era como si el mismo principio de física informática hubiese causado la muerte a Andy Anderson: de la misma manera que un disquete entra en un ordenador y lo destruye con un virus, así el cuchillo había penetrado en su corazón y lo había destruido.

Acceso...

Mientras frotaba el cuchillo contra la piedra de afilar, la perfecta memoria de Phate rememoró un fragmento del artículo titulado «La vida en la Estancia Azul», que había copiado en uno de sus cuadernos de hacker:

«A diario se difumina un poco más la línea que separa el Mundo Real del Mundo de la Máquina. No es que nos estemos convirtiendo en autómatas o que vayamos a ser esclavos de las máquinas. No, sucede que estamos creciendo el uno al encuentro del otro. Estamos moldeando las máquinas para que se adapten a nuestros propósitos y a nuestra naturaleza: como hicimos anteriormente con la Naturaleza, el Medio Ambiente y las tecnologías del pasado. En la Estancia Azul, las máquinas absorben nuestras distintas personalidades y nuestra cultura: nuestro lenguaje, nuestros mitos y metáforas, nuestros corazones y nuestro ánimo.

Y, a su vez, el Mundo de la Máquina está transformando esas mismas personalidades y esa cultura.

Pienso en el solitario que volvía a casa después del trabajo y pasaba la noche comiendo comida basura y viendo la tele. Ahora enciende su ordenador y se da una vuelta por la Estancia Azul. Es un lugar donde interactúa: recibe estimulación táctil del teclado e intercambios verbales, se le desafía. Ya no puede volver a ser pasivo. Tiene que ofrecer información si quiere recibir una respuesta. Ha entrado en un nivel de existencia superior porque las máquinas han ido a su encuentro. Hablan su mismo lenguaje.

Para bien o para mal, ahora las máquinas reproducen las voces humanas, sus espíritus, sus corazones y sus ambiciones.

Para bien o para mal, reproducen la consciencia, y también la inconsciencia, de los humanos».

Phate terminó de afilar la hoja y la limpió. La volvió a dejar en su armario y volvió arriba, donde se encontró con que sus impuestos habían servido para algo: el superordenador del gobierno acababa de terminar de pasar el programa de Jamie y había descifrado la clave que abría las puertas de la Academia St. Francis. Esta noche iba poder jugar a su juego.

Para bien o para mal...

Después de haber revisado lo que Gillette había impreso tras su búsqueda, el equipo no encontró ninguna otra pista de utilidad. Él se sentó frente a un ordenador para terminar de escribir el bot que seguiría escudriñando la red en su ayuda.

Luego se detuvo y alzó la vista.

—Tenemos que hacer otra cosa. Tarde o temprano, Phate se dará cuenta de que un hacker anda en su busca y tratará de atacarnos. Deberíamos protegernos —se volvió hacia Stephen Miller—: ¿A cuántos sistemas externos tenéis acceso desde aquí?

—A dos: el primero es Internet, por medio de nuestro dominio, cspccu.gov, que es el que estás usando para conectarte a la red. Y también estamos en ISLEnet.

«Más siglas», pensó Gillette.

—Es el *Integrated Statewide Law Enforcement Network* —le explicó Sánchez—: El sistema interestatal integrado de agencias gubernamentales.

—¿Está en cuarentena?

Un sistema está en cuarentena cuando está formado por máquinas interconectadas por medio de cables estructurados de tal forma que nadie puede entrar en él por medio de una conexión telefónica de Internet.

—No —dijo Miller—. Uno puede conectarse desde donde quiera, pero necesitará contraseñas y deberá superar un par de cortafuegos.

—¿Y a qué sistemas podría acceder desde ISLEnet?

Sánchez se encogió de hombros.

—A cualquier sistema de policía estatal o federal del país: el FBI, el servicio secreto, ATF, NYPD... Hasta a Scotland Yard. A todos.

—Pues me temo que vamos a tener que cortar nuestra conexión —dijo Gillette.

—Hey, hey, *backspace, backspace...* —replicó Miller utilizando el término hacker para «Espera un poco», que se define en inglés aludiendo a la tecla de retroceso—. ¿Cortar la conexión con ISLEnet? No podemos hacerlo.

—Tenemos que hacerlo.

—¿Por qué? —preguntó Bishop.

—Porque estoy utilizando vuestros ordenadores para buscar a Phate. Y si entra en ellos con el demonio Trapdoor puede saltar a ISLEnet sin problemas. Y en ese caso, tendrá acceso a cada sistema policial al que este sistema esté conectado. Pensad en el daño que podría hacer.

—Pero usamos ISLEnet una docena de veces al día —se quejó Shelton—. Para consultar las bases de datos de identificación automática de huellas, las órdenes, los expedientes de los sospechosos, los informes de los casos, las investigaciones...

—Wyatt tiene razón —afirmó Patricia Nolan—. Recordad que ese tipo ya ha entrado en el VICAP y en las bases de datos de la policía de dos Estados. No podemos arriesgarnos y permitirle que se infiltre en más sistemas.

—Si queréis usar ISLEnet —dijo Gillette—, tendréis que ir a otro sitio: la Central o donde sea.

—Pero eso es ridículo —replicó Miller—. No vamos a conducir ocho kilómetros para conectarnos a una base de datos. Las investigaciones se demorarían muchísimo.

—Ya es bastante con que vayamos contra corriente —dijo Shelton—. Ese tipo nos lleva kilómetros de ventaja. No necesita que, para colmo, le echemos un cable —miró a Bishop como si estuviera implorando su ayuda.

El delgado detective observó que un faldón de su camisa sobresalía por fuera del pantalón y se lo metió.

—Adelante —decía un segundo después—. Haced lo que dice. Cortad la conexión.

Sánchez suspiró.

Gillette se sentó en una terminal y tecleó con presteza, cercenando los vínculos exteriores, mientras Stephen Miller y Tony Mott lo observaban vacilantes. Cuando terminó, alzó la vista y los miró.

—Y una cosa más... A partir de ahora nadie se conecta a la red salvo yo.

—¿Por qué? —preguntó Shelton.

—Porque yo puedo percibir si el demonio Trapdoor se ha infiltrado en nuestro sistema.

—¿Cómo? —le preguntó agriamente el policía con pinta de duro—. ¿Llamando al número del Zodiaco?

—Por la forma en que responde el teclado —contestó Gillette irritado—, por la demora en la respuesta del sistema, los sonidos del disco duro: todo lo que os he comentado antes.

Shelton sacudió la cabeza.

—No vas a ceder, ¿verdad? —le preguntó a Bishop—. Primero, a pesar de que se suponía que no debíamos dejarle conectarse a la red, se dedica a pasearse por todo el puto mundo on-line. Y ahora nos dice que él va a ser el único que puede conectarse y que nosotros no. Algo está al revés aquí, Frank. Aquí pasa algo raro.

—Lo que pasa —replicó Gillette— es que yo sé lo que hago. Un hacker *siente* esas cosas.

—De acuerdo —dijo Bishop.

Shelton alzó los brazos con impotencia. Stephen Miller tampoco parecía muy feliz. Tony Mott acariciaba la culata de su pistola como si cada vez pensara menos en las máquinas y más en lo mucho que ansiaba que el asesino se le pusiera a tiro.

Sonó el teléfono de Bishop y éste contestó la llamada. Estuvo un rato a la escucha y, si bien no sonreía, su rostro pareció animarse. Tomó un bolígrafo y papel y comenzó a apuntar cosas. Después de anotar datos durante cinco minutos colgó y miró a su equipo.

—Ya no tendremos que llamarlo Phate nunca más. Sabemos su nombre.

Capítulo 00001101 / Trece

—Jon Patrick Holloway.

—¿Holloway? ¿Es Holloway? —la voz de Patricia Nolan parecía sorprendida.

—¿Lo conoces? —preguntó Bishop.

—Claro que sí. Y también la mayoría de los que se ocupan de la seguridad informática. Pero no se sabía nada de él desde hace años. Pensé que lo habría dejado o que estaba muerto.

—Lo hemos encontrado gracias a ti —le dijo Bishop a Gillette—, por esa sugerencia acerca de la versión de Unix de la costa Este. La policía de Massachusetts ha encontrado que las huellas concordaban —Bishop leyó sus notas—. Me han facilitado un breve resumen biográfico. Tiene veintisiete años. Nació en Nueva Jersey. Tanto los padres como su único hermano están muertos. Estudió en Rutgers y en Princeton: sacaba buenas notas y era un programador excelente. Muy popular en el campus, metido en un sinfín de actividades. Cuando se licenció vino a esta costa y consiguió un empleo en Sun Microsystems, donde trabajaba en inteligencia artificial y superordenadores. Lo dejó y se fue a NEC, esa gran empresa japonesa de informática que está al final de la calle. Y luego se fue a trabajar a Apple, en Cupertino. Un año después estaba de vuelta en la costa Este, diseñando conmutadores telefónicos avanzados en Western Electric, allá en Nueva Jersey. Luego consiguió un trabajo en el laboratorio de informática de Harvard. Parece que el tipo es un empleado modelo: le gusta trabajar en equipo, era capitán de la campaña United Way, cosas así.

—El típico informático de clase media-alta de Silicon Valley —resumió Mott.

Bishop asintió a esas palabras.

—Aunque había un problema. Mientras que durante el día se dedicaba a ir por la vida de ciudadano honrado, por las noches ejercía de hacker y capitaneaba bandas de cibernautas. La más famosa fue la de *Knights of Access,* los Caballeros del Acceso. La fundó con otro hacker, alguien llamado Valleyman. No existe constancia de su verdadero nombre.

—¿Los KOA? —dijo Miller, apesadumbrado—. Menudos eran. Se enfrentaron a los *Masters of Evil,* la banda de Austin. Y a los *Deceptors* de Nueva York. Entraron en los servidores de ambas bandas y enviaron sus ficheros a la oficina del FBI en Manhattan. Hicieron que arrestasen a la mitad de ellos.

—Y se supone que los *Knights* fueron los culpables de interrumpir el servicio telefónico de urgencias durante dos días seguidos en Oakland —Bishop miró sus notas y dijo—: Murieron algunas personas, de urgencias médicas de las que no podían dar parte. Pero el fiscal nunca pudo llegar a acusarlos de eso.

—¡Qué hijos de puta! —exclamó Shelton.

—Holloway no había adoptado aún el nombre de Phate, por aquel entonces. Su nombre de usuario era CertainDeath —preguntó a Gillette—: ¿Te suena?

—No personalmente, pero he oído hablar de él. Está en la cumbre del escalafón de wizards.

Bishop volvió a sus notas.

—Y resulta que hizo cosas peores que andar con bandas. Alguien lo delató mientras trabajaba en Harvard y la policía de Massachusetts le hizo una visita. Toda su historia era mentira. Se dedicaba a robar software y partes de superordenadores de Harvard y los vendía por su cuenta. Entonces la policía investigó Western Electric, Sun, NEC y las otras para las que había trabajado y comprobó que había hecho lo mismo en todas. Se saltó la provisional en Massachusetts y nadie ha vuelto a oír hablar de él.

—Vamos a pedir su expediente a la policía de Mass —dijo Mott—. Seguro que encierra unos cuantos datos médico-legales que podemos utilizar.

—Ha desaparecido —respondió Bishop.

—También destruyó esas pruebas —comentó con desagrado Linda Sánchez.

—¿Y qué más? —dijo Bishop con sarcasmo y luego miró a Gillette—: ¿Puedes alterar ese bot que has programado, ese instrumento de búsqueda? Añade estos nombres: Holloway y Valleyman.

—En un segundo —dijo Gillette, y comenzó a modificar su bot para que buscara también nuevos nombres.

Bishop llamó a Huerto Ramírez y habló con él un rato. Luego colgó:

—Huerto dice que no hay pruebas en la escena del crimen. Va a dar parte del nombre «Jon Patrick Holloway» al VICAP y a los sistemas estatales.

—Más rápido sería utilizar aquí el ISLEnet —dijo Stephen Miller.

Bishop hizo caso omiso del comentario y continuó:

—Y luego va a agenciarse una copia de la foto de cuando ficharon a Holloway en Massachusetts. Tim Morgan y él van a repartir algunas fotos por los alrededores de Mountain View, cerca de la tienda de artículos teatrales, por si resulta que Phate sale de compras. Y luego van a llamar a todos los antiguos contratantes de Phate para ver si encuentran algunos expedientes internos sobre sus actos criminales.

—En el caso de que no hayan sido destruidos —apuntaló Sánchez con sarcasmo.

Bishop miró la hora. Eran casi las cuatro en punto de la tarde. Sacudió la cabeza.

—Tenemos que darnos prisa. Si su objetivo es asesinar a tanta gente como le sea posible en el plazo de una semana, es más que probable que ya haya elegido a su siguiente víctima —agarró un rotulador y comenzó a transcribir las conclusiones de sus notas en la pizarra blanca.

Patricia Nolan señaló la pizarra blanca donde la palabra «Trapdoor» se veía escrita en grandes caracteres negros.

—Ése es el crimen del nuevo siglo. La profanación.

—¿La profanación?

—El crimen del siglo xix fue la inmoralidad sexual. El del xx ha sido robar el dinero ajeno. Y ahora te robarán tu privacidad, tus secretos y tus fantasías.

El acceso es Dios...

—Pero al mismo tiempo —replicó Gillette— uno debe admitir que el Trapdoor es espléndido. Es un programa realmente contundente.

—¿Contundente? —sonó una voz a su espalda—. ¿Qué significa eso? —a Gillette no le sorprendió que esa voz fuera la del detective Bob Shelton.

—Significa simple y poderoso.

—¡Dios mío! —contestó Shelton—. Suena como si deseases haber inventado tú mismo la puta mierda esa.

—Es un programa sobrecogedor —dijo Gillette, ecuánime—. No entiendo cómo funciona y me encantaría saberlo. Eso es todo. Siento curiosidad.

—¿Curiosidad? Me parece que te olvidas de que se sirve de él para asesinar gente.

—Yo...

—Estúpido... Te parece un juego, ¿no? Como a él —se dispuso a marcharse de la UCC llamando a Bishop—: Salgamos de este maldito agujero y vamos a ver si encontramos a ese testigo. Así es como vamos a atrapar a ese cabrón. No con esta mierda de ordenadores —salió de la oficina.

Durante un instante, nadie movió un pelo. Posaron la mirada sobre la pizarra blanca o sobre las pantallas de ordenador. Bishop hizo una seña a Gillette para que lo siguiera a la cocina, donde el detective se sirvió un café en un vaso de plástico.

—Jennie, mi mujer, me lo raciona —comentó Bishop, contemplando el líquido oscuro—. Me encanta, pero tengo problemas de estómago. El doctor dice que ando de preúlcera. Vaya manera de ponerlo, ¿no? Suena a que estoy en un programa de entrenamiento o algo parecido.

—Yo tengo reflujo —dijo Gillette, tocándose el pecho—. Como muchos hackers. De tanto café y tanta cafeína.

—Mira, respecto a Bob Shelton... Le pasó algo hace unos años —el detective bebió un sorbo de café y vio que se le había salido la camisa. Se la metió por dentro—. Leí esas cartas incluidas en el acta de tu juicio: los correos electrónicos que envió tu padre al juez como parte de la vista oral. Parece que os lleváis muy bien.

—Sí, muy bien —asintió Gillette—. Sobre todo desde la muerte de mi madre.

—Bueno, entonces supongo que entenderás esto. Bob tenía un hijo.

¿Tenía?

—Quería muchísimo al chaval, tanto como te quiere tu padre a ti, por lo que parece. Lo que pasa es que el chico murió hace unos años en un accidente de tráfico. Sé que quizá sea mucho pedir, pero procura no tomarte a mal sus salidas, ¿vale?

—Gracias por la aclaración.

Volvieron a la sala principal. Gillette regresó a su cubículo. Bishop se encaminó hacia el aparcamiento.

—Nos pasaremos por el Vesta's Grill.

—Detective —dijo Tony Mott—. ¿Le parece que les acompañe?

—¿Por qué? —replicó Bishop, extrañado.

—He pensado que podría ser de ayuda. Aquí ya se encargan del lado informático del asunto: están Wyatt, Patricia y Stephen. Así que quizá les podría ayudar a sonsacar algo a algún testigo...

—¿Lo has hecho alguna vez? ¿Has interrogado a testigos?

—Claro —contestó Mott. Unos segundos más tarde admitía—: Bueno, no exactamente, no en una escena después de un crimen en la calle. Pero he entrevistado a muchísima gente on-line.

—Bueno, quizá en otro momento, Tony. Creo que Bob y yo nos encargaremos esta vez —dejó la oficina.

El joven policía dio media vuelta hacia su cubículo, claramente defraudado. Gillette se preguntó si estaba enfadado por tener que quedarse aquí teniendo que dar explicaciones a un civil o si era porque ansiaba tener una oportunidad para usar esa pistola que portaba, y cuya culata no dejaba de causar graves desperfectos en los muebles de la oficina.

Gillette se olvidó del policía y terminó de escribir los códigos de su bot.

—Ya está listo —comentó. Se conectó a la red y escribió los comandos necesarios para enviar su creación a la Estancia Azul.

Nolan se inclinó ante la pantalla.

—Buena suerte —susurró—. Buena velocidad —tal como diría una buena esposa de capitán al despedirse de su marido, cuando el barco de éste sale del puerto para adentrarse en un viaje traicionero por aguas desconocidas.

La máquina soltó otro pitido.

Phate levantó la vista de los planos que se había descargado de la red (planos de la Academia St. Francis y de sus alrededores) y vio que Shawn le había enviado otro mensaje.

Abrió el correo y lo leyó. Eran más noticias malas. La policía sabía su verdadero nombre. ¿Cómo? No podía encontrar ninguna explicación.

Bueno, tampoco era para tanto: Jon Patrick Holloway estaba oculto tras tantas y tantas capas de personas y direcciones falsas que no existían lazos que lo unieran con quien era en la actualidad. Pero, en cualquier caso, podían conseguir alguna foto suya (hay partes de nuestro pasado que no podemos borrar por mucho que accionemos el comando *Delete*) y en ese caso las distribuirían sin duda por toda la zona. Iba a necesitar más disfraces.

Pero ¿con qué objeto se juega a un juego MUD si no es para tener mayores desafíos?

Miró la hora de su ordenador: 4.15. Hora de partir hacia la Academia St. Francis para la partida de esta noche. Iba con dos horas de ventaja pero debía echar una ojeada al internado para cerciorarse de que las rondas de los guardias de seguridad no habían cambiado. Además, sabía que el pequeño Jamie andaría ansioso y con ganas de salir antes de tiempo para dar una vuelta a la manzana.

Phate fue al sótano y sacó del armario lo que iba a necesitar: su cuchillo, una pistola y cinta de embalar. Luego se encaminó al baño de la planta baja, donde extrajo un botellín de plástico con pitorro oculto bajo el lavabo. Contenía unos líquidos que había mezclado con anterioridad. Aún podía distinguir el acre aroma de los productos químicos de la mezcla.

Cuando tuvo sus herramientas preparadas, volvió una vez más al salón de su casa para echar otra ojeada al ordenador, por si había más advertencias de Shawn. Si las hubiera habido, habría tenido que pensar dos veces si realizaba el ataque de esta noche. Pero no tenía nuevos mensajes. Se desconectó de la red y dejó la estancia tras haber apagado la lámpara del techo del salón.

Mientras lo hacía saltó el salvapantallas y su brillo iluminó un poco la sombría pieza. En él se podía leer:

El acceso es Dios...

Capítulo 00001110 / Catorce

—Toma, te he traído esto.

Gillette se volvió. Patricia Nolan le ofrecía una taza de café:

—¿Con leche y azúcar?

—Sí, gracias —asintió él.

—Me he fijado en que te gusta mucho —dijo ella.

Él estuvo a punto de contarle que los reclusos de San Ho trapicheaban con cigarrillos para agenciarse paquetes de café de verdad, que preparaban con agua caliente del grifo. Pero había decidido que no estaba dispuesto a recordarle a nadie (ni siquiera a sí mismo) que era un convicto, por muy interesante que este tipo de cuestiones pudiera resultar.

Ella se sentó a su lado tirando de su vestido desgarbado. Sacó el frasco de pintaúñas de su bolso Louis Vuitton y lo abrió. Gillette la miró con curiosidad.

—Perdona —dijo—. Tengo este problema, soy muy curioso. Es algo superior a mí. No sé, ¿puedo preguntarte por qué siempre te estás pintando las uñas?

—No me las pinto. Las endurezco. Acaban hechas un asco de tanto darle al teclado —ella le miró a los ojos y luego bajó la vista. Se examinó las puntas de los dedos. Y dijo—: Podría dejármelas cortas pero eso no forma parte de mi plan —pronunció con cierto énfasis la palabra «plan». Como si hubiera decidido compartir con él algo íntimo:

aunque, de hecho, él no estaba muy seguro de que quisiera oírlo—. Me desperté una mañana más temprano de lo normal a principios de año (de hecho era el día de Año Nuevo), después de haber pasado las vacaciones aislada, metida en un avión —dijo ella—. Y me di cuenta de que soy una geek soltera de treinta y cuatro años que vive sola con un gato y semiconductores por valor de veinte mil dólares en mi habitación. Decidí que iba a cambiar de vida. No soy una modelo que digamos, pero sí puedo modificar algunas de las cosas que pueden enmendarse: las uñas, el pelo, el peso. Odio hacer ejercicio pero cada mañana me presento en el gimnasio a las cinco en punto. Soy la reina del *step* aeróbico.

—Bueno, es cierto que tienes unas uñas preciosas —dijo Gillette.

—Gracias. Y también poseo una buena musculatura en las piernas —respondió ella desviando los ojos. (Él intuyó que el plan de ella requería seguramente un poco de coqueteo: y que para ello necesitaba practicar.)

—¿Estás casado? —le preguntó ella.

—Divorciado.

—En una ocasión, estuve a punto de... —había comenzado a decir ella, aunque prefirió dejarlo ahí, sin añadir nada más.

«Señorita, no pierda su tiempo conmigo», pensó él. «Soy un caso perdido.»

Pero el tema romántico y los pensamientos sobre la vida de soltero le llevaron a acordarse de Elana, su ex mujer, y eso lo deprimió. Se mantuvo en silencio y asentía mientras Patricia le contaba cómo le iba la vida en Horizon On-Line, que era más interesante de lo que uno podía pensar (aunque nada de lo que ella dijo sustentó esa afirmación), o le hablaba de la vida en Seattle con sus amigos y su gato atigrado y sus citas atroces con gente del sector de la informática.

Absorbió todos esos datos por educación durante diez minutos, en los que su mente se mantuvo ausente de la conversación. Y luego su ordenador emitió un pitido agudo y él miró la pantalla.

Resultados de la búsqueda:
Buscar: Phate
Localización: alt.pictures.true.crime.
Status: referencia de newsgroup

—Mi bot ha atrapado un pez —afirmó—. Hay una referencia a Phate en los foros de discusión.

Los foros de discusión (listas de mensajes de interés especial sobre cualquier tema posible) se guardan en una subdivisión de Internet denominada Usenet, que proviene de la expresión inglesa *Unix User Network*. Creada en 1979 como forma de conectar la Universidad de Carolina del Norte con la Universidad Duke, Usenet fue en un principio un vehículo estrictamente científico que mostraba severas prohibiciones a temas como las drogas, el sexo o los intereses de los hackers. No obstante, en la década de los ochenta hubo muchos usuarios que pensaron que esas limitaciones apestaban a censura, y entonces promovieron la «Gran Rebelión», que condujo a la creación de una categoría «alternativa» de foros de discusión. Desde entonces, Usenet era como una ciudad fronteriza. Ahora, uno encuentra mensajes sobre cualquier tema posible, desde porno duro hasta crítica literaria, desde manifiestos pronazis hasta teología católica o hasta cachondeos basados en iconos de la cultura de masas (y uno de ellos era el favorito de Gillette: alt.barney.the.dinosaur.must.die).

El bot de Gillette, como un enviado medieval o un correo del salvaje Oeste, se había percatado de que alguien había colocado un mensaje que incluía el nombre de Phate en uno de esos foros de discusión alternativos llamado alt.pictures.true.crime, y lo había remitido a su dueño.

Gillette cargó su lector de foros de discusión en el ordenador y se conectó a la red. Encontró el grupo y observó el monitor con fijeza. Alguien cuyo nombre de pantalla era Vlast453 había colocado un mensaje en el que se mencionaba a Phate. También había adjuntado una fotografía.

Mott, Miller y Nolan se congregaron alrededor de la pantalla.
Gillette hizo clic en el mensaje. Observó el encabezamiento:

```
De: «Vlast» <vlast@euronet.net>
Newsgroups: alt.pictures.true.crime
Asunto: Un viejo amigo de Phate ¿Alguien tiene más?
Fecha: 1 abril 23:54:08 + 0100
Líneas: 1323
Message-ID: <8hj345d6f7$1@newsg3.svr.pdd.co.uk>
References: <20000606164328.26619.00002274-@ng-
fm1.hcf.com>
NNTP-Posting-Host: modem-76.flonase.dialup.pol.co.uk
X-Trace: newsg3.svr.pdd.co.uk 960332345 11751
62.136.95.76
X-Newsreader: Microsoft Outlook Express 5.00.2014.211
X-MimeOLE: Produced by Microsoft MimeOLE
V5.00.2014.211
Path: news.Alliance-news.com!traffic.Alliance-
news.com!Budapest.usenetserver.com!News-
out.usenetserver.com!diablo.theWorld.net!news.
theWorld.net!newspost.theWorld.net!
```

Y luego leyó el mensaje que Vlast había enviado.

```
Al grupo:
Reciví esto de nuestro amigo Phate fue ace seis meses,
no estoy oyendo cosa dél desde después. Puede al-
guien poner más de esto.
                              -Vlast
```

—¡Fijaos en la gramática y en la ortografía! —comentó Tony
Mott—. Este tipo es extranjero.

La lengua que la gente usaba para comunicarse en la red revelaba
muchas cosas sobre ellos. En general, la más utilizada era el inglés,

pero cualquier hacker serio dominaba unas cuantas más (en especial el alemán, el holandés y el francés) para ser capaz de intercambiar información con el mayor número de hackers posible.

Gillette descargó la foto que acompañaba al mensaje de Vlast. Era una foto de escena del crimen y mostraba el cadáver de una chica a quien habían acuchillado una docena de veces.

Linda Sánchez, que sin duda tenía en mente a su propia hija y a su futuro nieto, miró la imagen y desvió la vista.

—Es asqueroso —murmuró.

Gillette estuvo de acuerdo en que lo era. Pero se esforzó en pensar en algo sin que la foto lo afectase.

—Veamos si podemos seguirle el rastro a este sujeto —sugirió—. Si podemos acceder a él quizá nos lleve hasta Phate.

Existen dos formas de rastrear a alguien en Internet. Si tienes el encabezamiento real de un correo electrónico o el aviso que se envió a un foro de discusión, puedes examinar la anotación del «path», o recorrido que revelará el sistema por el que el emisor del mensaje entró en Internet, y la ruta que ese mensaje ha seguido hasta llegar al ordenador del que Gillette lo había descargado. Si existe una orden judicial, el *sysadmin* (o administrador de sistemas, la expresión proviene del inglés *system administrator*) de ese sistema inicial se verá obligado a facilitar el nombre y la dirección del usuario que envió el mensaje.

En cualquier caso, lo normal es que los hackers usen encabezamientos falsos para que nadie los pueda localizar. Gillette no tardó un segundo en saber que el de Vlast era falso (las verdaderas rutas de Internet se escriben sólo con minúsculas y ésta contenía letras mayúsculas y minúsculas). Vlast la había falsificado, y si el equipo del UCC se decidía a seguirla no llegaría a ninguna parte.

Eso les dijo, aunque no obstante añadió que intentaría encontrar a Vlast con un segundo tipo de rastreo: a través de su dirección de Internet: Vlast453@euronet.net. Gillette cargó el programa HyperTrace. Escribió la dirección de Vlast y el programa se puso en marcha. En la pantalla se dibujó un mapamundi del que salía una línea de puntos a la altura de San José (donde se encontraba el ordenador de la

UCC) que cruzaba el Pacífico. Cada vez que encontraba un nuevo *router* de Internet y alteraba su rumbo, la máquina emitía un tono electrónico llamado *ping,* que recibía su nombre del pitido del sonar de los submarinos.

—¿Es tuyo el programa? —preguntó Nolan.

—Sí.

—Es genial.

—Sí, me lo pasé muy bien escribiéndolo —y luego forzó los ojos para leer la información de la pantalla.

La línea que representaba la ruta desde la UCC hasta el ordenador de Vlast fue hacia el oeste y se detuvo en Europa central, para acabar posándose sobre una caja que contenía una interrogación. Gillette miró el gráfico y dio unos golpecitos a la pantalla.

—Vale, ahora mismo Vlast no está conectado a la red, o tal vez ha camuflado la localización de su ordenador: eso es lo que quiere decir el signo de interrogación donde acaba la línea —puso el cursor en la línea junto a la caja y dio doble clic al ratón. La caja se abrió y Gillette leyó la información que contenía:

—Euronet.bulg.net. No tengo su dirección concreta pero se ha conectado a través del servidor búlgaro de Euronet. Lo tendría que haber adivinado.

Nolan y Miller estuvieron de acuerdo. Es probable que Bulgaria sea el país del mundo con más hackers per cápita. Tras la caída del Muro de Berlín y del fallecimiento del comunismo, en Europa central, el gobierno búlgaro trató de hacer de su nación el Silicon Valley del antiguo bloque del Este, y para ello importó miles de programadores y de informáticos. Pero, para su consternación, IBM, Apple, Microsoft y las demás empresas americanas prefirieron moverse a mercados globales. Las empresas extranjeras de tecnología cayeron en picado y a los jóvenes geeks no les quedó otra cosa que hacer que reunirse en los cafés y piratear. Bulgaria creaba más virus electrónicos al año que cualquier otro país del mundo.

—¿No cooperan las autoridades búlgaras? —le preguntó Nolan a Miller.

—Nunca. El gobierno ni siquiera nos responde cuando les pedimos información —y dicho esto, Miller añadió—: ¿Y por qué no le enviamos un e-mail directamente a Vlast?

—No —respondió Gillette—. Eso podría poner a Phate sobre aviso. Creo que hemos llegado a un punto muerto.

Pero entonces el ordenador volvió a emitir un pitido y el bot de Gillette señaló otra nueva presa.

Resultados de la búsqueda:
Buscar: «Triple-X»
Localización: IRC, #hack
Status: Conectado

Era Triple-X, el hacker que Gillette había localizado ya antes y que parecía saber muchas cosas sobre Phate y su Trapdoor.

—Está en el chat de hackers del *Internet Relay Chat* —dijo Gillette—. No sé si le dirá a un extraño algo sobre Phate, pero vamos a intentar rastrearlo —y le preguntó a Miller—: Voy a necesitar un anonimatizador antes de conectarme a la red. ¿Tienes alguno por ahí?

Un anonimatizador, o *cloak,* capota, es un programa de software que bloquea cualquier intento de rastrearte cuando estás conectado, pues te presenta como alguien distinto y que se encuentra en un lugar diferente al tuyo.

—Claro, lo cierto es que escribí uno el otro día.

Miller cargó el programa en un cubículo contiguo al de Gillette.

—Si Triple-X trata de seguirte la pista, verá que te has conectado en una terminal de acceso público de Austin. Es una zona de alta tecnología y allí muchos universitarios de Texas suelen dedicarse a piratear con ganas.

—Genial —Gillette se acercó al teclado, echó una breve ojeada al programa de Miller y luego escribió un falso nombre de usuario para él, Renegade334, en el anonimatizador. Tecleó unos cuantos comandos y luego miró a su equipo—: Vamos a darnos un baño con los tiburones —dijo. Y pulsó *Enter*.

—Ahí estaba —dijo el guardia de seguridad—. Aparcó aquí mismo, el coche era un sedán de color claro. Estuvo como una hora, justo cuando raptaron a la chica. Y estoy casi seguro de que había alguien en el asiento delantero.

El guardia señaló una hilera de plazas vacías de aparcamiento detrás de un edificio de tres plantas ocupado por la Internet Marketing Solutions Unlimited, Inc. Desde esas plazas se divisaba el parking trasero del Vesta's de Cupertino donde Jon Holloway, alias Phate, había practicado la ingeniería social con Lara Gibson hasta matarla. Cualquiera que hubiese estado en ese misterioso sedán podría haber tenido una vista inmejorable del coche de Phate, aunque no hubiese presenciado el secuestro en sí.

Pero Bishop, Shelton y la directora del Departamento de Recursos Humanos de Internet Marketing habían entrevistado a las treinta y dos personas que trabajan en el edificio y no habían podido identificar el sedán.

Ahora, los dos policías estaban entrevistando al guardia para ver si se había fijado en algo que los ayudara a descubrir el coche.

—¿Y está seguro de que, por fuerza, tenía que ser de alguien que trabaje en la empresa? —le preguntó Bob Shelton.

—Sí, tenía que ser así, por fuerza —les confirmó el guardia larguirucho—. Hay que mostrar el pase de empleado para entrar por esa puerta y llegar hasta el parking trasero.

—¿Y los visitantes? —preguntó Bishop.

—No, aparcan enfrente del edificio.

Bishop y Shelton se miraron el uno al otro, preocupados. Ninguna pista los llevaba a buen puerto. Salieron de la UCC hacia la Central de la policía en San José para llevarse la foto de la ficha de Holloway que les habían enviado desde la policía de Massachusetts. La foto mostraba a un joven delgado de pelo oscuro y rasgos comunes, sin nada distintivo en ellos: podía servir para cien mil otros muchachos de Silicon Valley y, por tanto, no era de gran ayuda. Ramírez y Tim Morgan se la habían mostrado al único tendero presente en la tienda de artículos teatrales Ollie, de Mountain View, pero éste no había reconocido a Phate.

El equipo de la UCC había hallado una sola pista: por teléfono, Linda Sánchez le había dicho a Bishop que el bot de Wyatt Gillette había localizado una referencia a Phate. Pero eso también los había conducido a un callejón sin salida.

«Bulgaria», pensó Bishop cínicamente. ¿Qué clase de caso era ése?

—Déjeme hacerle una pregunta, señor —le decía el detective al guardia de seguridad—. ¿Cómo es que se fijó en el coche?

—¿Cómo dice?

—Es un aparcamiento. Lo natural es que los coches estén aquí. ¿Por qué se fijó en el sedán?

—Bueno, lo cierto es que no es natural que los coches aparquen ahí detrás. Es el único que he visto en algún tiempo —miró a su alrededor y, una vez se hubo cerciorado de que no había nadie más, añadió—: Oigan, la compañía no marcha muy bien que digamos, la plantilla se ha quedado en cuarenta personas. Hace un año aquí había casi doscientas. Así que todos pueden aparcar delante, y lo prefieren. De hecho, el presidente los invita a hacerlo para que no parezca que la empresa está en las últimas —bajó la voz—. Si quieren la verdad, esta mierda del punto-com de Internet no es la gallina de los huevos de oro que dicen. Yo mismo ando buscándome otro trabajo, en Costco: en el sector minorista, allí sí que hay trabajos con futuro.

«Vale», se dijo a sí mismo Frank Bishop, mientras miraba el Vesta's Grill. «Piensa en esto: un coche estaba aquí cuando no había necesidad de aparcar en este lado. Haz algo con eso.»

Tuvo un asomo de pensamiento pero lo desechó.

Le dieron las gracias al guardia y volvieron hacia el coche por un sendero de gravilla que desembocaba en un parque que rodeaba el edificio.

—Una pérdida de tiempo —dijo Shelton.

Pero no hacía otra cosa que afirmar una gran verdad, pues la mayor parte de cualquier investigación no es sino una pérdida de tiempo, y no parecía desencantado por ello.

«Piensa», se repetía Bishop en silencio.

Haz algo con eso.

Era la hora de la retirada y se encontraron con algunos empleados que transitaban por ese mismo atajo hasta el aparcamiento delantero. Bishop vio que delante de ellos caminaba un ejecutivo de unos treinta años junto a una joven vestida con un traje recto. Iban riéndose y en un abrir y cerrar de ojos desaparecieron tras unos arbustos de lilas. Entre las sombras se abrazaron y se besaron con pasión.

Esa relación le trajo a la mente a su propia familia y Bishop se preguntó cuánto tiempo vería a su esposa y a su hijo la semana próxima. Sabía que no sería mucho.

Y, como suele suceder a veces, en su mente emergieron dos pensamientos que dieron lugar a un tercero.

Haz algo...

Se paró de pronto.

... con eso.

—Vamos —dijo Bishop y comenzó a correr de vuelta por donde habían venido. Estaba mucho más delgado que Shelton pero no en mejor forma, y resopló mientras regresaba al edificio de oficinas, y entretanto la camisa se le salía de nuevo con entusiasmo.

—¿A qué viene tanta prisa? —jadeó su compañero.

Pero el detective no respondió. Corrió por el vestíbulo de Internet Marketing de vuelta al Departamento de Recursos Humanos. Hizo caso omiso de la secretaria, quien se había levantado sobresaltada por su irrupción turbulenta, y abrió la puerta del despacho de la directora de Recursos Humanos, donde ella hablaba con un joven, quizá concretando una entrevista fuera de horas de trabajo.

—Detective —dijo la sorprendida mujer, viendo la alarma en los ojos del policía—, dígame qué pasa.

Bishop hizo un esfuerzo por recuperar el aliento.

—Tengo que hacerle un par de preguntas sobre sus empleados —miró al joven—. Y mejor que sea en privado.

—¿Podría perdonarnos, por favor? —le dijo ella al joven que tenía enfrente, quien se largó de la oficina con timidez.

Shelton se encargó de cerrar la puerta.

—¿Qué quiere saber? ¿Algo sobre el personal?

—Dejémoslo en algo personal.

Capítulo 00001111 / Quince

Ésta es tierra de logros, ésta es tierra de plenitud.

Ésta es la tierra del rey Midas, donde nace el oro, aunque no gracias a los astutos trucos de Wall Street o a la musculosa industria del Medio Oeste, sino gracias a la más pura imaginación.

Ésta es la tierra donde hay secretarias y conserjes millonarios gracias a las *stock options,* y donde otros pasan la noche subidos en el autobús de la línea 22 (entre San José y Menlo Park): ellos, como un tercio de los «sin techo» de la zona, tienen trabajos de jornada completa, pero no pueden permitirse pagar un millón de dólares por un pequeño bungaló ni trescientos mil dólares al mes por un apartamento.

El condado de Santa Clara, ese verde valle con unas dimensiones de cuarenta kilómetros por dieciséis, era conocido como «El valle del gozo en el corazón», aunque la dicha a la que hacía referencia este sobrenombre acuñado años atrás era culinaria y no tecnológica. Los albaricoques, las ciruelas, las nueces y las cerezas crecían en abundancia en esa tierra fértil situada a ochenta kilómetros al sur de San Francisco. El valle habría seguido unido a la agricultura, como otras partes de California (como Castroville y sus alcachofas o Gilroy y sus ajos), de no haber sido por la decisión de un hombre impulsivo llamado David Starr Jordan, presidente de la Universidad de Stanford, que estaba alojada en el corazón del valle de Santa Clara. Jordan decidió arriesgarse a invertir un poco de dinero en un invento casi desconocido de Lee De Forrest.

El tubo de audion del inventor no era como el fonógrafo ni como el motor de combustión interna. Era una innovación de esas que la gente normal no entiende y, de hecho, al público no le importó un comino cuando salió a la luz. Pero Jordan y otros ingenieros de Stanford creyeron que el invento tendría varias aplicaciones prácticas y en poco tiempo se vio que habían dado totalmente en el clavo: el audion fue el primer tubo electrónico de vacío y en última instancia hizo posible la aparición de la radio, de la televisión, del radar, los monitores médicos, los sistemas de navegación y por fin de los mismos ordenadores.

Una vez que se descubrió el potencial del pequeño audion, nada volvió a ser lo mismo en este valle fértil y plácido.

La Universidad de Stanford se convirtió en caldo de cultivo de ingenieros electrónicos, muchos de los cuales permanecieron en la zona tras graduarse: por ejemplo, David Packard y William Hewlett. También Russell Varian y Philo Farnsworth, cuya investigación nos dio la primera televisión, el radar y las tecnologías microondas. Los primeros ordenadores como el ENAC o el Univac fueron inventos de la costa Este, pero sus limitaciones (el tamaño inmenso y el intenso calor provocado por los tubos de vacío) hicieron que aquellos innovadores se mudaran a California, donde las empresas estaban realizando muchos avances en torno a un pequeño dispositivo conocido como el semiconductor, mucho menor y más frío y eficaz que los tubos. Desde ese mismo instante el Mundo de la Máquina dio un acelerón como el de una nave espacial: desde IBM hasta el PARC de Xerox, hasta el Instituto de Investigación de Stanford, hasta Intel, hasta Apple, hasta el millar de empresas punto-com repartidas hoy en día por este exuberante paisaje.

Silicon Valley...

Y ahora Phate conducía por el corazón mismo de esta tierra prometida (esta vez lo hacía en la hora punta *vespertina*), por el sureste de la autopista 280, en dirección a la Academia St. Francis para su cita con Jamie Turner.

En el reproductor del Jaguar sonaba otra grabación de una obra de teatro: esta vez se trataba de *Hamlet,* en versión de Lawrence Olivier.

Mientras recitaba las frases al unísono con el actor, Phate dejó la autopista en la salida de San José y cinco minutos después pasaba frente al imponente edificio colonial español que albergaba la Academia St. Francis. Eran las 5.15 y tenía más de una hora para echarle un vistazo a la estructura.

Aparcó en una polvorienta calle comercial, cerca de la puerta norte, desde la que Jamie pensaba escapar. Desplegó un plano del edificio de la Comisión de Planificación y Zonificación y un mapa del Catastro Municipal, y durante diez minutos Phate estudió esos documentos. Luego salió del coche, y con calma dio vueltas alrededor del edificio, estudiando las entradas y las salidas. Volvió al Jaguar.

Subió el volumen del aparato, reclinó el asiento y escuchó las palabras que recitaba el actor mientras observaba a la gente que paseaba o andaba en bici por la acera mojada. Los observó fascinado. Para él no eran más (o menos) reales que el atormentado príncipe danés del drama de Shakespeare y durante un momento Phate no supo si se encontraba en el Mundo de la Máquina o en el Mundo Real.

Oyó cómo una voz (¿la suya?, ¿otra?) recitaba una versión algo distinta de la obra. «Qué gran cosa es la máquina. Cuán noble en discernimiento. Cuán infinita en aptitudes. Sus formas, sus movimientos, cuán expresivos y admirables resultan. Sus acciones, cuán angelicales. Sus accesos, cuán divinos.»

Comprobó el cuchillo y el botellín con pitorro que contenía la mezcla de líquidos cáusticos, todo ello cuidadosamente repartido en los bolsillos de su mono gris, en cuya espalda había bordado con cuidado las palabras: «AAA, Compañía de Limpieza y Mantenimiento».

Sólo le quedaban veinte minutos para saber si ganaría o perdería este asalto.

Phate frotó su pulgar contra el filo cortante de su cuchillo.

Sus acciones, cuán angelicales.
Sus accesos, cuán divinos.

Convertido ahora en Renegade334, Gillette había estado acechando (observando sin decir palabra) en el chat de #hack.

Estaba estudiando a su presa, Triple-X. Antes de ejercitar la ingeniería social sobre alguien, uno debe aprender tantas cosas sobre su objetivo como le sea posible para que su estafa resulte creíble. Fue realizando observaciones y Patricia Nolan anotaba todo lo que Gillette deducía sobre Triple-X. La mujer se había sentado muy cerca de él. Olía muy bien a perfume y él se preguntó si este aroma en particular formaba parte del plan de cambio de imagen.

Lo que habían llegado a averiguar sobre Triple-X era lo siguiente:

Se encontraba en la zona horaria del Pacífico (había hecho una referencia a la *happy hour* de un bar de copas cercano, y eran casi las 5.45 p.m. en la costa Oeste).

Probablemente, estaba en el norte de California (se había quejado de la lluvia y, según el *Weather Channel* —la fuente de más alta tecnología con que contaba la UCC para los pronósticos meteorológicos—, la mayor parte de la lluvia caída se concentraba en la zona de la bahía de San Francisco y alrededores).

Era americano, mayor y seguramente había tenido educación universitaria (su gramática y su puntuación eran muy buenas para un hacker —demasiado buenas para un ciberpunk—, y su uso de expresiones de jerga era correcto, lo que indicaba que no era un *Eurotrash-hacker,* pues a menudo éstos tratan de impresionar a los otros hackers utilizando expresiones que despedazan sin saberlo).

Era factible que estuviera en un centro comercial y que se hubiera conectado al chat desde un puesto de acceso a Internet, que seguramente sería un cibercafé (se había referido a un par de chicas que acababa de ver cuando se metían en una tienda de lencería; el comentario acerca del bar de copas sugería algo parecido).

Era un hacker serio y potencialmente peligroso (de ahí lo del centro comercial: la mayor parte de la gente que lleva a cabo actos de piratería informática tiende a evitar conectarse a la red desde el ordenador de su casa y usa terminales públicas por medio de módem).

Tenía un gran ego y se otorgaba a sí mismo el título de wizard y se consideraba el hermano mayor de los hackers más jóvenes del grupo (explicaba cuestiones esotéricas relativas a la disciplina de los hackers a los menos versados en esos asuntos pero no tenía paciencia con los sabihondos).

Ahora Gillette estaba casi a punto para rastrear a Triple-X.

En la Estancia Azul es fácil encontrar a alguien a quien no le importa que lo localicen. Pero si está resuelto a no dejarse descubrir, la tarea de rastrearlo es ardua y a menudo improductiva.

Por lo general, para rastrear una conexión a Internet y llegar hasta el ordenador de un individuo se necesita una herramienta de rastreo por Internet (como el HyperTrace de Gillette) pero puede que también sea necesario contar con un rastreo de la compañía telefónica.

Si el ordenador de Triple-X estaba conectado a Internet a través de un proveedor de servicios de Internet (como, por ejemplo, Horizon On-Line o America Online) por medio de fibra óptica o una conexión por cable de alta velocidad, en vez de vía conexión telefónica, HyperTrace les daría la latitud y longitud exactas del centro comercial en el que en ese momento estaba el hacker.

Si, por el contrario, el ordenador de Triple-X estaba conectado a la red por una línea telefónica estándar por medio de un módem (como la inmensa mayoría de los ordenadores de las casas), el HyperTrace de Gillette rastrearía la llamada sólo hasta el proveedor de Internet de Triple-X y allí se detendría. Y luego la gente de seguridad de la compañía telefónica tendría que ponerse a ello y rastrear la llamada desde el proveedor hasta el mismo ordenador de Triple-X. Ya se había enviado por fax una orden de rastreo telefónico al Departamento de Citaciones y Autos Judiciales de la compañía telefónica.

Mott chasqueó los dedos, alzó la vista desde su teléfono y anunció:

—Vale, la Pac Bell hará el rastreo.

—Allá vamos —dijo Gillette. Tecleó un mensaje y dio a *Enter*. En las pantallas de todos los concurrentes al chat #hack apareció el siguiente mensaje:

Renegade334: Hey Triple como vamos.

Gillette estaba ahora «haciendo el diablillo»: haciéndose pasar por alguien que no era. En esta ocasión había decidido convertirse en un hacker de diecisiete años de Austin, Texas, con una educación insuficiente pero sobrado de chulería adolescente: el tipo de chaval que haría que Triple-X se sintiera tranquilo.

Triple-X: Bien, renegade. Te he visto fisgando.

En los chats uno puede ver a todos los que están conectados aunque no participen en la conversación. Triple-X le estaba recordando a Gillette que estaba al tanto o, por ponerlo de forma concisa: «No intentes joderme».

Renegade334: Estoy en una terminal publica y la gente esta montando mucho barullo. Me toca los guevos.
Triple-X: ¿Dónde estás?

Gillette echó una ojeada al canal meteorológico.

Renegade334: Austin, tio el calor da asco. Conoces esto?
Triple-X: Sólo Dallas.
Renegade334: Dallas apesta. Austin mola!!!

—¿Estamos listos? —preguntó Gillette—. Voy a intentar dejarlo sólo conmigo.

Le brindaron respuestas afirmativas. Sintió cómo Patricia Nolan frotaba su pierna contra la suya. A su lado estaba sentado Stephen Miller. Gillette tecleó una frase y dio a *Enter*.

Renegade334: Triple, que tal si hacemos IM.

Hacer IM o *instant messaging* conectaría sus ordenadores por separado y nadie más podría ver la conversación. Una petición de IM sugería que Renegade quería compartir con Triple-X algo ilegal o furtivo: una tentación muy difícil de vencer para un hacker.

Triple-X: ¿Por qué?
Renegade334: no puedo ablar aki.

Un segundo después se abría una pequeña ventana en la pantalla de Gillette.

Triple-X: Bueno, ¿qué pasa, tío?

—Ponlo en marcha —dijo Gillette a Stephen Miller, quien inició HyperTrace. En el monitor apareció una pequeña ventana con el mapa del norte de California. En el mapa aparecieron líneas azules acompañadas del *ping* de sonar que le era tan familiar al hacker, y que saltaban por toda la costa Oeste a medida que el programa rehacía la ruta desde la UCC hasta el ordenador de Triple-X.

—Está rastreando —dijo Miller—. La señal va de aquí a Oakland, y a Reno y a Seattle...

Renegade334: tio gracias por el IM. Pasa que tengo un problema y tengo miedo. Un tipo me tiene pillao y dicen que eres un wizard alucinante y he oido que quiza sabes algo.

Gillette sabía que no es posible alabar demasiado el ego de un hacker.

Triple-X: ¿Qué pasa, tío?
Renegade334: su nombres Phate.

No hubo respuesta.
—Venga, venga —suplicó Gillette en susurros—. No te esfumes. Soy un chaval que tiene miedo. Tú eres un wizard. Ayúdame...

Triple-X: ¿Qué pasa cno él. Perdón, con él.

Gillette echó una ojeada a la ventana abierta en su ordenador que informaba de que HyperTrace había localizado con éxito los ordenadores de ruta. La señal de Triple-X saltaba por todo el oeste de los EE.UU. Finalmente, terminaba en el último destino, los servicios Bay Area On-Line, ubicados en Walnut Creek, al norte de Oakland.
—Tenemos su proveedor de Internet —dijo Stephen Miller—. Es un servicio de conexión por medio de módem.
—Mierda —murmuró Patricia Nolan. Esto significaba que era necesario un rastreo por parte de la compañía telefónica para ubicar la conexión final desde el servidor de Walnut Creek hasta el café del centro comercial donde estaba sentado Triple-X.
—Podemos hacerlo —dijo Linda Sánchez con entusiasmo, como una animadora—. Sólo tienes que mantenerlo conectado, Wyatt.
Tony Mott llamó a Bay Area On-Line y le explicó lo que pasaba al jefe del Departamento de Seguridad. A su vez, el jefe de seguridad llamó a sus técnicos para que se pusieran en contacto con Pacific Bell y rastrearan la conexión desde Bay Area hasta el emplazamiento de Triple-X.
Mott estuvo un rato a la escucha y luego dijo:
—Pac Bell está rastreando. Es una zona de mucho servicio. Quizá lleve unos diez o quince minutos.

—Es demasiado, es demasiado —se quejó Gillette—. Diles que aceleren.

Pero Gillette sabía desde sus tiempos de *phreak,* cuando se infiltraba él mismo en los servicios de Pac Bell, que para poder rastrear la llamada hasta su fuente los técnicos tenían que revisar en persona los conmutadores (que no son sino grandes salas atestadas de relevadores eléctricos) y encontrar las conexiones visualmente.

> **Renegade334: Oi sobre un hack superfuerte, pero que muy muy fuerte y le vi on-line y le pregunte sobre eso y el no me hizo caso. Después de eso me han pasado cosas raras y entonces oi algo sobre ese codigo que escribio llamado Trapdoor y ahora estoy superparanoico.**

Una pausa y luego:

> **Triple-X: Vale. ¿Y cuál es tu pregunta?**

—Tiene miedo —dijo Gillette—. Puedo sentirlo.

> **Renegade334: Esto del Trapdoor, ¿es cierto que el puede meterse en tu ordenador y ver toda tu mierda? Vamos, que lo ve TODO y tu ni te enteras.**
> **Triple-X: No creo que exista en realidad. Es una leyenda urbana.**
> **Renegade334: No se tio, creo que es real, he visto como abria mis ficheros y yo no estaba haciendo nada de nada.**

—Tenemos una entrada —anunció Miller—. Él nos está rastreando a nosotros.

Tal como Gillette había predicho, Triple-X estaba usando su propia versión del HyperTrace para rastrear a Renegade334. Sin embargo, el programa anonimatizador que había escrito Stephen Miller haría que el ordenador de Triple-X pensara que Renegade estaba en

Austin. El hacker debió de recibir ese informe y de creérselo, pues siguió conectado.

Triple-X: ¿Por qué te preocupas por eso? Estás en una terminal pública. Allí no puede infiltrarse en tus ficheros personales.
Renegade334: Estoy aki porque mis padres mean quitado hoy el Dell durante una semana por las notas. En casa estaba on-line y el teclado andaba jodido y se empezaron a abrir los ficheros ellos solos. Muy muy fuerte.

Otra larga pausa. Y por fin el hacker respondió:

Triple-X: Deberías tener miedo. Conozco a Phate.
Renegade334: ¿Si? ¿Como?
Triple-X: Empezamos a hablar en un chat. Me ayudó a depurar errores de un programa. E intercambiamos warez.

—Este chico es una mina de oro —susurró Tony Mott.
—Quizá conozca la dirección de Phate —dijo Nolan—. Pregúntaselo.
—No —replicó Gillette—. Tenemos que ir poco a poco.
Durante un tiempo no hubo respuesta y luego:

Triple-X: BRB

Los asiduos a los chats han desarrollado una taquigrafía de iniciales que representan expresiones, para ahorrar tiempo y energías para teclear. «BRB» significa en inglés *Be right back,* ahora vuelvo.
—¿Se ha pirado? —preguntó Sánchez.
—La conexión sigue abierta —contestó Gillette—. Quizá tenía que mear o cualquier otra cosa. Que Pac Bell siga rastreando.
Se reclinó en la silla, que crujió con fuerza. Pasó un rato. La pantalla seguía igual.

BRB.

Gillette miró a Patricia Nolan. Ella abrió su bolso, tan abultado como su suéter, y extrajo el esmalte endurecedor de uñas y comenzó a aplicárselo, abstraída.

El cursor siguió parpadeando. La pantalla se mantuvo vacía.

Habían vuelto los fantasmas y esta vez había montones de ellos. Jamie Turner podía oírlos a medida que avanzaba por el pasillo de la Academia St. Francis.

Bueno, lo más seguro es que el ruido proviniera de Booty o de alguno de sus maestros, que se cercioraban de que tanto puertas como ventanas quedaban cerradas. O tal vez eran estudiantes que buscaban un sitio donde fumarse un cigarrillo o jugar con su Game Boy.

Pero antes él había estado pensando en los fantasmas y ahora seguía pensando en los fantasmas: en los indios torturados hasta morir y en el profesor y el alumno asesinados por el loco ese que entró un par de años atrás. Jamie pensó que ése también había pasado a formar parte de los fantasmas desde el momento en que la policía lo mató de un disparo en la cabeza en el viejo refectorio.

Jamie Turner era a todas luces un producto del Mundo de la Máquina (un hacker y un científico) y sabía que tanto los fantasmas como los espíritus o las criaturas míticas no existen. ¿Por qué estaba tan asustado entonces?

Y en ese momento se le ocurrió una idea extraña. Se preguntó si podía suceder que, gracias a los ordenadores, nuestra vida hubiera retornado a una época más mágica y nigromántica. Los ordenadores hacían que el mundo pareciera como algo salido de los libros del siglo XIX, de los relatos de Washington Irving o de Edgar Allan Poe. Como *Sleepy Hollow* o *El escarabajo de oro* y todo ese rollo extraño. Antes de los ordenadores, en la década de los sesenta y de los setenta, la vida era algo que estaba a la vista de todos, que era comprensible. Ahora, sin embargo, era algo oculto. Estaban la red y los bots y los códigos y los electrones y todas esas cosas que uno no puede ver: eran como fantasmas. Ellos podían flotar a tu alrededor, aparecer de pronto de la nada y también podían hacer cosas.

Estos pensamientos le metieron el miedo en el cuerpo pero los olvidó y siguió adentrándose por los pasillos de la Academia St. Francis, donde olía a escayola rancia y se escuchaban las conversaciones apagadas y las músicas que salían de los cuartos de los estudiantes difuminándose a medida que dejaba atrás la zona de viviendas y pasaba por el gimnasio y por los oscuros recovecos del lugar.

Fantasmas...

«¡No! ¡No pienses en eso!», se dijo a sí mismo.

«Piensa en Santana, piensa en salir con tu hermano, piensa en toda la diversión de esta noche.»

«Piensa en los pases de *backstage*.»

Luego llegó a la puerta de incendios, la que conducía al jardín.

Miró a su alrededor. No había ni rastro de Booty, ni de los otros profesores que de cuando en cuando vagaban por los pasillos como los guardas de las películas sobre prisioneros de guerra.

Jamie Turner, arrodillándose, observó la barra de la puerta con la fijeza con la que un luchador mide a su oponente.

«ATENCIÓN: LA ALARMA SUENA CUANDO SE ABRE LA PUERTA.»

Si no podía desmontar la alarma, si ésta saltaba cuando estaba tratando de abrir la puerta, entonces se encenderían las luces brillantes de los pasillos y la policía y los bomberos estarían allí en cuestión de minutos. Él tendría que volver a su cuarto corriendo y sus planes para la noche quedarían en agua de borrajas. Desenrolló un pequeño pedazo de papel, que contenía un esquema del cableado de la alarma que el jefe de servicios de la compañía proveedora le había amablemente proporcionado (bueno, en realidad al técnico de Oakland).

Encendió una pequeña linterna y estudió el diagrama una vez más. Luego tocó el metal de la barra de la puerta para observar cómo se activaba el artefacto, dónde estaban los tornillos, cómo habían ocultado el suministro de energía. En su ágil mente, lo que vio cuadraba con el esquema que se había agenciado en la red.

Tomó aire.

Pensó en su hermano.

Jamie Turner se colocó bien las gafas para proteger sus valiosos ojos y sacó del bolsillo una funda de plástico que contenía sus herramientas, de la que escogió un destornillador de cabeza Phillips. Se dijo que tenía tiempo por delante. Que no había necesidad de darse prisa.

Listo para el rock and roll...

Capítulo 00010000 / Dieciséis

Frank Bishop aparcó el Ford azul marino de paisano frente a una modesta casa colonial construida en una bellísima parcela: estimó que no serían más de tres mil metros cuadrados, y que en esa zona costaría como un millón de dólares.

Bishop advirtió la presencia de un sedán de color claro en la vía de entrada a la casa.

Caminaron hacia el umbral y llamaron a la puerta. Abrió una apresurada mujer de unos cuarenta años vestida con vaqueros y una blusa de flores algo desteñida. De la casa salía un aroma inconfundible a carne asada y cebollas. Eran las seis de la tarde (la hora de la cena para la familia Bishop) y al detective lo invadió un ataque de hambre. Cayó en la cuenta de que no había comido nada desde la mañana.

—¿Sí? —preguntó la mujer.

—¿La señora Cargill?

—La misma. ¿En qué puedo servirles? —dijo ahora con cautela.

—¿Está su marido en casa? —preguntó Bishop mostrando su placa.

—Humm. Yo...

—¿Quién es, Kathy? —en el vestíbulo apareció un hombre rechoncho que llevaba unos Chinos y una camisa de vestir de color rosa. Tenía un escocés en la mano. Cuando vio las placas que mostraban los dos agentes lo puso fuera de su vista, sobre una bandeja de la entrada.

—Por favor, ¿podríamos hablar un segundo, señor? —dijo Bishop.

—¿De qué se trata?

—¿Qué está pasando, Jim?

Él la miró irritado.

—No lo sé. Si lo supiera no les habría preguntado, ¿no crees?

Ella dio un paso atrás con el rostro ceñudo.

—Sólo será un momento —dijo Bishop. Shelton y él caminaron unos metros para alejarse a una distancia discreta de la casa y allí permanecieron a la espera.

Cargill fue en busca de los detectives. Cuando ya no se les podía oír desde dentro, Bishop le preguntó:

—Usted trabaja para Internet Marketing, en Cupertino, ¿no?

—Soy el director regional de ventas. ¿Qué es esto de...?

—Tenemos motivos para creer que usted puede haber visto un vehículo que estamos tratando de localizar como parte de la investigación de un asesinato. Ayer, como a las siete de la tarde, ese coche estaba aparcado en el parking trasero del Vesta's Grill, al otro lado de la calle donde se encuentra su empresa. Y creemos que es posible que usted pudiera echarle una buena ojeada al coche.

Él negó con la cabeza.

—Nuestra directora de Recursos Humanos me preguntó al respecto. Pero no vi nada, se lo dije. Y ella ¿no se lo dijo a ustedes?

—Lo hizo, señor —dijo Bishop con rudeza—. Pero tengo motivos para pensar que no me está diciendo la verdad.

—Oiga, quién se...

—A esa hora usted había estacionado su Lexus en el aparcamiento trasero de su empresa y estaba involucrado en una actividad sexual con Sally Jacobs, del Departamento de Contabilidad de su empresa.

—Eso es mentira —el miedo y la impagable sorpresa en sus ojos convencieron a Bishop de que había dado en el blanco pero que Cargill decía lo que tenía que decir. Y tras haber buscado algún dato que probara su credibilidad, añadió—: Quienquiera que fuera el que dijo eso está mintiendo. Llevo diecisiete años casado. Y, vamos, con Sally Jacobs... Es la chica más fea de la planta decimosexta.

Bishop sabía que andaban contrarreloj. Recordó la descripción que le diera Wyatt Gillette del juego *Access*: que aquel a quien se le designaba como asesino tenía que matar a tanta gente como le fuera posible en el curso de una semana. Phate podía hallarse cerca de su próxima víctima. El detective dijo con parquedad:

—Señor, su vida privada no me preocupa. Lo que me preocupa es que ayer usted vio un coche estacionado en el aparcamiento trasero del Vesta's. Pertenece a un sospechoso de asesinato y necesito saber qué tipo de coche es.

—¿No le he dicho que yo no estaba allí? —se obstinó Cargill, mientras miraba hacia la casa. En una ventana, se podía ver la silueta de su mujer que los espiaba camuflada tras una cortina de encaje.

—Sí que estaba —replicó un tranquilo Bishop—. Déjeme explicarle por qué lo sé.

El hombre rió con cinismo.

—Un sedán de color claro y último modelo, como su Lexus —dijo el detective—, estaba ayer en el aparcamiento trasero de Internet Marketing a la misma hora más o menos en que la víctima fue secuestrada en Vesta's. Ahora bien, sé que el presidente de su empresa anima a sus empleados a que aparquen en la parte delantera del edificio para que los clientes no se den cuenta de que la empresa ha reducido su plantilla a la mitad. Así que la única razón lógica para aparcar detrás es la de hacer algo ilícito, como consumir sustancias ilegales y/o mantener relaciones sexuales.

A Cargill se le borró la sonrisa de la boca.

—Y como es un parking de acceso restringido —prosiguió Bishop—, cualquiera que esté ahí detrás tiene que ser un empleado, y no un visitante. Le pregunté a la directora de personal cuál de sus empleados que posea un sedán de color claro tiene un problema de drogas o una aventura. Dijo que usted se veía con Sally Jacobs. Y, por cierto, todo el mundo en la empresa lo sabe.

—Son putos rumores de oficina —contestó el hombre, bajando tanto la voz que Bishop tuvo que inclinarse para poder oír lo que decía—. Eso es lo que son.

Después de veintidós años de servicio como detective, Bishop era un detector de mentiras andante. Prosiguió:

—Bueno, y si un hombre está en el aparcamiento con su querida...

—¡Ella no es mi querida!

—... va a echar el ojo a cada coche que ande cerca para cerciorarse de que no es el de su mujer o el de un vecino. Por lo tanto, señor, usted vio el coche del asesino. ¿Qué modelo era?

—Ojalá pudiera ser de ayuda...

—No tenemos tiempo para más chorradas, Cargill —ahora le había tocado el turno a Bob Shelton, quien se dirigió a Bishop—: Vamos por Sally y la traemos aquí. A ver si los dos juntos se aclaran un poco.

Los detectives ya habían hablado previamente con Sally Jacobs (quien no era ni con mucho la chica más fea de la decimosexta planta, ni de cualquier otra planta de la empresa) y ella había confirmado su aventura con Cargill. Pero ella era soltera y además, por alguna razón indescifrable, se había enamorado de ese cretino, por lo que no estaba tan paranoica y no se había molestado en otear los alrededores del parking. Creía recordar que había un coche aparcado pero no sabía el modelo. Bishop la había creído.

—¿Traerla aquí? —preguntó Cargill con lentitud—. ¿A Sally?

Bishop le hizo una seña a Shelton y ambos comenzaron a andar. De espaldas, dijo:

—Ahora volvemos.

—No, no lo hagan —suplicó Cargill.

Ellos se detuvieron.

La congoja inundó el rostro de Cargill: los más culpables siempre son los que parecen las mayores víctimas.

—Era un Jaguar descapotable. Último modelo. Gris perla o metalizado. Con la capota negra.

—¿Y el número de la matrícula?

—Era de California. No vi el número.

—¿Le sonaba el coche?

—No, no lo había visto nunca.

Gillette hizo un gesto de asentimiento y los detectives se volvieron para irse de allí.

Entonces Cargill esbozó una sonrisa cómplice y se encogió de hombros, señalando su casa:

—Dígame, oficial, de hombre a hombre, sabe cómo son estas cosas... Podemos mantener esto en secreto, ¿no? —y miró su casa, sugiriendo a su esposa.

—Eso no es problema, señor —dijo Bishop, quien conservaba un velo de educación en el rostro.

—Gracias —respondió el ejecutivo, ahora inmensamente aliviado.

—Si no fuera por el atestado final —añadió el detective—. Que hará referencia a su relación con Sally Jacobs, señor.

—¿Atestado? —preguntó Cargill, sobresaltado.

—Que nuestro Departamento de Pruebas le enviará por correo.

—¿Por correo? ¿A casa? —preguntó él sin resuello.

—Es una ley del Estado —dijo Shelton—. Tenemos que dar a todos nuestros testigos una copia impresa del atestado de su declaración.

—No pueden hacerme eso.

—Tenemos que hacerlo, señor —añadió Bishop, quien no era proclive a sonreír y menos en semejantes circunstancias—. Tal como ha dicho mi compañero, es una ley del Estado.

—Me pasaré por su oficina y la recogeré yo mismo.

—Vendrá por correo: la envían de Sacramento. La recibirá en los próximos meses.

—¿Tardará meses? ¿No me lo puede decir con exactitud?

—Ni nosotros mismos lo sabemos, señor. Podría tardar una semana, o podría llegar en agosto. Buenas tardes. Y gracias por su cooperación, señor.

Se apresuraron en volver al Crown Victoria azul marino, habiendo dejado al ejecutivo haciendo planes para interceptar el correo durante los próximos dos o tres meses para que su mujer no viera el informe.

—¿Atestado final? ¿Departamento de Pruebas? —preguntó Shelton alzando una ceja.

—Me sonaba bien —respondió Bishop, encogiéndose de hombros. Ambos hombres se rieron.

Bishop llamó a la operadora de la Central y solicitó un LVE (un localizador de vehículos de emergencia) para el coche de Phate. Esta petición pondría sobre la mesa todos los expedientes de descapotables Jaguar gris perla o metalizados de último modelo del Departamento de Vehículos Motorizados. Bishop era consciente de que si Phate había utilizado el coche en sus crímenes se debía a que el aparato debía de ser robado o registrado bajo un nombre y una dirección falsos, lo que significaba que no era probable que el expediente del Departamento de Vehículos Motorizados fuera de ayuda. Pero el LVE también pondría sobre aviso a todas las policías del norte de California y éstas informarían de inmediato si avistaban un coche de esas características.

Hizo un gesto a Shelton (el más raudo y agresivo de los dos al volante) para que condujera él.

—Volvamos a la UCC —dijo.

—Hombre, así que conduce un Jaguar —musitó Shelton—. Éste no es un hacker normal y corriente.

Pero, como dijo Bishop, eso ya lo sabían.

Volvió Triple-X.

Triple-X: Lo siento, chaval. Un tipo no ha parado de preguntarme chorradas sobre cómo saltarse las contraseñas de los salvapantallas. Era un lelo.

Gillette, dentro de su personaje de quinceañero tejano enajenado, invirtió los minutos siguientes en contarle a Triple-X cómo había vencido a la contraseña de salvapantallas de Windows y permitió que el hacker le diera algunos consejos sobre maneras mejores de hacerlo.

Gillette estaba practicando genuflexiones digitales ante su gurú cuando se abrió la puerta de la UCC y vio que Shelton y Bishop habían vuelto.

—Estamos a un pelo de encontrar a Triple-X —dijo una excitada Nolan—. Está en un cibercafé en algún centro comercial cercano. Dice conocer a Phate.

—Pero no nos ha dicho nada concreto acerca de él —añadió Gillette—. Sabe algo pero tiene miedo. Andamos cerca de rastrear su posición.

—Pac Bell y Bay Area On-Line dicen que lo tendrán en cinco minutos —dijo Tony Mott—. Están estrechando el cerco. Parece que se encuentra en Atherton, o en Menlo Park o en Redwood City.

—¿Cuántos centros comerciales puede haber en esas zonas? —preguntó Bishop—. Que envíen a unas patrullas tácticas a peinar la zona.

Bob Shelton hizo la correspondiente llamada y luego anunció:

—Van de camino. Llegarán en cinco minutos.

—Vamos, vamos —decía Mott a la pantalla del ordenador, mientras acariciaba la culata cuadrada de su pistola plateada.

—Vuelve a hablarle de Phate —dijo Bishop leyendo la pantalla—. A ver si consigues que te diga algo concreto.

Renegade334: Tio, sobre este Phate, ¿no hay nada que pueda hacer para pararle los pies? Me gustaria joderle.
Triple-X: Oye, chaval. Nadie jode a Phate, sino ÉL A TI.
Renegade334: ¿Eso piensas?
Triple-X: Phate lleva a la muerte del brazo, chaval. Y lo mismo pasa con su amigo Shawn. No te acerques a ellos. Si Phate te pasa el Trapdoor, quema tu disco duro y vuelve a empezar. Y cambia tu nombre de pantalla.
Renegade334: ¿Crees que puede llegar hasta aqui, hasta Texas? ¿Donde se mueve?

—Muy bueno —dijo Bishop.

Pero Triple-X no contestó al segundo. Y un momento después aparecía este mensaje en la pantalla:

Triple-X: No creo que llegue a Austin. Pero tengo algo
que decirte, chaval...
Renegade334: ¿Quées?
Triple-X: Que tu espalda no está más segura al norte de
California, que es donde estás sentado en este preciso
momento, ¡¡¡puto mentiroso!!!

—¡Mierda, nos ha pillado! —gritó Gillette. ¿Cómo había sido posible tal cosa?

Renegade334: Oye, tio, estoy en Texas.
Triple-X: No es cierto. Comprueba los tiempos de respuesta de tu anonimatizador. ¡ESAD!

Triple-X se desconectó.
—¡Mierda! —dijo Nolan.
—Se ha largado —dijo Gillette a Bishop y, cabreado, pegó un golpe sobre el escritorio con la palma de la mano.
El detective echó una ojeada al último mensaje escrito en la pantalla. Lo señaló:
—¿Qué es eso de los tiempos de respuesta?
Gillette no contestó al momento. Tecleó algunos comandos y examinó el anonimatizador que había escrito Stephen Miller.
—Maldición —musitó cuando vio lo que había pasado. Se explicó: Triple-X había estado rastreando el ordenador de la UCC por medio del envío de los mismos *pings* electrónicos que Gillette estaba mandando para rastrearle a él. El anonimatizador le había dicho a Triple-X que Renegade se encontraba en Austin, pero el hacker había hecho otra confirmación, que le advirtió que el tiempo de respuesta de los *pings* que iban y venían de un ordenador a otro era definitivamente demasiado breve para que los electrones pudieran desplazarse hasta Austin y volver.

Éste era un fallo muy serio para un hacker: no se habría necesitado sino un simple *kludge* que creara un pequeño retraso de unos milisegundos en el anonimatizador para que hubiera dado la impresión de que Renegade se encontraba a miles de kilómetros de distancia. A Gillette no le cabía en la cabeza cómo Miller se había olvidado de eso.

—Oh, no —dijo Miller sacudiendo la cabeza cuando cayó en la cuenta de su error—. Es por mi culpa. Lo siento... No lo pensé.

Gillette se dijo que estaba clarísimo que no lo había pensado.

Habían estado tan cerca...

Bishop dijo, con voz suave y desalentada:

—Que avisen a los SWAT.

Bob Shelton sacó el móvil e hizo la llamada.

—Esa otra cosa que ha escrito Triple-X —preguntó Bishop—. «ESAD». ¿Qué significa?

—Es una despedida amigable —respondió agriamente Gillette—. Significa *Eat shit and die,* come mierda y muere.

—Un tipo educado —observó Bishop.

Luego sonó un teléfono (era su propio móvil) y el detective atendió la llamada.

—¿Sí? —y luego preguntó con sequedad—: ¿Dónde? —tomó algunas notas y dijo—: Que todas las unidades disponibles vayan para allá ahora mismo. De inmediato. Y llamad también a la policía metropolitana de San José. Moveos ya, y cuando digo ya, quiero decir ahora.

Colgó y miró a su equipo.

—Tenemos algo. Nuestro localizador de emergencia de vehículos ha tenido respuesta. Un policía de tráfico de San José ha visto un Jaguar gris descapotable último modelo en una barriada del oeste hará media hora. Es una zona vieja de la ciudad donde no se ven coches como ése a menudo —fue hasta el mapa y dibujó una cruz en el lugar donde se había avistado el coche.

—Conozco un poco la zona —dijo Shelton—. Allí cerca hay muchos bloques de apartamentos. Algunos colmados y un par de licorerías. Es un barrio de renta muy baja.

Pero entonces Bishop golpeó con el dedo un pequeño rectángulo del mapa. Gillette se fijó en que tenía una etiqueta: «Academia St. Francis».

—¿Te acuerdas de los asesinatos de hace unos años? —le preguntó el detective a Shelton.

—Sí.

—Un loco entró en el internado y mató a un par de estudiantes o de profesores. El rector lo llenó todo de altas medidas de seguridad. Salió en los periódicos —señaló la pizarra blanca—: A Phate le gustan los desafíos, ¿verdad que sí?

—Dios mío —musitó Shelton, enojado—. ¿Es que ahora ataca a chavales?

Bishop llamó a la operadora de la Central para mandar un código que informara de que se estaba llevando a cabo una agresión en ese momento.

Nadie se atrevió a decir en voz alta lo que todos pensaban: que el informe del LEV había sido efectuado hacía media hora. Lo que le habría dejado a Phate treinta minutos para llevar a cabo su macabro juego.

Jamie Turner pensó que había sido algo real como la vida misma.

El indicador encendido de la puerta de incendios se había apagado sin jarana ni zumbidos ni los satisfactorios efectos de las películas: ni siquiera había sonado un apagado clic.

En el Mundo Real no hay efectos de sonido. Uno hace lo que se ha propuesto hacer y nada lo celebra, salvo una pequeña luz que se extingue lentamente.

Se irguió y escuchó con atención. A través de las paredes se oía música lejana, y algunos gritos, risas, y discusiones en torno a un programa de radio.

Y él dejaba atrás todo eso, camino de una noche perfecta en compañía de su hermano.

Para su alivio, la puerta se abrió.

Silencio: ni alarmas ni gritos de Booty.

El olor a hierba de la fresca noche aromatizada le entró por la nariz. Le recordaba a aquellas largas horas nocturnas de sobremesa veraniega en la casa que sus padres tenían en Mill Valley: cuando su hermano Mark trabajaba en Sacramento y no podía aguantar hacer una visita a sus viejos. Esas noches eternas... Con su madre dándole postres y aperitivos para quitárselo de encima y su padre que le decía «Sal afuera a jugar», mientras ellos y sus amigos contaban historias anodinas que se volvían cada vez más ofuscadas a medida que iban catando los vinos locales.

Sal afuera a jugar...

¡Como si estuviera en la puta guardería!

Bueno, aquella noche Jamie no había salido. Había entrado en la red para piratear como un loco.

Eso es lo que le evocaba el aire fresco de la primavera. Pero en ese momento era inmune a esos recuerdos. Estaba emocionado por haberlo conseguido y por poder pasar la noche con su hermano.

Manipuló el picaporte de la puerta para poder entrar de nuevo al internado cuando estuviera de vuelta.

Jamie se volvió, se detuvo y escuchó. No se oían pisadas, ni había ningún Booty ni fantasmas. Dio un paso adelante.

Era su primer paso hacia la libertad.

De pronto apareció una mano de hombre que le sujetó la boca con fuerza.

Señor, Señor, Señor...

Jamie trató de escabullirse pero su atacante, que vestía un uniforme de hombre de mantenimiento, era más fuerte y lo inmovilizó en el suelo. El hombre le arrancó las gruesas gafas de seguridad de la nariz.

—Mira qué es lo que tenemos aquí —dijo, arrojando las gafas al suelo y acariciando los párpados del chico.

—¡No, no! —gritó Jamie, amordazado por una mano musculosa mientras procuraba alzar los brazos para proteger sus preciados ojos—. ¿Qué está haciendo?

El hombre sacó algo de un bolsillo del mono que llevaba puesto. Parecía un spray. Lo acercó al rostro de Jamie. ¿Qué era?...

El pitorro escupió un chorro de líquido lechoso sobre sus ojos.

En un segundo le ardían terriblemente y el chico empezó a llorar y a revolverse movido por el pánico. Su peor pesadilla se había hecho realidad.

Jamie Turner sacudió la cabeza con fuerza para tratar de alejar el dolor, pero éste sólo empeoró. Estaba gritando «No, no, no», pero la fuerte presión de la mano del hombre sobre su boca amortiguaba sus palabras.

El hombre se agachó y comenzó a susurrar palabras en su oreja, pero el chico no tenía ni idea de lo que le decía; el miedo (y el horror en aumento) lo consumía como el fuego que abrasa matojos secos.

Capítulo 00010001 / Diecisiete

Frank Bishop y Wyatt Gillette penetraron bajo los arcos de la entrada de la Academia St. Francis, y sus pasos resonaban sobre el camino de guijarros como rasguños arenosos.

Bishop hizo una seña a Huerto Ramírez a modo de saludo, cuya enorme figura llenaba prácticamente la mitad de la bóveda, y dijo:

—¿Es cierto?

—Sí, Frank. Perdona, se nos escapó.

Ramírez y Tim Morgan, que ahora se encontraba sonsacando a los testigos de las calles que rodeaban el internado, habían estado entre los primeros en personarse en la escena del crimen.

Ramírez se volvió y condujo a Bishop y a Gillette, y también a Patricia Nolan y a Bob Shelton, que iban algo rezagados, hasta el interior del colegio. Linda Sánchez los seguía llevando un maletón con ruedas.

Fuera había dos ambulancias y una docena de coches patrulla, con las luces girando en silencio. Un gran grupo de curiosos formaba un semicírculo esparcido por la acera de enfrente.

—¿Qué ha pasado? —le preguntó Shelton.

—Por ahora sabemos que el Jaguar estaba pasando esta puerta de ahí —señalaba un patio con un muro alto que lo separaba de la calle—. Todos marchábamos procurando no hacer ningún ruido, pero parece ser que ha oído que veníamos y ha echado a correr fuera del colegio y se ha largado. Hemos puesto controles a ocho y dieciséis manzanas de aquí pero no ha habido suerte.

Nolan se puso a la altura de Gillette mientras recorrían aquellos pasillos pobremente iluminados. Parecía que iba a decir algo pero cambió de idea y siguió en silencio.

Gillette no vio estudiantes mientras avanzaban por los pasillos: tal vez los profesores los mantenían en sus habitaciones hasta que llegaran padres y orientadores.

—¿Los de Escena del Crimen han hallado algo? —preguntó Bishop a Ramírez.

—Nada que, ya sabes, lleve escrito la dirección del asesino.

Torcieron y al final del nuevo pasillo vieron una puerta abierta. Fuera había docenas de oficiales de policía y algunos técnicos médicos. Ramírez miró a Bishop y le susurró algo. Bishop le hizo una seña de asentimiento y le habló a Gillette:

—Lo de ahí dentro no tiene buena pinta. El asesino ha vuelto a usar el cuchillo en el corazón: como con Andy Anderson y Lara Gibson. Pero parece ser que morir le llevó un buen rato. Está todo bastante asqueroso. ¿Por qué no esperas fuera? Cuando te necesitemos para ojear el ordenador te lo haré saber.

—Puedo soportarlo.

—¿Estás seguro?

—Sí.

—¿Cuántos años? —le preguntó Bishop a Ramírez.

—¿Te refieres al chico? Quince.

Bishop levantó una ceja mirando a Patricia Nolan y le preguntó si ella también era capaz de presenciar la carnicería.

—Está bien —contestó ella.

Entraron en el aula.

A pesar de lo mesurado de su respuesta a Bishop, Gillette quedó aturdido. Había sangre por todas partes. Una cantidad increíble de sangre: en el suelo y en las paredes, en las sillas y en los marcos, en la pizarra y en el atril. El color variaba dependiendo del material que la sangre cubriera, e iba desde un rosa brillante hasta casi el negro.

En mitad de la estancia, sobre el suelo, yacía el cadáver cubierto por una manta verde. Gillette miró a Nolan, a quien esperaba ver también horrorizada. Pero, tras haber echado una ojeada a las salpicaduras, las manchas y los charcos que había en la habitación, ella parecía estar escudriñando el aula, quizá en busca del ordenador que había que analizar.

—¿Cómo se llama el chico? —preguntó Bishop.

—Jamie Turner —dijo una oficial del Departamento de San José.

Linda Sánchez entró en el aula y tomó aire con fuerza cuando vio el cadáver. Parecía estar decidiendo si desmayarse o no. Volvió a salir.

Frank Bishop susurraba algo a un hombre de mediana edad que vestía un jersey Cardigan y que, al parecer, era uno de los profesores, y luego fue al aula contigua a la del crimen, donde estaba sentado un quinceañero con los brazos pegados al torso y que se columpiaba adelante y atrás sobre la silla. Gillette se unió al policía.

—¿Jamie? —preguntó Bishop—. ¿Jamie Turner?

El chico no respondió. Gillette observó que tenía los ojos muy rojos y que la piel que los rodeaba parecía inflamada.

Bishop miró a otro hombre que también se encontraba en la habitación. Era delgado y de unos veintitantos años. Estaba a un lado de Jamie y había posado una mano sobre el hombro del chico. El hombre dijo:

—Sí, éste es Jamie. Yo soy su hermano, Mark Turner.

—Booty ha muerto —susurró un dolorido Jamie que se aplicaba un paño húmedo en los ojos.

—¿Booty?

Otro hombre (de unos treinta años y que vestía Chinos y una camisa Izod) se identificó como el administrador del colegio.

—Era el mote que el chaval le había colgado —añadió, observando la bolsa donde descansaba el cadáver—: Ya saben, al rector.

Bishop se agachó.

—¿Cómo te encuentras, joven?

—Lo ha asesinado. Tenía un cuchillo. Lo acuchilló y el señor Boethe no paraba de gritar y de correr de un lado para otro, para escaparse. Yo... —su voz se convirtió en una cascada de sollozos. Su hermano le agarró los hombros con fuerza.

—¿Se encuentra bien? —preguntó Bishop a una paramédica, una mujer cuya chaqueta lucía un estetoscopio y unas pinzas hemostáticas.

—Se pondrá bien —dijo ella—. Parece que el asesino le ha rociado los ojos con agua que contenía un poco de Tabasco y amoniaco. Lo justo para que le picara pero no tanto como para causarle daño.

—¿Por qué? —preguntó Bishop.

—Me ha pillado —respondió ella, encogiéndose de hombros.

Bishop agarró una silla y se sentó.

—Lamento muchísimo lo ocurrido, Jamie. Pero es de vital importancia que nos digas lo que sabes.

Unos minutos después el chico se calmaba y les explicaba que se había escapado del colegio para ir a ver un concierto con su hermano. Pero, nada más salir por la puerta, lo agarró un hombre vestido con un uniforme como el de un operario y le roció esa cosa en los ojos. Le dijo a Jamie que era ácido y que si le conducía hasta el señor Boethe le daría un bote que contenía un antídoto. Pero que, si se negaba, el ácido le comería los ojos.

Le empezaron a temblar las manos y se echó a llorar.

—Ése es su mayor temor —dijo su hermano Mark con indignación—, quedarse ciego. El asesino lo sabía.

Bishop asintió.

—Su objetivo era el rector. Es un internado muy grande: y Phate necesitaba a Jamie para encontrar a su víctima rápidamente.

—Me dolía tanto, de verdad... Yo dije que no le iba a ayudar. No quería, no quería, lo intenté pero no pude evitarlo. Yo... —en ese momento calló.

Gillette sentía que Jamie quería trasmitir algo más pero que no se atrevía a decirlo.

Bishop asió el hombro del chico.

—Has hecho lo correcto. No te preocupes por eso. Has hecho lo que hubiera hecho yo. Dime, Jamie, ¿mandaste algún correo electrónico en el que le dijeras a alguien lo de tus planes para esta noche? Tenemos que saberlo.

El chico tragó saliva y miró al suelo.

—No te va a pasar nada, Jamie. Pierde cuidado. Sólo queremos encontrar a ese tipo.

—Supongo que a mi hermano. Y luego...

—Adelante, sigue.

—Bueno, es que creo que me conecté a la red para encontrar unas claves de acceso y alguna otra cosa. Este tipo lo habrá visto y es así como se metió en el patio.

—¿Y cómo sabía que tienes miedo a quedarte ciego? —preguntó Bishop—. ¿Pudo leer acerca de eso en la red?

Jamie asintió de nuevo.

—Es como si hubiera forzado a Jamie para que se convirtiera en su propio Trapdoor para conseguir entrar dentro —dijo Gillette.

—Has sido muy valiente, Jamie —afirmó Bishop.

Pero nada de lo que dijeran podía consolar al chico.

Los técnicos médico-forenses se llevaron el cadáver del rector y los policías se reunieron en el pasillo, en compañía de Gillette.

Shelton comentó lo que había averiguado de los técnicos forenses:

—Los de Escena del Crimen están a dos velas. Unas cuantas docenas de huellas obvias, que piensan investigar pero que no nos sirven porque ya sabemos que se trata de Holloway. Sus zapatos no dejan una huella reconocible. Y en el aula debe de haber al menos un millón de fibras: lo bastante como para tener ocupados a los chicos del FBI por todo un año. Vaya, y han encontrado esto.

Dio un pedazo arrugado de papel a Bishop, quien se encogió de hombros y se lo pasó a Gillette. Parecían las notas del chaval, referentes a descifrar contraseñas y a desactivar la alarma de la puerta.

—Nadie sabe con certeza dónde estaba aparcado el Jaguar —les comentó Huerto Ramírez—. Y, en cualquier caso, la lluvia ha borrado las huellas de los neumáticos. Como sucede con las fibras, tenemos un millón de cosas en la carretera para analizar pero ¿quién sabe si fue el asesino quien las dejó allí o no?

—Es un hacker —dijo Nolan—. Eso significa que es un delincuente organizado. No va a andar tirando correos basura por ahí mientras anda al acecho de una nueva víctima.

—Estamos interrogando a la gente —prosiguió Ramírez—. Tim sigue pateando la acera con dos o tres agentes de la Central pero nadie parece haber visto nada.

—Vale, tomad el ordenador del chico y nos largamos —les dijo Bishop a Nolan, Sánchez y Gillette.

—¿Dónde está? —preguntó Sánchez.

El administrador dijo que los acompañaría hasta el departamento informático del internado. Gillette volvió al aula donde se encontraba Jamie Turner y le preguntó qué ordenador había utilizado.

—El número tres —respondió el chico, y siguió aplicándose el paño húmedo sobre los ojos.

El equipo vagó por el pasillo en penumbra. Mientras caminaban, Linda Sánchez hizo una llamada desde su teléfono móvil. Así supo (según intuyó Gillette de lo que oía) que su hija aún no estaba de parto. Colgó diciendo: «Dios...».

Una vez en la sala de ordenadores del sótano, un sitio gélido y deprimente, Gillette, Nolan y Sánchez se desplazaron hasta la máquina número tres. Sánchez le ofreció un disco de inicio al hacker, pero éste negó con la cabeza.

—Eso no evitará que el demonio Trapdoor se autodestruya. Estoy seguro de que Phate lo ha programado para que se suicide si hacemos algo fuera de lo normal.

—Bueno, ¿qué vas a hacer entonces?

—Darle un poco al teclado como si fuera otro usuario. Quiero experimentar un poco para ver dónde vive el demonio Trapdoor.

—Como un ladrón de cajas fuertes que siente las ruedas antes de probar una combinación —dijo Nolan brindándole una débil sonrisa.

Gillette asintió. Inició la máquina y examinó el menú principal. Cargó unas cuantas funciones: un procesador de textos, una hoja de cálculo, un programa de fax, antivirus, varios programas de almacenamiento en disco, algunos juegos, un par de *browsers* de Internet...

Mientras tecleaba espiaba la pantalla para ver cómo aparecían en ella las letras luminosas correspondientes a los caracteres que había escrito. Escuchó el rotar del disco duro para comprobar si hacía ruidos que no estuvieran sincronizados con la tarea que debía estar realizando en ese preciso momento.

Patricia Nolan se sentó a su lado y también miraba la pantalla.

—Puedo sentir el demonio —susurró Gillette—, pero hay algo raro: parece como si se estuviera moviendo de un lado a otro. Salta de programa en programa. Cada vez que abro uno se cuela dentro: quizá para saber si lo busco. Y cuando decide que no lo busco se va... Vive dentro, en algún lado. Tiene que tener una casa.

—¿Dónde? —preguntó Bishop.

—Veamos si puedo encontrarla —Gillette abrió y cerró una docena de programas, y luego otra, mientras tecleaba con furia—. Vale, vale... Éste es el directorio más torpe —miró una lista de ficheros y luego dijo con risa floja—: ¿Sabéis dónde se esconde?

—¿Dónde?

—En el programa del Solitario.

—¿Qué?

—En el juego de cartas.

—Pero ese juego viene con cada ordenador que se vende en América —dijo Sánchez.

—Es probable que ésa sea la razón por la cual Phate escribió su código de esa manera —dijo Nolan.

Bishop sacudió la cabeza.

—¿Así que cualquiera que posea un juego del Solitario en su ordenador puede tener el Trapdoor?

—¿Qué pasa si uno cancela el Solitario o lo borra?

Lo discutieron un poco. Gillette sentía mucha curiosidad por la forma en que trabajaba Trapdoor y le hubiera encantado extraer el programa y examinarlo. Si borraban el juego el demonio se suicidaría, pero el mismo conocimiento de ese hecho les podría brindar un arma: cualquiera que sospechase que su ordenador contenía un demonio podría borrar el juego y ya estaba todo arreglado.

Decidieron copiar el disco duro del ordenador que había usado Jamie Turner y, una vez hecho eso, Gillette borraría el Solitario y saldrían de dudas.

Cuando Sánchez acabó de copiar el disco duro, Gillette borró el programa. Pero advirtió un retraso apenas perceptible en la operación. Y cuando volvió a probar varios programas se dio cuenta de que el que ahora andaba renqueante era el antivirus.

—Aún está ahí —dijo Gillette, riendo con amargura—. Ha saltado a un nuevo programa y anda vivito y coleando. ¿Cómo lo hace?

—el demonio Trapdoor había presentido que iban a echar abajo su casa y había demorado la actuación del programa de eliminación para que le diera tiempo a escapar desde el software del Solitario hasta un nuevo programa.

Se levantó y sacudió la cabeza.

—No hay nada que pueda hacer aquí. Llevemos la máquina a la UCC y...

Percibió una imagen velada en movimiento y acto seguido la puerta de la sala de ordenadores se abría en un estallido y volaban cristales por todas partes. Se oyó un grito de rabia que inundó la sala y Gillette tuvo que echarse a un lado para evitar una figura que cargaba contra el ordenador. Nolan cayó de rodillas, exhalando un breve grito de desmayo.

Bishop también tuvo que echarse a un lado.

Linda Sánchez hizo el gesto de sacar la pistola.

Gillette se agachó para evitar la silla que le pasó por encima y que se estrelló contra la pantalla del ordenador en el que había estado sentado.

—¡Jamie! —gritó el administrador con rudeza—. ¡No!

Pero el chico volvió a tomar impulso mientras aferraba la silla y la empotró de nuevo contra el monitor, que implosionó con un gran estallido y esparció pedazos de cristal por todos lados. Comenzó a salir humo de la carcasa.

El administrador le quitó la silla a Jamie de las manos, antes de echarla a un lado y arrojarlo al suelo.

—¿Qué se cree que está haciendo, jovencito?

El chaval pataleó, llorando, e intentó atacar el ordenador otra vez. Pero tanto Bishop como el administrador lo sujetaron.

—¡Lo voy a destrozar! ¡Lo mató! ¡Mató al señor Boethe!

—¡Quiero que se tranquilice de inmediato, señor! —dijo el administrador—. No permitiré semejante comportamiento en ninguno de mis estudiantes.

—¡Quítame las putas manos de encima! —replicó el chaval.

—¡Muy bien, joven voy a dar parte de esto! Voy a...

—¡Lo mató y yo voy a matarlo a él! —el chico se estremecía por la congoja.

—¡Señor Turner, compórtese ahora mismo! No se lo volveré a repetir.

Mark, el hermano de Jamie Turner, entró en la sala de ordenadores. Le echó un brazo por los hombros a su hermano, quien se dejó caer encima de él, llorando.

—Los estudiantes tienen que comportarse correctamente —dijo el administrador, ante las caras largas de los del equipo de la UCC—. Así es como hacemos las cosas aquí.

Bishop miró a Sánchez, quien estaba evaluando los daños.

—La CPU está bien —dijo ella—. El monitor ha quedado para el arrastre.

Wyatt Gillette llevó un par de sillas hasta un rincón y le indicó a Jamie que lo acompañara. El chico miró a su hermano, quien le hizo un gesto de asentimiento, y se unió al hacker.

—Creo que si haces eso te quedas sin la puta garantía —dijo Gillette, que se reía mientras ojeaba el monitor.

El profesor se puso recto, probablemente irritado ante el lenguaje de Gillette, pero éste no le hizo caso.

El chico hizo una leve mueca intentando sonreír que se evaporó al instante.

—Booty murió por mi culpa —dijo el chaval, un rato después. Lo miró—: Yo conseguí la clave para la puerta, yo descargué el plano de las alarmas de la puerta. ¡Ojalá estuviera muerto! —se secó la cara en su propia manga.

Gillette advirtió que de nuevo el chaval tenía algo más en mente.

—Vamos, dime de qué se trata —lo invitó a sincerarse, con suavidad.

El chico humilló la cabeza y por fin explicó:

—¿Ese hombre, el que ha matado a Booty? Dijo que si yo no hubiera estado *hackeando,* Booty aún estaría con vida. Que yo había sido el que lo había matado. Y que no debo volver a tocar un ordenador porque puedo matar a más gente y tendré que cargar con eso durante el resto de mis días.

—No, no, no, Jamie —sacudió la cabeza Gillette—. El tipo que ha hecho esto es un puto psicópata. Se le metió en la cabeza que se iba a cargar a tu rector y que nada se interpondría en su camino. Si no se hubiera servido de ti, se habría servido de otra persona. Y me parece que dijo eso porque te tiene miedo.

Jamie guardó silencio.

—No puedes romper todas las máquinas del mundo —afirmó Gillette, mirando hacia el monitor humeante.

—¡Pero puedo joder ésa! —respondió el chaval con rabia.

—Es sólo una herramienta —explicó Gillette, con suavidad—. Hay gente que usa destornilladores para entrar en casas ajenas. Y no vas a destruir todos los destornilladores.

Jamie se apoyó sobre un montón de libros, gimoteando. Gillette le pasó un brazo por los hombros.

—No volveré a tocar un puto ordenador. ¡Los odio!

—Bueno, eso sí que va a ser un problema.

El chaval se secó las lágrimas.

—¿Un problema?

—Mira, necesitamos que nos eches una mano —dijo Gillette.

—¿... que os ayude?

El hacker sostenía en la mano una página de papel con los apuntes del chico.

—¿Has escrito tú este programa? ¿Crack-er?

El chico asintió.

—¿Y también te introdujiste en el sistema de la compañía de alarmas?

El chaval sollozó.

—Fue muy fácil. Sus cortafuegos eran de primera generación. Y no habían instalado software de doble identificación.

—Eres bueno, Jamie. Eres muy bueno. Hay administradores de sistemas que no podrían llevar a cabo los actos de pirateo que tú haces. Y nosotros necesitamos que alguien bueno nos ayude. Vamos a llevarnos la máquina para analizarla en la Central. Pero voy a dejar aquí las otras y estaba pensando que quizá puedas echar una ojeada y mirar si puedes encontrar algo que nos ayude a pillar a ese cabrón.

—¿Qué es lo que quieres que haga?

—¿Sabes lo que es un hacker *white hat*?

—Sí —dijo el muchacho, dejando de llorar—. Un hacker bueno que ayuda a encontrar a los hackers malos.

—¿Quieres ser nuestro *white hat*? No contamos con suficiente personal en comisaría. Quizá tú encuentres algo que nosotros hemos pasado por alto.

Ahora el rostro del chico mostraba que estaba avergonzado de haber llorado. Se secó la cara con enfado.

—No sé. No sé si quiero.

—Nos vendría muy bien un poco de ayuda.

—Vale, ya va siendo hora de que Jamie vuelva a su habitación —dijo el administrador.

—No, esta noche no se va a quedar aquí —replicó su hermano—. Vamos a ir al concierto y luego se vendrá a dormir conmigo.

—No —dijo el profesor con firmeza—. Necesita un permiso firmado por tus padres, y no hemos podido ponernos en contacto con ellos. Aquí tenemos ciertas reglas y, después de esto —hizo el gesto de lavarse las manos—, no nos las vamos a saltar a la torera.

—Dios mío, tranquilícese, ¿quiere? —susurró Mark Turner, inclinándose hacia delante—. El chaval ha pasado el peor día de su vida y usted...

—No tiene ningún derecho a juzgar cómo tutelamos a nuestros estudiantes.

—Pero yo sí —dijo Bishop—. Y Jamie no va a hacer ninguna de las dos cosas: ni quedarse aquí, ni asistir a ningún concierto. Se viene a comisaría a firmar una declaración escrita. Y luego lo llevarán a casa de sus padres.

—No quiero ir allí —dijo el chico, angustiado—. No quiero ir con mis padres.

—Me temo que no tengo elección, Jamie —respondió el detective.

El chico emitió un gemido y pareció que iba a volver a echarse a llorar.

Bishop miró al administrador y dijo:

—A partir de ahora, me hago cargo de todo. Y usted ya va a tener demasiado trabajo con los otros chicos.

El hombre miró al detective (y la puerta rota) con cara de pocos amigos y se largó de la sala de ordenadores.

Una vez que se hubo ido, Frank Bishop sonrió y dijo al muchacho:

—Bueno, jovencito, tú y tu hermano salid de aquí ahora. Quizá no lleguéis a los teloneros pero si os dais prisa podréis ver el concierto.

—Pero ¿y mis padres? Usted dijo que...

—Olvida lo que he dicho. Llamaré a tus padres y les diré que vas a dormir donde tu hermano —miró a Mark—. Asegúrate de que mañana llega a tiempo para sus clases.

El chico era incapaz de sonreír, sobre todo después de haber pasado por algo así, pero les ofreció una mueca. Dijo «Gracias», y fue hacia la puerta.

Mark Turner estrechó la mano del detective.

—Jamie —llamó Gillette.

El chico se volvió.

—Recuerda lo que te he dicho sobre ayudarnos.

Jamie miró un segundo el monitor humeante. Se dio la vuelta y se fue sin formular respuesta.

—¿Crees que puede encontrar algo? —preguntó Bishop a Gillette.

—No tengo ni idea. Pero no se lo he pedido por eso. Me he imaginado que después de una cosa así el chaval necesita retomar las riendas —Gillette señaló las notas de Jamie—. Es muy, muy bueno. Sería un crimen que se asustase y dejara la informática.

—Wyatt, eso ha sido muy noble por tu parte —el detective parecía emocionado por esa confesión—. Cuanto más te trato, menos te veo como el típico hacker.

—Quién sabe, quizá no lo sea.

Luego Gillette ayudó a Linda Sánchez a proceder en el ritual de desconectar el ordenador que había actuado como conspirador en el asesinato del pobre Willem Boethe. Ella lo envolvió en una manta y lo ató al carrito con ruedas con mucho cuidado, como si tuviera miedo de que un empujón o un golpe dislocaran o destruyeran pruebas relativas al paradero de su adversario.

No encontraron nuevas pruebas en la Unidad de Crímenes Computerizados.

La alarma informática que avisaría de la presencia de Shawn o Phate en la red no había saltado, y Triple-X tampoco se había vuelto a conectar.

Tony Mott, que aún parecía desilusionado porque le hubieran negado una oportunidad de jugar a «policías de verdad», estudiaba a regañadientes hojas y más hojas en las que Miller y él habían tomado numerosas notas mientras el resto de la unidad se desplazaba a la Academia St. Francis.

—Ni en el VICAP ni en las bases de datos estatales hay nada que lleve el nombre de Holloway —les dijo—. Muchos de los expedientes han sido destruidos y los que permanecen no poseen nada de interés.

—TMS —recitó Linda Sánchez, pronunciando en inglés la serie de letras— IDK.

Gillette y Nolan rieron.

Mott tradujo a Bishop y a Shelton estas siglas de la Estancia Azul:

—Significa *Tell me something I don't know,* cuéntame algo que no sepa. Pero, sorpresa, todos los informes que borraron eran de los departamentos de cuentas y de los de personal.

—Entiendo que pueda adentrarse en los archivos y borrar ficheros de ordenador —dijo Linda Sánchez—, pero ¿cómo consigue deshacerse del material de árbol muerto?

—¿De qué?

—De los ficheros en soporte de papel —explicó Gillette—. Es muy fácil: se mete en el ordenador del Departamento de Registros y escribe un memorándum para que alguien se dedique a destruir los informes.

Mott añadió que muchos de los jefes de seguridad de los antiguos empleadores de Phate creían que se había ganado (y seguía ganándose la vida) haciendo de corredor de piezas robadas de superordenadores, de las que había una inmensa demanda, en especial en Europa y en países del Tercer Mundo.

Se les subió el ánimo durante un instante cuando oyeron que llamaba Ramírez para informar de su charla con el dueño de la tienda de artículos teatrales Ollie. El hombre había observado la foto de la detención del joven Jon Holloway y había confirmado que había ido por la tienda en repetidas ocasiones durante el pasado mes. El dueño no podía recordar con exactitud lo que había comprado, pero se acordaba de que las adquisiciones habían sido cuantiosas y de que siempre pagaba en metálico. El dueño no sabía dónde vivía Holloway, pero recordaba una breve conversación que había mantenido con él. Le había preguntado a Holloway si era un actor y si, de ser ésa su circunstancia, le costaba encontrar trabajo.

—Recuerdo que respondió esto: «No, no me cuesta en absoluto. Actúo a diario».

Media hora más tarde, a las nueve y media, Frank Bishop se estiraba y paseaba su vista por el corral de dinosaurios.

Los miembros de la UCC andaban a medio gas. Linda Sánchez hablaba por teléfono con su hija, quien aún no había roto aguas. Stephen Miller estaba sentado a solas, y repasaba malhumorado notas y apuntes, quizá arrepentido por el error que había cometido con el anonimatizador, y que había supuesto que Triple-X escapara. Gillette estaba en el laboratorio de análisis, repasando lo que había en el ordenador de Jamie Turner. Patricia Nolan estaba en un cubículo contiguo haciendo llamadas de teléfono. Frank Bishop no estaba seguro del paradero de Bob Shelton.

Sonó el teléfono de Bishop y atendió la llamada. Era un patrullero.

Le informaba de que había encontrado el Jaguar de Phate en Oakland.

No había pruebas determinantes que señalaran que el coche era el del hacker pero tenía que serlo, pues la única razón existente para rociar un coche de veinte mil dólares con gasolina y prenderle fuego es la ocultación de pruebas.

Algo de lo que el fuego se había encargado con extraordinaria eficacia, según lo señalado por la unidad de Escena del Crimen: no había pruebas que pudieran interesar al equipo.

Bishop siguió ojeando el informe preliminar de la escena del crimen de la Academia St. Francis. Huerto Ramírez lo había reunido en un tiempo récord pero no había nada que fuera de mucha ayuda. El arma homicida había vuelto a ser un cuchillo Ka-bar La cinta adhesiva utilizada para amordazar a Jamie Turner era tan común como el agua del grifo y el Tabasco y el amoniaco usados para cegar sus ojos se podían encontrar en cualquier tienda. Habían hallado muchas huellas pertenecientes a Holloway, pero no les servían de mucho habida cuenta que ya conocían su identidad.

Bishop fue hasta la pizarra blanca e hizo un gesto a Miller pidiéndole el rotulador, y éste se lo pasó. El detective comenzó a escribir estos detalles en la pizarra pero cuando empezó a garabatear «huellas» se detuvo.

Las huellas de Phate...

El Jaguar ardiendo...

Esos hechos le causaban resquemor por algún motivo. Se preguntó el porqué, mientras se frotaba los nudillos en las patillas.

Haz algo con eso...

Chasqueó los dedos.

—¿Qué? —preguntó Linda Sánchez. Mott, Miller y Nolan lo miraron.

—Esta vez Phate no ha usado guantes.

Phate había anudado una servilleta a su botellín en el Vesta's de Cupertino para ocultar sus huellas. Y en St. Francis no se había molestado en hacerlo.

—Eso significa que sabe que conocemos su verdadera identidad —y luego añadió—: Y está su coche. La única razón que tenía para destruirlo era que supiera que sabíamos que conducía un Jaguar. ¿Cómo lo habrá adivinado?

La prensa no había publicado ni su nombre ni el hecho de que el asesino condujera un Jaguar. Esos datos tampoco habían aparecido en Internet. Todo se había dicho de forma verbal: por el teléfono. ¿Cómo se había adueñado Phate de semejante información?

—¿Crees que hay un espía entre nosotros? —preguntó Linda Sánchez.

Los ojos de Bishop volvieron a la pizarra, donde advirtieron la referencia a Shawn, el misterioso compañero de Phate. Dio un golpecito sobre el nombre y preguntó:

—¿Cuál es el propósito de su juego? Encontrar una forma oculta de obtener acceso a la vida de sus víctimas. Así es como piensa Phate: así es como juega una partida.

—¿Estás pensando que Shawn es un infiltrado, un espía?

Tony Mott se encogió de hombros.

—¿Será un operador de la Central? ¿Un agente?

—¿O alguien en el Departamento de Datos del Estado de California? —sugirió Stephen Miller.

—O quizá —anunció una voz de hombre—, Gillette es Shawn.

Bishop se dio la vuelta y vio a Bob Shelton frente al cubículo del fondo de la sala.

—¿De qué hablas? —preguntó Patricia Nolan.

—Venid —dijo, señalando al interior del cubículo.

Dentro, un texto brillaba en la pantalla de ordenador. Shelton se sentó y comenzó a teclear mientras los miembros del equipo se posicionaban a su alrededor.

Linda Sánchez miró la pantalla. Dijo, con cierta preocupación:

—Estás en ISLEnet. Gillette dijo que no nos conectáramos desde aquí.

—Por supuesto que sí —replicó Shelton con mal humor—. ¿Sabes por qué? Porque tenía miedo de que diéramos con esto —tecleó un poco más y señaló la pantalla—. Es un viejo informe que he encontrado en el Departamento de Justicia en los archivos del condado de Contra Costa de Oakland. Phate borró la copia que había en Washington pero se olvidó de ésta —Shelton dio un golpecito a la pantalla—. Gillette era Valleyman. Holloway y él comandaban la banda de los *Knights of Access*. Ellos la fundaron.

—Mierda —murmuró Miller.

—No —dijo Bishop—. No puede ser.

—También nos ha aplicado a nosotros la puta ingeniería social —les espetó Shelton.

Bishop cerró los ojos, sentía un intenso estremecimiento por la traición.

—Gillette y Holloway se conocen desde hace muchos años —prosiguió Shelton—. Shawn puede ser uno de los nombres de pantalla de Gillette. Recuerda que el alcaide nos dijo que lo pillaron enchufado a la red. Lo más seguro es que estuviera poniéndose en contacto con Phate. Quizá todo esto no ha sido sino un plan para sacar a Gillette de la cárcel. Qué puto hijo de perra.

—Pero Gillette también programó su bot para que buscara a Valleyman —apuntó Nolan.

—Falso —Shelton pasó un impreso a Bishop—. Esto es lo que programó.

Búsqueda: IRC, Undernet, Dalnet, WAIS, gopher, Usenet, BBSs, WWW, FTP, ARCHIVES
Buscar: (Phate o Holloway o «Jon Patrick Holloway» o «Jon Holloway» o Trapdoor) PERO NO Valleyman NI Gillette.

Bishop sacudió la cabeza.

—No lo entiendo.

—Escribió esa petición —aclaró Nolan— de tal forma que su bot recobraría cualquier referencia a Phate, a Holloway o a Trapdoor siempre y cuando no aludiera también a Gillette o a Valleyman. En ese caso ignoraría dichas referencias.

—Él ha sido quien ha estado informando a Phate —continuó Shelton—. Así es como tuvo tiempo de escapar de St. Francis. Y luego Gillette le dijo que sabíamos qué tipo de coche conducía y lo quemó.

—Y recordad que estaba desesperado por permanecer entre nosotros y quedarse —añadió Miller.

—Claro que lo estaba —dijo Shelton—. De otro modo, habría perdido su oportunidad para...

Los dos detectives se miraron.

—... escapar —susurró Bishop.

Corrieron por el pasillo que conducía hacia el laboratorio de análisis. Bishop vio que Shelton había sacado el arma.

La puerta del laboratorio estaba cerrada con llave. Bishop la golpeó pero no obtuvo respuesta.

—¡Llaves! —gritó a Miller.

—¡A la mierda las llaves! —gruñó Shelton y pegó una patada a la puerta, adentrándose en la sala con el arma levantada.

El laboratorio estaba vacío.

Bishop siguió por el pasillo y entró en un almacén en la parte trasera del edificio.

Vio la puerta de incendios que conducía al aparcamiento. Estaba abierta de par en par. La alarma de humos de la barra de la puerta había sido desmantelada tal y como había hecho Jamie Turner para escapar de St. Francis.

Bishop cerró los ojos y se apoyó en la pared húmeda. Sentía la traición dentro de su corazón, tan aguda como el horrible cuchillo de Phate.

Cuanto más te trato, menos te veo como el típico hacker.

Quién sabe, quizá no lo sea...

Luego el detective dio media vuelta y se apresuró a regresar a la parte central de la UCC. Llamó a la oficina de Coordinación de Detenciones y Rectificaciones del edificio del condado de Santa Clara. El detective se identificó y dijo:

—Tenemos un fugado que viste una tobillera de localización. Solicitamos una búsqueda de emergencia. Voy a darle el número de su unidad —consultó su cuadernillo—. Es el...

—Teniente, ¿podría llamar más tarde? —le dijo una voz cansina.

—¿Más tarde? Señor, me temo que no lo entiende. Hemos tenido una fuga. En los últimos treinta minutos. Y necesitamos rastrearlo.

—Bueno, no vamos a poder efectuar ningún rastreo. Todo el sistema se ha venido abajo. Como el Hindenberg. Nuestros técnicos no se pueden explicar las causas.

Bishop sintió un estremecimiento recorriéndole el cuerpo.

—Dígales que ha sido un hacker. Ésa es la causa.

La voz al otro lado del teléfono se rió, condescendiente.

—Señor, me temo que ha visto demasiadas películas. Nadie puede entrar en nuestros sistemas. Llame otra vez pasadas tres o cuatro horas. Nuestra gente dice que para entonces ya podremos volver a operar.

3. Ingeniería social

«[L]o único que abolirá la próxima oleada informática
es el anonimato.»

Newsweek

Capítulo 00010010 / Dieciocho

Él desmonta cosas.

Wyatt Gillette avanzaba al trote por una acera de Santa Clara bajo la fría llovizna vespertina, sin resuello, con el pecho a punto de estallar. Eran las 8.30 y ya casi había puesto tres kilómetros de por medio entre él y la sede de la UCC.

Conocía el barrio (de hecho, de niño había vivido en una de las casas de los alrededores) y por eso no le pilló por sorpresa ponerse a pensar en el tiempo en que su madre le dijo a un amigo, quien acababa de preguntar al joven Wyatt si prefería el baloncesto o el fútbol: «Bueno, no le gustan los deportes. Él desmonta cosas. Eso es todo lo que le gusta hacer».

Se acercó un coche patrulla y Gillette cambió el ritmo hasta adaptarlo a un paso rápido, mientras procuraba ocultar la cabeza bajo el paraguas que había encontrado en el laboratorio de análisis de la UCC.

El coche se alejó sin reducir su velocidad. Wyatt volvió a acelerar la suya. El sistema de rastreo estatal estaría dos horas cortado pero no podía permitirse perder el tiempo.

Él desmonta cosas...

La naturaleza había condenado a Wyatt Gillette a sufrir de una curiosidad galopante que parecía crecer exponencialmente cada año, pero ese don perverso se veía contrarrestado por la frecuente capacidad de satisfacer su obsesión a menudo.

Vivía para comprender cómo funcionaban las cosas y sólo había una forma de saberlo: desmontarlas.

En la casa de Gillette nada estaba a salvo del chaval y de su caja de herramientas.

Su madre llegaba a casa del trabajo y se encontraba al joven Gillette enfrente de su procesador de alimentos, feliz de poder examinar uno por uno sus cuarenta y ocho elementos.

—¿Sabes cuánto cuesta? —le preguntaba indignada.

Ni lo sabía ni le importaba.

Pero diez minutos más tarde había vuelto a armar el aparato y éste funcionaba bien, ni mejor ni peor que como lo hacía antes de su desmembramiento.

Y la cirugía del Cuisinart había tenido lugar cuando él contaba sólo cinco años.

Poco tiempo después, ya había desmontado y vuelto a montar todos los aparatos mecánicos que había en casa. Entendía de poleas, ruedas, piñones y motores. Luego le tocó el turno a la electrónica y durante un año sus víctimas fueron los tocadiscos, estéreos y pletinas.

Los desmontaba y los volvía a montar.

No pasó mucho tiempo antes de que el chico desentrañara los misterios de los tubos de vacío y de las placas de circuitos, y entonces su curiosidad comenzó a acechar como un tigre con hambre renovada.

Y fue ahí cuando descubrió los ordenadores.

En ese momento pensó en su padre, un hombre alto y de pose perfecta, cuyo legado tras tantos años de servir en las fuerzas aéreas era un rapado corte de pelo. Él había llevado al muchacho un día a Radio Shack, cuando Wyatt contaba ocho años de edad, y le dijo que escogiera algo. «Puedes elegir lo que te dé la gana.»

—¿Lo que quiera? —preguntó el chico, que veía cientos de cosas en las estanterías.

Lo que te dé la gana...

Escogió un ordenador.

Era la elección perfecta para un chaval que desmonta cosas: pues el pequeño ordenador Trash-80 suponía un portal para la Estancia

Azul, que era infinitamente más profunda y compleja y estaba compuesta de capas y capas de pequeñas partículas tan diminutas como moléculas e inmensas como universos en expansión. Era el lugar donde su curiosidad podía vagar sin descanso.

Los colegios, no obstante, tienden a preferir a estudiantes cuya personalidad sea primero acomodaticia y después algo o nada curiosa, y a medida que el joven Wyatt Gillette pasaba de curso empezó a zozobrar más y más. (Por supuesto, era mucho mejor quedarse en casa satisfaciendo su curiosidad *hackeando* o escribiendo programas que pasarse el día en un aula calurosa donde se discutía algún libro que no servía para nada o se aprendía una lengua que nunca iba a utilizar.)

Sin embargo, antes de que tocara fondo, un orientador escolar avispado examinó su caso, lo sacó de ese berenjenal y lo envió al colegio Magnet Número Tres de Santa Clara.

Se suponía que el colegio era un «refugio para estudiantes dotados pero con problemas que residan en Silicon Valley», una expresión que, por supuesto, sólo podía traducirse de una única forma: un cielo hacker. Un día corriente para un estudiante corriente de Magnet significaba pasar de las clases de educación física y de lengua, tolerar las de historia, ser el adalid de las de matemáticas y física, y todo ello mientras uno se concentraba en la única materia que valía la pena: hablar sin parar sobre ordenadores con los compañeros.

Ahora, mientras caminaba por una acera mojada a pocos metros de aquel colegio, le venían muchos recuerdos de aquellos primeros días en la Estancia Azul.

Gillette recordaba con claridad cómo se sentaba en el patio del Magnet Número Tres, donde ensayaba su silbido hora tras hora. Si uno era capaz de silbar en un teléfono fortaleza con tono exacto, podía hacer creer a los conmutadores que él era otro conmutador y recibir como regalo el anillo de oro del *acceso*. (Todos sabían del Capitán Crunch, nombre de usuario del legendario hacker que descubrió que el silbido producido con ayuda del cereal del desayuno del mismo nombre generaba un tono de 2.600 megahercios, la frecuencia exacta que permitía entrar en las líneas de larga distancia de las compañías telefónicas y hacer llamadas gratuitas.)

Recordaba todas las horas pasadas en una cafetería que olía a masa de pan húmeda, o en aquella sala de estudio con pasillos azules, hablando sobre CPU, tarjetas de gráficos, carteles de anuncios, virus, discos virtuales, contraseñas, memorias RAM expandibles, y sobre la Biblia: la novela *Neuromancer,* de William Gibson, que popularizó el término «ciberpunk».

Se acordó de la primera vez que se metió en un ordenador del gobierno y de la primera vez que lo pillaron y lo arrestaron con diecisiete años, aún era menor de edad. (Aunque eso no impidió que cumpliera condena: el juez era severo con aquellos chicos que tomaban el directorio raíz de la empresa automovilística Ford en vez de estar jugando al béisbol, y aún más severo con quienes pretendían darle lecciones, señalando con arrogancia que el mundo andaría del revés si Thomas Alva Edison se hubiera dedicado más a los deportes que a sus inventos.)

Se acordaba de todos estos hechos con claridad. Pero el recuerdo más preeminente en su memoria era algo que tuvo lugar algunos años después de haberse graduado en el Departamento de Informática de Berkeley: su primera charla on-line con un joven hacker llamado CertainDeath, nombre de usuario de Jon Patrick Holloway, en el chat de #hack.

Gillette trabajaba como programador durante el día. Pero como otros muchos «mascadores de códigos», se aburría como un muerto y contaba las horas que faltaban para llegar al ordenador de su casa, explorar la Estancia Azul y conocer almas gemelas, una de las cuales era sin lugar a dudas Holloway. La primera conversación on-line que mantuvieron duró cuatro horas y media.

En un principio intercambiaban información de pirateos telefónicos. Luego pasaron de la teoría a la práctica y se lanzaron a realizar hacks que denominaban como «totalmente inciviles», y se infiltraron en los sistemas de conmutadores de AT&T, de British Telecom y de Pac Bell. Que ellos supieran, eran los únicos hackers de todos los

Estados Unidos que hubieran llamado gratis desde una cabina del parque del Golden Gate hasta la plaza Roja de Moscú. Y de estos comienzos modestos pasaron a infiltrarse en máquinas de empresas y del gobierno.

Su reputación creció y pronto hubo otros hackers que los reclamaban y que hacían búsquedas *finger* en Unix para encontrarlos en la red por su nombre, y sentarse a sus pies (virtualmente hablando) para ver qué podían enseñarles estos gurús. Después de un año, más o menos, de quedar en la red con algunos asiduos, tanto Holloway como él se dieron cuenta de que se habían convertido en una banda cibernética: y en una verdaderamente legendaria, por añadidura. CertainDeath, líder y wizard *bona fide*. Valleyman, segundo de a bordo, filósofo meditabundo del grupo y casi tan buen programador como CertainDeath. Sauron y Clepto, que no eran tan listos pero estaban medio locos y se lanzaban a hacer lo que fuera. Y otros también: Mosk, Replicant, Grok, NeuRO, BYTEr...

Necesitaban un nombre y Gillette lo acuñó: *Knights of Access,* los caballeros del acceso, que se le ocurrió tras haber jugado a un juego MUD durante dieciséis horas seguidas.

Su reputación creció por todo el mundo, en su mayor parte porque escribían programas que conseguían que los ordenadores hicieran cosas asombrosas. Muchos hackers y ciberpunks no eran programadores: se les conocía peyorativamente como «ratón» y «clic». Pero los líderes del KOA eran competentes escritores de software, tan buenos a la hora de escribir programas que muchas veces no tenían que guardarlos ya que los redactaban de memoria desde los mismos códigos de origen, pues sabían cómo se desenvolvería el software creado a partir de ese punto. (Elana, la ex mujer de Gillette, que era profesora de piano, decía que tanto Holloway como él le recordaban a Beethoven, quien podía imaginar la música en su cabeza con tanta perfección que una vez escrita su ejecución resultaba anticlimática.)

Al recordar esto pensó en su ex mujer. Tampoco quedaba lejos el apartamento beige donde habían vivido durante varios años. Podía rememorar con viveza el tiempo pasado con ella: un millar de imágenes que brotaban desde lo más hondo de su memoria. Pero su relación con Elana, a diferencia de lo que le sucedía con el sistema operativo Unix o con un chip coprocesador de matemáticas, era algo que no podía comprender. No sabía cómo desmontarla y estudiar sus componentes uno a uno.

Y por tanto era algo que no sabía cómo arreglar.

Amaba muchísimo a esa mujer, la deseaba, quería que fuera la madre de sus hijos... pero Gillette no era ningún wizard cuando se trataba de afecto.

Dejó esos pensamientos y se refugió bajo el toldo de una cochambrosa tienda Goodwill cercana a la línea de Sunnyvale. Una vez que se hubo refugiado de la lluvia buscó en su bolsillo y sacó una pequeña placa de circuitos electrónicos, que había tenido con él durante todo el día. Había montado esa placa cuando había vuelto a la celda en San Ho para recoger los artículos y las revistas antes de su excursión a la UCC, extrayéndola de la radio y pegándosela al muslo, cerca de la pelvis.

Era esa placa, en la que llevaba trabajando durante seis meses, la que pretendía sacar en todo momento de la cárcel, y no la caja roja que había guardado en el bolsillo con la esperanza de que, una vez que el guardia la encontrara, no le pasarían el detector de metales por segunda vez.

Cuarenta minutos antes se la había despegado en el laboratorio de análisis de la UCC y la había probado, de forma satisfactoria.

Ahora la volvió a observar bajo la luz tenue de la tienda Goodwill y comprobó que había resistido a su trote desde la UCC.

La guardó de nuevo en el bolsillo y entró en la tienda, ofreciendo un saludo al encargado nocturno, quien dijo: «Vamos a cerrar dentro de poco».

Gillette sabía que cerraban a las diez en punto de la noche. Había mirado su horario con anterioridad. «No tardo nada», aseguró al hombre mientras se dedicaba a escoger un juego completo de ropa nueva que, siguiendo la mejor tradición de ingeniería social, se componía de prendas que él nunca habría pensado ponerse.

Pagó con dinero que había distraído de la chaqueta de alguien en la UCC y se encaminó hacia la puerta. Se detuvo y volvió hacia donde se encontraba el encargado. «Perdone, por aquí hay una parada de autobús, ¿no?»

El viejo señaló fuera algo hacia la derecha:

—A quince metros. Es un lugar de trasbordo. Ahí puede tomar un autobús que le llevará a donde desee.

—¿Se puede pedir algo más? —preguntó Gillette de buen humor, abriendo el paraguas antes de adentrarse en la noche lluviosa.

La Unidad de Crímenes Computerizados se había quedado muda por culpa de la traición.

Frank Bishop sentía sobre él la quemante presión del silencio que lo rodeaba. Bob Shelton coordinaba las acciones con la policía local. Tony Mott y Linda Sánchez también estaban al teléfono. Hablaban despacio, casi con un tono reverencial que sugería la intensidad con la que deseaban volver a apresar a su Judas.

Cuanto más te trato, menos te veo como el típico hacker.

Quien parecía más enfadada, después de Bishop, era Patricia Nolan, que se había tomado la escapada del joven como una afrenta personal. Bishop había percibido algún tipo de conexión entre los dos: o al menos parecía que ella sí se sentía atraída por el hacker. El detective se preguntó si esa atracción seguiría un patrón determinado: el de la mujer inteligente pero poco atractiva que se enamora rápida y arrolladoramente del renegado admirable que la atrae durante un rato y luego la echa de su vida. Por decimoquinta vez en el día, Bishop recordó a su esposa Jennie y se alegró de estar felizmente casado.

Hubo algunos informes pero ninguna pista. Nadie, de la gente que ocupaba los edificios colindantes, había visto escaparse a Gillette. No faltaba ningún coche del aparcamiento de la UCC pero la oficina pegaba con una ruta de autobús del condado y fácilmente podría haber escapado de esa manera. Ningún coche patrulla de la policía municipal —ni de la del condado— había visto a nadie a pie que respondiera a su aspecto, pero el condado de Santa Clara era enorme y muy poblado.

Ya que no había pistas que indicaran dónde había ido el hacker, Bishop decidió echar un vistazo al historial del joven: y tratar de contactar con su padre, el ingeniero que trabajaba en Arabia Saudí, por ejemplo, o con su hermano, que según recordó Bishop vivía en el Noroeste. Con sus amigos y antiguos compañeros de trabajo. Bishop buscó en la mesa de Andy Anderson los informes sobre Gillette y las actas de sus juicios pero no encontró nada. Cuando pidió a Central que le enviaran una copia de emergencia, los de Archivos le dijeron que no disponían de esa información.

—Alguien mandó un memorándum pidiendo que las pasaran por la trituradora de papel, ¿no? —preguntó Bishop.

—Lo cierto es que ha sido así. ¿Cómo lo ha adivinado?

—Lo he dicho por decir —respondió el detective antes de colgar.

Y entonces se le ocurrió una idea. Se acordó de que el hacker había sido sentenciado antes de ser mayor de edad.

Bishop llamó a un amigo que trabajaba en el turno de noche de los juzgados. El tipo hizo algunas averiguaciones y descubrió que sí, que tenían un expediente y una sentencia de Gillette cuando éste contaba diecisiete años de edad. Les mandarían una copia tan pronto como les fuera posible.

—Se le olvidó destruir ésas —le dijo Bishop a Nolan—. Al menos tenemos algo.

De pronto Tony Mott miró su pantalla y dio un brinco, gritando:

—¡Mirad!

Corrió hacia su terminal y comenzó a teclear como un loco.

—¿Qué pasa? —preguntó Bishop.

—Un programa de limpieza ha comenzado a borrar todo el espacio vacío del disco duro —contestó Mott mientras tecleaba sin parar. Dio a *Enter* y dijo—: Se ha parado.

Bishop vio que estaba alarmado pero no sabía qué estaba sucediendo.

—Es precisamente en el espacio vacío del disco duro —explicó Linda Sánchez— donde se almacenan casi todos los datos del ordenador, incluso lo que has borrado o lo que se pierde cuando lo apagas. Uno no encuentra esos datos como ficheros, pero los puede recuperar con facilidad. Así es como atrapamos a muchos tipos malos que piensan que han borrado sus ficheros incriminatorios. La única manera de destruir esa información por completo es iniciar un programa que «limpia» ese espacio vacío. Es como una trituradora de papel digital. Antes de escapar, Gillette ha debido de programarlo para que lo hiciera.

—Lo que significa —añadió Tony Mott— que no quiere que veamos lo que ha estado haciendo cuando se ha conectado a la red.

—Tengo un programa que encontrará cualquier información que haya estado ojeando —dijo Linda Sánchez.

Buscó en una caja que contenía disquetes e insertó uno en la máquina. Sus rollizos dedos bailaron sobre el teclado y la pantalla se llenó en un momento de símbolos crípticos. A Frank Bishop no le parecía que tuvieran ningún significado. Pero advirtió que habían tenido suerte pues Sánchez sonreía abiertamente y hacía señas para que sus colegas se aproximaran a la terminal.

—Esto es interesante —dijo Tony Mott.

Stephen Miller asintió y empezó a tomar notas.

Capítulo 00010011 / Diecinueve

Phate estaba sentado en el salón de su casa en Los Altos y escuchaba el CD de *Muerte de un viajante,* en su diskman.

Estaba encorvado encima de su portátil pero, no obstante, andaba distraído. Esa llamada urgente de la Academia St. Francis lo había dejado tenso. Recordaba estar allí, haberle pasado el brazo por los hombros al tembloroso Jamie Turner (mientras ambos observaban cómo se le acallaban las angustias al pobre Booty) y haberle dicho al chaval que se alejara de los ordenadores para siempre. Pero el aviso urgente de Shawn, quien le informaba de que la policía iba camino del internado, había dado al traste con su convincente monólogo.

Phate se había largado corriendo de St. Francis y se había alejado justo a tiempo, mientras los coches patrulla se aproximaban desde tres direcciones distintas.

¿Cómo diantres lo habían adivinado?

Bueno, sí, eso lo había dejado temblando. Pero, como el experto jugador del Dominio de Multiusuarios que era, sabía que sólo cabe una cosa cuando el enemigo se ha apuntado un tanto cercano.

Atacar de nuevo.

Necesitaba una nueva víctima. Echó un vistazo al directorio de su ordenador y abrió una carpeta titulada Univac Week, que contenía información sobre Lara Gibson, la Academia St. Francis y otras posibles víctimas de Silicon Valley. Comenzó a leer artículos de periódicos web locales: contenían historias sobre gente como las paranoicas estrellas del rap que viajaban con cortejos armados; sobre políticos que apoyaban causas impopulares o sobre médicos que practicaban abortos que vivían en fortalezas virtuales.

¿A quién escoger? ¿Quién ofrecería un desafío mayor que Lara Gibson o Boethe?

Entonces echó el ojo a un artículo que Shawn le había enviado hacía cosa de un mes. Trataba sobre una familia que vivía en una zona rica de Palo Alto.

«ALTA SEGURIDAD EN EL MUNDO
DE LA ALTA TECNOLOGÍA

Donald W. es un hombre que ha estado en el abismo. Y no le gustó.

Donald, de 47 años, quien accedió a ser entrevistado siempre y cuando no desveláramos su apellido, es el director ejecutivo de una de las más exitosas empresas comerciales de Silicon Valley. Y mientras otros hombres se afanarían en jactarse de este logro, Donald trata desesperadamente de mantener su éxito y los demás factores de su vida en el más riguroso anonimato.

Tiene una buena razón: lo secuestraron pistola en mano mientras se encontraba en Argentina cerrando un trato con unos inversores hace seis años, y su secuestro duró dos semanas. Su empresa pagó una cantidad exorbitante por su rescate.

Poco tiempo después lo encontraron sano y salvo en Buenos Aires, pero afirma que desde entonces su vida no es la misma.

"Uno mira a la vida a los ojos y se dice que ha dado muchas cosas por descontadas. Creemos vivir en un mundo civilizado pero no es el caso."

Donald forma parte de un número cada vez mayor de ricos ejecutivos de Silicon Valley que se toman la seguridad cada vez más en serio...

Donald y su mujer han tenido en cuenta la seguridad hasta para escoger el colegio de su hijo Samuel, de ocho años.»

Phate pensó que era perfecto y se conectó on-line.

Por supuesto, el anonimato de dichos personajes era un mero inconveniente sin importancia, y en diez minutos se había adentrado en el sistema informático editorial del periódico y estaba ojeando las notas tomadas por el reportero que había escrito el artículo. Pronto tenía todos los detalles que necesitaba sobre Donald Wingate, 32983 Hesperia Way, Palo Alto; casado con Joyce, de cuarenta y dos años, de soltera Shearer; ambos padres de Samuel, de ocho años, estudiante de tercer curso del colegio Junípero Serra, en el 2346 de Río Del Vista, también en Palo Alto. Además supo de Irving, hermano de Wingate, y de Kathy, la esposa de Irving, y de los dos guardaespaldas que tenían contratados.

Había algunos jugadores de MUD que consideraban que atacar dos veces seguidas (en este caso a un colegio privado) era una mala estrategia. Por el contrario, para Phate tenía sentido, pues opinaba que sorprendería a los policías con la guardia baja.

¿Quién quieres ser?

—No vais a hacerle daño, ¿verdad? —dijo Patricia Nolan—. No es peligroso. Lo sabéis.

Frank Bishop le aseguró que no dispararían a Gillette por la espalda pero también añadió que a partir de ahí no podían garantizar nada. Su repuesta no había sido precisamente cívica, pero su objetivo era el de encontrar al fugitivo cuanto antes, y no el de reconfortar a las consultoras que se habían sentido atraídas por él.

Sonó la línea telefónica de la UCC.

Tony Mott atendió la llamada, escuchó gesticulando afirmativamente con los ojos más abiertos de lo que acostumbraba. Bishop fruncía el ceño pensando quién estaría al otro lado de la línea. Con educada voz de policía, Mott dijo: «Por favor, espere un momento». Y entonces el joven policía le pasó el teléfono al detective como si se tratara de una bomba.

—Es para ti —susurró el policía, vacilante—. Perdona.

—¿Perdona?

—Washington, Frank. Es del Pentágono.

Esto significa problemas...

—¿Hola? —contestó.

—¿Detective Bishop?

—Sí, señor.

—David Chambers al habla. Dirijo la División de Investigaciones Criminales del Departamento de Defensa.

Bishop se cambió de lado el auricular, como si las noticias que le esperaban fueran a doler menos en la oreja izquierda.

—Ha llegado a mi conocimiento desde varias fuentes la noticia de que se ha cursado una orden de excarcelación temporal a nombre de un Juan Nadie en el distrito del Norte de California. Y que quizá tenga que ver con un individuo que nos interesa particularmente —Chambers añadió enseguida—: Y no mencione el nombre de dicho individuo por teléfono.

—Así es —respondió Bishop.

—¿Dónde se encuentra?

En Brasil, en Cleveland, en París o *hackeando* la Bolsa de Nueva York para causar un frenazo en las finanzas internacionales.

—Bajo mi custodia —dijo Bishop.

—Usted es un agente de la policía del Estado de California, ¿es así?

—Lo soy, señor.

—¿Y cómo demonios ha dejado suelto a un prisionero federal? Y, más importante aún, ¿cómo lo deja salir con una orden firmada bajo el nombre de Juan Nadie? Ni siquiera el alcaide de San José sabe nada, o afirma que no lo sabe.

—Soy buen amigo del abogado del Estado. Juntos cerramos el caso de los asesinatos de los González hace un par de años y desde entonces hemos estado trabajando juntos.

—¿El caso en el que trabaja es de algún asesinato?

—Sí, señor. Un hacker se está infiltrando en los ordenadores de sus víctimas y utiliza la información que extrae de ahí para acercarse a ellas.

Bishop miró a un preocupado Bob Shelton e hizo señal de rebanarse el cuello con los dedos. Shelton puso cara de susto.

Lo siento...

—Sabe por qué andamos detrás de este individuo, ¿no? —preguntó Chambers.

—Algo acerca de que él era capaz de escribir un software que leía el suyo —respondió tratando de ofrecer una respuesta tan vaga como le fuera posible. Se imaginó que en Washington se daban dos conversaciones a la vez: la que se decía en voz alta y la que se sobreentendía.

—Lo que, por de pronto, es ilegal y, además, si una copia de lo que esa persona ha escrito saliera del país, sería alta traición.

—Lo entiendo —dijo Bishop, quien llenó el consiguiente silencio con esta pregunta—: Y usted quiere que vuelva a prisión, ¿no es así?

—Así es.

—Tenemos una orden de excarcelación por tres días —dijo Bishop con firmeza.

Se oyó una risa al otro lado del teléfono.

—Si quiere hago una llamada y podrá utilizar esa orden como papel higiénico.

—Supongo que puede hacerla, señor.

Hubo una pausa.

—¿Su nombre es Frank? —preguntó entonces Chambers.

—Sí, señor.

—Vale, Frank. De policía a policía. ¿Ha resultado este individuo de ayuda para el caso?

Exceptuando un pequeño imprevisto...

—De mucha ayuda —respondió Bishop—. Mire, nuestro asesino es un experto informático. Nosotros no podríamos competir con él si no fuera por esta persona de la que hablamos.

Hubo otra pausa. Chambers dijo:

—Personalmente, no pienso que sea la encarnación del demonio que ha venido a darse una vuelta por aquí. No hubo pruebas concluyentes de que se infiltrara en nuestro sistema. Pero hay mucha gente aquí en Washington que piensa que lo hizo y esto se ha convertido en una caza de brujas en el Departamento. Si hizo algo ilegal que vaya a la cárcel, pero soy de la opinión de que es inocente hasta que no se demuestre lo contrario.

—Sí, señor —respondió Bishop, quien añadió con delicadeza—. Claro que si un crío puede leer su código quizá deberían pensar en escribir uno mejor.

El detective pensó: «Vale, ese comentario me ha ganado la expulsión del cuerpo».

Pero Chambers se rió. Dijo:

—Ése es el problema. No estoy seguro de que el Standard 12 sea tan seguro como debería. Pero hay mucha gente que se dedica a los temas de codificación que no quiere ni oír hablar de ello. No quieren quedar en evidencia y odian quedar en evidencia en los medios de comunicación. Y hay un tal Peter Kenyon, ayudante del subsecretario, que quiere a ese chico en la cárcel y que gente como yo deje de hacer preguntas sobre lo bien que funciona el Standard 12. Era el que estuvo al mando del grupo de trabajo que encargó el nuevo programa de codificación.

—Ya veo.

—Kenyon no sabe que el chico está fuera pero ha oído rumores y si se entera, eso será malo para mí y para mucha gente —dejó que Bishop se imaginara las rencillas políticas entre agencias. Luego Chambers añadió—: Antes de meterme en burocracias fui policía.

—¿Dónde, señor?

—Fui policía militar en la marina. Pasé la mayor parte del tiempo en San Diego.

—Evitó algunas peleas, ¿no? —preguntó Bishop.

—Sólo si la infantería iba ganando. Escucha, Frank, si ese chaval os ayuda a atrapar al malo, de acuerdo, adelante. Podéis tenerlo hasta que expire la orden.

—Gracias, señor.

—Pero no es preciso que te diga que tú eres el que será colgado hasta quedar hecho mojama si se cuela en la web de alguien. O si se os escapa.

—Lo entiendo, señor.

—Mantenme informado, Frank.

El teléfono quedó muerto.

Bishop colgó, y sacudió la cabeza.

Lo siento...

—¿A qué venía eso? —preguntó Shelton.

Pero la explicación del detective quedó interrumpida cuando oyeron un grito triunfante proveniente de Miller.

—¡Tengo algo! —dijo excitado.

Linda Sánchez asentía moviendo su fatigada cabeza.

—Hemos recuperado la lista de páginas web que Gillette ha visitado antes de escapar.

Le pasó unas copias impresas a Bishop. Mostraban mucha basura, multitud de signos y fragmentos de datos y de textos que para él no tenían ni pies ni cabeza. Pero entre dichos fragmentos había referencias a un gran número de aerolíneas e información sobre destinos a otros países desde el Aeropuerto Internacional de San Francisco.

Miller le pasó otra página.

—También se ha descargado esto: el horario de autobuses desde Santa Clara al aeropuerto.

El policía sonreía con gusto: como si se hubiera resarcido de su anterior fracaso.

—Pero ¿cómo va a pagar su billete? —se preguntó Shelton en voz alta.

—¿Dinero? ¿Lo dices en broma? —le preguntó a Tony Mott con una risa agria—. Seguro que ahora está en un cajero vaciando tu cuenta corriente.

Bishop tuvo una intuición. Fue al teléfono del laboratorio de análisis y dio a «Rellamada».

El detective habló con alguien durante un breve instante. Luego colgó.

Bishop volvió para comunicar sus averiguaciones.

—El último número al que llamó Gillette era el de una tienda Goodwill de Santa Clara, a unos kilómetros de aquí. Acabo de hablar con el encargado. Dice que hace veinte minutos alguien que respondía a la descripción de Gillette ha entrado en su tienda. Ha comprado un chubasquero negro, un par de vaqueros de color blanco, una gorra de béisbol del equipo de Oakland y una bolsa de deporte. Lo recordaba porque no había dejado de mirar a un lado y a otro y estaba muy nervioso. Gillette también le preguntó dónde estaba la parada de autobús. Y el autobús del aeropuerto para allí cerca.

—El autobús tarda tres cuartos de hora en llegar al aeropuerto —dijo Mott, comprobando su pistola mientras se levantaba.

—No, Mott —dijo Bishop—. Ya lo hemos hablado antes.

—¡Venga! —dijo el joven—. Estoy en mejor forma que el noventa por ciento del cuerpo. Me hago ciento cincuenta kilómetros a la semana en bici y corro dos maratones al año.

—Pero no te pagamos para que corras tras Gillette —replicó Bishop—. Te quedas. O, aún mejor, vete a casa y descansa. Y tú también, Linda. Pase lo que pase con Gillette aún tenemos que trabajar a toda prisa para capturar al asesino.

Mott sacudió la cabeza, infeliz por la orden que le había dado el detective. Pero la aceptó.

—Podemos estar en el aeropuerto en veinte minutos —dijo Bob Shelton—. Voy a retransmitir su descripción a la policía de la autoridad portuaria. Ellos cubrirán todas las paradas del autobús. Pero te aviso de que voy a estar en persona en la zona de salidas internacionales. No me quiero perder la cara que pone cuando le diga «hola».

Y el detective rollizo lanzó la primera sonrisa que Bishop le había visto en días.

Capítulo 00010100 / Veinte

Wyatt Gillette descendió del autobús y observó cómo doblaba la esquina. Alzó la vista hacia la noche: por el cielo se deslizaban espectros de nubes y gotas de fría lluvia se derramaban sobre el suelo. La humedad hacía aflorar los olores de Silicon Valley: el humo de los tubos de escape y el aroma medicinal de los eucaliptos.

El autobús (que no iba precisamente al aeropuerto sino que seguía la ronda del condado de Santa Clara) lo había dejado en una calle oscura y vacía de un barrio a las afueras de Sunnyvale. Se encontraba a unos quince kilómetros del aeropuerto de San Francisco, donde Bishop, Shelton y un buen puñado de policías frenéticos estarían buscando a un tipo vestido con vaqueros blancos, chubasquero negro y una gorra de fan de los A's de Oakland.

Tan pronto como dejó la tienda Goodwill se desembarazó de esas prendas y robó del escaparate de la misma tienda las ropas que vestía: una chaqueta marrón y unos vaqueros. La única compra que permanecía con él era la bolsa de deporte, que en un costado lucía la leyenda «¡Vamos, A's!», escrita en letras raras.

Gillette abrió su paraguas y comenzó a avanzar por la calle poco iluminada: inhaló profundamente el aire agrio de la noche para calmar sus nervios. No le preocupaba que le echaran el guante de nuevo (había ocultado bien sus huellas desde la UCC, al haberse conectado a las páginas web de varias aerolíneas en busca de información sobre vuelos internacionales antes de iniciar el programa EmptySh-red de borrado) pues había captado la atención del equipo y los había lanzado hacia pistas falsas.

No, Gillette estaba tan nervioso por encaminarse en la dirección hacia la que se dirigía.

Habían pasado las diez y media de la noche y muchas casas de este barrio trabajador estaban a oscuras, ya que sus dueños ya se habían ido a dormir: los días comienzan pronto en Silicon Valley.

Caminó hacia el norte, lejos de El Camino Real, y pronto se fue diluyendo el ruido del tráfico de aquella ajetreada calle comercial.

Diez minutos después divisaba la casa y disminuía la marcha.

«No», se recordó a sí mismo. «Sigue... No actúes de forma sospechosa.» Se puso a caminar de nuevo, los ojos fijos en la acera, evitando las miradas de la gente que estaba en la calle: una mujer que paseaba a su perro y que vestía un estúpido gorro para la lluvia, dos hombres encorvados junto a un capó abierto. Uno de ellos sostenía un paraguas y una linterna mientras el otro luchaba con una llave inglesa.

En cualquier caso, a medida que avanzaba hacia la casa, Gillette veía cómo sus pasos se iban haciendo cada vez más lentos, hasta que por fin se detuvieron. Tuvo la sensación de que la placa de circuitos que estaba en la bolsa de deporte, aunque pesaba no más de unos gramos, estaba hecha de plomo macizo.

«Vamos», se dijo a sí mismo. «Tienes que hacerlo. Vamos.»

Respiró hondo. Cerró los ojos, ladeó el paraguas y miró hacia delante. Dejó que la lluvia le cayera en la cara.

Se preguntó si lo que estaba a punto de hacer era genial o completamente estúpido. ¿Qué era lo que estaba en juego?

«Todo», se dijo.

Y luego decidió que eso tampoco tenía importancia: no había otra alternativa.

Y tres segundos después lo pillaron.

La que paseaba al perro se volvió y corrió hacia él: el perro, un pastor alemán, le enseñó los colmillos con fiereza. La mujer empuñaba una pistola cuando gritó:

—¡Quieto ahí, Gillette! ¡Quieto!

Los dos hombres que aparentaban estar arreglando el coche también sacaron sus armas y se le acercaron, cegándolo con sus linternas.

Deslumbrado, Gillette dejó caer el paraguas y la bolsa. Alzó las manos y se volvió poco a poco. Sintió que alguien lo agarraba del hombro: Frank Bishop lo había alcanzado por detrás. Bob Shelton también estaba allí apuntándolo a la altura del pecho con una gran pistola negra.

—¿Cómo es que...? —comenzó a decir Gillette.

Pero Shelton le lanzó un puñetazo que lo alcanzó de lleno en toda la mandíbula. Su cabeza acusó el golpe y, conmocionado, cayó sobre la acera.

Frank Bishop le pasó un kleenex y señaló su mandíbula:

—Aún te queda un poco. No, a la derecha.

Gillette se limpió la sangre.

El puñetazo de Shelton no había sido tan fuerte pero sus nudillos le habían levantado la piel y la lluvia le había hecho correr la sangre, lo que hacía que la herida le escociera.

Bishop no mostró otra reacción ante el puñetazo de su compañero que ofrecerle un kleenex, si bien tampoco pareció sentirse complacido por el porrazo que se había llevado Gillette. Bishop no tenía paraguas pero parecía impermeable a la lluvia. Su fijador de pelo debía de ser también impermeable.

Se agachó y abrió la bolsa de deporte. Sacó la placa de circuitos. Le dio vueltas y vueltas con las manos.

—¿De qué se trata? ¿De una bomba? —preguntó, con cierto letargo que denunciaba que él mismo no pensaba que pudiera tratarse de ningún explosivo.

—Sólo es algo que he hecho —respondió Gillette, llevándose la mano al puente de la nariz—. Y que preferiría que no se mojara.

Bishop se puso recto y se metió la placa en el bolsillo. Shelton, con la cara picada enrojecida y mojada, no le quitaba ojo de encima. Gillette se tensó un poco sin saber si el policía volvería a perder los estribos y a golpearlo de nuevo.

—¿Cómo? —preguntó Gillette.

—Ya corríamos camino del aeropuerto cuando me puse a pensar —respondió Bishop—. Si de verdad hubieras ido on-line y hubieras deseado que no nos enterásemos, habrías destruido el disco duro cuando te marchaste. Nada de iniciar un programa de borrado media hora más tarde. Que, por otra parte, no hacía otra cosa que lanzarnos hacia las huellas que habías dejado para seguirte al aeropuerto. Justo como habías planeado, ¿no?

Gillette asintió.

—¿Y para qué ibas a largarte a Europa? —continuó el policía—. Te habrían detenido en la aduana.

—No tenía mucho tiempo para planearlo todo... —murmuró Gillette.

El detective miró la calle.

—Quieres que te diga cómo supimos que vendrías aquí, ¿no?

Pues lo había sabido. Llamó a la compañía telefónica y le dijeron el número que se había marcado desde el laboratorio de análisis antes de que llamara a Goodwill. Y luego Bishop había llamado a Pac Bell para conseguir la dirección y había mandado vigilar las proximidades, una vez supuesto que se pasaría por allí.

Si la manera de reaccionar de Bishop ante su huida hubiera sido software, Gillette habría dicho que se trataba de un *kludge* fuera de serie.

—Tendría que haber entrado en el conmutador de Pac Bell y alterar los registros de las llamadas locales. Lo habría hecho de haber tenido tiempo...

A medida que disminuía la impresión causada por el arresto le nacía una sensación de impotencia: sobre todo al observar la silueta de su creación electrónica marcándose en el bolsillo de la gabardina de Bishop. ¡Había estado tan cerca de cumplir el objetivo que lo llevaba obsesionando desde hacía meses! Miró la casa a la que se había encaminado. Tenía algunas luces tenues, que lo llamaban por señas como los ojos de una amante.

—Eres Shawn, ¿verdad? —le preguntó Shelton.

—No. No lo soy. Y no sé quién es.

—Pero tú eras Valleyman, ¿no?

—Sí, y formé parte de los *Knights of Access*.

—¿Y conocías a Holloway?

—Sí, lo conocí. En pasado.

—¡Dios mío! —exclamó el detective rechoncho—. ¡Claro que eres Shawn! Todos vosotros sois unos imbéciles con media docena de nombres distintos: tú eres él. Y ahora mismo vamos a buscar a Phate.

Agarró al hacker por el cuello de su chaqueta de empollón.

Esta vez intervino Bishop y tocó el hombro de Shelton. El policía grande soltó al hacker, pero siguió hablando con su voz grave y amenazadora, mientras señalaba la casa:

—Phate se esconde bajo la identidad de Donald Papandolos. A él es a quien llamaste: y ya antes lo habías telefoneado desde la UCC. Para advertirle sobre nosotros. Hemos visto los putos registros de las llamadas.

Gillette negó con la cabeza.

—No, yo...

—Tenemos tropas tácticas rodeando la casa —prosiguió Shelton—. Y nos vas a ayudar a sacarlo de ahí.

—No tengo ni idea del paradero de Phate. Pero te garantizo que aquí no está.

—¿Y de quién se trata, entonces? —preguntó Bishop.

—De mi esposa. Ésta es la casa de su padre.

Capítulo 00010101 / Veintiuno

—A quien llamé fue a Ellie —explicó Gillette. Se volvió hacia Shelton—. Y llevabas razón. Es cierto que me conecté a la red nada más entrar en la UCC. Mentí. Me metí en el Departamento de Facturas de la compañía telefónica para ver si ella seguía viviendo con su padre. Y la he llamado esta noche para asegurarme de que estaba aquí.

—Pensaba que estabas divorciado —dijo Bishop.

—Y lo estoy —replicó Gillette—. Pero aún pienso en ella como mi esposa.

—Elana —dijo Bishop—. ¿Se apellida Gillette?

—No. Recuperó su apellido de soltera. Papandolos.

—Busca el nombre —le dijo Bishop a Shelton.

El policía hizo una llamada y momentos después asentía con la cabeza.

—Es su nombre. Vive en esta dirección.

Bishop se colocó un micro con auriculares. Dijo:

—¿Alonso? Bishop al habla. Estamos seguros de que dentro de la casa sólo hay inocentes. Echa una ojeada y dime lo que ves... —pasaron unos minutos. Luego escuchó la voz que le hablaba por los auriculares. Miró a Gillette.

—Hay una mujer de unos sesenta años, pelo cano.

—Es su madre, Irene.

—Un hombre de unos veinte años.

—¿Con pelo moreno y rizado?

Bishop repitió la pregunta, escuchó lo que le decía y asintió.

—Ése es su hermano, Christian.

—Y una rubia de unos treinta y tantos. Les está leyendo a dos niños.

—Elana es morena. Lo más seguro es que se trate de su hermana Camilla. Antes era pelirroja pero cambia de color de pelo cada pocos meses. Los niños son suyos. Tiene cuatro hijos.

Bishop habló al micrófono:

—Vale, suena legal. Diles a todos que se queden quietos. Voy a desmontar la operación —el detective se dirigió a Gillette—: ¿De qué va todo esto? Se supone que ibas a investigar el ordenador de St. Francis y en vez de eso te escapas.

—Pero es cierto que exploré el ordenador. No había nada que pudiera ayudarnos a cazarlo. Tan pronto como lo inicié, el demonio percibió algo (que habíamos desconectado el módem, lo más probable) y se suicidó. Si hubiera encontrado algo de valor os habría dejado una nota.

—¿Dejarnos una nota? —se revolvió Shelton—. Te has cargado la puta tutela y hablas de ello como si te hubieras ido al 7-Eleven por tabaco.

—No me he escapado —señaló la tobillera—. Comprobad el sistema de rastreo. Lo programé para que volviera a funcionar en una hora. Os iba a llamar desde su casa para que viniera alguien a llevarme de vuelta a la UCC. Sólo necesitaba tiempo para ver a Ellie y sabía que no me dejaríais marchar.

Bishop miró al hacker a los ojos y preguntó:

—¿Ella quiere verte?

Gillette tardó en responder.

—Probablemente no. No sabe que he venido.

—Pero tú has admitido que la has llamado por teléfono —señaló Shelton.

—Y he colgado en cuanto se ha puesto al aparato. Sólo quería cerciorarme de que esta noche se quedaría en casa.

—¿Por qué vive con sus padres?

—Es por mi culpa. Ella no tiene dinero. Lo gastó todo en fianzas y abogados... —hizo un gesto señalando el bolsillo de Bishop—. Por eso he estado trabajando en eso, en lo que saqué de la cárcel.

—Lo tenías oculto bajo esa caja de teléfono que guardabas en el bolsillo, ¿verdad?

Gillette asintió.

—Tendría que haber ordenado que te pasaran el detector dos veces. Me estoy haciendo descuidado. ¿Y qué tiene que ver esa cosa con tu esposa?

—Se lo iba a dar a Ellie. Ella lo puede patentar y conseguir la licencia con una empresa de hardware. Y ganar algo de dinero. Es un nuevo tipo de módem inalámbrico que se puede aplicar a los ordenadores portátiles. Uno puede conectarse a la red cuando viaja sin necesidad de usar el teléfono móvil. Se sirve del posicionamiento global para decirle a un conmutador celular dónde te encuentras y así conectarte automáticamente a la mejor señal para transmisión de datos. Y es...

Bishop hizo un gesto para señalar que ya bastaba de lenguaje técnico.

—¿Lo has hecho tú? ¿Con cosas que encontraste en la cárcel?

—Que encontré o que compré.

—O que robaste —dijo Shelton.

—Que encontré o que compré —repitió Gillette.

—¿Por qué no nos dijiste que eras Valleyman? —preguntó Bishop—. ¿Y que habías estado con Phate en *Knights of Access*?

—Porque me habríais mandado de vuelta a la cárcel. Y entonces no habría podido ayudaros a cazarlo —hizo una pausa—. Y no habría tenido ocasión de ver a Ellie... Mirad, si hubiera sabido algo sobre Phate que os hubiera ayudado a echarle el guante os lo habría dicho. Claro que estuvimos juntos en KOA, pero eso fue hace años. En las bandas cibernéticas nunca ves a la gente con la que te mueves: ni siquiera sabía qué aspecto tenía. Todo lo que sabía era su nombre real y que provenía de Massachusetts. Pero eso ya lo habíais descubierto al mismo tiempo que yo.

—¿Tú eras uno de esos cabrones que lo acompañaban —preguntó Shelton con furia—, uno de esos que enviaban virus e instrucciones para construir bombas y que desactivaban los teléfonos de urgencias?

—No —respondió Gillette con convicción. Les explicó que durante el primer año los *Knights of Access* habían sido una de las bandas de cibernautas más potentes pero que nunca hicieron nada que perjudicara a civiles. Mantenían peleas con otras ciberbandas y se infiltraban en los típicos sistemas de empresas o del gobierno—. Lo peor que hicimos fue escribir nuestro propio freeware, que hacía lo mismo que cierto software comercial, y distribuimos algunas copias. Así que media docena de grandes empresas perdieron unos cuantos dólares de beneficios. Eso es todo.

Pero entonces, prosiguió, se dio cuenta de que dentro de Certain-Death (el nombre de pantalla de Phate, por aquel entonces) había otra persona. Alguien más peligroso y vengativo que cada vez buscaba un tipo de acceso más y más peculiar: el que te permite hacer daño a la gente. «Cada vez discernía peor quién era real y quién un personaje de los juegos de ordenador a los que jugaba.»

Desde los *instant messages,* Gillette invirtió largas horas tratando de convencer a Holloway de que se alejara de sus pirateos vengativos y de sus planes de «dar una lección» a quienes veía como enemigos.

Por fin se infiltró en la máquina de Holloway y, para su pasmo, descubrió que éste había escrito virus letales: programas como el que cerró el sistema del teléfono de urgencias de Oakland, o que bloqueaban las transmisiones entre los controladores aéreos y los pilotos. Descargó los virus, escribió antídotos y los colgó en la red. Gillette también encontró software robado de Harvard en el ordenador de Holloway. Envió una copia a la universidad y a la policía del Estado de Massachusetts junto a la dirección de e-mail de CertainDeath y éste fue arrestado.

Gillette jubiló a Valleyman como nombre de usuario y (siendo perfectamente consciente de la naturaleza vengativa de Holloway) adoptó otra serie de identidades y siguió *backeando.*

—No me sorprendió oír que era el asesino —dijo el hacker a Bishop con franqueza—. Pero juro que antes de saberlo no tenía ni idea. Durante un par de años hubo rumores que apuntaban a que andaba en mi busca pero eso es todo lo que había escuchado sobre él.

No podía saber si Bishop lo creía, pero parecía claro que Shelton no: el fornido detective dijo:

—Devolvamos a este saco de mierda a San Ho. Ya hemos perdido demasiado tiempo con él.

—¡No! ¡Por favor, no!

Bishop lo estudió asombrado.

—¿Quieres seguir trabajando con nosotros?

—Tengo que hacerlo. Ya habéis visto que es muy bueno. Necesitáis a alguien tan bueno como él para pararle los pies.

—¡Vaya! —dijo Shelton—. Hay que joderse.

—Sé que eres bueno, Wyatt —dijo Bishop—. Pero también que has escapado de mi custodia y que eso me podría haber costado el puesto. Y creerte a partir de ahora se va a hacer muy cuesta arriba, ¿no? Será mejor que intentemos con otro.

—Cuando se trata de Phate no puedes «intentarlo» con otro. A Stephen Miller le queda grande. Patricia Nolan es de seguridad; y por muy buenos que sean los de seguridad siempre andan por detrás de los hackers. Necesitas a alguien que haya estado en las trincheras.

—Trincheras —repitió con suavidad Bishop, como si el comentario le hubiera divertido. Se lo pensó y dijo—: Creo que te voy a dar otra oportunidad.

Los ojos de Shelton delataron un oscuro resentimiento.

—Craso error.

Bishop hizo un gesto de aprobación, como si aceptara que lo que decía su compañero bien pudiera ser verdad. Y luego le dijo a Shelton:

—Que todos cenen algo y descansen. Yo llevo a Wyatt a San Ho para que pase la noche allí.

Shelton movió la cabeza desalentado por los planes de Bishop, pero fue a hacer lo que se le había pedido que hiciera.

Bishop despojó a Gillette de las esposas. Éste se frotó las muñecas y dijo:

—Dame diez minutos con ella.

—¿Con quién?

—Con mi mujer.

—Lo dices en serio, ¿no?

—Sólo pido diez minutos.

—Hace menos de una hora me ha llamado un tal David Chambers, del Departamento de Defensa, y estaba a un pelo de rescindir la orden de excarcelación.

—¿Lo saben?

—Sí. Así que, hijo, deja que te diga que este aire puro que respiras y esas manos libres son agua pasada. Por derecho, ahora mismo tendrías que estar durmiendo en tu colchón de la cárcel —el detective le agarró la muñeca. Pero antes de que el metal se cerrara sobre ella, Gillette preguntó—: ¿Estás casado, Bishop?

—Sí, lo estoy.

—¿Y amas a tu esposa?

El policía no dijo nada durante un rato. Luego alejó las esposas.

—Diez minutos.

Lo primero que vio fue su silueta, iluminada desde atrás.

Pero no cabía duda de que era Ellie. Su figura sensual, esa masa de pelo negro que se volvía más retorcido y salvaje cuanto más se acercaba al final de su espalda. Su cara redonda.

La única prueba de que se hallaba en tensión se observaba en la forma en la que había aferrado la jamba de la puerta desde el otro lado de la cortina metálica. Sus dedos de pianista estaban rojos por la presión feroz que estaba ejerciendo.

—Wyatt —susurró—. ¿Te han...?

—¿Soltado? —negó con la cabeza.

Él vio un destello en sus ojos cuando miró por encima de su hombro y advirtió la presencia en la acera del vigilante Frank Bishop.

—Sólo estaré fuera unos días —continuó Gillette—. Es una especie de libertad condicional transitoria. Les estoy ayudando a encontrar a alguien: a Jon Holloway.

—Tu amigo de la banda —murmuró ella.

—Hace ya mucho tiempo. Y no somos amigos.

Ella se encogió de hombros como queriendo indicar que la aclaración carecía de importancia.

—¿Has oído algo sobre él?

—¿Yo? No. ¿Por qué tendría que haber oído algo de él? No he vuelto a ver a ninguno de tus «amigos» —miró a sus sobrinos y salió afuera, cerrando la puerta a su paso, como si quisiera separar con firmeza a Gillette (y al pasado) de su vida actual.

—¿Qué has estado haciendo? ¿Cómo sabías que yo...? Espera. Esos telefonazos en los que no contestaba nadie. Y la señal de «Número bloqueado» en el identificador de llamadas... Eras tú.

—Quería cerciorarme de que te encontraría en casa —asintió él.

—¿Por qué? —preguntó ella con acritud.

Él odió el tono de voz que ella estaba empleando. Lo recordaba del juicio. Recordaba esa misma pregunta: «¿Por qué?». Se la había repetido sin descanso en los días previos a ingresar en prisión.

«¿Por qué no dejaste tus malditas máquinas? Si lo hubieras hecho ahora no irías a la cárcel, no me estarías perdiendo. ¿Por qué?»

—Quería hablar contigo —dijo él.

—No tenemos nada de qué hablar, Wyatt. Tuvimos años para hablar, pero tú estabas muy ocupado con tus asuntos.

—Por favor —dijo él, intuyendo que ella estaba a punto de volver dentro. Gillette advertía que su voz sonaba desesperada pero se había despojado de su orgullo. Lo único que sabía era que se encontraba en presencia de la mujer que amaba, y que ansiaba tener una oportunidad para abrigarla entre sus brazos, sentir su piel y saborear el aroma de su pelo... A pesar de que en la presente situación todos esos deseos estuvieran fuera de su alcance.

—Han crecido las plantas —dijo, señalando unos arbustos de boj. Elana los miró y por un segundo la expresión de su rostro se suavi-

zó. Nueve años atrás, habían hecho el amor junto a esos mismos arbustos en una fragante noche de noviembre, mientras los padres de
ella veían los resultados de las elecciones en televisión.

Los pensamientos de Gillette se vieron inundados de recuerdos de
su vida en común: el restaurante vegetariano de Palo Alto donde ce-
naban todos los viernes, las escapadas nocturnas para comprar Pop-
Tarts y pizza, los paseos en bicicleta por el campus de Stanford. Durante un rato, Wyatt Gillette se vio aturdido por todos esos recuerdos.

Y entonces la expresión del rostro de Elana se endureció de nuevo. Echó otra ojeada dentro, por la ventana con cortinas de encaje.
Los niños ya se habían puesto sus pijamas y trotaban fuera de su ángulo de visión. Se volvió y miró el tatuaje con la gaviota y la palmera
que él tenía en el brazo. Años atrás, él le había dicho que tenía ganas
de quitárselo y le pareció que era una buena idea, pero no lo había
llevado a cabo. Y sintió que la había decepcionado.

—¿Cómo están Camilla y los críos?

—Bien.

—¿Y tus padres?

Exasperada, Elana le preguntó:

—¿Qué es lo que quieres, Wyatt?

—Te he traído esto.

Le pasó la placa de circuitos y le explicó lo que era.

—¿Y por qué me lo das?

—Vale un montón de pasta —le pasó una hoja de explicaciones
técnicas que había escrito en el autobús de camino de la tienda Goodwill—. Búscate un abogado de Sand Hill Road y obtén la licencia con
una de las grandes empresas: Compaq, Apple, Sun... Lo querrán vender bajo licencia y eso está bien, pero que antes te paguen una buena suma como anticipo. No restituible. Y no como royalties solamente. El abogado tiene que saber todo eso.

—No lo quiero.

—No es un regalo. Sólo te estoy devolviendo algo. Perdiste tu casa
y tus ahorros por mi culpa. Con esto deberías recuperarlo.

Ella miró la placa en la mano que él le ofrecía pero no la guardó.

—Tengo que irme.

—Espera —le dijo él. Tenía muchas, muchas más cosas que decirle. Había estado ensayando su discurso en la cárcel durante horas, había intentado buscar la mejor manera de explicarse.

Los dedos de ella, pintados con esmalte morado, asían ahora el húmedo pasamanos del porche. Miraba hacia el patio mojado.

Él la observaba: sus manos, su pelo, su barbilla, sus pies.

«No se lo digas», se ordenó. «Díselo. No. Dilo. Di.»

Pero se lo dijo.

—Te quiero.

—No —contestó ella con severidad, alzando una mano como para borrar sus palabras.

—Quiero intentarlo de nuevo.

—Es demasiado tarde, Wyatt.

—Me equivoqué. No volveré a hacerlo.

—Demasiado tarde —repitió ella.

—Me dejé llevar. No supe estar a tu lado. Pero lo estaré. Te lo prometo. Tú querías tener hijos. Podemos tenerlos.

—Ya tienes tus máquinas. ¿Para qué quieres hijos?

—He cambiado.

—Has estado en la cárcel. No has tenido ninguna oportunidad para demostrar a nadie (ni siquiera a ti mismo) que puedes cambiar.

—Quiero que formemos una familia.

Ella caminó hacia la puerta, abrió la mampara de malla.

—Yo también quería todo eso. Y mira qué pasó.

—No te mudes a Nueva York —barbotó él.

Elana se paró en seco. Se volvió.

—¿Nueva York?

—Te vas a mudar a Nueva York. Con tu amigo Ed.

—¿Y qué sabes tú sobre Ed?

Él estaba fuera de sí y preguntó:

—¿Piensas casarte con él?

—¿Y qué sabes tú sobre Ed? —repitió ella—. ¿Cómo te has enterado de lo de Nueva York?

—Elana, no lo hagas. Quédate. Dame una...

—¿Cómo? —saltó ella.

Gillette bajó la vista, miró la pintura gris del suelo del porche.

—Me metí en tu servidor de correo y leí tus e-mails.

—¿Que hiciste qué? —ella cerró la mampara de malla a su paso y lo miró. El exuberante genio griego inundaba su bello rostro.

Ahora no había manera de echarse atrás.

—¿Amas a ese Ed? ¿Vas a casarte con él? —balbuceó Gillette.

—Dios mío, ¡no lo puedo creer! ¿Desde la cárcel? ¿Te metiste en mi correo desde la cárcel?

—¿Lo amas?

—Eso no es de tu incumbencia. Tuviste todas las oportunidades del mundo para formar una familia conmigo y decidiste no hacerlo. ¡Y ahora no tienes ningún maldito derecho a inmiscuirte en mi vida privada!

—Por favor...

—¡No! Bien, Ed y yo nos vamos a Nueva York. Y salimos dentro de tres días. Y no hay una puñetera cosa que puedas hacer para impedirlo. Adiós, Wyatt. No vuelvas a molestarme.

—Te quie...

—Tú no quieres a nadie —le interrumpió—. Sólo les aplicas tu ingeniería social.

Ella entró en la casa, cerrando la puerta con cuidado.

Él bajo los escalones para reunirse con Bishop.

—¿Cuál es el número de teléfono de la UCC? —preguntó Gillette.

Bishop se lo dio y el hacker le pidió prestado un bolígrafo. Escribió el número en la hoja de instrucciones de la placa y añadió: «Por favor, llámame». Envolvió la placa en la hoja y la dejó en el buzón.

Bishop lo acompañó hasta la acera húmeda y arenosa. No mostraba ninguna reacción ante lo que acababa de presenciar en el porche.

Mientras los dos se acercaban al Crown Victoria, el uno caminando perfectamente erguido y el otro totalmente desgarbado, entre las sombras apareció un hombre del otro lado de la calle de la casa de Elana.

Tendría unos treinta y tantos años y llevaba el pelo muy corto y bigote. La primera impresión de Gillette fue que el tipo era gay. Vestía gabardina pero no llevaba paraguas. Gillette advirtió que al detective la mano se le iba a la pistola mientras el otro se aproximaba.

El extraño se detuvo y con cuidado sacó la cartera, en la que se veía una placa y un carné.

—Soy Charlie Pittman. Del Departamento del sheriff de Santa Clara.

Bishop leyó atentamente el carné y quedó satisfecho con las credenciales de Pittman.

—¿Es de la policía del Estado? —preguntó Pittman.

—Frank Bishop.

Pittman miró a Gillette.

—¿Y usted es...?

Antes de que Gillette tuviera ocasión de responder, Bishop preguntó:

—¿Qué podemos hacer por ti, Charlie?

—Estoy investigando el caso Peter Fowler.

Gillette recordó que se trataba del vendedor de armas que Phate había asesinado ese mismo día cuando mató a Andy Anderson en el Otero de los Hackers.

—Hemos oído que esta noche ha habido aquí una operación que guardaba relación con el caso —explicó Pittman.

—Falsa alarma —replicó Bishop negando con la cabeza—. Nada que pueda serte de ayuda. Buenas noches —comenzó a andar mientras le hacía un gesto a Gillette para que lo siguiera cuando Pittman dijo:

—Frank, aquí estamos yendo contra corriente. Cualquier cosa que nos diga nos será de ayuda. La gente de Stanford anda atemorizada porque alguien se dedicaba a vender armas en su campus. Y nos echan la culpa a nosotros.

—Nosotros no tocamos el lado de la investigación relacionado con las armas. Nosotros vamos tras el tipo que asesinó a Fowler; si quieres alguna información tendrás que dirigirte a la Central de San José. Conoces el procedimiento.

—¿Está trabajando usted con ellos?

Bishop debía de conocer la política entre departamentos de policía tan bien como las salvajes calles de Oakland. Resultó convenientemente evasivo cuando dijo:

—Es con ellos con quienes tienes que hablar. El capitán Bernstein te echará una mano.

Los profundos ojos de Pittman estudiaban a Gillette de arriba abajo. Luego miró el cielo encapotado.

—Vaya noche de perros.

—Así es.

Volvió la vista hacia Bishop.

—Sabes, Frank, a nosotros, los del campo, nos toca el trabajo sucio. Siempre acabamos perdidos entre tanto barullo, teniendo que hacer lo que otros ya han hecho antes. A veces es un poco aburrido.

—Bernstein habla claro. Si puede te echará un cable.

Pittman volvió a observar a Gillette: probablemente se preguntaba qué pintaba allí un tipo con una cazadora marrón, que a la vista estaba que no era policía.

—Que tengas suerte —dijo Bishop.

—Gracias, detective —respondió Pittman, y se perdió en la noche.

—No quiero volver a San Ho —dijo Gillette cuando entraron en el coche del policía.

—Bueno, yo ahora regreso a la UCC para echar una ojeada a las pruebas y dar una cabezada. Y allí no he visto nada parecido a un calabozo.

—No voy a volverme a escapar —afirmó Gillette.

Bishop no respondió.

—No quiero volver a la cárcel, de verdad —el detective seguía en silencio y el hacker añadió—: Espósame a una silla si no me crees.

—Ponte el cinturón —respondió Bishop.

Capítulo 00010110 / Veintidós

El colegio Junípero Serra parecía un lugar idílico con la bruma del alba.

Era un colegio privado muy exclusivo que se extendía por unos 32.000 metros cuadrados y que estaba ubicado entre el Centro de Investigación de Xerox de Palo Alto y las dependencias de Hewlett-Packard cercanas a la Universidad de Stanford. Disfrutaba de una magnífica reputación, pues prácticamente lanzaba a todos los alumnos para que consiguieran acceder a los colegios avanzados en los que (ellos o, mejor dicho, sus padres) deseaban inscribirse. El emplazamiento era precioso y pagaban muy bien al profesorado.

Sin embargo, la mujer que hacía las veces de recepcionista desde hacía años no parecía estar gozando de los beneficios de su entorno profesional en ese mismo momento: tenía los ojos llenos de lágrimas y procuraba acallar las convulsiones que se delataban en su voz.

—Por Dios, por Dios —susurraba—. Joyce lo ha traído hace apenas media hora. La he visto. Ella estaba bien. Vamos, hace sólo media hora de esto.

Enfrente de ella se encontraba un hombre joven de cabello pelirrojo y bigote, que vestía un caro traje de ejecutivo. Tenía los ojos rojos, como si hubiera llorado, y cerraba las manos de un modo que revelaba que se encontraba muy enfadado.

—Don y ella viajaban camino de Napa. Iban a las bodegas, debían encontrarse con unos inversores de Don para almorzar con ellos.

—¿Qué ha pasado? —preguntó la mujer, sin aliento.

—Ha sido culpa de uno de esos autobuses llenos de trabajadores inmigrantes: ha virado justo enfrente de ellos.

—Dios mío —musitó ella de nuevo. Otra mujer pasó por delante de ellos y la recepcionista dijo—: Ven, Amy.

La mujer, que llevaba un vestido rojo chillón y portaba una hoja de papel donde se leía «Plan de estudios», se acercó al escritorio.

—Don y Joyce Wingate han sufrido un accidente —le susurró la recepcionista.

—¡No!

—No tiene buena pinta —dijo la recepcionista haciendo un gesto—. Éste es Irv, el hermano de Don.

Se saludaron y Amy preguntó:

—¿Cómo se encuentran?

—Vivirán. Al menos es lo que dice el doctor, por ahora. Pero ambos continúan inconscientes. Mi hermano tiene la espalda rota.

Rompió a llorar. La recepcionista se secaba las lágrimas.

—Joyce era tan activa en el PTO. Todo el mundo la quiere. ¿Qué podemos hacer?

—Todavía no lo sé —respondió Irving, moviendo la cabeza—. No puedo pensar con claridad.

—No, no, claro que no.

—Pero aquí estamos —dijo Amy—. Cuenta con todos nosotros para lo que sea —Amy llamó entonces a una mujer rechoncha de unos cincuenta años—: ¡Oh, señora Nagler!

La mujer, que vestía un traje gris, se acercó y echó una ojeada a Irv, quien la saludó con la cabeza:

—Señora Nagler —dijo—. Usted es la directora, ¿verdad?

—Así es.

—Soy Irv Wingate, el tío de Sammy. Nos conocimos en el festival de primavera del año pasado.

Ella asintió y estrechó su mano.

Wingate resumió la historia del accidente.

—No, por Dios, no —susurró la señora Nagler—. Lo siento muchísimo.

—Mi mujer, Kathy —dijo Irv—, está allí ahora. Yo he venido a recoger a Sammy.

—Por supuesto.

Pero la señora Nagler, por muy comprensiva que fuera, llevaba su trabajo de forma muy estricta y no estaba dispuesta a desviarse de las reglas, por muchas tragedias que les sucedieran a los padres de sus alumnos. Se acercó al teclado de un ordenador y golpeó las teclas con las uñas bien cortadas y sin esmalte. Leyó la pantalla y dijo: «Se encuentra en la lista de familiares autorizados para recoger a Sammy». Golpeó otra tecla y esta vez apareció en la pantalla la fotografía de la licencia de conducir de Irving Wingate que habían escaneado meses atrás. Ella lo observó. Era él, no cabía duda. Y luego dijo:

—¿Me permite su licencia de conducir, por favor?

—Claro —él sacó la licencia. Se correspondía tanto con su rostro como con la fotografía del ordenador.

—Una cosa más, perdone. Su hermano era muy concienzudo con la seguridad, como sabe.

—Oh, claro —dijo Wingate—. La contraseña. Es S-H-E-P —la señora Nagler asintió corroborándola. Irv miró por la ventana cómo la líquida luz del sol caía sobre los setos de boj—: Shep, ése era el nombre del primer airedalo de Donald. Lo trajeron a casa cuando él tenía quince años. Era un buen perro. Todavía los cría, ¿sabe?

—Lo sé —dijo la señora Nagler con tristeza—. De vez en cuando nos enviábamos fotos de nuestros respectivos perros vía e-mail. Yo tengo dos weimaraners.

Sus palabras acabaron en un hilo de voz y ella borró de su mente ese triste pensamiento. Marcó un número de teléfono y habló con alguien que debía de ser la profesora del chaval para solicitar que lo trajeran a recepción.

—No le digan nada a Sammy, por favor —pidió Irv—. Ya le pondré al corriente cuando nos hayamos puesto en camino.

—Por supuesto.

—Pararemos para desayunar. Le encantan los Egg McMuffins.

—Eso es lo que comió en el viaje que hizo a Yosemite... —dijo la mujer del vestido carmesí, sollozando al oír ese dato. Se tapó los ojos y lloró un rato en silencio.

Una mujer asiática, seguramente la profesora del niño, condujo al delgado chaval a la oficina. La señora Nagler sonrió y dijo:

—Tu tío Irving está aquí.

—Irv —le corrigió—. Él me llama tío Irv. Hola, Sammy.

—¡Vaya, el bigote te ha crecido superdeprisa!

—Tu tía Kathy dice que me hace parecer más distinguido —rió Wingate. Se agachó—. Mira, tu mamá y tu papá han pensado que podrías tomarte el día libre. Vamos a pasarlo con ellos.

—¿En Napa? ¿Han ido a los viñedos?

—Eso mismo.

—Papá dijo que no irían hasta la semana que viene. Por los pintores.

—Han cambiado de idea. Y tú vas a venir conmigo.

—¡Mola!

—Ve por tu cartera —dijo la profesora—. ¿Vale?

El chaval salió corriendo y la señora Nagler le dijo a la profesora lo que había sucedido. «¡Oh, no!», susurró la mujer. Unos minutos más tarde reaparecía Samuel con la pesada cartera colgándole del hombro. Tío Irv y él salieron por la puerta.

—¡Gracias a Dios que el chico está en buenas manos! —dijo la recepcionista.

Y tío Irv debió de oírlo pues se volvió e hizo un gesto de asentimiento. En todo caso, a la recepcionista le quedó un pequeño asomo de duda: esa sonrisa que vio en el rostro del tío le pareció algo forzada, como si escondiera un extraño regodeo. Pero acto seguido la mujer pensó que se había equivocado y que la mirada provenía del terrible estrés al que estaba siendo sometido el pobre hombre.

—¡Levanta! —dijo una voz irascible.

Gillette abrió los ojos y vio a un Frank Bishop duchado y afeitado, que de forma absorta se metía el faldón de su rebelde camisa.

—Son las ocho y media —dijo Bishop—. ¿Es que en la cárcel os dejaban dormir hasta tarde?

—Estuve despierto hasta las cuatro —gruñó el hacker—. No encontraba la postura. Pero seguro que eso no te sorprende, ¿no? —señaló el banco al que lo había esposado Frank Bishop.

—Lo de la silla y las esposas fue idea tuya.

—No pensé que te lo ibas a tomar de forma tan literal.

—¿Qué hay de literal en ello? —preguntó Bishop—. O esposas a alguien a una silla o no lo haces.

El detective le quitó las esposas y Gillette se levantó agarrotado, frotándose las muñecas. Fue a la cocina y se sirvió café y un donut del día anterior.

—¿No tendréis Pop-Tarts por casualidad? —pidió Gillette, volviendo a la sala central de la UCC.

—No lo sé —respondió Bishop—. No es mi oficina. En cualquier caso, no me gustan demasiado los dulces. La gente debería desayunar huevos con beicon. Ya sabes, comida saludable —sorbió su café—. Te he estado mirando mientras dormías.

Gillette no supo a qué se refería en concreto. Alzó una ceja.

—Estabas mecanografiando.

—Hoy en día se dice «teclear», no «mecanografiar».

—¿Estabas al corriente de que haces eso?

—Ellie me lo solía decir —asintió el hacker—. Y a veces sueño en código.

—¿Que haces qué...?

—Veo *script* en sueños, ya sabes: líneas de códigos de origen de software. En Basic, C++ o en Java —miró a su alrededor—. ¿Dónde está la gente?

—Linda y Tony están de camino. Y Miller. Linda todavía no es abuela. Patricia Nolan ha pasado la noche en su hotel —miró a Gillette a los ojos—: Llamó para preguntar si estabas bien.

—¿Hizo eso?

El detective asintió sonriendo.

—Me llamó de todo por esposarte a una silla. Dijo que podrías haber pasado la noche en el sofá de su habitación de hotel. Tómate esto último como te venga en gana.

—¿Y Shelton?

—Está en casa con su mujer —dijo Bishop—. Le he llamado pero nadie responde. A veces tiene que desaparecer para pasar tiempo con ella por el problema del que te hablé, lo de su hijo muerto.

En una terminal cercana sonó un «bip». Gillette se levantó y fue a mirar la pantalla. Su bot incansable había estado trabajando toda la noche recorriendo el globo y ahora, para exhibir los esfuerzos realizados, mostraba el nuevo pez que había pescado.

Gillette se sentó ante el ordenador.

—¿Vamos a aplicarle un poco de ingeniería social de nuevo?

—No. Tengo otra idea.

—¿Cuál es?

—Voy a decir la verdad.

Tony Mott corría hacia el este sobre la cara bicicleta Fisher, por el bulevar Stevens Creek, pasando entre un gran número de coches y camiones y lanzándose hacia el aparcamiento de la Unidad de Crímenes Computerizados.

Siempre recorría los diez kilómetros que había entre su casa de Santa Clara y la UCC a buena velocidad: el policía delgado y musculoso pedaleaba con tanta rapidez como la que usaba al practicar otros deportes, ya fuera esquiar los toboganes de A-basin en Colorado, practicar el *heli-sky* en Europa, hacer descenso de cañones o rapel descendiendo de las montañas escarpadas que previamente había ascendido.

Pero hoy estaba pedaleando especialmente deprisa, mientras pensaba que antes o después convencería a Frank Bishop y podría vestir el chaleco antibalas y hacer un poco de trabajo serio de poli. Había trabajado muy duro en la academia y, aunque era un buen policía, su tarea en la UCC no resultaba más excitante que estudiar para su tesis doctoral. Es como si lo hubieran discriminado por haber sacado sólo un 3,97 en las pruebas del Tecnológico de Massachusetts.

Mientras colocaba el viejo y maltrecho candado Kriptonite al marco de su bici, vio cómo se le acercaba un tipo delgado y bigotudo que vestía una gabardina y que avanzaba a grandes zancadas.

—Hola —dijo el hombre, sonriendo.

—Hola.

—Soy Charlie Pittman, del Departamento del sheriff de Santa Clara.

Mott estrechó la mano del hombre. Conocía a varios detectives del condado y no había reconocido a este tipo pero le echó una rauda ojeada a la placa y la licencia que colgaba de su cuello y la foto concordaba.

—Tú debes de ser Tony Mott.

—Sí.

—He oído que pedaleas como un cabrón —dijo el detective, admirando la bicicleta Fisher.

—Sólo cuando voy cuesta abajo —contestó Mott, sonriendo con modestia, aunque sabía que sí, que pedaleaba como un cabrón tanto si era cuesta abajo, cuesta arriba o en llano.

Pittman se rió.

—No hago todo el ejercicio que debiera. Sobre todo cuando tengo que andar detrás de un tipo como el chico este de los ordenadores.

Era raro: Mott no había oído que nadie de la oficina del condado estuviera trabajando en el caso.

—¿Vienes dentro? —preguntó Mott, agarrando su casco.

—Acabo de salir. Frank me ha estado poniendo al día. Éste es un caso para locos.

—Eso he oído —asintió Mott, mientras metía los guantes de tiro que se hacían guantes de bicicleta en la pretina de sus shorts de fibra elástica.

—¿Y ese tipo que Frank usa como consultor? ¿El joven?

—¿Te refieres a Gillette?

—Sí, ése es su nombre. Sabe mucho, ¿no?

—El tipo es un wizard —dijo Mott.

—¿Cuánto tiempo va a andar echándoos una mano?

—Hasta que atrapemos al cabrón ese, supongo.

—Tengo que irme —dijo entonces Pittman, tras haber consultado su reloj—. Luego nos vemos.

Tony Mott saludó a Pittman mientras éste se iba caminando y sacaba su móvil para hacer una llamada. El policía del condado fue hasta el final del aparcamiento y de ahí pasó al aparcamiento contiguo. Mott advirtió este hecho y le pareció raro que hubiera aparcado tan lejos habiendo tantas plazas libres justo enfrente de la UCC. Pero luego fue hacia la oficina y pensó únicamente en el caso y en cómo iba a agenciarse, de una forma u otra, un lugar en el equipo de acceso dinámico, en cuanto echaran abajo la puerta para arrestar a Jon Patrick Holloway.

—Ani, Ani, Animorphs —dijo el niño.

—¿Qué? —preguntó Phate, abstraído. Estaba en un Acura Legend que había robado recientemente y registrado a nombre de una de sus identidades, e iban camino del sótano de su casa de Los Altos.

—Ani, Ani, Animorphs. Hey, tío Irv, ¿te gustan los Animorphs? —preguntó Sammy Wingate.

«No, ni una puta mierda», pensó Phate. Pero tío Irv dijo:

—¡Claro que me gustan!

—¿Por qué estaba triste la señorita Gitting? —preguntó Sammy Wingate.

—¿Quién?

—La señorita de recepción.

—No lo sé.

—Y, dime, ¿mamá y papá están ya en Napa?

—Eso mismo.

Phate no tenía ni idea del paradero de los padres. Pero sabía que, dondequiera que se encontraran, estaban disfrutando de los últimos momentos de paz antes de que una tormenta de terror descendiera sobre ellos. Era cuestión de segundos que alguien del colegio Junípero Serra empezara a llamar a amigos y familiares de los Winga-te, quienes acabarían por enterarse de que no había habido ningún accidente.

Phate se preguntaba quién sufriría los mayores niveles de pánico: los padres del niño desaparecido o la directora y los profesores que habían puesto al niño en manos de un asesino.

—Ani, Ani, Animorphs. ¿Cuál es tu favorito?

—¿Mi favorito qué?

—¿Tú qué crees? —preguntó el pequeño Sammy con cierta falta de respeto, como pensaron tanto Phate como el tío Irv.

—Tu Animorph favorito —aclaró el niño—. Creo que el mío es Rachel. Se convierte en un león. Me inventé esta historia sobre ella. Y molaba mogollón. Lo que pasaba era que...

Phate escuchó la inane historia mientras el crío continuaba rela-tándola como si se tratara de un *chatterbot*. El cabroncete siguió con la cháchara sin el mínimo asomo de estímulo por parte del tío Irv, cuyo único consuelo en ese momento se encontraba en el cuchillo Ka-bar que llevaba en el bolsillo y en el adelanto de la reacción de Donald Wingate cuando descifrara lo que se ocultaba en la bolsa de plástico que Phate le iba a enviar dentro de poco. De acuerdo con el sistema de puntuación de los juegos MUD de acceso, Phate conseguiría 25 puntos (el máximo que se podía lograr con un asesinato) si era él mismo quien encarnaba al mensajero de UPS que dejaba el paquete y conseguía la firma en el recibo de D. Wingate.

Recordó su labor de ingeniería social en el colegio. Ésa sí que había sido una buena faena. Provocadora y limpia a un tiempo (a pe-sar de que el tío Irv hubiese decidido afeitarse el bigote poco des-pués de haberse sacado la última foto para su licencia de conducir).

—¿Crees que podremos montar el pony que compró papá? Tío, eso sí que es genial. Billy Tomkins no paraba de hablar de su nuevo perro pero, vamos, ¿quién no tiene un perro? Todo el mundo tiene un perro. Pero YO tengo un pony.

Phate le echó una ojeada al chaval. A su peinado perfecto. A la cara correa de piel del reloj que el niño había afeado al pintarle dibujos indescifrables en tinta. A los zapatos que alguien se había ocupado en limpiar. Todo en él apestaba a hortera.

Phate decidió que este niño no era como Jamie Turner, a quien no se había decidido a matar porque le recordaba mucho a sí mismo. No, este niño era como los cretinos que habían convertido la vida escolar de Jon Patrick Holloway en un puro infierno.

Qué inmensa fuente de satisfacción iba a ser sacar unas cuantas fotos al pequeño Samuel antes (y después) en el sótano.

—¿Quieres montar a *Charizard,* tío Irv?

—¿A quién? —preguntó Phate.

—Toma, a mi pony. El que papá me compró por mi cumpleaños. Tú estabas allí.

—Sí, lo había olvidado.

—Papá y yo solemos ir a montar. *Charizard* es genial. Sabe volver solo al establo. O, ya sé, podrías pedirle el caballo a papá y vamos juntos a dar la vuelta al lago. Si puedes seguirme.

Phate se preguntó si lograría aguantar hasta que llegasen al sótano de su casa de Los Altos. Deseaba callar la boca al chaval en ese mismo instante.

De pronto, en el coche sonó un pitido y, mientras el crío seguía parloteando sobre héroes que se convertían en perros o en leones, Phate sacó el busca del cinturón y leyó la pantalla.

Su reacción fue un jadeo bien audible.

El mensaje de Shawn era bien largo, pero se resumía diciendo que Wyatt Gillette estaba en las dependencias de la UCC.

Phate experimentó un arrebato similar al producido si hubiera tocado un cable eléctrico y tuvo que parar en el arcén.

Por Dios Santo... ¡Gillette (Valleyman) estaba ayudando a la policía! ¡Por eso habían sabido tanto sobre él y le seguían la pista tan de cerca!

De inmediato le vinieron a la mente cientos de recuerdos de sus días en los *Knights of Access.* Los increíbles pirateos. Las horas y horas de loca conversación, tecleando tan rápido como les era posible por miedo a que la idea se les escapara de la cabeza. La paranoia. Los riesgos. La euforia de haber llegado donde nadie más podía llegar.

Y pensar que ayer mismo había estado pensando en ese artículo que había escrito Gillette... Lo había copiado casi entero en un cuaderno. Se acordaba de la última frase: «Cuando alguien ha pasado por la Estancia Azul, no puede volver del todo al Mundo Real».

Valleyman: cuya curiosidad infantil y naturaleza obstinada no le dejaban descansar hasta haber entendido todo lo que había que entender sobre algo que fuera nuevo para él.

Valleyman: cuya brillantez a la hora de programar se acercaba a la suya y en ocasiones la superaba.

Valleyman: cuya alta traición le había destrozado la vida a Phate y había hecho pedazos la Gran Ingeniería Social. Y quien seguía vivo sólo porque Phate no se había propuesto asesinarlo.

—Oye, tío Irv, ¿cómo es que nos hemos parado aquí? ¿Es que le pasa algo al coche?

Miró al chaval, sintió el cuchillo en su pantalón. Echó un vistazo a la carretera desierta.

—Bueno, Sammy, ¿sabes qué?, creo que sí le pasa algo. ¿Por qué no le echas una ojeada?

—¿Yo?

—Sí.

—Pero no sé qué hacer.

—Mira si tenemos una rueda baja —sugirió un educado tío Irv.

—Vale. ¿Qué rueda?

—La derecha trasera.

El crío miró hacia la izquierda. Phate señaló hacia el otro lado.

—Oye, vale, ésa. ¿Y qué busco?

—Bueno, ¿qué buscarían los Animorphs?

—No sé. Si tiene un clavo o algo así.

—Eso está bien. ¿Por qué no vas a mirar si tiene un clavo?

—Vale.

Phate le quitó el cinturón al niño.

Se inclinó sobre Sammy para abrirle la puerta.

—Lo puedo hacer yo solo —dijo el niño, desafiante—. Tú no tienes que hacerlo.

—Vale —dijo Phate. Y encendió el motor, revolucionándolo. La puerta se cerró de golpe y las ruedas rociaron a Sammy con polvo y gravilla. Empezó a gritar: «Espera, tío Irv...».

Phate aceleró y salió derrapando por la autovía a gran velocidad.

El lloriqueante niño corrió tras él, pero quedó oscurecido por la gran nube de humo que habían levantado las ruedas. Por su parte, Phate había dejado de pensar en Sammy desde el mismo momento en que la puerta se había cerrado.

Capítulo 00010111 / Veintitrés

Renegade334: Triple-X, soy yo otra vez. Quiero hablar contigo. NBS.

—Las siglas están en inglés y significan *No bullshit,* sin tonterías —le explicó Patricia Nolan a Frank Bishop mientras observaban la pantalla de ordenador que quedaba enfrente de Wyatt Gillette.

Nolan había llegado hacía unos minutos desde su hotel, mientras Gillette había salido lanzado hacia la terminal. Lo había rondado como si pensara darle un abrazo de buenos días. Pero había advertido que él se hallaba totalmente concentrado y había preferido no hacerlo. Así que había acercado una silla y se había sentado cerca de la pantalla. Tony Mott también estaba cerca. Bob Shelton había llamado a Frank Bishop para decirle que su mujer estaba enferma y que llegaría tarde.

Gillette tecleó otro mensaje y dio a *Return.*

Renegade334: ¿Estás ahí? Quiero hablar.

—¡Venga! —se dio ánimos Gillette—. Venga, hombre, habla conmigo.

Triple-X: Hoy tecleas muy bien. Por no hablar de la gramática y de la ortografía. BTW[*], he despegado desde una plataforma anónima en Europa. No puedes rastrearme.

Renegade334: Ni siquiera lo intentamos. Siento lo de ayer. Lo de engañarte. Andábamos desesperados. Te estoy pidiendo ayuda.

Triple-X: ¿Quién eres?

Renegade334: ¿Has oído hablar de los *Knights of Access*?

Triple-X: TODO EL MUNDO ha oído hablar de los KOA. ¿Quieres decir que estabas en la banda?

Renegade334: Soy Valleyman.

Triple-X: ¿Tú Valleyman? NFW.

—No *fucking way*, y una puta mierda —tradujo esta vez Tony Mott a Bishop.

Se abrió la puerta de la UCC y entraron Stephen Miller y Linda Sánchez. Bishop les explicó lo que sucedía.

Renegade334: Lo soy. De verdad.

Triple-X: Si lo eres podrás decirme en qué sistema entraste hace seis años: y me refiero al grande, ya sabes a qué me refiero.

—Me está poniendo a prueba —dijo Gillette—. Seguro que ha oído hablar a Phate de los *hackeos* de los KOA y quiere ver si sé lo que ocurrió.

Renegade334: Fort Meade.

Fort Meade, en Maryland, era la sede de la Agencia Nacional de Seguridad (la NSA) y tenía en un solo emplazamiento más superor-

---

* By *the way*: «por cierto» en inglés. *(N. del T.)*

denadores de los que había en cualquier lugar del mundo. Y también contaba con la más férrea seguridad de todas las instalaciones gubernamentales del país.

—¡Dios mío! —susurró Tony Mott—. ¿Entraste en Meade?

Gillette se encogió de hombros:

—Sólo en la conexión a Internet, no en las cajas negras.

Triple-X: ¿Cómo lograste pasar los *firewalls*?
Renegade334: Oímos que la NSA estaba instalando un nuevo sistema. Lo hicimos por la falla del *sendmail* de Unix. Una vez que habían instalado la máquina, teníamos tres minutos antes de que cargaran el *patch* para arreglar el programa. Así es como entramos.

La famosa falla del *sendmail* era un error en la primera versión de Unix que más tarde arreglaron, y que permitía enviar cierto tipo de correo electrónico al usuario raíz (el administrador del sistema) que en ocasiones capacitaba al emisor del correo para tomar el control del directorio del ordenador.

Triple-X: Tío, eres todo un wizard. Todo el mundo ha oído hablar sobre ti. Pensaba que estabas en la cárcel.
Renegade334: Y lo estoy. Tengo la condicional. Pero no te buscan a ti.

—Por favor, por favor... —susurraba Mott—. No huyas.

Triple-X: ¿Qué es lo que quieres?
Renegade334: Estamos tratando de encontrar a Phate-Jon Holloway.
Triple-X: ¿Para qué lo quieres?

Gillette miró a Bishop, quien le hizo una seña de que siguiera adelante.

Renegade334: Está matando gente.

Otra pausa. Gillette estuvo tecleando mensajes invisibles en el aire durante treinta segundos antes de recibir respuesta.

Triple-X: Había oído rumores. Está usando ese programa suyo, Trapdoor, para perseguir a la gente, ¿no?
Renegade334: Eso mismo.
Triple-X: SABÍA que lo usaría para hacer daño. Ese tío es un puto loco Kbrón.

Gillette pensó que para esas últimas siglas no hacía falta ninguna traducción.

Triple-X: ¿Qué quieres que haga?
Renegade334: Que nos ayudes a encontrarlo.
Triple-X: IDTS

—Seguro que significa *I don't think so:* no lo creo.
—Así es, jefe —dijo Patricia Nolan—. Ya estás aprendiendo la jerga —Gillette se dio cuenta de que Bishop ya había recibido el trato que antes correspondía a Anderson, el de «jefe».

Renegade334: Necesitamos ayuda.
Triple-X: No tienes ni idea de lo peligroso que es este hijo de puta. Es un psicópata. Vendrá por mí.
Renegade334: Cambia tu nombre de usuario y la identificación de tu sistema.
Triple-X: LTW.

—Éste se traduce así: «Como si eso fuera a servir de algo» —dijo Nolan a Bishop.

Triple-X: Me encontraría en diez minutos.
Renegade334: Pues no te conectes a la red hasta que
lo hayamos atrapado.
Triple-X: ¿Cuando hacías *hacking* hubo un solo día en
que no te conectaras a la red?

Ahí Gillette se detuvo. Y luego escribió:

Renegade334: No.
Triple-X: ¿Y quieres que yo arriesgue mi vida y no pueda
conectarme porque no podéis encontrar a ese imbécil?
Renegade334: Está ASESINANDO a civiles.
Triple-X: Podría estar observándonos ahora mismo. Po-
dría tener Trapdoor en tu ordenador. O en el mío. Podría
estar viendo todo lo que escribimos.
Renegade334: No, no es así. Si estuviera aquí yo lo
sentiría. Y tú también podrías sentirlo. Tienes ese don,
¿no?
Triple-X: Cierto.
Renegade334: Sabemos que le gustan las cuestiones
de snuff y las fotos de escena del crimen. ¿Tienes algo
que él te haya enviado?
Triple-X: No, lo borré todo. No quería tener nada que me
uniera a él.
Renegade334: ¿Conoces a Shawn?
Triple-X: Sólo sé que anda con Phate. Corre el rumor de
que Phate no habría sido capaz de escribir el Trapdoor
sin la ayuda de Shawn.
Renegade334: ¿También es un wizard?
Triple-X: Es lo que he oído. Y también que da MIEDO.
Renegade334: ¿Dónde está Shawn?
Triple-X: Creo que anda por la zona de la bahía. Pero
eso es todo lo que sé.
Renegade334: ¿Estás seguro de que es un hombre?

Triple-X: No, pero ¿cuántas hackers con faldas conoces?
Renegade334: ¿Nos ayudarás? Necesitamos la verdadera dirección de e-mail de Phate, la dirección de Internet, las páginas web que visita, los archivos que se sube en HTP, cosas así.

—Triple-X no quiere contactarnos on-line. Es demasiado peligroso. Ni tampoco aquí —se volvió hacia Bishop y dijo—: Dame el número de tu móvil.

Bishop se lo dio y Gillette se lo transmitió a su interlocutor, quien no pareció haberlo visto, y sólo escribió:

Triple-X: Voy a desconectar. Hemos hablado demasiado. Pensaré en eso.
Renegade334: Necesitamos tu ayuda. Por favor...
Triple-X: Eso es extraño.
Renegade334: ¿Qué?
Triple-X: Es la primera vez que veo que un hacker escribe «por favor».

La conexión acabó aquí.

Una vez que Phate había descubierto que Gillette estaba ayudando a la policía a encontrarlo y había dejado al pequeño Animorph llorando en un arcén de la carretera, salió disparado hacia el almacén que tenía alquilado cerca de San José. Llegó a las once en punto de la mañana y el tiempo era frío y desapacible.

Cuando jugaba su versión del juego *Access* en el Mundo Real solía viajar a una ciudad distinta y allí montar una casa durante un tiempo, pero este almacén era, más o menos, su residencia permanente, donde guardaba todo lo que tenía alguna importancia para él.

Si, mil años más tarde, los arqueólogos se decidieran a cavar entre capas y capas de tierra y arcilla y acabaran hallando este lugar polvoriento y lleno de telarañas, creerían haber descubierto un templo dedicado a la primitiva era de la informática, un hallazgo tan significativo como la exhumación de la tumba del faraón Tutankamón por parte del explorador Howard Carter.

Aquí, en esta estancia fría, vacua (se trataba de un corral de dinosaurios abandonado) estaban todos los tesoros de Phate. Un ordenador analógico completo EAI TR-20 de los años sesenta, un equipo informático Heath de 1956, un Altair 8800 y un 680b, un portátil IBM 510 de hace veinticinco años, un Commodore KIM-1, el famoso TRS-80, un portátil Kaypro, un COSMAC VIP, unos cuantos Apples y Macs, tubos provenientes del primer Univac y engranajes de latón y un disco numerado de un prototipo del nunca finalizado Motor de Diferencias de Charles Babbage con notas tomadas por Ada Byron (hija de Lord Byron y compañera de Babbage), quien escribió instrucciones para sus máquinas y que, por tanto, es considerada la primera programadora informática de la historia. También guardaba docenas de otros artículos.

En las baldas descansaban todos los Libros Arco Iris (los manuales técnicos que tratan de todos y cada uno de los aspectos de los sistemas informáticos y de seguridad), con las cubiertas expuestas a la penumbra presentando sus tonos naranjas, rojos, amarillos, añiles, lavandas y verde cerceta.

Es probable que el póster enmarcado de letras de la empresa Traf-O-Data (el antiguo nombre que Bill Gates le diera a Microsoft) fuera el souvenir favorito de Phate.

Pero ese almacén no hacía sólo las funciones de museo. También servía para algo. Contenía hileras y más hileras de cajas de disquetes, una docena de ordenadores en buen estado y como unos dos millones de dólares en componentes informáticos especializados, en su mayor parte para la construcción y reparación de superordenadores. Phate obtenía cuantiosos ingresos comprando y vendiendo dichos productos.

También aquí tenía su escenario: éste era el lugar donde planeaba sus ataques y donde alteraba su aspecto y personalidad. Aquí se encontraban la mayoría de sus disfraces y vestimentas. En una esquina tenía un ID 4000 (una máquina para hacer credenciales y pases de identificación de seguridad) al que se sumaba un quemador de bandas magnéticas. Con estas máquinas (y una pequeña ayuda de los archivos informáticos del Departamento de Vehículos Motorizados, de varias universidades y del Departamento de Registros Vitales) podía convertirse en quien quisiera y crear la documentación necesaria para probarlo. Hasta podía hacerse un pasaporte.

Comprobó sus equipos. Tomó, de una estantería que tenía sobre el escritorio, un teléfono móvil y unos cuantos portátiles Toshiba, en uno de los cuales cargó un jpeg: una imagen fotográfica comprimida. También buscó una gran caja de almacenamiento de discos que le sería de mucha ayuda, y comenzó a colocar con sumo cuidado los disquetes sobre las baldas.

El susto y la impresión de haber sabido que Valleyman se encontraba entre sus adversarios ya habían amainado, y se habían convertido en una especie de excitación nerviosa. A Phate le encantaba que su juego hubiera sufrido un giro dramático imprevisto, algo que era conocido por todos aquellos que hubieran jugado alguna vez a *Access* o a otros juegos MUD: ese instante en el que la trama da un giro de ciento ochenta grados y el cazador se convierte en la presa.

Mientras buceaba como un delfín por la Estancia Azul, ya fuera en calas de la costa, en mar abierto, surcando la superficie o entre la oscura vegetación que puebla los impracticables fondos marinos, el incansable bot de Wyatt Gillette encontró algo y envió un mensaje urgente a su señor.

El ordenador de la sede de la UCC soltó un pitido.

—¿Qué tenemos? —preguntó Patricia Nolan.

Gillette señaló la pantalla.

Resultados de la Búsqueda:
Buscar: «Phate»
Location: Newsgroup: alt.pictures.true.crime
Status: Posted message

El rostro de Gillette resplandecía de entusiasmo. Llamó a Bishop:
—Phate ha colgado algo en la red.

El detective caminó hacia el ordenador, mientras Gillette se conectaba on-line y se metía en Usenet. Allí encontró el grupo de noticias e hizo doble clic en el mensaje.

```
Message I-D: <1000423454210815.NP16015@k2rdka>
X-Newsposter: newspost-1.2
Newsgroups: alt.pictures.true.crime
De: <phate@iscnet.com>
Para: Grupo
Asunto: Un personaje reciente
Encoding: .jpg
Líneas: 1276
NNTP-Posting-Date: 2 abril
Fecha: 2 Apr 11.12 a.m.
Path: news.newspost.com! southwest.com! news-
com.mesh.ad.jp! counterculturesystems.com! larivegau-
che.fr.net! frankfrt.de.net! swip.net!
newsserve.deluxe.interpost.net! Internet.gateway.net!
roma.internet.it! globalsystems.uk!
Recordatorio: El mundo entero es un MUD, y la gente
que lo puebla son meros personajes.
```

Nadie pudo imaginarse qué significaba ese intento de paráfrasis de Shakespeare que había hecho Phate.

Hasta que Gillette descargó la foto que venía adjunta con el mensaje.

Poco a poco apareció en la pantalla.

—Dios mío, qué hijo de perra —murmuró Linda Sánchez, con los ojos fijos en la terrible fotografía.

En la pantalla se veía una foto de Lara Gibson. Estaba medio desnuda, tirada sobre un suelo de baldosas: parecía estar en un sótano. Su cuerpo estaba lleno de cortes y cubierto de sangre. Sus ojos apagados miraban desesperadamente la cámara. Gillette se sintió mareado al contemplar la imagen, y supuso que ésta había sido tomada cuando a la víctima le quedaban pocos minutos de vida. Él, al igual que Linda Sánchez, tuvo que desviar la mirada.

—¿Y esa dirección? —preguntó Frank Bishop—. ¿Phate@isc-net.com? ¿Hay alguna posibilidad de que sea real?

Gillette puso en marcha el HyperTrace y comprobó la dirección.

—Es falsa —dijo, y nadie se sorprendió.

—¿Y la foto? —sugirió Miller—. Sabemos que Phate está en la zona. ¿Y si enviamos a unos cuantos agentes a que echen un vistazo por los sitios de revelado en una hora? Quizá lo reconozcan.

Antes de que Gillette pudiera hablar, una impaciente Patricia Nolan respondía:

—No se habrá arriesgado a llevar la foto a revelar a ningún lado. Habrá usado una cámara digital.

Hasta Frank Bishop, poco adepto a la tecnología, se había imaginado que así era.

—Así que esto no nos es de ayuda —dijo el detective, señalando la pantalla.

—Bueno, quizá lo sea —dijo Gillette. Se aproximó más al monitor y señaló la línea que rezaba «path».

Recordó a Bishop que el recorrido que identificaba los sistemas utilizados por Phate para acceder al servidor que descargaría la foto quedaban identificados en el encabezamiento del mensaje.

—Son como direcciones de calles. ¿Aquel hacker de Bulgaria, Vlast? Sus listados de encabezamientos eran todos falsos cuando puso la foto del asesinato en la red, pero quizá éste sea real o al menos contenga algunos sistemas que Phate ha utilizado de verdad a la hora de subir la foto de Gibson.

Gillette comenzó a comprobar todos los sistemas señalados en la línea «path» con su HyperTrace.

Todos los sistemas hasta llegar al newsserve.deluxe.interpost.net eran reales. Pero los tres últimos no.

—¿Qué significa eso? —preguntó Bishop.

—Que ése era el sistema que en verdad estaba usando Phate: news-serve.deluxe.interpost.net.

Gillette ordenó a HyperTrace que buscara más información sobre la empresa. En un instante surgía esto en la pantalla:

```
Nombre del Dominio: Interpost.net
Registrado a nombre de Interpost Europe SA
23443 Grand Palais
Brujas, Bélgica
Servicios: Proveedor de servicios de Internet, Web hos-
ting, lecturas y reenvíos anónimos.
```

—Es un *chainer* —dijo Gillette, moviendo la cabeza—. No me sorprende.

Nolan le explicó a Bishop por qué no era un buen augurio:

—Un *chainer* es un servicio que oculta tu identidad cuando envías e-mails o cuelgas mensajes en la red.

—Phate envió la imagen a Interpost —prosiguió Gillette— y sus ordenadores la despojaron de su dirección real, le colocaron otra falsa y la enviaron desde allí.

—¿Y no podemos rastrearla? —preguntó Bishop.

—No —dijo Nolan—. Es un callejón sin salida. Ésa es la razón por la cual Phate no se ha molestado en escribir un encabezamiento falso, como hizo Vlast.

—Bueno —señaló el policía—, Interpost conoce la procedencia del mensaje. Encontremos su número de teléfono, llamémosles y lo descubriremos.

El hacker sacudió la cabeza.

—Los *chainers* mantienen su trabajo porque garantizan que nadie, absolutamente nadie, ni siquiera la policía, podrá saber quién es el emisor del mensaje.

—Así que no hay nada que podamos hacer, ¿no? —dijo Bishop.

—No necesariamente —replicó Wyatt Gillette—. Creo que tenemos que seguir pescando.

Capítulo 00011000 / Veinticuatro

Mientras el ordenador de la UCC de la policía del Estado, por medio del mecanismo de búsqueda de Wyatt Gillette, enviaba una petición de información sobre Interpost en Bélgica, Phate estaba sentado en el motel Bay View, una posada decrépita ubicada en una franja arenosa de la zona comercial de Freemont, California, al norte de San José.

Sirviéndose de un ordenador portátil Toshiba, se había infiltrado en un cercano *router* que manejaba todo el tráfico de Internet de la zona y había visto la petición de Gillette corriendo por la red.

Por supuesto, Phate sabía que un *chainer* extranjero como Interpost no se molestaría ni en contestar la petición de identidad de ningún cliente a ningún policía de los Estados Unidos. También había previsto que Gillette usaría un mecanismo de búsqueda para indagar información general sobre Interpost, con la esperanza de encontrar algo que ayudara a los policías para suplicar o sobornar la cooperación del servicio belga de Internet.

En cuestión de segundos, la búsqueda de Gillette había localizado docenas de sitios en los que se mencionaba a Interpost y estaba a punto de reenviar sus nombres y direcciones al ordenador de la UCC. Pero los paquetes de datos que contenían esa información tomaron un desvío: fueron encaminados al portátil de Phate. Trapdoor modificó los paquetes para insertar su laborioso demonio y los mandó de vuelta a la UCC.

Entonces Phate recibió este mensaje:

Trapdoor
Enlace completado
¿Quiere introducirse en el ordenador del sujeto? Sí/No

Phate tecleó «Sí», dio a *Enter* y en un instante estaba curioseando el sistema de la UCC.

Tecleó más comandos y comenzó a echar una ojeada a algunos ficheros que aludían a que Phate, como cualquier otro baboso asesino en serie, había colgado en la red la foto de la moribunda Gibson para amenazarlos o para consumar algún extraño tipo de fantasía sado-sexual. Pero no era así: la había colgado para que le sirviera de anzuelo para encontrar la dirección de Internet de la máquina de la UCC. Una vez que hubo colgado la fotografía, había dado instrucciones a su ordenador para que le diera las direcciones de todos aquellos que la descargaban en su ordenador. Y uno de ellos había sido un ordenador gubernamental del Estado de California, situado en la zona oeste de San José, que tenía que ser la oficina de la UCC.

Entonces Phate recorrió los ficheros del ordenador de la policía, copiando todo aquello que pensó que podría serle de ayuda, y luego se fue directo a un fichero titulado «Expedientes de personal. Unidad de Crímenes Computerizados».

Su contenido estaba encriptado, no era de extrañar. Phate abrió una ventana en Trapdoor e hizo clic en «Decodificar». El programa comenzó a trabajar para agenciarse el código.

Mientras gemía el disco duro, Phate se levantó y abrió una Mountain View de una nevera portátil que estaba en el suelo de la habitación del motel. Introdujo una pajita y, sorbiendo el dulce líquido, fue hasta la ventana: columnas de luz solar rompían los nubarrones en ese instante. La cascada irritante de luz lo molestó y con presteza cerró las cortinas y corrió hacia los mudos colores electrónicos de la pantalla de ordenador, que para él poseían más belleza que cualquier combinación salida de la paleta divina.

—Lo tenemos —anunció Gillette al equipo—, Phate está dentro de nuestra máquina. Comencemos el rastreo.

—¡Muy bien! —exclamó Tony Mott, quien dio un silbido victorioso ensordecedor.

Gillette arrancó HyperTrace y la ruta que mediaba entre el ordenador de la UCC y el de Phate apareció en la pantalla en forma de una línea de puntos amarillos, acompañados de la emisión sonora de lánguidos *pings*.

—Nuestro chico es bueno, ¿eh, jefe? —dijo Linda Sánchez mirando admirativa a Gillette.

—Parece que todo marcha —respondió Bishop.

Diez minutos antes, mientras estaban ojeando el recorrido del mensaje de Phate y habían comprobado que Interpost era un *chainer,* Gillette había tenido una corazonada: que todo eso era una estratagema.

Gillette intuyó que el asesino, como cualquier experto en los juegos MUD, les había hecho una encerrona y que no había colgado las fotos para burlarse de ellos o amenazarlos sino para conseguir la dirección de la UCC y así poder introducirse en su ordenador.

Gillette se lo explicó al equipo y añadió:

—Y vamos a dejar que lo haga.

—Para poder rastrearlo nosotros a él —intuyó Bishop.

—Eso mismo —confirmó Gillette.

—Pero no podemos permitir que se infiltre en nuestro sistema —protestó Stephen Miller, señalando las máquinas de la UCC.

—Claro que no —repuso Gillette—. Voy a transferir todos los datos reales a unas cuantas copias de seguridad y los reemplazaré por archivos encriptados. Y mientras esté tratando de decodificarlos lo ubicaremos.

Bishop estuvo de acuerdo y Gillette transfirió toda la información reservada, como los archivos referentes al personal, a cintas y las reemplazó con ficheros codificados.

Acto seguido Gillette inició la búsqueda de Interpost y, cuando llegaron los resultados, vinieron acompañados del demonio Trapdoor.

—Es como un violador —dijo Linda Sánchez al ver cómo las carpetas del sistema se abrían y cerraban.

La profanación será el crimen del nuevo siglo.

—¡Venga, venga! —daba ánimos Gillette a su programa Hyper-Trace, que soltaba un lánguido *ping* de sonar cada vez que identificaba un nuevo enlace en la cadena de conexión.

—¿Y qué pasa si está usando un anonimatizador? —preguntó Bishop.

—Dudo que lo esté haciendo. Si estuviera en su pellejo andaría deprisa, y me conectaría lo más seguro desde un teléfono público o desde una habitación de hotel. Y usaría una máquina caliente.

—¿Qué es eso? ¿Qué es una máquina caliente?

—Un ordenador que se usa una vez y luego se abandona —le explicó Nolan—. Y que no contiene nada que pueda servir para localizarte.

—Así que podría salir corriendo en cualquier momento.

—Podría, pero no creo que se huela que andamos tras él. Él no nos envía *pings*. Si nos movemos con rapidez quizá seamos capaces de dar con él.

Gillette se inclinó hacia delante, mirando con fijeza la pantalla del ordenador mientras las líneas del HyperTrace iban desde la UCC hacia Phate. Por fin se detuvieron en un enclave situado al nordeste de donde se encontraban.

—¡Tengo su proveedor de servicios! —gritó, leyendo la información que aparecía en su pantalla—. Está conectado a ContraCosta On-Line en Oakland —se volvió hacia Stephen Miller—: Llama ahora mismo a Pac Bell.

La compañía telefónica completaría el rastreo desde ContraCosta On-Line hasta la misma máquina de Phate. Miller habló con el servicio de seguridad de Pac Bell con urgencia.

—Sólo unos pocos minutos —dijo Patricia Nolan con un matiz de tensión en su voz—: Sigue conectado, sigue conectado... Por favor.

Y entonces Stephen Miller, que estaba al teléfono, se puso rígido de repente y esbozó una sonrisa. Dijo:

—Pac Bell lo ha pillado. Está en el motel Bay View, en Freemont.

Bishop sacó el móvil. Llamó a la operadora de la Central y pidió que alertaran al equipo táctico.

—Quiero una operación silenciosa —ordenó—. Que los agentes se presenten allí en cinco minutos. Lo más seguro es que esté sentado frente a la ventana, sospechando el ataque, y tenga el coche en marcha en el aparcamiento. Dígaselo a los chicos del SWAT.

Luego llamó a Huerto Ramírez y a Tim Morgan y les dijo que se dirigieran también al motel.

Tony Mott veía todo esto como una nueva oportunidad de hacer de poli de verdad. No obstante, esta vez Bishop lo sorprendió:

—Vale, agente. Ahora se viene con nosotros. Pero se mantendrá en segundo plano.

—Sí, señor —dijo el joven con gravedad y sacó del armario una nueva caja de munición.

—Creo que con esos dos cargadores que lleva colgando —le comentó Bishop, aludiendo a su cinturón— será más que suficiente, agente.

—Claro. Vale —aunque esperó a que Bishop mirara en otra dirección para introducir un puñado de balas en el bolsillo de su impermeable.

—Tú te vienes conmigo —dijo Bishop a Gillette—. Antes pasaremos a recoger a Bob Shelton. Nos pilla de camino. Y ahora vamos a cazar a un asesino.

El detective Bob Shelton vivía en un barrio modesto cercano a la autovía de San José.

Los patios de las casas estaban llenos de juguetes de plástico de los más jóvenes, y las aceras de coches baratos: Toyotas, Fords, Chevys...

Frank Bishop condujo hasta la casa. No salió de inmediato sino que parecía que se lo estaba pensando. Por fin, habló:

—Quiero decirte una cosa sobre la mujer de Bob... ¿Recuerdas que su hijo murió en un accidente de coche? Ella nunca lo ha superado. Bebe demasiado. Bob dice que ella está enferma. Pero ésa no es la cuestión.

—Entiendo.

Caminaron rápidamente hasta la casa. Bishop llamó al timbre. No se oyó el sonido dentro, pero podían percibir voces lejanas. Voces enfadadas.

Y luego un grito.

Bishop miró a Gillette, dudó un instante y luego comprobó la puerta. No tenía echada la llave. La abrió, con la pistola en la mano. Gillette entró después de él.

La casa estaba hecha un asco. Llena de platos sucios, revistas y ropas amontonadas en la sala. Dentro olía a algo agrio: a una mezcla de ropa sucia y alcohol. Sobre la mesa había una comida que nadie había tocado: dos sándwiches de queso. Era la hora del almuerzo, las doce y media, pero Gillette no supo si los habían preparado para hoy o eran sobras de algún día anterior. No vieron a nadie pero en una habitación contigua oyeron que algo se rompía y luego unos pasos.

Tanto a uno como a otro los sacudió un grito, una voz pastosa de mujer que clamaba:

—¡Estoy de puta madre! Crees que puedes controlarme. No sé por qué diantres piensas eso: tú tienes la culpa de que yo no esté bien.

—Yo no... —dijo la voz de Bob Shelton. Pero sus palabras fueron apagadas por otro estallido de algo que se había caído, o que tal vez le había arrojado su esposa—. Señor —murmuró él—. Mira lo que has hecho.

Desamparados, el hacker y el detective estaban de pie en la sala, sin saber qué hacer una vez que se habían metido en aquel berenjenal doméstico.

—Ya lo limpio yo —murmuró la esposa de Shelton.

—No, ya lo...

—Déjame en paz. No te enteras de nada. Nunca lo has hecho. No puedes entenderlo.

Gillette se fijó en el hueco que abría una puerta a medio volver en una habitación más allá del pasillo. Miró con atención. La habitación era oscura y de allí le llegaba un olor lúgubre. Sin embargo, lo que había llamado su atención no era el olor sino lo que había cerca de la puerta. Una caja de metal cuadrada.

—Mira eso.

—¿Qué es? —preguntó Bishop.

Gillette se agachó y lo examinó. Dejó escapar una carcajada.

—Es una vieja CPU Winchester. Una grande. Ahora nadie las usa pero hace unos años eran lo mejor de lo mejor. La mayor parte de la gente las usaba para mantener tablones de anuncios en las primeras *websites*. Creía que Bob no sabía nada de ordenadores.

Bishop se encogió de hombros y no pareció pensar más en la caja cuadrada. La respuesta a la pregunta de por qué Bob Shelton tenía un disco de servidor nunca se disipó, pues en ese mismo momento el detective caminó por el pasillo y puso cara de susto cuando advirtió la presencia de Bishop y de Gillette.

—Hemos tocado el timbre —dijo Bishop.

Shelton se quedó helado, como si estuviera planteándose cuánto habían llegado a escuchar los dos intrusos.

—¿Emma está bien? —preguntó Bishop.

—Sí —respondió con cautela.

—Pues no sonaba muy... —empezó a decir Bishop.

—Tiene gripe —respondió el otro con rapidez. Miró a Gillette con cara de pocos amigos.

—¿Qué es lo que hace éste aquí?

—Hemos venido a recogerte, Bob. Tenemos una pista sobre Phate en Freemont. Tenemos que darnos prisa.

—¿Una pista?

Bishop le explicó la operación táctica para atrapar a Phate que se estaba preparando con un asalto al motel Bay View.

—Vale —dijo el policía, después de contemplar a su mujer, que ahora lloraba en silencio—. Salgo en un minuto. ¿Puedes esperar en el coche? —luego miró a Gillette—: No lo quiero en mi casa, ¿está claro?

—Por supuesto, Bob.

Esperó a que Bishop y Gillette salieran por la puerta para volver al dormitorio. Vaciló, como si estuviera reuniendo coraje, y luego entró.

Capítulo 00011001 / Veinticinco

Todo se reduce a esto...

Uno de sus mentores en la policía del Estado había compartido los siguientes conocimientos con un principiante Frank Bishop años atrás, cuando iban camino de patear la puerta de un apartamento en la dársena de Oakland. Dentro había unos cinco o seis kilos de algo de lo que los inquilinos no querían desprenderse y unas cuantas armas automáticas que no tenían problema en utilizar.

—Todo se reduce a esto —había dicho el veterano policía—. Olvídate de los refuerzos, de los helicópteros, de los reporteros, de los de Asuntos Públicos, de los jefazos de Sacramento y de las radios y de los ordenadores. Lo único que cuenta eres tú contra el chico malo. Tiras una puerta abajo, persigues a alguien por un callejón oscuro, avanzas hasta el conductor de un coche y el tipo del volante está mirando al frente, y tal vez se trata de un ciudadano modelo, tal vez sostiene su cartera con la licencia o tal vez se agarra el rabo o empuña una pistola Browning .380 con el seguro quitado. ¿Ves adónde quiero llegar?

Traspasar esa puerta era de lo que se trataba cuando uno es policía.

Frank Bishop pensaba en todo lo que aquel hombre le había dicho años atrás, mientras conducían a toda velocidad por la autovía en dirección Freemont, donde Phate seguía asaltando el ordenador de la UCC.

También pensaba en algo que había descubierto en su visita a San Ho, algo que estaba en el historial de Wyatt Gillette: el artículo que el hacker había escrito, donde denominaba al mundo de los ordenadores como la Estancia Azul. En su opinión, era una expresión que se podía aplicar perfectamente a la policía.

«Azul» por el uniforme.

«Estancia» porque el lugar al que uno se dirigía, derribando puertas o corriendo por callejones oscuros o en el asiento del conductor de un coche aparcado, era algo tan indeterminado que resultaba distinto a cualquier otro lugar de este mundo de Dios.

Todo se reduce a esto...

Bob Shelton, aún taciturno por el incidente de su casa, era quien se encontraba al volante. Gillette estaba sentado en el asiento del copiloto. (Shelton no quería ni oír hablar de un recluso sentado detrás de dos agentes.)

—Phate aún está conectado en el chat, tratando de asaltar los archivos de la UCC —dijo Gillette. El hacker estudiaba la pantalla de un portátil, conectado a la red por medio de un teléfono móvil.

Llegaron al motel Bay View. Bob Shelton frenó con fuerza y se adentraron en un aparcamiento donde un policía uniformado daba instrucciones.

En el aparcamiento había una docena de coches de la policía del Estado y de los patrulleros, y un grupo de policías de uniforme, en ropa de calle y que vestía chalecos antibalas, hacía corro allí mismo. Este aparcamiento era contiguo al motel Bay View pero no se veía desde sus ventanas.

En otro Crown Victoria venían Linda Sánchez y el aspirante a policía Tony Mott, parapetado (a pesar de la niebla y del cielo encapotado) tras sus gafas de sol Oakley y vistiendo guantes de tiro de caucho. Frank Bishop se preguntó cómo lograría que Mott no se hiciera daño ni pusiera a nadie en peligro durante la operación.

El elegante Tim Morgan, que hoy vestía un traje con chaleco color verde bosque de corte impecable (de no ser por el chaleco antibalas), advirtió la presencia de Bishop y de Shelton, corrió hacia el coche y se inclinó frente a la ventanilla.

—Hace dos horas —dijo, tras recuperar el resuello—, un tipo que concuerda con la descripción de Holloway se registró con el nombre de Fred Lawson. Pagó en metálico. Rellenó la información sobre su coche en la tarjeta de registro del motel, pero no hay ninguno que coincida. Lo que ha escrito en la tarjeta se lo ha inventado. Está en la habitación dieciocho. Tiene las cortinas corridas pero aún está al teléfono.

—¿Todavía sigue on-line? —preguntó Bishop a Gillette.

—Sí —respondió el hacker tras haber consultado su portátil.

Bishop, Shelton y Gillette salieron del coche. Se les unieron Sánchez y Mott.

—Al —llamó Bishop a un agente negro muy fuerte. Alonso Johnson era el jefe del equipo de fuerzas especiales de la policía del Estado en San José. A Bishop le gustaba, pues era tan calmado y metódico como peligroso y entusiasta podía ser un policía inexperto como, digamos, Tony Mott—. ¿Cuál es la situación?

El de fuerzas especiales abrió un plano del motel.

—Hemos apostado agentes aquí, aquí y aquí —señaló varios puntos en el plano—. No tenemos mucha libertad de acción. Será la típica detención de motel. Primero aseguramos las habitaciones de los lados y la de arriba. Luego echamos la puerta abajo: tenemos una llave maestra y un cortafríos. Entramos y lo agarramos. Si trata de escapar por el patio se las verá con un segundo equipo esperándolo fuera. Y hemos puesto algunos tiradores, por si está armado.

Bishop alzó la vista y observó que Tony Mott se colocaba un chaleco antibalas y asía un pequeño rifle automático y lo estudiaba con deleite. Con los maillots de ciclista y las gafas de sol parecía un personaje de película de ciencia ficción mala. Bishop lo alejó del grupo y le preguntó, señalando la automática:

—¿Qué haces con eso?

—He pensado que necesitaríamos una buena potencia de tiro.

—¿Ha disparado un arma así antes, oficial?

—Cualquiera puede...

—¿Alguna vez ha disparado un rifle? —repitió Bishop, pacientemente.

—¡Claro!

—¿Desde los entrenamientos de tiro de la academia?

—No exactamente. Pero...

—Déjela donde la ha encontrado —dijo Bishop.

—Y, agente... —murmuró Alonso Johnson —: Pierda las gafas —le hizo un gesto a Bishop.

Mott salió del grupo y fue a devolverle el arma a uno de los de operaciones especiales.

Linda Sánchez, quien estaba hablando por teléfono móvil (con su extremadamente embarazada hija, sin duda alguna) se colocó al final del grupo. Ella no necesitaba que nadie le recordara que las operaciones tácticas no eran su especialidad.

Entonces Johnson movió la cabeza: acababa de recibir una transmisión. Hizo varios leves gestos de asentimiento y luego alzó la vista:

—Estamos listos.

—Adelante —dijo Bishop de manera despreocupada, como si estuviera cediendo el paso en un ascensor.

El comandante de los SWAT asintió y habló por el pequeño micrófono. Luego dirigió a media docena de agentes que lo siguieron corriendo entre un grupo de arbustos, en dirección al motel. Tony Mott fue detrás, guardando las distancias tal y como le habían ordenado.

Bishop fue al coche y con la radio captó la frecuencia de los de operaciones especiales.

Todo se reduce a esto...

Escuchó, en sus auriculares, la voz de Johnson que decía: «¡Vamos, vamos, vamos!».

Bishop se tensó y se inclinó hacia delante. Se preguntaba si Phate estaría esperándolos. ¿Podrían sorprenderlo? ¿Qué sucedería?

Pero la respuesta fue: nada.

Se oyó una transmisión ruidosa en su radio. Alonso Johnson hablaba:

—Frank, la habitación está vacía. No se encuentra aquí.

—¿Que no está allí? —preguntó Bishop, sin creérselo. Se preguntó si se habrían equivocado de número de habitación.

Johnson volvió a hablar por la radio, mientras se desprendía del casco y de los guantes

—Se ha ido.

Bishop se volvió hacia Wyatt Gillette, quien ojeaba la pantalla de su ordenador en el asiento trasero del Crown Victoria. Phate continuaba conectado al chat y Trapdoor seguía tratando de descifrar la carpeta de ficheros de personal. Gillette señaló la pantalla y se encogió de hombros.

—Podemos verlo trasmitiendo desde el motel. Tiene que estar ahí —radió el detective a Johnson.

—Negativo, Frank —fue la respuesta del SWAT—. La habitación está vacía, salvo por un ordenador conectado a la línea telefónica. Y un par de latas de Mountain View. Media docena de cajas de disquetes. Eso es todo. Ni maletas ni ropas.

—Vale, Al —respondió Bishop—. Vamos a entrar todos a echar un vistazo.

Dentro de la cerrada y calurosa habitación del motel había media docena de agentes abriendo cajones y buscando en los armarios. Tony Mott se quedó en una esquina, buscando pruebas con tanta diligencia como los demás. El casco de soldado Kevlar le sentaba mucho peor que el de ciclista.

Bishop empujó a Gillette hacia el ordenador, colocado sobre un escritorio barato. Vio el programa de decodificación en la pantalla. Tecleó algunos comandos y luego frunció el entrecejo.

—Vaya, es falso. Este software descripta el mismo párrafo una y otra vez.

—Así que nos ha engañado para que creyéramos que se encontraba aquí —resumió Bishop—. ¿Con qué motivo?

Lo discutieron durante algunos minutos, pero nadie parecía extraer una conclusión sólida. Hasta que Wyatt Gillette abrió la tapa de lo que parecía una gran caja de almacenamiento de disquetes y echó una ojeada dentro. Vio una caja de metal pintada de verde oliva, con las siguientes letras escritas con plantilla:

CARGA ANTIPERSONAL
EJÉRCITO U.S.A.
ESTE LADO CONTRA EL ENEMIGO.

Estaba conectada a lo que parecía un receptor de radio, en el que palpitaba rápidamente una única lucecilla roja.

Capítulo 00011010 / Veintiséis

Resulta que Phate sí se hallaba en un motel en ese momento. Y que el motel también estaba en Freemont, California. Asimismo, él se encontraba enfrente de un ordenador portátil.

Pero el motel era un Ramada Inn a unos tres kilómetros del Bay View, donde Gillette (ese Judas traicionero), en compañía de otros policías de la UCC y de docenas de agentes de los cuerpos especiales, estaba sin lugar a dudas dejando la habitación a toda prisa para escapar de la bomba antipersonal que podía explotar en cualquier segundo.

Aunque eso no sucedería: la caja estaba llena de arena y de lo único que ese dispositivo era capaz era de atemorizar a cualquiera que estuviera lo bastante cerca como para ver la luz intermitente (en realidad creada para la televisión) del supuesto detonador.

Por supuesto, a Phate no le interesaba matar a sus adversarios de esa manera, ni en ese instante. Ésa hubiera sido una táctica demasiado patosa para alguien como Phate, cuyo objetivo, como el de cualquier jugador del *Access* de los MUD, era acercase a las víctimas lo bastante como para sentir los latidos desgarrados de su corazón antes de clavarles un cuchillo en él. Por otra parte, asesinar a una docena de policías habría llamado la atención de los federales y él se habría visto forzado a dejar su juego aquí, en Silicon Valley. No, le bastaba con hacer que Gillette y los policías de la UCC anduvieran ocupados durante una hora en Bay View mientras los artificieros inspeccionaban el supuesto artefacto explosivo: eso le daba una oportunidad para hacer lo planeado: servirse de la máquina de la Unidad de Crímenes Computerizados para entrar en ISLEnet.

Phate había jugado en infinidad de ocasiones con Valleyman y sabía que éste predeciría que Phate intentaría introducirse en la máquina de la UCC, y que Gillette lo intentaría rastrear cuando lo hiciera.

Por eso, una vez que Trapdoor se hubo infiltrado en el ordenador de la UCC, Phate arrancó el *chatterbot* en su máquina caliente para hacer creer a los policías que se encontraba en Bay View. Había dejado que su bot conversara con los chavales del #hack y se había desplazado hasta este sitio, donde tenía un segundo portátil encendido, listo para usar, conectado a la red por medio de una conexión de móvil imposible de rastrear a través de un proveedor de Internet de Carolina del Sur, que a su vez lo enlazaba con una plataforma de lanzamiento anónima de Praga.

En ese momento, Phate estudiaba algunos ficheros que había copiado cuando entró por primera vez en el sistema de la UCC. Estos ficheros habían sido borrados pero no destruidos (es decir, no habían sido desintegrados para siempre) y ahora los recomponía fácilmente, con ayuda de Restore8, un potente programa antiborrado. Encontró el número de identificación del ordenador de la UCC y, un segundo después, estos datos:

Sistema: ISLEnet
Login: RobertSShelton
Contraseña: BlueFord
Base de Datos: Archivos de Actividades Criminales de la Policía del Estado de California.
Objeto de búsqueda: (Wyatt Gillette o Gillette, Wyatt o *Knights of Access* o, Gillette, W.) Y (compute* o hack*).

Entonces alteró la identidad de su mismo ordenador portátil y el número de identificación, equiparándolos a los de la máquina de la

UCC, para ordenar al módem que marcara el número telefónico de acceso a ISLEnet. Escuchó los silbidos y los zumbidos del apretón de manos electrónico. En ese instante el cortafuegos que protegía IS-LEnet podría haber rechazado la petición del extraño para acceder al sistema pero, al aparecer el ordenador de Phate como si fuera de la UCC, ISLEnet lo reconoció como un «sistema de confianza» y dio la bienvenida a Phate. Entonces el sistema le preguntó:

¿Nombre de Usuario?

Phate escribió: RobertSShelton

¿Contraseña?

Tecleó: Blueford

En ese momento la pantalla se quedó en blanco y aparecieron unos gráficos muy aburridos, seguidos de:

Sistema Integrado de las Agencias de Cumplimiento
de la Ley de California.
Menú principal
Departamento de Vehículos Motorizados
Policía del Estado
Departamento de Archivos Vitales
Servicios Forenses
Agencias Locales
    Los Ángeles
    Sacramento
    San Francisco
    San Diego
    Condado de Monterrey
    Condado Orange
    Condado de Santa Bárbara
    Otro

Oficina del Fiscal del Estado
Agencias Federales
    FBI
    AFT
    Tesoro
    U.S. Marshals
    Hacienda
    Correos
    Otro
Policía Federal Mexicana, Tijuana
Relaciones Legislativas
Administración de Sistemas

Como un león que ha atrapado a una gacela por el cuello, Phate
fue directo al fichero de administración de sistemas. Descifró la contraseña y tomó control del directorio raíz, lo que le daba acceso total
a ISLEnet y a todos los sistemas a los que ISLEnet estaba conectada.

Entonces volvió al menú principal:

Policía del Estado
    División de patrulleros
    Recursos Humanos
    Contabilidad
    Crímenes Computerizados
    Crímenes Violentos
    Delitos Juveniles
    Archivo de Actividades Criminales
    Procesamiento de Datos
    Funciones Administrativas
    Fuerzas Especiales
    Crímenes Mayores
    Departamento Legal
    Gestión de Sedes
    Órdenes de Capturas Sobresalientes

Phate no necesitó perder ni un segundo para tomar una decisión. Sabía exactamente dónde quería ir.

Los artificieros habían sacado la caja gris fuera del motel Bay View y la habían desmantelado, para toparse con que estaba llena de arena.

—¿Cuál puede ser su propósito? —saltó Shelton—. ¿Forma parte de sus putos juegos? ¿Quiere liarnos?

Bishop se encogió de hombros.

Los artificieros también habían pasado detectores de nitrógeno al ordenador de Phate y declararon que no contenía explosivos. Entonces, Gillette le echó un rápido vistazo. La máquina contenía cientos de ficheros: abrió algunos de forma aleatoria.

—Son morralla.

—¿Están codificados? —preguntó Bishop.

—No: tan sólo son trozos de libros, páginas web, gráficos. Todo relleno —Gillette miró al techo, guiñando los ojos y tecleando en el aire—. ¿Qué significa todo esto? ¿Para qué la falsa bomba, el *chatterbot,* los ficheros morralla?

—Phate ha montado todo esto para sacarnos de la oficina —dijo Tony Mott, quien se había desprendido del casco y del chaleco antibalas—, para tenernos ocupados. ¿Por qué?...

—Dios santo —cayó en la cuenta Gillette—: ¡Sé la razón!

También lo sabía Frank Bishop. Miró al hacker y dijo con rapidez:

—¡Trata de meterse en ISLEnet!

—¡Sí! —confirmó Gillette. Agarró un teléfono y llamó a la UCC.

—Crímenes Computerizados. Sargento Miller al habla.

—Soy Wyatt. Escucha...

—¿Lo habéis encontrado?

—No. Escúchame. Llama al administrador de sistemas de ISLEnet y dile que suspenda todo el sistema. Ahora mismo.

Una pausa.

—No lo harán —dijo Miller—. Es...

—¡Tienen que hacerlo! ¡Ahora! Phate trata de meterse en él. Es probable que esté dentro. Que no lo cierre: que lo suspenda. Eso me dará una oportunidad para evaluar los daños.

—Pero todo el Estado lo utiliza...

—¡Tienes que hacerlo ahora mismo!

—¡Es una orden, Miller! ¡Ahora! —dijo Bishop, que le había arrancado el teléfono de las manos a Gillette.

—Vale, vale. Llamaré. No les va a gustar nada, pero les llamaré.

Gillette colgó.

—No hemos pensado con detenimiento. Todo esto era una encerrona: desde colgar la foto en la red, hasta traernos aquí, pasando por meterse en el ordenador de la UCC. Mierda, pensaba que le llevábamos la delantera.

Linda Sánchez registró todas las pruebas, a las que adhirió tarjetas de custodia policial, y cargó los discos y el ordenador en las cajas de cartón plegables que, como si se tratara del servicio de mudanzas del Mayflower, se había traído consigo. Guardaron todas sus herramientas y salieron de la habitación.

Cuando Frank Bishop y Gillette caminaban hacia su coche, el primero de ellos divisó la figura de un hombre delgado con bigote que los estaba observando desde un extremo del aparcamiento.

Le sonaba de algo y en un segundo recordó quién era: Charles Pittman, detective del condado de Santa Clara.

—No puedo permitir que meta la nariz en nuestras operaciones —dijo Bishop—. La mitad de esos tipos del condado creen que hacer vigilancia equivale a irse de fiesta —caminó hacia Pittman pero el agente ya se había metido en su coche de paisano. Arrancó y se fue.

Bishop sacó el móvil y marcó el teléfono de la oficina del sheriff del condado. Le pasaron con el contestador de Pittman y dejó un mensaje pidiéndole que lo llamara sin falta. Dejó su número de móvil.

Bob Shelton recibió una llamada, escuchó y luego colgó.

—Era Stephen Miller. El administrador de sistemas está que rabia pero ha suspendido ISLEnet —el policía gritó a Gillette—: ¡Dijiste que ibas a cerciorarte de que él no pudiera tener acceso a ISLEnet!

—Y me cercioré —respondió Gillette con calma—. Saqué el sistema de la red y borré cualquier referencia a nombres de usuario o contraseñas. Lo más seguro es que haya conseguido entrar en ISLEnet porque tú volviste a conectarte desde la UCC para investigarme. Habrá encontrado el número de identificación de la máquina para pasar por el cortafuegos y luego se habrá infiltrado con tu nombre de usuario y tu contraseña.

—Imposible. Los borré.

—¿Borraste todo el espacio vacío del disco? ¿Sobreescribiste los ficheros *temp* y *slack*? ¿Codificaste las anotaciones de actividades y las sobreescribiste?

Shelton estaba sin habla. Dejó de mirar a Gillette y observó los rápidos jirones de nube que iban en dirección de la bahía de San Francisco.

—No, no lo hiciste —dijo Gillette—. Así es como ha podido conectarse. Arrancó un programa antiborrado y obtuvo todo lo que necesitaba para introducirse en ISLEnet. Así que no me eches tu mierda a mí.

—Bueno, si no hubieras mentido sobre Valleyman y no te hubieras callado que conocías a Phate, no me habría conectado —respondió Shelton, a la defensiva.

Gillette se dio la vuelta enfadado y prosiguió su camino hacia el Crown Victoria. Bishop estaba a su lado, ausente.

—¿A qué tendría acceso Phate, de estar en ISLEnet? —le preguntó Gillette al detective.

—A todo —dijo Bishop—. Tendría acceso a todo.

Gillette salió del coche antes de que Bishop lo detuviera del todo en el aparcamiento de la UCC. Entró corriendo.

—¿Informe de daños? —preguntó. Tanto Miller como Patricia Nolan estaban en sendas terminales, pero él había dirigido su pregunta a Patricia Nolan.

—El administrador de sistemas ha cambiado las claves y la dirección y ha añadido nuevos cortafuegos —respondió ella—. Siguen desconectados de la red, pero uno de sus ayudantes ha traído un disco *log* de anotación de actividades. Lo estoy examinando ahora mismo.

Los ficheros *log* retienen información sobre el número de usuarios que se han conectado a un sistema, por cuánto tiempo lo han hecho y si han accedido a otro sistema mientras estaban conectados.

Gillette se puso manos a la obra y comenzó a teclear con furia. Abstraído, asió la taza de café de la mañana, dio un sorbo y sintió un escalofrío provocado por el líquido amargo y frío. Dejó la taza y volvió a mirar la pantalla, golpeando las teclas mientras se adentraba en los ficheros *log* de ISLEnet.

Un instante más tarde se dio cuenta de que Patricia Nolan se había sentado a su lado. Ella le acercó una taza de café recién hecho. Él la miró:

—Gracias.

Ella le brindó una sonrisa y le devolvió la mirada, que mantuvo más de lo normal. Al tenerla sentada tan cerca, Gillette pudo advertir que ella tenía tensa la piel de la cara, y supuso que quizá se había tomado tan en serio lo de su plan por mejorar de aspecto que se había realizado una intervención de cirugía plástica. Intuyó que si ella se aplicara menos maquillaje, comprara ropas mejores y dejara de echarse el pelo hacia la cara cada pocos minutos podría resultar atractiva. No sería ni bella ni fina, pero sí guapa.

Volvió a la pantalla y siguió tecleando. Sus dedos percutían con enfado. No dejaba de pensar en Bob Shelton. ¿Cómo alguien que sabía de ordenadores lo bastante como para tener un disco servidor Winchester podía ser tan descuidado?

Por fin, se dejó caer sobre el respaldo de su silla y anunció:

—No es tan grave como creíamos. Se metió en ISLEnet, pero sólo cuarenta segundos antes de que Stephen Miller hiciera suspender el sistema.

—Cuarenta segundos —dijo Bishop—. ¿Eso es tiempo suficiente como para conseguir algo útil?

—Ni hablar —respondió el hacker—. Habrá echado una ojeada a los menús principales y conseguido un par de ficheros, pero en todo eso no hay nada que temer. Para entrar en los ficheros clasificados tendría que haberse agenciado contraseñas, y para ello habría necesitado arrancar un programa de *cracking*. Y eso no lleva menos de media hora.

En el mundo de fuera eran las cinco de la tarde, volvía a llover y la renuente hora punta venía de camino. Pero ni las mañanas, ni las tardes ni las noches existen para los hackers. Todo se divide entre el tiempo que uno pasa en la Estancia Azul y el tiempo que no lo hace.

Phate estaba desconectado, por el momento.

Aunque por supuesto se encontraba frente a su ordenador en ese remedo de hogar que tenía en Los Altos. Estudiaba páginas y páginas de datos que había descargado de ISLEnet.

La Unidad de Crímenes Computerizados creía que Phate no había estado más de cuarenta segundos conectado a ISLEnet. No obstante, no sabían que, tan pronto como se infiltró en el sistema, uno de los inteligentes demonios de Trapdoor había tomado el control del reloj interno y reescrito todas las conexiones y *logs* de descarga. En realidad, Phate había pasado cincuenta y dos deliciosos minutos dentro de ISLEnet, descargando gigas y gigas de información.

Gran parte de esta información era común, pero otra parte era tan secreta que sólo había un puñado de agentes del Estado o federales a quienes se les permitía cotejarla: números de acceso y contraseñas para ordenadores gubernamentales de alto secreto, códigos de asalto de operaciones especiales, ficheros encriptados sobre operaciones en curso, procedimientos de vigilancia, reglas de confrontación, información clasificada sobre la policía del Estado, el FBI, el Departamento de Bebidas Alcohólicas, Tabaco y Armas de Fuego, el Servicio Secreto y la mayor parte de las agencias que velan por el cumplimiento de la ley.

Ahora, mientras la lluvia serpenteaba por las ventanas de su casa, Phate estaba observando uno de esos ficheros clasificados: el de Recursos Humanos de la policía estatal. A diferencia de los ficheros de personal falsos que Gillette había utilizado como cebo, éstos eran reales y contenían información sobre cada empleado de la policía estatal de California: tanto de los administrativos como de los agentes o del personal de apoyo. Había un montón de subcarpetas, pero en ese instante a Phate sólo le interesaba la que estaba revisando. Estaba etiquetada como «División de detectives».

4. Acceso

«Internet es tan segura como un colmado del este de Los Ángeles un sábado por la noche.»

JONATHAN LITTMAN, *The Fugitive Game*

Capítulo 00011011 / Veintisiete

Durante el resto del día, el equipo de la Unidad de Crímenes Computerizados estuvo revisando los informes del motel Bay View: siguieron buscando alguna pista que los llevara a Phate y escucharon los escáneres de las frecuencias de la policía para saber si se habían cometido más asesinatos.

Huerto Ramírez y Tim Morgan habían interrogado a la mayoría de los huéspedes del motel y de las zonas adyacentes, y no encontraron ningún testigo que pudiera dar razón del tipo de coche o de furgoneta que había estado conduciendo Phate.

El dependiente de un 7-Eleven de Freemont había vendido, unas horas antes, seis latas de soda Mountain View a alguien que se ajustaba a la descripción de Phate. Pero el asesino no había dicho nada que pudiera ayudar a su localización. Nadie, tanto dentro como fuera de la tienda de ultramarinos, había llegado a ver el tipo de coche que conducía.

La búsqueda de los de Escena del Crimen en el cuarto del motel había revelado marcas de soda Mountain View derramada sobre el escritorio, fragmentos de asfalto en la moqueta (proveniente del aparcamiento del motel, como se supo luego), grava de origen no determinado, huellas de pisadas de calzado que no tenía una forma particular que pudiera ser localizada o que los pudiera ayudar a rastrearlo.

Gillette ayudó a Stephen Miller, Sánchez, y Tony Mott a realizar el análisis forense del ordenador olvidado en la habitación. El hacker les informó de que, de hecho, se trataba de una máquina caliente, cargada justamente con el software necesario para llevar a cabo el acto de piratería. Nada de lo que contenía podía dar alguna información sobre el paradero de Phate. El número de serie del Toshiba indicaba que éste había formado parte de un cargamento enviado al Computer World de Chicago hacía seis meses. El comprador había pagado en metálico y no se había molestado en rellenar la póliza de garantía, ni tampoco se había registrado on-line.

Todos los disquetes de ordenador que el asesino había dejado en la habitación estaban vacíos. Linda Sánchez, reina de los arqueólogos informáticos, había probado cada uno de ellos con el programa Restore8, y ninguno había sido usado nunca. La pobre Sánchez seguía preocupada por su hija y la llamaba a cada rato para ver cómo se encontraba. Estaba claro que quería visitar a la pobre chica, y por eso Bishop le dijo que se fuera a casa. También dio permiso al resto de la tropa, y Miller y Mott se marcharon para cenar e irse a dormir.

Por otra parte, Patricia Nolan no tenía prisa por irse a su hotel. Se sentó junto a Gillette y ambos estuvieron buscando en los disquetes de ISLEnet, tratando de explicarse la actuación del inteligente demonio Trapdoor. En cualquier caso, no encontraron nada y Gillette supuso que el demonio se había suicidado.

Hubo un momento en que Gillette se inclinó hacia delante, chasqueó sus nudillos y se estiró. Bishop advirtió que miraba un montón de papeles de color rosa en los que se dejaban los recados telefónicos: se le iluminó la cara, y se lanzó a recogerlos. El detective vio que el hacker quedó claramente decepcionado cuando comprobó que ninguno de los recados era para él: lo más seguro es que le fastidiara que su mujer no hubiera llamado, tal como se lo había suplicado la noche anterior.

Bueno, Frank Bishop sabía que los sentimientos sobre seres queridos no quedaban reservados únicamente para los ciudadanos civilizados. Había detenido a docenas de asesinos despreciables que se habían echado a llorar cuando se los llevaban esposados: y no por pensar en los años que les esperaban en el patio de una cárcel, sino porque los separarían de sus mujeres y de sus hijos.

Bishop advirtió que los dedos del hacker volvían a teclear (no «mecanografiar») en el aire, mientras miraba al techo. ¿Estaría escribiéndole algo a su esposa en ese momento? ¿O acaso estaba anhelando a su padre (el ingeniero que trabajaba en los polvorientos desiertos de Oriente Medio) o confesándole a su hermano que le gustaría pasar una temporada en el Oeste cuando lo soltaran?

—Nada —murmuró Nolan—. Así no vamos a ningún lado.

Por un instante, Bishop sintió en sus carnes la misma desesperación que advertía en la cara de ella. Pero entonces se dijo: «Vamos a ver... Me he entretenido». Se dio cuenta de que había caído bajo el influjo hipnótico y adictivo del Mundo de la Máquina: como el mismo Phate. Había bifurcado sus pensamientos. Fue a la pizarra blanca y observó las anotaciones realizadas sobre las pruebas, las páginas impresas y las imágenes pegadas al tablero.

Haz algo con eso...

Bishop vio una copia de la terrible fotografía de Lara Gibson.

Haz algo...

El detective se arrimó a la fotografía y la observó de cerca.

—Mira esto —le dijo a Shelton. El robusto y malhumorado policía se le unió.

—¿Qué pasa con esto?

—¿Qué ves?

—No sé —respondió Shelton, encogiéndose de hombros—. No sé adónde quieres ir a parar. ¿Qué ves tú?

—Veo pruebas —respondió Bishop—. Las paredes, el suelo..., todas esas otras cosas de la fotografía. Todo eso nos puede dar alguna información sobre el lugar donde Phate la mató, me juego el cuello.

Bishop era consciente de que no podían desestimar la ayuda cibernética a la hora de encontrar a Phate, pero también de que cometerían un error si se olvidaban de que ese hombre era, antes que nada, un asesino sin sentimientos, como tantos otros a los que Frank Bishop había dado caza en la zona de la bahía, a los que había detenido siguiendo los viejos métodos policiales de toda la vida. Olvídate de los ordenadores, olvida la Estancia Azul.

En la foto se veía a la desafortunada chica en primer plano. Bishop observó otras cosas que también se podían atisbar en la misma instantánea: que el suelo donde yacía era de baldosas verdes. Que había un conducto de metal galvanizado de forma rectangular que salía de un aparato beige de aire acondicionado, aunque a lo mejor era una caldera. La pared era de planchas de yeso Sheetrock, unidas por alcayatas de madera. Aquello era un cuarto de calderas de un sótano sin terminar. Uno alcanzaba a ver una puerta pintada de blanco y un cubo de basura lleno hasta los topes.

—¿Qué puede decirnos todo eso? —se preguntó Gillette.

—Quizá nos pueda dar alguna pista sobre la ubicación de la casa —respondió Bishop—. Se la enviaremos al FBI. Allí sus técnicos podrán echarle un vistazo.

—No sé, Frank —dijo Shelton, negando con la cabeza—. Parece muy listo para mear donde come. Y esto es demasiado rastreable —señaló la fotografía—: Seguro que la mató en otro sitio. Eso no es su casa.

—No estoy de acuerdo —repuso Nolan—. Estoy de acuerdo con que es listo, pero no ve las cosas como nosotros.

—¿A qué te refieres?

Gillette parecía haberlo entendido a la primera.

—Phate no piensa en el Mundo Real. Tratará de borrar cualquier huella o prueba en el ordenador, pero pasará por alto las pistas físicas.

—Ese sótano parece bastante nuevo —dijo Bishop, mirando la foto—. Y también la caldera. O el aire acondicionado, o lo que sea. Los del FBI serán capaces de descubrir si hay algún constructor particular que utiliza esa clase de materiales. Podríamos circunscribir la zona del edificio.

—Es improbable —replicó Shelton, encogiéndose de hombros—. Pero, de todas formas, no tenemos nada que perder.

Bishop llamó a un amigo suyo que trabajaba en el FBI. Le habló de la foto y le dijo lo que necesitaban. Conversaron un poco más y luego colgó.

—Él mismo va a descargar un original de la foto y luego lo enviará al laboratorio —dijo Bishop. Entonces el detective vio que en un escritorio cercano había un gran sobre a su nombre. La etiqueta del sobre rezaba que provenía del Departamento de la División Central de Expedientes Juveniles de la policía estatal; debía de haber llegado mientras se encontraban en el Bay View. Lo abrió y leyó su contenido. Se trataba del expediente del juicio de Gillette cuando aún era un menor, era el informe que había solicitado cuando el hacker se dio a la fuga la noche anterior. Lo dejó caer sobre el escritorio y, acto seguido, miró la hora en el polvoriento reloj de pared. Eran las diez y media de la noche.

—Creo que todos nos merecemos un descanso —dijo.

Shelton no había dicho nada sobre su esposa pero Bishop sabía que deseaba volver a casa para verla. El fornido detective se fue, lanzando un saludo a su compañero: «Nos vemos mañana, Frank». También sonrió a Nolan. En cambio, para Gillette no hubo ni una palabra ni un gesto de despedida.

—No pienso pasar otra noche más aquí —le dijo Bishop a Gillette—. Me voy a casa. Y tú vienes conmigo.

Cuando oyó esas palabras, Patricia Nolan volvió la cabeza hacia Gillette.

—Tengo mucho espacio en mi habitación —dijo, como dejándolo caer—. La empresa me paga la suite. Estás invitado, si lo deseas. Tengo un gran mini bar.

—Ya voy camino del paro con este caso lo bastante deprisa —replicó el detective tras haberse reído—. Creo que será mejor que se venga conmigo. Ya sabes, sigue siendo un recluso en libertad vigilada.

Nolan se tomó bien su derrota: Bishop intuyó que ella había empezado a desechar a Gillette como objeto amoroso. Nolan buscó su bolso, una pila de disquetes y su portátil, y se largó.

—¿Te importa si hacemos una parada por el camino? —preguntó el hacker a Bishop mientras ambos salían por la puerta.

—¿Una parada?

—Hay algo que quiero comprar —dijo Gillette—. Vaya, y ya que tratamos el tema, ¿me podrías prestar un par de dólares?

Capítulo 00011100 / Veintiocho

—Hemos llegado —dijo Bishop.

Habían aparcado frente a una casa estilo rancho, pequeña pero ubicada en una zona frondosa que parecía ser de unos dos mil metros cuadrados, algo nada irrisorio para aquella parte de Silicon Valley.

Gillette preguntó en qué municipio se encontraban y Bishop le dijo que en Mountain View.

—Claro que desde aquí no se ve exactamente ningún monte. La única vista que tenemos es la del Dodge de mi vecino un poco más allá y, cuando sale un día claro, la de ese hangar de allí, en el campo de Moffett —señalaba un punto al norte, más allá de las luces de los coches que cruzaban la autopista 101.

Caminaron por la tortuosa acera, que estaba llena de hoyos y de bollos.

—Cuidado aquí —dijo Bishop—. A ver cuándo puedo ponerme a arreglar eso. Todo se debe a que a un paso tenemos la falla de San Andrés: está a unos seis kilómetros de aquí, en esa dirección. Ah, y límpiate los zapatos en el felpudo, haz el favor.

Giró la llave en la puerta y dejó pasar al hacker.

Jennie, la esposa de Frank Bishop, era una mujer bajita de unos treinta y tantos años. Tenía el rostro redondo y no era guapa, pero sí atractiva. Mientras Bishop parecía salido de los años cincuenta, con sus patillas, sus camisas de manga corta y su pelo con fijador, ella era un ama de casa de su tiempo. Pelo largo recogido en coleta, vaqueros y una camisa de diseño. Era delgada y atlética aunque Gillette, que acababa de salir de la cárcel y andaba rodeado de morenos californianos, juzgó que estaba un poco pálida.

Ella no pareció extrañarse (ni siquiera aparentó sorpresa) por el hecho de que su marido hubiera traído a un convicto a pasar la noche, y Gillette supuso que el detective la había llamado con anterioridad, para ponerla en antecedentes.

—¿Habéis comido? —preguntó ella.

—No —dijo Bishop.

Pero Gillette alzó la bolsa de papel que contenía lo que se había parado a comprar por el camino y dijo:

—A mí me vale con esto.

Con desenfado, Jennie le arrancó la bolsa de la mano y miró en su interior. Se rió.

—No vas a cenar Pop-Tarts. Necesitas comida de verdad.

—No, en serio... —con una sonrisa en la cara y mucha pena en el corazón Gillette vio desaparecer las galletas rellenas de mermelada en la cocina.

Tan cerca, y aun así tan lejos...

Bishop se desató los cordones, se quitó los zapatos y se puso unas zapatillas indias. El hacker se quitó los zapatos y, con los pies descalzos, se quedó en medio de la sala, mirando a su alrededor.

El lugar le recordaba a las casas en las que había vivido de niño. Moqueta blanca de un lado a otro, pidiendo a gritos que la cambiaran. Los muebles eran de grandes almacenes. El televisor era caro y el equipo de música barato. La desportillada mesa tenía las alas abiertas y esta noche hacía las funciones de escritorio: daba la impresión de que era día de pagar facturas. Había doce sobres cuidadosamente dispuestos para ser enviados: Pacific Bell, Mervyn's, MasterCard, Visa.

Gillette echó una ojeada a algunas de las numerosas fotos enmarcadas sobre la repisa. Había como cinco o seis docenas de ellas. La foto de la boda revelaba a un Frank Bishop idéntico al de hoy, patillas y fijador incluidos (aunque la blanca camisa bajo la chaqueta del esmoquin quedaba bien amarrada al pantalón por el fajín).

Bishop vio que Gillette las estudiaba.

—Jennie dice que somos TeleMarcos. Nosotros solos tenemos más fotos que dos familias juntas en toda esta manzana —señaló la parte trasera de la casa. Había muchas más en el dormitorio y en el baño—. Esa que estás mirando: ésos son mi padre y mi madre.

—¿Él era un sabueso? Espera, ¿te molesta que te llamen sabueso?

—¿Te molesta que te llamen hacker?

—No —Gillette se había encogido de hombros—. No, me pega.

—Lo mismo en mi caso. Pero no, mi padre tenía una empresa de artes gráficas en Oakland. Bishop e Hijos. Aunque lo de «hijos» no es del todo exacto pues dos de mis hermanas la llevan ahora, junto con la mayor parte de mis hermanos.

—¿Dos de mis...? —dijo Gillette, alzando una ceja—. ¿La mayor parte de...?

Bishop se rió.

—Soy el octavo de nueve hijos. Cuatro chicas y cinco chicos.

—Eso sí que es una familia numerosa.

—Tengo veintinueve sobrinos.

Gillette vio la foto de un hombre delgado que vestía una camisa tan abolsada como la de Bishop y que estaba apostado frente a un edificio de una planta en cuya fachada se leía «Bishop e Hijos Imprenta y Cajistería».

—¿No quisiste seguir en el negocio?

—Me gustaba la idea de continuar el negocio familiar —sujetó la foto y la miró—. Creo que la familia es lo más importante del mundo. Pero debo decirte que soy muy malo en cuanto a imprentas se refiere. Es aburrido, ¿sabes? Lo que pasa con ser un sabueso es que... ¿Cómo podría decirlo? Es que es algo infinito. Cada día te encuentras algo nuevo. Y cuando crees que ya te has hecho a la idea de cómo funciona la mente criminal, de pronto ¡zas!, encuentras una perspectiva totalmente distinta.

Oyeron un ruido. Se volvieron.

—Mira a quién tenemos aquí —dijo Bishop.

Un chaval de unos ocho años los espiaba desde el pasillo.

—Ven aquí, jovencito.

El chaval entró en la sala vistiendo un pijama con motivos de pequeños dinosaurios y miró a Gillette.

—Dile hola al señor Gillette, hijo. Éste es Brandon.

—Hola.

—Hola, Brandon —dijo Gillette—. Aún estás levantado, ¿eh?

—Me gusta darle las buenas noches a mi padre. Mi mamá me deja si él no llega muy tarde.

—El señor Gillette escribe software para ordenadores.

—¿Escribes *script*? —preguntó el chico con entusiasmo.

—Eso mismo —dijo Gillette, riendo por la forma tan rápida en que la abreviatura de software de los programadores había salido de la boca del chico.

—Nosotros escribimos programas en el laboratorio de ordenadores de nuestro colegio —dijo el niño—. El de la semana pasada hacía que una bola botase por toda la pantalla.

—Eso suena divertido —concedió Gillette, advirtiendo los grandes ojos anhelantes del niño. Se parecía en los rasgos a su madre.

—No —dijo Brandon—, fue superaburrido. Teníamos que usar QBasic. Y yo quiero aprender O-O-P.

Programación orientada a objetos, el último grito tipificado por el sofisticado C++.

El chaval se encogió de hombros.

—Y luego Java y HTML para la red. Pero es que todo, todo el mundo va a tener que aprenderlos.

—Así que quieres dedicarte a los ordenadores cuando seas mayor.

—No, voy a ser jugador profesional de béisbol. Sólo quiero aprender Java porque ahí es donde se cuece lo bueno ahora.

Gillette se rió. Enfrente tenía a un colegial que se había cansado de QBasic y que le había echado el ojo a las programaciones más complicadas.

—¿Por qué no vas a enseñarle al señor Gillette tu ordenador?

—¿Juegas a *Tomb Raider?* —le preguntó el chico—. ¿O a Earht-worm Jim?

—No, no juego mucho.

—Te enseño. Ven.

Gillette siguió al niño hasta una habitación atestada de juguetes, libros, equipos deportivos y ropas. En la mesilla, estaban los libros de Harry Potter cerca del Game Boy, de un par de CD de In Synch y de una docena de disquetes. Gillette pensó que eso sí que era una instantánea de nuestra era.

En el centro de la habitación había un PC clónico de IBM y docenas de manuales de instrucciones de software. Brandon se sentó y, con rápidos golpes de tecla, encendió la máquina y cargó el juego. Gillette recordó que, cuando tenía la edad de ese niño, el ordenador más innovador era el Trash-80 que había escogido cuando su padre le dijo que podía elegir lo que quisiera en la tienda de electrónica Radio Shack. El pequeño ordenador le parecía increíble pero, por supuesto, no era sino una antigualla rudimentaria si lo comparábamos con esa máquina barata y comprada por correo que estaba mirando ahora. En su momento (ya que hablamos de hace sólo unos años) había muy poca gente en el mundo que poseyera una máquina tan potente como ésta en la que Brandon Bishop dirigía, a través de cavernas, a una guapa chica, vestida con un mínimo top verde y portando una pistola en la mano.

—¿Quieres jugar?

Esto le trajo a la mente el atroz juego *Access* y la foto que Phate había enviado de la chica asesinada (Lara, tocaya de la heroína del juego de Brandon); en ese momento no quería tener nada que ver con ningún tipo de violencia, aunque ésta fuera bidimensional.

—Quizá dentro de un rato.

Observó cómo los fascinados ojos del niño bailaban ante la pantalla. Luego el detective metió la cabeza por la puerta del cuarto.

—Apaga la luz, hijo.

—¡Papá, mira a qué nivel he llegado! Dame cinco minutos más.

—No. Hora de dormir.

—Jo, papá...

Bishop se cercioró de que su hijo se cepillaba los dientes y que metía los deberes en la cartera antes de dormir. Le dio un beso de buenas noches y apagó el ordenador y la luz del techo, dejando encendida una pequeña lámpara de *La guerra de las galaxias* como única fuente de iluminación en el cuarto.

—Ven —le dijo a Gillette—. Te voy a enseñar nuestro huerto de atrás.

—¿Vuestro qué?

—Sígueme.

Bishop condujo a Gillette por la cocina, donde Jennie estaba haciendo sándwiches, hasta la puerta trasera.

El hacker se paró en medio del porche trasero, sorprendido por lo que veía. Se rió.

—Sí, soy un granjero —dijo Bishop.

Filas de frutales (unos cincuenta) atestaban el patio trasero.

—Nos mudamos hace dieciocho años; justo cuando el valle empezaba a despegar. Me prestaron bastante para comprar dos lotes. Una parte de éste proviene de la antigua granja. Son albaricoques y cerezas.

—¿Qué haces con ello? ¿Lo vendes?

—En su mayor parte lo regalo. En Navidad no hay amigo de los Bishop que no reciba fruta seca o en conserva. Y sólo aquellos que nos caen muy bien reciben nuestras cerezas al coñac.

Gillette examinó las regaderas y los potes de fumigado.

—Parece que te lo tomas muy en serio —dijo el hacker.

—Me mantiene sano. Llego a casa y Jennie y yo salimos y nos ocupamos de los árboles. Es como si me deshiciera de todo lo malo que me encuentro durante el día.

Caminaron entre hileras de árboles. El patio estaba lleno de tubos y de mangueras de plástico, el sistema de irrigación del policía. Gillette los señaló.

—¿Sabes que podrías hacer un ordenador que funcionara con agua?

—¿Qué? ¿Con una caída de agua que moviera una turbina para darle electricidad?

—No, me refiero a que, en vez de corriente que se mueva por los cables, uno podría hacerlo con agua que avanzara por unos tubos y que tuviera unas válvulas que la detuvieran o no. En realidad, eso es todo lo que hacen los ordenadores. Detener o aceptar un flujo de corriente.

—¿Es eso cierto? —preguntó Bishop. Parecía muy interesado.

—Los procesadores informáticos no son más que pequeños conmutadores que unas veces permiten el paso de pequeñas cantidades de electricidad y otras no. Todas esas imágenes que ves en un ordenador, toda la música, las películas, los procesadores de texto, las hojas de cálculo, los *browsers,* los motores de búsqueda, Internet, los cálculos matemáticos, los virus... Todo lo que hace un ordenador puede ser resumido en eso: no es magia. Sólo unos cuantos conmutadores que están en *on* o en *off.*

El policía asintió y luego miró a Gillette con suspicacia.

—Aunque tú no te lo crees, ¿no es cierto?

—¿A qué te refieres?

—Tú crees que los ordenadores son pura magia.

Gillette se lo pensó y se echó a reír.

—Sí, sí lo creo.

Estuvieron un rato más en el porche mirando las hileras resplandecientes de frutales. Y luego Jennie Bishop los llamó para que fueran a cenar. Caminaron hacia la cocina.

—Me voy a la cama —dijo Jennie—. Mañana tengo un día muy ocupado. Encantada de conocerte, Wyatt.

Le estrechó la mano con fuerza.

—Mi cita es mañana a las once —le dijo a su marido.

—¿Quieres que te acompañe? Bob puede ocuparse del caso durante unas cuantas horas.

—No. Ya tienes bastante que hacer. Estaré bien. Si el doctor Williston encuentra que algo anda mal te llamaré desde el hospital. Pero eso no va a suceder.

—Llevaré el móvil.

Iba a marcharse pero se volvió con una mirada sombría.

—Pero hay algo que sí que tienes que hacer mañana, sin falta.

—¿De qué se trata, amor mío? —preguntó el detective, preocupado.

—La aspiradora —señaló al aparato que había en una esquina, al que habían extraído el panel central y del que pendía un tubo en uno de los lados. Gran parte de sus componentes reposaba sobre un periódico—. Llévala a arreglar.

—Lo arreglaré yo —dijo Bishop—. Sólo es un poco de suciedad en el motor, o algo así.

—Has tenido todo un mes —lo amonestó ella—. Ahora les toca a los expertos.

—¿Sabes algo de aspiradoras? —preguntó Bishop a Gillette, volviéndose hacia él.

—No. Lo siento.

—Me ocuparé de ella mañana —afirmó el detective, mirando a su esposa—. O pasado mañana.

Ella sonrió.

—Claro. La dirección del taller está en ese post-it amarillo. ¿Lo ves?

Él la besó.

—Buenas noches, amor mío.

Ella partió a ver a Brandon.

Bishop se levantó y fue hacia la nevera.

—Supongo que ya no me puedo buscar más líos si le ofrezco una cerveza al recluso.

—Gracias, pero no bebo alcohol —dijo Gillette moviendo la cabeza.

—¿No?

—Eso es algo característico de los hackers: no bebemos nada que nos pueda dar sueño. Vete a un foro de discusión hacker, como alt.hack. La mitad de las entradas tienen que ver con formas de tomar los conmutadores de Pac Bell o de piratear la Casa Blanca y la otra mitad sobre los contenidos de cafeína de las últimas bebidas carbonatadas.

Bishop se sirvió una Budweiser. Miró el tatuaje del antebrazo de Gillette, el de la gaviota y la palmera.

—Eso es bastante feo, la verdad. Sobre todo el pájaro. ¿Por qué te lo hiciste?

—Fue en la universidad: en Berkeley. Estuve *hackeando* treinta y seis horas seguidas y fui a una fiesta.

—¿Y qué? ¿Hiciste alguna apuesta?

—No, me quedé dormido y cuando desperté ya lo tenía. Nunca supe quién me lo había hecho.

—Te hace parecer un ex marine.

El hacker miró en todas direcciones para cerciorarse de que Jennie no andaba por allí y luego fue hacia el mueble donde ella había dejado las Pop-Tarts. Las abrió, sacó cuatro galletas y le ofreció una Bishop.

—No, gracias —dijo riendo el policía.

—También me voy a comer el rosbif —afirmó Gillette, mirando los sándwiches de Jennie—. Pero es que en la cárcel soñaba con ellas. Son el mejor tipo de comida hacker: tienen mucha azúcar y si las compras por kilos no se ponen malas —se comió dos a la vez—. Hasta es probable que tengan vitaminas. Cuando estaba todo el día enfrente del ordenador esto era mi comida principal: Pop-Tarts, pizza, soda Mountain View y cola Jolt.

Un momento después, Gillette preguntaba en voz baja:

—¿Se encuentra bien tu mujer? Lo digo por esa cita que ha mencionado...

Vio una pequeña vacilación en la mano del policía al alzar la cerveza para dar un sorbo.

—No es nada serio... Sólo unas cuantas pruebas —y luego, como si quisiera cambiar el tema de conversación, dijo—: Voy a ver cómo anda Brandon.

Cuando regresó, unos minutos más tarde, Gillette miró la caja vacía de Pop-Tarts.

—No te he guardado ninguna.

—Está bien —dijo Bishop riendo, y se sentó.

—¿Qué tal tu retoño?

—Dormido. ¿Tú y tu mujer tenéis hijos?

—No. Al principio no queríamos... Bueno, debo decir que yo era quien no quería. Y cuando los quise ya me habían enchironado. Y luego nos divorciamos.

—¿Así que te gustan los chavales?

—Sí, mucho —se encogió de hombros, limpió las migas de galleta con una mano y las recogió en una servilleta—. Mi hermano tiene dos, un niño y una niña. Nos lo pasamos muy bien.

—¿Tu hermano? —se extrañó Bishop.

—Ricky —contestó Gillette—. Vive en Montana. Es guardia forestal, aunque no te lo creas. Carol, su mujer, y él tienen una casa fantástica. Es como una cabaña, aunque más grande —señaló el patio trasero de Bishop—. Te gustaría ver su huerto. Ella es una jardinera excelente.

Bishop hundió los ojos en el mantel.

—Leí tu expediente.

—¿Mi expediente? —preguntó Gillette.

—Tu ficha de menores. La que te olvidaste de destruir.

El hacker comenzó a enrollar y desenrollar lentamente su servilleta.

—Creía que ese material estaba sellado.

—Para el público sí. No para la policía.

—¿Por qué lo hiciste? —preguntó Gillette con tranquilidad.

—Porque te habías escapado de la UCC. Pedí el expediente en cuanto supe que te habías largado pitando. Pensé que así quizá conseguiríamos alguna información que nos ayudara a atraparte —la voz del detective era imperturbable—. El informe de la trabajadora social también estaba incluido. Sobre tu vida familiar.

Gillette no dijo nada durante un buen rato.

«¿Por qué mentiste?», se preguntaba.

Mientes porque puedes hacerlo.

Mientes porque cuando estás en la Estancia Azul puedes inventarte lo que te dé la gana y nadie sabe si es cierto o no. Te dejas caer en un chat y le dices al mundo que vives en una gran casa de Sunnyvale o de Menlo Park o de Walnut Creek, que tu padre es abogado o doctor o piloto, que tu madre es diseñadora o que tiene una floristería y que tu hermano Rick es campeón del Estado de pruebas de camiones. Y puedes seguir y seguir contando cómo tu padre construyó un ordenador Altair uniendo diversos equipos, que tardó seis noches seguidas trabajando en ello cuando llegaba del trabajo y que por eso te enganchaste a los ordenadores.

Era un tipo tan genial...

Puedes decirle al mundo que, aunque tu madre murió de un trágico e inesperado infarto de miocardio, aún sigues muy unido a tu padre. Él viaja por todo el mundo porque es un ingeniero petrolífero, pero en vacaciones siempre vuelve a casa para visitaros a tu hermano y a ti. Y que, cuando está en la ciudad, vas todos los domingos a cenar a su casa con él y su nueva esposa, que es una maravilla, y que a veces él y tú vais a su estudio y escribís algún programa o jugáis un rato en los MUD.

¿Y sabes qué?

El mundo te cree. Porque en la Estancia Azul lo único por lo que la gente te juzga es por el número de bytes que tecleas con dedos entumecidos.

El mundo nunca llega a saber que todo es mentira.

El mundo nunca llega a saber que eres el único hijo de una madre soltera, que trabajaba hasta tarde tres o cuatro noches a la semana y que el resto salía con sus «amigos», que siempre eran de sexo masculino. Y que no murió por tener mal el corazón sino el hígado y el espíritu, pues ambos se desintegraron al mismo tiempo, cuando tú tenías dieciocho años.

El mundo nunca llega a saber que tu padre, un hombre sin trabajo fijo, cumplió con el único potencial para el que parecía destinado cuando os dejó a tu madre y a ti el día que empezabas el tercer curso.

Y que tus casas fueron una serie de bungalós y de trailers en los barrios más pobres de Silicon Valley, o que la única factura que se costeaba era la del teléfono, porque la pagabas tú trabajando como repartidor de periódicos para poder seguir conectado a la única cosa que te libraba de volverte loco de tristeza y de soledad: vagar por la Estancia Azul.

Vale, Bishop, me has pillado. Ni padre ni hermanos: sólo una madre egoísta y adicta. Y yo, Wyatt Gillette, solo en mi cuarto con mis compañeros: mi Trash-80, mi Apple, mi Kaypro, mi PC, mi Toshiba, mi Sun SPARCstation...

Finalmente, alzó la vista e hizo algo que nunca había hecho anteriormente, ni siquiera con su esposa: le contó su historia a otro ser humano. Frank Bishop permaneció sin moverse, contemplando el rostro afilado y oscuro de Gillette. Cuando el hacker acabó, miró hacia arriba y se encogió de hombros. Bishop dijo:

—Tu infancia es fruto de la ingeniería social.

—Sí.

—Tenía ocho años cuando se fue —dijo Gillette, con las manos en torno a su lata de cola; las puntas callosas de sus dedos golpeaban el metal como si estuviera tecleando palabras: *T-E-N-Í-A O-C-H-O A-Ñ-O-S C-U-A-N-D-O...*—. Había estado en las fuerzas aéreas, mi padre. Estuvo sirviendo en Travis y cuando le dieron la baja se quedó en la zona. Bueno, de vez en cuando se quedaba en la zona. La mayor parte del tiempo andaba con sus colegas del ejército o... Bueno, puedes imaginarte dónde estaba cuando no venía por las noches. La única vez que tuvimos una charla seria fue el día que se largó. Mi madre había salido, y él vino a mi cuarto y me dijo que tenía que hacer unas compras y que por qué no lo acompañaba. Fui con él. Y eso es algo muy raro pues nunca hicimos nada juntos.

Gillette respiró hondo y trató de calmarse. Sus dedos tecleaban una tormenta silente contra el metal de la lata de soda.

T-R-A-N-Q-U-I-L-I-D-A-D... T-R-A-N-Q-U-I-L-I-D-A-D...

—Vivíamos en Burlingame, cerca del aeropuerto, y mi padre y yo nos metimos en su coche y fuimos hasta el centro comercial. Compró unas cuantas cosas en la droguería y luego me llevó al restaurante que queda cerca de la estación de tren. Cuando llegó la comida, yo estaba demasiado nervioso para comerla. Y, de pronto, deja el tenedor y me mira y me dice que es infeliz con mi madre y que tiene que largarse. Que su tranquilidad está en juego y que tiene que moverse para desarrollarse personalmente.

T-R-A-N-Q-U-I-L-I...

Bishop sacudió la cabeza:

—Te estaba hablando como si tú fueras uno de sus colegas del bar, y no un niño. Y no su propio hijo. Eso es muy malo.

—Me dijo que tomar la decisión le había costado mucho, pero que le parecía lo adecuado y me preguntó si me alegraba por él.

—¿Te preguntó eso?

Gillette asintió.

—No me acuerdo de lo que dije. Y luego dejamos el restaurante y comenzamos a andar por la calle y debió de observar que yo estaba enfadado porque vio una tienda y me dijo: «Venga, hijo, entra aquí y compra lo que te dé la gana».

—Un premio de consolación.

Gillette se rió y dijo:

—Eso es, exactamente. La tienda era Radio Shack. Así que entré y eché una ojeada. No veía nada, estaba dolido y confuso, tratando de no echarme a llorar. Escogí lo primero que vi: un Trash-80.

—¿Un qué?

—Un Trash-80. Uno de los primeros ordenadores personales.

L-O Q-U-E T-E D-É L-A G-A-N-A...

—Me lo llevé a casa y esa misma noche empecé a jugar con él. Luego oí que llegaba mi madre y ella y él tuvieron una gran pelea y luego él se largó y eso fue todo.

L-A E-S-T-A-N-C-I-A A-Z...

Gillette sonrió; sus dedos tecleaban.

—¿Ese artículo que escribí? ¿«La Estancia Azul»?

—Lo recuerdo —dijo Bishop—. Significa el ciberespacio.

—También significa otra cosa —dijo Gillette lentamente.

A-Z-U-L...

—¿Qué?

—Ya he dicho que mi padre estuvo en las fuerzas aéreas. Y, cuando yo era un crío, él y algunos de sus amigos militares se emborrachaban y cantaban a voz en grito el himno de las fuerzas aéreas, *La salvaje distancia azul*. Bueno, cuando se fue yo seguí escuchando esa canción en mi cabeza, una y otra vez, sólo que cambié «distancia» por «estancia», *La salvaje estancia azul,* porque él ya no estaba. Porque lo suyo sólo había sido una estancia pasajera —Gillette tragó saliva con fuerza. Alzó la vista—. Estúpido, ¿no?

Pero Bishop no parecía pensar que hubiera nada estúpido en todo aquello. Con una voz llena de simpatía que lo convertía en un hombre de familia, preguntó:

—¿Has sabido algo de él? ¿O has oído algo sobre su paradero?

—No. No tengo ni idea —Gillette se rió—: De vez en cuando pienso en rastrearlo.

—Serías bueno encontrando a gente en la red.

Gillette asintió.

—Pero no creo que lo haga.

Movía los dedos con furia. Tenía las puntas tan insensibles por los callos que no podía sentir el frío de la lata de soda mientras tecleaba en el metal.

A-L-L-Á V-A-M-O-S A L-A...

—Pero aún es mejor: aprendí Basic, el lenguaje de programación, cuando tenía nueve o diez años, y me pasaba horas escribiendo programas. Los primeros hacían que el ordenador hablara conmigo. Yo tecleaba «Hola», y el ordenador contestaba: «Hola, Wyatt. ¿Cómo estás?». Y entonces yo tecleaba «Bien», y el ordenador preguntaba: «¿Qué has hecho hoy en el cole?». Intenté que la máquina dijera las cosas que me diría un padre de verdad. Llegaba a casa del colegio —prosiguió el hacker— y me pasaba tardes y noches frente al ordenador. A veces ni iba al colegio. Mi madre tampoco paraba mucho en casa. Ella nunca lo supo.

L-O Q-U-E T-E D-É L-A G-A-N-A...

—En cuanto a esos correos electrónicos que mi padre envió al juez, y esos faxes de mi hermano para que me fuera a vivir con él a Montana, y esos informes de los psicólogos acerca de la provechosa vida familiar que tenía y de que mi padre era el mejor... Yo los escribí, todos ellos.

—Lo siento —dijo Bishop.

—Hey, sobreviví. No tiene importancia.

—Lo más seguro es que sí la tenga —respondió Bishop con suavidad.

Estuvieron en silencio unos minutos. Luego el detective se levantó y empezó a fregar los platos. Gillette le ayudó y charlaron de temas intrascendentes: de la orquídea de Bishop, de la vida en San Ho, cosas así. Bishop terminó su cerveza y miró al hacker con timidez.

—¿Por qué no la llamas?

—¿Llamar? ¿A quién?

—A tu esposa. ¿Por qué no?

—Es tarde —replicó Gillette.

—Pues la despiertas. No se va a morir. Ni tampoco parece que tengas nada que perder —dijo Bishop, acercándole el teléfono al hacker.

—¿Qué debería decir? —levantó el auricular con dudas.

—Ya pensarás en algo —miró las manos del hacker—. Imagínate que estás mecanografiando algo. Perdona: quería decir «tecleando».

—No sé...

—¿Sabes su número? —preguntó el policía.

Gillette marcó los dígitos de memoria y con rapidez, para no echarse atrás, y mientras tanto pensaba: «¿Qué pasa si responde su hermano? ¿Qué pasa si contesta su madre? ¿Qué pasa si...?».

—¿Hola?

Se le trabó la garganta.

—¿Hola? —repitió Elana.

—Soy yo.

Hubo una pausa en la que, indudablemente, ella miró la hora. No obstante, no le hizo ningún comentario sobre lo tarde que llamaba.

¿Por qué no decía nada?

¿Por qué no era *él*?

—Quería llamarte. ¿Encontraste el módem? Lo dejé en el buzón.

Ella no respondió en ese momento. Y luego dijo:

—Estoy en la cama.

Un pensamiento abrasador: ¿estaba sola en la cama? ¿Estaba con Ed? ¿En la casa de sus padres? Pero dejó a un lado sus celos y preguntó con suavidad:

—¿Te he despertado?

—¿Quieres algo, Wyatt?

Miró a Bishop pero el policía no hizo otra cosa que devolverle la mirada levantando una ceja.

—Yo...

—Iba a dormirme ahora.

—¿Puedo llamarte mañana?

—Preferiría que no llamaras a esta casa. La pasada noche, Christian te vio y no le hizo ninguna gracia.

El hermano, de veintidós años, buen estudiante de marketing y poseedor del temperamento de un pescador griego, ya lo había amenazado con darle una paliza durante el juicio.

—Entonces llámame tú cuando estés sola. Estaré en el número que te di anoche.

Silencio.

—¿Lo tienes? —preguntó él—. ¿Tienes el número?

—Lo tengo —y luego—: Buenas noches.

El teléfono quedó en silencio y Gillette colgó.

—No es que lo haya manejado muy bien.

—Al menos no te ha colgado nada más oír tu voz. Algo es algo —Bishop puso la botella de cerveza en la bolsa de reciclaje—. Odio trabajar hasta tarde: no puedo cenar sin tomarme mi cerveza, pero luego tengo que levantarme un par de veces para mear. Eso me pasa porque me estoy haciendo viejo. Bueno, mañana tenemos un día muy duro. Vamos a dormir.

—¿Me vas a esposar a algún sitio? —preguntó Gillette.

—Escaparse dos veces en dos días consecutivos sería un mal hábito, hasta para un hacker. Creo que aprovecharemos la tobillera de detección. La habitación de invitados está ahí. En el baño encontrarás toallas y un cepillo de dientes nuevo.

—Gracias.

—Aquí nos levantamos a las seis y cuarto —el detective desapareció por el pasillo a oscuras.

Gillette escuchó el chirrido de las tablas del suelo y el del agua por las tuberías. Una puerta se cerró.

Y luego se quedó solo, rodeado del silencio que se crea en la casa de otras personas, y sus dedos teclearon una docena de mensajes en una máquina invisible.

Pero su anfitrión no se despertó a las seis y cuarto. Lo hizo un poco después de las cinco.

—Debe de ser Navidad —dijo, encendiendo la lámpara del techo. Vestía un pijama marrón—. Tenemos un regalo.

Gillette, como la mayoría de los hackers, pensaba que uno debía huir del sueño como de la peste, pero esa mañana no tenía un buen despertar. Con los ojos aún cerrados, preguntó:

—¿Un regalo?

—Triple-X me ha llamado al móvil hace cinco minutos. Tiene la verdadera dirección de e-mail de Phate. Es deathknell@mol.com.

—¿MOL? Nunca he oído de ningún proveedor de Internet con ese nombre —dijo Gillette, mientras daba vueltas en la cama para escapar del estupor del sueño.

—He llamado a todos los del equipo —continuó Bishop—. Van camino de la oficina.

—¿Eso significa que nosotros también? —murmuró Gillette, amodorrado.

—Eso significa que nosotros también.

Veinte minutos después estaban duchados y vestidos. Jennie tenía café en la cocina pero se saltaron el desayuno: querían llegar a la UCC tan pronto como les fuera posible. Bishop besó a su mujer. Asió las manos de ella entre las suyas y dijo:

—En cuanto a tu cita... Sólo tienes que decir una palabra y estaré en el hospital en quince minutos.

—Sólo me están haciendo unas pruebas, cariño —dijo ella, besándole la frente—. Nada más.

—No, no, escúchame bien —dijo él con seriedad—. Si me necesitas, allí estaré.

—Si te necesito —concedió ella—. Te prometo que te llamaré si te necesito.

Estaban yendo camino del garaje cuando de pronto sonó un ruido estruendoso que inundó la cocina. Jennie Bishop pasaba la aspiradora, ya arreglada, por la alfombra. La apagó y abrazó a su marido.

—Funciona de maravilla —dijo Jennie—. Gracias, cariño.

Bishop frunció el ceño, desconcertado.

—Yo...

—Esa chapuza ha debido de llevarle media noche —dijo Gillette, interrumpiendo al detective con rapidez.

—Y lo más milagroso de todo —añadió Jennie Bishop, con una sonrisa maliciosa— es que luego ha limpiado.

—Bueno... —empezó a decir Bishop.

—Mejor que nos vayamos —le interrumpió de nuevo Gillette.

Mientras los dos hombres salían afuera, Bishop le susurró al hacker:

—¿Así que has tardado media noche en arreglarla?

—¿La aspiradora? —respondió Gillette—. No, sólo diez minutos. Lo habría hecho en cinco pero no encontré ninguna herramienta. Tuve que usar un cuchillo y un cascanueces.

—Creía que no sabías nada sobre aspiradoras —comentó el detective.

—Y era cierto. Pero sentía curiosidad por saber por qué no funcionaba. Y ahora lo sé todo sobre aspiradoras —Gillette subió al coche y se volvió hacia Bishop—. ¿Crees que hay alguna posibilidad de que podamos parar en el 7-Eleven? Siempre y cuando nos pille de camino...

Capítulo 00011101 / Veintinueve

Pero, a pesar de lo que Triple-X le había dicho a Bishop cuando lo llamó al móvil, Phate (en su nueva encarnación como Deathknell) seguía inaccesible.

Nada más llegar a la UCC, Gillette arrancó HyperTrace e inició una búsqueda sobre MOL.com. Encontró que el nombre completo del proveedor de servicios de Internet era Monterrey Internet On-Line. Tenía su base en Pacific Grove, California, a unos ciento cincuenta kilómetros al sur de San José. Pero cuando contactaron a Pac Bell en Salinas, para rastrear la llamada desde MOL hasta el ordenador de Phate la próxima vez que el asesino se conectara a la red, les dijeron que no existía ninguna Monterrey Internet On-Line y que la verdadera localización geográfica del servidor estaba en Singapur.

—Vaya, eso es inteligente —murmuró una grogui Patricia Nolan, mientras sorbía café de Starbucks. Su voz mañanera era grave, parecida a la de un hombre. Se sentó cerca de Gillette. Estaba tan despeinada como siempre y llevaba el mismo tipo de vestido, que hoy era de color verde. Estaba claro que no era una persona madrugadora y que tampoco se había molestado en quitarse el pelo que le caía en la cara.

—No lo entiendo —dijo Shelton—. ¿Qué es tan inteligente? ¿Qué significa eso?

—Phate ha creado su propio proveedor de Internet —respondió Gillette—. Y él es su único cliente. Bueno, lo más seguro es que Shawn también lo sea. Y el servidor por medio del cual se conectan está en Singapur: lo que significa que no podemos rastrearlo con nuestras máquinas.

—Como una corporación tapadera en las islas Caimán —dijo Frank Bishop quien, si bien antes no tenía muchos conocimientos previos sobre la Estancia Azul, ahora empezaba a ser muy bueno estableciendo símiles para equipararla con el Mundo Real.

—Pero —señaló Gillette, mirando los rostros desesperados de los miembros del equipo— la dirección sigue siendo importante.

—¿Por qué? —preguntó Bishop.

—Porque le vamos a enviar una carta de amor.

Linda Sánchez entró por la puerta principal de la UCC con una bolsa de Dunkin' Donuts en la mano, los ojos legañosos y andares lentos. Miró hacia abajo y comprobó que se había atado mal los botones de su vestido marrón. No se molestó en ponerlos bien y dejó la comida sobre un plato.

—¿Alguna nueva rama en tu árbol genealógico? —preguntó Bishop.

Ella negó con la cabeza.

—Mirad lo que ha pasado, ¿vale? Ponemos una película de miedo. Mi abuela me dijo que uno puede forzar el parto contando historias de fantasmas. ¿Sabías eso, jefe?

—La primera vez que lo oigo —dijo Bishop.

—Vale, pensamos que una película de miedo serviría igual. Así que voy y alquilo *Scream*, ¿vale? ¿Y qué pasa? Que mi chica y su marido se quedan dormidos en el sofá pero la película me da tanto miedo que no puedo pegar ojo. He estado despierta hasta las cinco.

Desapareció en la cocina y volvió con una cafetera llena.

Wyatt Gillette agradeció mucho el café (su segunda taza en lo que iba de mañana) pero, en cuanto al desayuno, no dejó de comer Pop-Tarts.

Stephen Miller llegó unos minutos más tarde, con Mott siguiéndole los talones, sudoroso éste por la carrera en bicicleta hasta la oficina.

Gillette le explicó al resto del equipo lo que sucedía con la dirección de correo electrónico de Phate y sus planes para enviarle un e-mail.

—¿Y qué dirá? —preguntó Nolan.

—Querido Phate —respondió Gillette—, me lo estoy pasando de miedo, ojalá estuvieras aquí, por cierto: aquí tienes la foto de un cadáver.

—¿¿Qué?? —se alarmó Miller.

—¿Puedes conseguir una foto de la escena de un crimen? —preguntó Gillette a Bishop—. ¿De un cadáver?

—Supongo que sí —respondió Bishop sin saber muy bien.

Gillette señaló la pizarra blanca.

—Vamos a simular que soy Vlast, el hacker de Bulgaria con el que intercambiaba fotos. Subiré una foto para él.

Nolan asintió y se echó a reír.

—Y también recibirá un virus con ella. Te meterás en su ordenador.

—Es lo que voy a intentar hacer.

—¿Por qué necesitas enviarle una foto? —preguntó Shelton. No se sentía a gusto con la idea de enviar pruebas de crímenes sanguinarios a la Estancia Azul, para que todos pudieran verlas.

—Mi virus no es tan inteligente como el de Phate. Con el mío, Phate tiene que echarme una mano para poder activarlo y entrar en su sistema. Tendrá que abrir el archivo adjunto que contiene la foto, para que mi virus pueda ponerse manos a la obra.

Bishop llamó a la Central y su secretaria le envió por fax una fotografía de la escena de un crimen reciente a la UCC.

Gillette echó un vistazo a la foto (se trataba de una chica apaleada hasta la muerte) pero desvió rápidamente la mirada. Stephen Miller la escaneó para tenerla en un formato digital que pudieran adjuntar a un correo electrónico. El policía parecía inmune al terrible crimen que se veía en la fotografía y realizó el proceso sin más. Le pasó a Gillette un disquete que contenía una compresión de la imagen en formato jpeg.

—¿Y qué pasa si Phate ve el correo de Vlast y le envía un mensaje en donde le pregunta si en verdad le ha enviado algo, o si le manda una respuesta? —inquirió Bishop.

—Ya he pensado en eso. Voy a enviarle a Vlast otro virus, uno que bloquee todos los correos que le lleguen procedentes de Estados Unidos.

Gillette se conectó a la red para buscar su caja de herramientas del laboratorio de la fuerza aérea de Los Álamos. Una vez allí, descargó todo lo que necesitaba: los virus y su propio programa anonimatizador, pues no iba a volverse a fiar de Stephen Miller.

En cinco minutos ya le había enviado a Vlast una copia del Mail-Blocker y a Phate su propia versión del Backdoor-G. Éste era un virus muy conocido, que permitía a un usuario remoto piratear el ordenador de otra persona, normalmente cuando ambos compartían una misma red, como cuando se trabaja en la misma empresa. La versión de Gillette actuaba con cualquier pareja de ordenadores, aunque no estuvieran conectados en red.

—He puesto una alerta en nuestra máquina. Si Phate abre la foto, aquí sonará un tono para advertirnos. Entraré en su ordenador y veremos si puedo hacer algo que nos ayude a localizar a Shawn... O a su próxima víctima.

Sonó el teléfono y contestó Miller. Escuchó y le dijo a Bishop:

—Es para ti. Charlie Pittman.

Bishop tocó el botón de manos libres.

—Gracias por devolverme la llamada, agente Pittman.

—De nada, señor —la voz del hombre salía distorsionada por el altavoz de mala calidad—. ¿Qué puedo hacer por usted?

—Mire, Charlie, sé que tiene abierta esa investigación del caso Peter Fowler. Pero la próxima vez que mantengamos una operación en curso le voy a tener que pedir que usted o cualquiera del condado se ponga en contacto conmigo para que lo coordinemos.

Silencio. Y luego:

—¿Y eso?

—Me refiero a la operación del motel Bay View de ayer.

—Ejem. ¿A qué? —la voz que salía del pequeño altavoz sonaba perpleja.

—Dios —dijo Bob Shelton mirando con preocupación a su compañero—. No tiene ni idea. El tipo que viste no era Pittman.

—Agente —preguntó Bishop con premura—, ¿vino usted a presentarse ante mí hace dos noches en Sunnyvale?

—Señor, me temo que aquí tenemos un malentendido. Estoy en Oregón, pescando. Llevo aquí una semana de vacaciones y aún me quedan tres días más. Sólo he llamado a la oficina para escuchar mis mensajes. Había uno suyo y le he devuelto la llamada. Eso es todo lo que sé.

Tony Mott se acercó al micrófono.

—Agente, ¿quiere decir entonces que no se encontraba ayer en la sede de la Unidad de Crímenes Computerizados de la policía estatal?

—No, señor. Ya se lo he dicho. En Oregón. De pesca.

Mott miró a Bishop.

—Ayer había un tipo que se hizo pasar por Pittman ahí fuera. Dijo que acababa de tener una reunión aquí y que ya se iba. No sospeché nada.

—No, no estuvo aquí —dijo Stephen Miller.

—Agente, ¿existe algún memorándum donde se aluda a sus vacaciones?

—Claro. Siempre mandamos uno.

—¿En papel? ¿O es un correo electrónico?

—Hoy en día usamos correos electrónicos para todo —dijo el agente, un poco a la defensiva—. La gente piensa que el condado no está al día, pero eso no es cierto.

—Bueno, señor: alguien está usando su nombre —le explicó Bishop—. Con una licencia falsa y una placa falsa.

—Maldición. ¿Por qué?

—No estoy seguro. Es probable que tenga algo que ver con la investigación de un homicidio que estamos llevando.

—¿Qué debo hacer?

—Llame a su comandante y ponga una denuncia en el historial. Pero, por el momento, le agradeceríamos que no hiciera nada más. Nos sería de utilidad que el sospechoso no supiera que le seguimos la pista. No mande nada por e-mail. Use sólo el teléfono.

—Claro. Ahora mismo llamo a la Central.

Bishop se disculpó ante Pittman por haberle reprendido y luego colgó. Miró a su equipo.

—Otra vez víctimas de la ingeniería social —y a Mott le dijo—: Descríbemelo. Describe al tipo que viste.

—Delgado, con bigote. Vestía una gabardina oscura.

—El mismo que vimos en Sunnyvale. ¿Qué estaba haciendo aquí?

—Parecía que salía de la oficina pero lo cierto es que nunca lo vi cruzar el umbral. Quizá andaba husmeando.

—Es Shawn —afirmó Gillette—. Tiene que serlo.

Bishop estuvo de acuerdo. Volvió a hablar con Mott:

—Vamos a ver si entre tú y yo conseguimos una imagen del aspecto que tiene —se volvió hacia Miller—: ¿Tenéis un Identikit a mano?

Se trataba de un maletín que contenía capas de plástico con distintos atributos que podían combinarse para que un testigo pudiera reconstruir la imagen de un sospechoso: como un artista policial en una caja.

Pero Linda Sánchez meneó la cabeza.

—Aquí las identificaciones faciales no nos son de mucha ayuda.

—Tengo uno en el coche —dijo Bishop—. Ahora vuelvo.

Phate se hallaba tecleando con satisfacción en su oficina del salón cuando en su pantalla apareció una bandera que indicaba que había recibido un correo electrónico enviado a Deathknell, su nombre de pantalla privado.

Advirtió que se lo había enviado Vlast, su amigo búlgaro. Y que incluía un archivo adjunto. Hacía tiempo habían intercambiado fotografías *snuff,* pero llevaban mucho sin hacerlo y se preguntó qué le habría remitido su amigo.

Phate sentía curiosidad pero debía postergar el momento de saber qué era hasta más tarde. En ese instante estaba demasiado excitado por su última caza con Trapdoor. Después de una hora de reventar contraseñas gracias a la ayuda de superordenadores cuyo tiempo había tomado prestado, finalmente Phate había accedido al directorio raíz de un sistema informático que no quedaba lejos de su casa de Los Altos. Había intuido la dificultad de infiltrarse en ese sistema pues sabía que, una vez que hubiera tomado el control del directorio raíz, podía causar un daño muy grande a mucha, mucha gente.

Revisó el menú.

Centro Médico Stanford Packard
Palo Alto, California

Menú Principal
1. Administración
2. Personal
3. Admisión de Pacientes
4. Historiales de Pacientes
5. Departamentos por Especialidad
6. SMC
7. Gestión de Recursos
8. Centro de Rehabilitación Tyler-Kresge
9. Servicios de Emergencia
10. Unidad de Cuidados Intensivos

Estuvo explorando un rato y finalmente eligió el número 6.

Servicios médicos computerizados
1. Programación de intervenciones quirúrgicas
2. Dosis de medicaciones y programación de su administración
3. Reabastecimiento de oxígeno
4. Programación oncológica de quimio/radiación
5. Programación y menús de dieta de los pacientes

Tecleó un 2 y dio a *Enter*.

Frank Bishop sintió la amenaza en el aparcamiento de la Unidad de Crímenes Computerizados antes incluso de poder ver con claridad al hombre que se encontraba a unos quince metros, medio oculto a causa de la niebla matinal.

Bishop supo que el intruso era peligroso del modo que uno sabe cuándo un tipo lleva una pistola por la forma que tiene de bajarse de la acera. Del mismo modo que uno sabe que algún peligro lo aguarda tras una puerta, en un callejón, en el asiento delantero de un coche parado.

Bishop vaciló sólo un segundo. Pero luego continuó su camino como si no sospechara nada.

No podía ver la cara del intruso pero sabía que tenía que ser la de Pittman: bueno, la de Shawn. Había estado husmeando ayer cuando se topó con Tony Mott y hoy también andaba fisgoneando.

Sólo que hoy el detective intuyó que ese sospechoso quizá quería ir más allá de la mera vigilancia: tal vez andaba de caza.

Y Frank Bishop, el veterano de las trincheras, supuso que si este hombre estaba aquí ya debía de saber qué tipo de coche conducía e intentaría cortarle el camino cuando se dirigiera hacia su vehículo; que también habría sopesado el entorno, los distintos ángulos de tiro y los recodos.

Así que Bishop continuó yendo hacia su coche mientras hacía como que buscaba un paquete de cigarrillos a pesar de que había dejado de fumar años atrás; también miraba la lluvia con cara perpleja, como si tratara de averiguar qué tiempo se aproximaba.

Nada hace que los delincuentes se vuelvan más asustadizos y deseosos de escapar que lo imprevisto e inesperado del movimiento de los policías.

Sabía que podía correr de vuelta a la UCC pero que, si lo hacía, Shawn se largaría pitando y quizá no volverían a tener otra oportunidad de atraparlo. No, Bishop no iba a ignorar esta oportunidad de atrapar al compañero del asesino más de lo que ignoraría el llanto de su propio hijo.

«Sigue andando, sigue andando.»

Todo se reduce a esto...

El detective continuó caminando por el asfalto como si nada mientras el bulto (Shawn), que ahora se ocultaba tras una gran caravana Winnebago, se levantaba un poco para medir la posición de Bishop y luego se volvía a esconder.

Cuando andaba cerca de la Winnebago, el detective se echó hacia la derecha y sacó su vieja arma de la funda.

Corrió tan deprisa como le fue posible hasta la esquina de la caravana, pistola al frente.

Pero de pronto se paró.

Shawn había desaparecido. En los pocos segundos que le había llevado recorrer la caravana el compañero de Phate se había esfumado.

A su derecha, al otro lado del aparcamiento, se oyó un portazo proveniente de un coche. Bishop se movió en dirección al ruido, agachando y alzando su pistola. Pero comprobó que el ruido provenía de un mensajero. Un hombre negro y fornido llevaba una caja desde su vehículo hasta una empresa cercana.

Bien, ¿dónde había podido esconderse Shawn?

Lo averiguó un segundo más tarde, cuando se abrió de golpe la puerta de la caravana y la pistola de Shawn encañonó a Bishop en la nuca, antes de que éste pudiera hacer nada.

El detective vio de reojo el rostro del hombre delgado y con bigote mientras la mano de éste saltaba como una serpiente para arrancarle la pistola a Bishop y tirarla lejos.

Bishop pensó en Brandon y luego en Jennie.

Se tensó.

Todo se reduce a esto...

Frank Bishop cerró los ojos.

Capítulo 00011110 / Treinta

La campanilla del ordenador de la UCC era un sonido .wav normal y corriente, pero a todos los del equipo les pareció una potente sirena.

Wyatt Gillette corrió hacia el cubículo.

—¡Sí! —susurró—. Phate ha visto la fotografía. El virus está en su máquina.

Y luego aparecieron estas palabras en la pantalla:

`Config.sys.modified.`

—Eso es. Pero no tenemos mucho tiempo: con que compruebe su sistema una sola vez verá que estamos dentro.

Gillette se sentó ante el teclado. Puso las manos sobre él y sintió esa excitación sin parangón que experimentaba cada vez que realizaba un viaje hacia un lugar inexplorado (e ilícito) de la Estancia Azul.

Comenzó a teclear.

—¡Gillette! —gritó una voz de hombre mientras la puerta principal de la UCC se abría de golpe.

El hacker se volvió y vio a un hombre que se adentraba en el corral de dinosaurios. Gillette tragó saliva. Era Shawn: el hombre que se hacía pasar por Charlie Pittman.

—¡Dios mío! —dijo Shelton, sobrecogido.

Tony Mott se movió deprisa y trató de empuñar su pistola plateada. Pero Shawn empuñaba un arma y, antes de que Mott la pudiera sacar, el otro ya le estaba apuntando a la cabeza. Mott levantó las manos poco a poco. Shawn hizo una seña a Sánchez y a Miller para que se echaran atrás y siguió avanzando hacia Gillette, apuntándolo con su arma.

El hacker se puso en pie y levantó las manos.

No había ningún lugar al que ir.

Pero ¿qué estaba pasando?

Frank Bishop, con el rostro sombrío, entró por la puerta principal. Lo acompañaban dos tipos altos y trajeados.

¡Así que ése tampoco era Shawn!

El hombre mostró unas credenciales.

—Soy Arthur Backle, trabajo para la División de Investigaciones Criminales del Departamento de Defensa —señaló a sus dos compañeros—. Éstos son los agentes Griffin y Cable.

—¿Eres de la DIC? ¿Qué sucede aquí? —preguntó Shelton.

Backle lo ignoró y se acercó a Wyatt Gillette, quien le dijo a Bishop:

—Nos hemos conectado a la máquina de Phate. Pero sólo tenemos unos minutos. Tengo que hacerlo ya o nos verá.

Bishop iba a responderle cuando Backle dijo a uno de sus compañeros:

—Espósalo.

El fornido agente se acercó a Gillette con las esposas en la mano y se las puso.

—¡No!

—Me dijiste que eras Pittman —dijo Mott.

—Estaba trabajando de forma encubierta —dijo Backle, encogiéndose de hombros—. Tenía motivos para pensar que no cooperaríais si os decía mi verdadera identidad.

—La puta verdad, no hubiésemos cooperado —dijo Bob Shelton.

—Vamos a escoltarlo hasta el correccional de media seguridad de San José.

—¡No pueden hacerlo!

—Wyatt, he hablado con el Pentágono —dijo Bishop—. Es cierto —sacudió la cabeza.

—Pero el director aprobó su excarcelación —dijo Mott.

—Dave Chambers ha quedado fuera —le explicó el detective—. Peter Kenyon es el director en funciones de la DIC. Y ha rescindido la orden de excarcelación.

Gillette recordó que Kenyon había sido quien supervisara la creación del programa de codificación Standard 12. El hombre que tenía mayores posibilidades de acabar en entredicho (cuando no en paro) si el programa era pirateado.

—¿Qué ha pasado con Chambers?

—Improcedencia financiera —dijo el afilado Backle, con remilgos—. Tráfico de influencias con compañías internacionales. Ni lo sé ni me importa. Todo lo que sé es que quien lleva ahora el Departamento es el subsecretario asistente Kenyon —luego Backle le dijo a Gillette—: Tenemos órdenes de revisar todos los ficheros a los que has tenido acceso y comprobar si contienen pruebas relacionadas con su acceso ilegal al software de encriptación del Departamento de Defensa.

—Frank —dijo Mott—, estamos conectados con Phate. ¡Ahora!

Bishop miró la pantalla. Le habló a Backle:

—¿No nos puedes dar un respiro? Tenemos una oportunidad de saber dónde se esconde el sospechoso. Y Wyatt es el único que nos puede ayudar a hacerlo.

—¿Y dejar que se conecte a la red? Ni hablar.

—Necesitas una orden si... —comenzó a decir Shelton.

El papel azul apareció de pronto en la mano de uno de los compañeros de Backle. Bishop lo leyó con rapidez y asintió con amargura.

—Pueden llevárselo, y confiscar todos los ordenadores y disquetes que haya estado usando.

Backle echó una ojeada a su alrededor, vio una oficina vacía y ordenó a sus ayudantes que encerraran dentro a Gillette mientras ellos buscaban los ficheros.

—¡No dejes que lo hagan, Frank! —gritó Gillette—. Estaba a punto de tomar el directorio raíz de su máquina. Y ésta es su verdadera máquina, no una caliente. Podría contener el verdadero nombre de Shawn. ¡Podría contener la dirección de su próxima víctima!

—¡Cállate, Gillette! —le cortó Backle.

—¡No! —protestó el hacker intentando desasirse de los agentes que con facilidad lo encerraban en la oficina—. ¡Quitadme las putas manos de encima! Nosotros...

Lo echaron dentro y cerraron la puerta.

—¿Puedes meterte en la máquina de Phate? —preguntó Bishop a Stephen Miller.

El tipo alto miró con temor la pantalla de la terminal.

—No lo sé. Tal vez. Es que... Si pulso una sola tecla equivocada, Phate sabrá que estamos dentro.

Bishop agonizaba. Su primera gran pista y se la robaban por culpa de estúpidas querellas entre agencias y por burocracia gubernamental. Ésta era su única oportunidad de adentrarse en la mente electrónica del asesino.

—¿Dónde están los ficheros de Gillette? —preguntó Backle—. ¿Y sus discos?

Nadie le brindó la información que había pedido. El equipo miraba al agente de manera desafiante. Backle se encogió de hombros y dijo con voz repipi:

—Lo confiscaremos todo. No nos importa. Nos lo llevamos y, con suerte, lo veis dentro de seis meses.

Bishop le hizo una seña a Sánchez.

—Esa terminal de allá —murmuró ella, señalándola con el dedo.

Backle y los otros agentes comenzaron a revisar ocho centímetros y medio de disquetes como si pudieran saber su contenido por el color de sus carcasas de plástico, e identificar los datos que contenían con sólo mirarlos.

Mientras Miller acechaba la pantalla, apurado, Bishop se volvió hacia Nolan y Mott.

—¿Puede cualquiera de vosotros usar el programa de Gillette?

—Sé cómo funciona, en teoría —dijo Nolan—. Pero nunca me he infiltrado en la máquina de nadie con Backdoor-G. Todo lo que he hecho ha sido tratar de encontrar el virus y buscarle un antídoto.

—Puedo decir lo mismo —afirmó Tony Mott—. Y además el programa de Wyatt es un híbrido que él mismo ha escrito. Lo más seguro es que posea líneas de comando únicas.

Bishop tomó una dura decisión: escogió a la civil y le dijo a Patricia Nolan:

—Hazlo lo mejor que puedas.

Ella se sentó ante la terminal. Se secó las manos en su inflada falda y se retiró el pelo de la cara, mirando la pantalla, tratando de entender los comandos del menú que, para Bishop, resultaban tan incomprensibles como el idioma ruso.

Sonó de nuevo el teléfono del detective. Lo contestó.

—¿Sí? —escuchó un momento—. Sí, señor. ¿Quién? ¿El agente Backle?

El agente alzó la vista.

Bishop seguía al teléfono.

—Está aquí... Pero... No... No, esta línea no es segura. Le diré que le llame desde una de las líneas fijas de la oficina. Sí, señor. Lo haré ahora mismo —el detective anotó un número y colgó. Levantó una ceja en dirección a Backle—: Era Sacramento. Se supone que debes llamar al secretario de Defensa. Al Pentágono. Quiere que lo llames desde una línea segura. Aquí tienes su número privado.

Uno de sus compañeros miró a Backle con cara de tener dudas. «¿El secretario Metzger?», musitó. El tono reverencial indicaba que era una llamada que no tenía precedentes.

—Puedes usar este mismo —dijo Bishop. Backle sujetó con cuidado el teléfono que Bishop le ofreció.

El agente vaciló y luego marcó los dígitos del número de teléfono. Un instante después su llamada era atendida.

—Le habla el agente Backle, de la DIC, señor. Sí, señor, esta línea es segura... —Backle asentía con fuerza pero inútilmente—. Sí, señor... Eran órdenes de Peter Kenyon. La policía del Estado de California nos lo había arrebatado, señor. La orden de excarcelación estaba a nombre de un Juan Nadie, señor... Sí, señor. Bueno, si eso es lo que desea. Pero usted entiende qué es lo que Gillette ha hecho, señor. Él... —más gestos con la cabeza—. Perdón, no intenté insubordinarme. Me ocuparé de ello, señor.

Colgó y miró a Bishop con enfado. Les dijo a sus compañeros:

—Aquí hay alguien que tiene amigos en las putas altas esferas —señaló la pizarra blanca—. ¿Vuestro sospechoso? ¿Holloway? Uno de los tipos que asesinó en Virginia estaba relacionado con uno de los que financiaron al de la Casa Blanca. Así que Gillette va a estar fuera de la cárcel hasta que le echéis el guante —suspiró con amargura—. ¡Puta política! —miró a sus compañeros—. Vosotros os quedáis a la espera. Volved a la oficina —y a Bishop—: Podéis conservarlo por ahora. Pero voy a hacer de niñera hasta que se acabe el caso.

—Lo entiendo, señor —dijo Bishop, corriendo a la oficina donde los agentes habían arrojado a Gillette y abriendo la puerta.

Sin preguntar siquiera qué había sucedido, Gillette se lanzó a la terminal. Patricia Nolan le cedió la silla con gentileza. Gillette se sentó. Bishop le dijo:

—Aún formas parte del equipo por ahora.

—Eso está bien —dijo el hacker con formalidad, poniéndose al teclado. Pero, sin que Backle pudiera oírlos, Bishop le susurró, riendo:

—¿Cómo se te ha ocurrido algo así?

Ya que nadie del Pentágono había telefoneado a Bishop, sino el mismísimo Wyatt Gillette. Había llamado al móvil de Bishop desde uno de los teléfonos de la oficina donde le habían encerrado. La conversación real difería un poco de la simulada.

Bishop había preguntado: «¿Sí?».

Gillette: «Frank, soy Wyatt. Estoy en el teléfono de la oficina. Haz como si fuera tu jefe. Dime que Backle está ahí».

«Sí, señor. ¿Quién? ¿El agente Backle?»

«Muy bien», había respondido el hacker.

«Está aquí, señor.»

«Ahora dile que llame al secretario de Defensa. Pero asegúrate de que lo hace desde la línea principal de la oficina de la UCC. Ni desde su móvil ni desde el de nadie. Dile que es una línea segura.»

«Pero...»

Gillette le tranquilizó: «Está bien. Hazlo. Y dale este número». Y procedió a dictarle a Bishop un número de Washington D.C.

«No, esta línea no es segura. Le diré que le llame desde una de las líneas fijas de la oficina. Sí, señor. Lo haré ahora mismo.»

Gillette se lo explicó en un susurro:

—He pirateado el conmutador de la oficina local de Pac Bell con la máquina de ahí dentro y he hecho que me transfirieran todas las llamadas provenientes de la UCC.

—¿Y de quién era ese número? —preguntó Bishop, a un tiempo confundido y admirado.

—Bueno, el del secretario de Defensa. Su línea era tan fácil de piratear como cualquier otra —Gillette señaló la pantalla, con impaciencia—. No te preocupes. He cancelado el desvío de llamadas.

Empezó a teclear.

La versión de Gillette del programa Backdoor-G lo dejó justo en medio del ordenador de Phate. Lo primero que vio fue una carpeta llamada «Trapdoor».

Su corazón empezó a latir con furia, y advirtió esa mezcla de agitación y euforia que sentía cuando su curiosidad se apoderaba de él como una droga. Ahí tenía una oportunidad de aprender algo acerca de ese programa milagroso, de su funcionamiento y, quizá, hasta de su código de origen.

Pero tenía un conflicto: si bien podía penetrar en la carpeta «Trapdoor» y estudiar el programa, pues tenía el control del directorio raíz, también sabía que eso lo convertía en susceptible de ser detectado. De la misma forma que Gillette había sido capaz de descubrir a Phate cuando éste se coló en el ordenador de la UCC. Si eso sucedía, Phate apagaría inmediatamente su máquina y crearía un nuevo proveedor de Internet y una nueva dirección electrónica. Y no podría encontrarlo de nuevo, por lo menos no antes de que acabara con su próxima víctima.

No, supo que debía evitar acercarse a Trapdoor (a pesar del empuje de su curiosidad) y buscar claves que pudieran ayudarlos a encontrar a Phate o a Shawn, o indicarles quién sería la próxima víctima.

Sintiéndolo mucho, Gillette se alejó del Trapdoor y comenzó a acechar por el ordenador de Phate, en busca de un botín.

Mucha gente cree que la arquitectura de un ordenador es un edificio perfectamente simétrico y aséptico: proporcional, lógico y organizado. No obstante, Wyatt sabía que el interior de una máquina es algo más orgánico, que es como una cueva o como una criatura viviente: un lugar que cambia cada vez que el usuario añade un nuevo programa, instala nuevo hardware o hace algo tan sencillo como encender o apagar el ordenador. Cada máquina contiene millares de sitios que visitar y una miríada de caminos para acceder a cada destino. Cada máquina es diferente a otra. Examinar un ordenador ajeno era como caminar por la atracción turística local, la Casa del Misterio de Winchester, cerca de Santa Clara: la mansión de cien habitaciones donde había vivido la viuda del inventor del rifle repetidor Winchester. Era un lugar plagado de pasajes ocultos y cámaras secretas (y fantasmas, según la excéntrica señora que lo había habitado).

Los pasajes virtuales del ordenador de Phate lo condujeron finalmente hasta el directorio principal. Gillette vio una carpeta titulada «Correspondencia» y fue a su encuentro como un tiburón.

Abrió la primera subcarpeta «Saliente».

Ésta contenía en su mayor parte correos electrónicos dirigidos a Shawn@mol.com, por Holloway, ya en su faceta de Phate o en la de Deathknell.

—Tenía razón —murmuró Gillette—. Shawn está en el mismo proveedor de Internet que Phate: Monterrey On-Line. Así tampoco hay forma de rastrear su paradero.

Pasó revista de forma arbitraria a algunos correos electrónicos y los leyó. Lo primero que aprendió fue que, entre ellos, sólo usaban los nombres de pantalla: Phate o Deathknell y Shawn. La correspondencia era altamente técnica: arreglos de software, copias de datos de ingeniería y especificaciones descargadas de la red y bases de datos. Era como si estuvieran preocupados porque sus máquinas pudieran ser capturadas, y hubieran decidido no hacer ningún tipo de referencia a sus vidas privadas ni a nada fuera de la Estancia Azul.

No había ningún detalle que pudiera aclarar quién era Shawn o dónde mataba las horas Phate.

Pero entonces Gillette encontró un e-mail algo distinto. Phate se lo había enviado a Shawn algunas semanas atrás: a las tres de la mañana, la que los hackers consideran la hora del aquelarre, pues sólo los geeks más plantados continúan on-line.

—Echadle un ojo a esto —advirtió Gillette al equipo.

Patricia Nolan estaba leyendo por encima del hombro de Gillette. Él notó cómo ella lo rozaba al acercarse a la pantalla y dar un golpecito sobre el texto:

—Da la impresión de que son algo más que amigos.

Comenzó a leérselo al grupo: «Anoche acabé de trabajar en el arreglo del programa y me tiré en la cama. No podía dormir y no hacía otra cosa que pensar en ti, en lo mucho que me reconfortas... Comencé a tocarme y no podía parar...».

Gillette alzó la vista. Todo el equipo (incluyendo al agente Backle) lo miraba.

—¿Debo seguir leyendo?

—¿Hay algo ahí que nos ayude a atrapar al sospechoso? —preguntó Bishop.

El hacker revisó rápidamente el resto del correo.

—No, es de tono subido.

—Entonces quizá debas seguir mirando —replicó Bishop.

Gillette salió de la subcarpeta «Saliente» y se metió en la de «Correspondencia entrante». La mayoría eran mensajes de servidores de listas, que son listas de e-mails que automáticamente envían a sus suscriptores boletines sobre temas de su interés. Había también viejos correos de Vlast y de Triple-X: información técnica sobre software y *warez*. Nada de utilidad. Todos los demás eran de Shawn, pero se trataba de respuestas a peticiones de Phate para encontrar errores en Trapdoor o para escribir arreglos para otros programas. Estos correos eran aún más técnicos y menos reveladores que los de Phate.

Abrió otro.

De: Shawn
Para: Phate
RE: FWD: Empresas de Telefonía Móvil

Shawn había encontrado un artículo en la red que hablaba de las más eficaces compañías de móviles y se lo había reenviado a Phate.

Bishop lo vio y dijo:

—Tal vez contenga algo que nos ponga en la pista de los teléfonos que usan. ¿Puedes copiarlo?

El hacker pulsó el botón «Imprimir Pantalla» que envía los contenidos de la pantalla a la impresora.

—Descárgalo —dijo Stephen Miller—. Es mucho más rápido.

—No creo que queramos hacerlo.

El hacker les explicó que copiar los datos de la pantalla no afectaba a las operaciones internas del ordenador de Phate, sino que simplemente enviaba las imágenes y el texto desde el monitor de la UCC hasta la impresora. Así, Phate no podría sospechar que Gillette estaba copiando esos datos. No obstante, si los descargaba, a Phate le sería muy fácil advertirlo. Y también podría suceder que accionase alguna alarma en el ordenador.

Siguió viajando por la máquina del asesino.

Más ficheros que abrió y cerró: un vistazo rápido y a por otro fichero. Gillette se sentía exultante y sobrepasado por la cantidad y la brillantez del material técnico que contenía el ordenador del asesino. Aunque, por otra parte, había mucho que escrutar: incluso un ordenador normal y corriente como ése poseía un disco duro capaz de almacenar diez mil libros.

Abrir. Cerrar. Pero nada que pudiera ayudarlos.

—¿Qué podrías decirnos sobre Shawn, tras haber visto sus correos electrónicos? —preguntó Tony Mott.

—No mucho —respondió Gillette. Dijo que, en su opinión, Shawn era brillante y de temperamento frío. Sus respuestas eran abruptas y presuponían muchos conocimientos por parte de Phate, lo que sugería que era una persona arrogante, que no tenía ninguna paciencia con aquellos que no pudieran seguir su ritmo. Tenía al menos un título universitario obtenido en un buen centro pues, aunque rara vez se molestaba en escribir una frase completa, tanto su sintaxis como su gramática y su puntuación eran excelentes. Y gran parte del software que se enviaban el uno al otro estaba escrito en la versión de la costa Este de Linux, y no en la de Berkeley.

—Así que quizá haya conocido a Phate en Harvard —especuló Bishop.

El detective anotó esto último en la pizarra blanca y solicitó a Bob Shelton que enviara una petición a la universidad para que hicieran una búsqueda, tanto entre estudiantes como entre docentes, de alguien llamado Shawn en los últimos diez años.

Patricia Nolan consultó su Rólex y dijo:

—Llevas dentro ocho minutos. Él podría comprobar su sistema en cualquier momento y descubrirte.

Gillette, advirtiendo la presión reinante, asintió y empezó a abrir ficheros con mayor celeridad, a un tiempo consciente de que Phate podía haber colocado trampas por todo el ordenador. Demonios, si hasta un antivirus podía advertirle de que Gillette estaba usando una variante del Backdoor-G en su sistema operativo. Pero intuía que Phate sólo se había preocupado de protegerse de otros wizards y no del asalto banal de un programa que un simple detector de virus podía localizar.

—Quiero ver si podemos encontrar algo que nos lleve a su siguiente víctima —dijo Bishop.

Gillette, como si Phate pudiera oírlo, comenzó a teclear suavemente para regresar al directorio principal: un diagrama arbóreo de las carpetas y subcarpetas.

```
A:/
C:/
    -SISTEMA OPERATIVO
    -CORRESPONDENCIA
    -TRAPDOOR
    -NEGOCIOS
    -JUEGOS
    -HERRAMIENTAS
    -VIRUS
    -IMÁGENES
D:/
    -BACKUP
```

—¿Cuál debería abrir? —preguntó—. ¿«Juegos» o «Negocios»?
—«Juegos» —respondió Bishop—. En eso se basan sus asesinatos.
Gillette entró en el directorio

```
-JUEGOS
    -Semana ENIAC
    -Semana PC IBM
    -Semana Univac
    -Semana Apple
    -Semana Altair
    -Proyectos del año que viene
```

—El hijo de puta lo tiene todo bien ordenado y dispuesto —dijo
Bob Shelton.
—Y hay más asesinatos en camino —dijo Gillette, tocando la pantalla—. El primer día que se comercializó el Apple. El viejo ordenador Altair. Dios, si hasta tiene planificado el año que viene.
—Mira esta semana: Univac —pidió Bishop.
Gillette expandió el directorio en forma de árbol.

-Semana Univac
  -Juego completo
  -Lara Gibson
  -Academia St. Francis
  -Proyectos futuros

—¡Ahí! —exclamó Mott—. «Proyectos futuros.»

Gillette hizo clic en la carpeta.

Ésta contenía docenas de ficheros: páginas y más páginas de notas, planos, diagramas, imágenes, esquemas y artículos de periódico. Había demasiado para poder leerlo todo, por lo que Gillette fue al comienzo y echó un vistazo al primer fichero, y así sucesivamente mientras pulsaba «Imprimir Pantalla» antes de pasar al siguiente. Se movía tan rápido como le era posible pero la función de imprimir desde la pantalla es lenta: cada página le llevaba diez segundos.

—Esto dura demasiado —dijo.

—Creo que deberíamos descargarlo —opinó Nolan.

—Es correr riesgos —respondió él —. Ya te lo he dicho.

—Pero ten presente el ego de Phate —afirmó ella—. Él piensa que nadie es lo bastante bueno como para entrar en sus máquinas, y quizá no tenga conectada la alarma de descarga.

—Esto es terriblemente lento —dijo Miller—. Sólo llevamos tres páginas.

—Tú decides —dijo Gillette a Bishop, quien miraba la pantalla.

El detective lo consultó con Nolan:

—¿Qué opinas?

—Estoy de acuerdo, corremos riesgos —respondió ella—. Pero si lo descargamos tendremos todo el fichero en nuestro sistema en uno o dos minutos.

—¿Y bien? —preguntó Gillette al detective, mientras las manos del hacker colgaban en el espacio vacío frente a él, tecleando con furia en un teclado que no existía.

Phate estaba sentado cómodamente frente a su portátil, en el inmaculado salón de su casa de Los Altos.

Aunque en verdad no estaba allí.

Estaba perdido en el Mundo de la Máquina, usando Trapdoor para rebuscar en un ordenador cercano. Estaba planeando el ataque de ese mismo día.

Acababa de descifrar otro fichero de contraseñas en la máquina de su próximo objetivo cuando un pitido urgente salió de los altavoces de su ordenador. Al mismo tiempo, en su pantalla, en el ángulo superior derecho, apareció una ventana roja: dentro había una sola palabra:

ACCESO

Tragó saliva, sobresaltado. ¡Alguien estaba tratando de descargar ficheros de su máquina! Esto no había ocurrido nunca. Jamás. Se sobrecogió y empezó a sudar profusamente. Ni siquiera se molestó en examinar su sistema para descubrir qué había pasado. Lo supo al instante: esa foto que supuestamente le había mandado Vlast era en realidad un correo enviado por Gillette para implantarle un virus de puerta trasera en su ordenador.

¡Ese puto Judas Valleyman estaba ahora mismo paseándose por su sistema y tratando de descargar sus ficheros!

Phate alcanzó el conmutador de energía del mismo modo que un conductor se lanza a pisar el freno cuando ve una ardilla en la carretera. Pero entonces, al igual que algunos conductores, sonrió con malicia y dejó que su máquina corriera a toda potencia.

Sus manos regresaron al teclado y presionó al mismo tiempo las teclas *Shift* y *Control* mientras pulsaba simultáneamente la tecla *E*.

Capítulo 00011111 / Treinta y uno

Las palabras del monitor situado frente a Wyatt Gillette brillaban con caracteres deslumbrantes:

COMIENZO ENCRIPTACIÓN ARCHIVOS

Un poco después apareció otro mensaje:

ENCRIPTANDO: STANDARD 12
DEPARTAMENTO DE DEFENSA

—¡No! —gritó Gillette, mientras se suspendía la descarga de los ficheros de Phate y los contenidos de «Proyectos actuales» se convertían en gachas de avena digital.

—¿Qué ha pasado? —preguntó Bishop.

—Que Phate sí tenía una alarma de descarga —murmuró Nolan, enfadada consigo misma—. Me he equivocado.

Gillette observó la pantalla con impotencia.

—Ha cancelado la descarga pero no se ha desconectado. Ha pulsado una tecla caliente y está codificando todo lo que guarda en su máquina.

—¿Puedes decodificarlo? —preguntó Shelton.

El agente Backle vigilaba atentamente a Gillette.

—No, sin la clave de decodificación de Phate —dijo el hacker con firmeza—. Ni los vectores de datos en paralelo de Fort Meade podrían descriptar todos estos datos en un mes entero.

—No me refería a la clave —dijo Shelton—. Te preguntaba si podrías «crackearlo».

—No puedo. Te lo dije. No sé cómo leer el Standard 12.

—Mierda —murmuró Shelton observando a Gillette—. Va a morir más gente si no podemos conocer qué guarda en ese ordenador.

El agente Backle, del DdD, suspiró. Gillette vio que tenía los ojos fijos en la pizarra blanca.

—Adelante —dijo Backle—. Si eso puede salvar vidas, hazlo.

Gillette volvió a contemplar el monitor. Por una vez, sus dedos dejaron de teclear el aire mientras observaba la marea de densa morralla que flotaba por la pantalla. Cualquiera de esos caracteres bloqueados podía contener una pista sobre la identidad de Shawn, la ubicación de Phate o la dirección de la próxima víctima.

—¡Hazlo! ¡Por lo que más quieras, hazlo! —dijo Shelton.

—Lo digo en serio —susurró Backle—. Cerraré los ojos.

Gillette observó cómo la marea de signos pasaba de forma hipnótica ante sus ojos. Sus manos fueron hasta el teclado. Podía sentir cómo todos tenían los ojos puestos en él.

Pero entonces Bishop preguntó, con voz preocupada:

—¡Un segundo! ¿Por qué no se ha desconectado de la red? ¿Por qué ha codificado todo? No tiene sentido.

—Ay, Dios —dijo Gillette. Y de inmediato supo la respuesta a esas preguntas. Movió la cabeza de un lado a otro mientras apuntaba a una caja gris en la pared que tenía un botón rojo en el centro—. ¡Dale al conmutador de fuga! ¡Ahora! —gritó a Stephen Miller, que era quien se encontraba más cerca del botón.

Miller miró el conmutador y luego miró a Gillette:

—¿Por qué?

El hacker se lanzó hacia delante, enviando la silla lejos por el impulso, e intentó llegar al botón. Pero ya era tarde. Antes de que pudiera pulsarlo se oyó un ruido chirriante proveniente del disco central del ordenador de la UCC y las pantallas de todas las terminales se apagaron.

Bishop y Shelton se echaron hacia atrás cuando comenzaron a brotar chispas de los agujeros de ventilación del disco. El humo y los gases empezaron a esparcirse por la sala.

—Dios bendito... —Mott se alejó de la máquina.

El hacker pulsó el conmutador de fuga con la palma de la mano, cortando así la corriente y haciendo que el gas halón se inyectara en la carcasa de los ordenadores, extinguiendo las llamas.

—¿Qué demonios ha sucedido? —preguntó Shelton.

Gillette murmuró enfadado:

—Ésa era la razón para codificar los ficheros pero seguir on-line: enviar una bomba a nuestro sistema.

—¿Cómo ha hecho eso? —preguntó Bishop.

Gillette sacudió la cabeza:

—Yo diría que ha enviado un comando que de alguna forma ha apagado el ventilador, y luego ha ordenado que el disco duro se dirigiera a un sector inexistente: así se consigue que el motor del disco se revolucione y se recaliente.

Bishop observó el disco abrasado.

—Quiero que todo esté funcionando otra vez en media hora —le dijo a Miller—. Encárgate de eso, ¿quieres?

—No sé qué les queda en el inventario a los Servicios Centrales —dijo un dudoso Miller—. Suelen andar cargados de trabajo. La última vez nos llevó dos días conseguir un disco de repuesto, por no hablar de la máquina. Lo que pasa es que...

—No —replicó Bishop, furioso—. Media hora.

Miller estudió los aparatos que estaban repartidos por el suelo. Señaló unos cuantos ordenadores personales.

—Tal vez podríamos crear un mini sistema con ellos y cargar las copias de seguridad. Y luego...

—Haz lo que tengas que hacer —dijo Bishop, y agarró las hojas que había en la impresora y que contenían lo que habían podido robar del ordenador de Phate gracias a la tecla de «Imprimir Pantalla», antes de que el asesino lo codificara todo—. Vamos a ver si nos hemos topado con algo —dijo al resto del equipo.

A Gillette le ardían los ojos y la boca por los gases del ordenador. Se dio cuenta de que Bishop, Shelton y Sánchez miraban la máquina con desasosiego, pensando sin duda lo mismo que se le pasaba por la cabeza a él: lo inquietante que resulta que algo tan insustancial como el código de software (meras cadenas de ceros y unos) pueda acariciar tu cuerpo físico con un toque doloroso o, incluso, letal.

Bajo la atenta mirada de su falsa familia, que lo observaba desde las fotos enmarcadas de la sala, Phate caminaba impaciente, en círculos, por la habitación, con tanta rabia que casi le cortaba la respiración.

Valleyman había logrado colarse en su máquina.

Y, peor aún, lo había hecho con un simple programa de puerta trasera que podía escribir cualquier geek de instituto.

Inmediatamente cambió la identidad de su ordenador y su dirección de Internet, por supuesto. Gillette no tendría ninguna posibilidad de volver a colarse. Pero lo que lo intranquilizaba era esto: ¿qué había visto la policía? Gillette había usado un anonimatizador que automáticamente reescribía la información de los ficheros para borrar las huellas que delataban qué había estado mirando o cuánto tiempo había pasado dentro de su máquina: lo mismo que Phate había hecho cuando pirateó ISLEnet. Quizá Gillette había hecho sonar la alarma de descarga cinco segundos después de colarse dentro, pero tal vez llevaba una hora entera dentro de su ordenador, tomando notas o imprimiendo pantalla tras pantalla. No había manera de saberlo.

Nada de lo que había en esa máquina podía guiarlos a su casa de Los Altos, pero sí contenía mucha información sobre sus ataques presentes y futuros. ¿Habría visto Valleyman la carpeta de «Proyectos actuales»? ¿Habría visto lo que Phate se disponía a hacer en pocas horas?

Tenía todo planificado para su siguiente ataque... Por Dios, si ya estaba todo en marcha.

¿Debía buscarse otra víctima?

Pero pensar en desechar un proyecto en el que había invertido tanto tiempo y tantos esfuerzos se le hacía duro. Más exasperante que los alientos derrochados era todavía pensar que si abandonaba sus planes, sería por culpa del hombre que lo traicionó: el hombre que desenmascaró la Gran Ingeniería Social y que, de hecho, mató a Jon Patrick Holloway, forzando a Phate a vivir para siempre en el subsuelo.

Se sentó de nuevo ante la pantalla del ordenador y dejó que sus dedos callosos descansaran sobre las teclas de plástico, tan suaves como las uñas pintadas de una mujer. Cerró los ojos y, como un hacker que trata de imaginarse cómo depurar un programa defectuoso, dejó que su mente vagara por donde le diera la gana.

Jennie Bishop llevaba puesto uno de esos horribles camisones de hospital que están abiertos por la espalda.

Se preguntaba por qué le pondrían a la tela esos puntitos de color azul claro.

Se apoyó en la almohada y, abstraída, echó un vistazo por la habitación amarilla mientras esperaba al doctor Williston. Eran las once y cuarto y el doctor se retrasaba.

Estaba pensando en lo que tenía que hacer cuando acabara con las pruebas. Tenía que efectuar unas compras, recoger a Brandon cuando saliera del colegio y llevar al chaval a las pistas de tenis. Hoy al niño le tocaba jugar contra Linda Garland, que era la chiquilla más bonita e insolente de cuarto curso, y una mocosa descortés cuya única estrategia era, según el convencimiento de Jennie, subir a la red para tratar de romperle la nariz a su oponente por medio de una volea asesina.

También pensaba en Frank. Había llegado a la conclusión de que era un enorme alivio que su esposo no estuviera presente. Era el caso más contradictorio del mundo. Perseguía a delincuentes por las calles de Oakland, se mostraba impertérrito si tenía que detener a asesinos que medían el doble que él y charlaba animadamente con prostitutas y con traficantes de drogas. Y ella no recordaba haberlo visto temblar.

Hasta la semana pasada. Cuando un análisis médico había mostrado que la cantidad de glóbulos blancos en la sangre de Jennie había descendido una enormidad sin motivo aparente. Cuando se lo dijo, Frank se quedó en silencio. Mientras la escuchaba había asentido una docena de veces, subiendo y bajando mucho la cabeza al hacerlo. Ella pensó que él iba a echarse a llorar (algo que nunca le había visto hacer) y se había preguntado qué hacer en ese caso.

—¿Qué significa, entonces? —le había preguntado Frank, con la voz casi rota.

—Que quizá se trate de una infección rara —le contestó, mirándole a los ojos—, o quizá sea cáncer.

—Vale, vale —repitió él en un susurro, como si al alzar la voz la colocara en un peligro inminente.

Habían hablado sobre algunos detalles sin importancia (horario de citas, las credenciales del doctor Williston...) y luego ella le había forzado a que saliera a cuidar su orquídea mientras ella preparaba la cena.

Quizá se trate de una infección rara...

Amaba a Frank Bishop más de lo que había amado a nadie en el mundo, más de lo que podría amar a nadie. Pero Jennie se alegraba de que su marido no estuviera presente. No tenía ganas de tener que andar agarrando la mano de nadie en esos momentos.

Quizá sea cáncer...

Bueno, no iba a tardar mucho en saber de qué se trataba. Miró el reloj. ¿Dónde estaba el doctor Williston? No le molestaban los hospitales ni someterse a distintas pruebas, pero odiaba tener que esperar. Tal vez hubiera algo en la tele. ¿A qué hora echaban *Melrose Place*? O quizá podría escuchar la radio...

Una enfermera encorvada, que movía un carrito médico, entró en la habitación. «Buenos días», dijo la mujer, con mucho acento hispano.

—Hola.

—¿Usted es Jennifer Bishop?

—La misma.

La enfermera consultó un impreso hecho con ordenador y luego conectó a Jennie a un monitor de constantes vitales que estaba montado en una pared del cuarto. Se oyeron suaves pitidos que sonaban rítmicamente. La mujer consultó una lista y luego miró un gran despliegue de distintas medicinas.

—Usted es paciente del doctor Williston, ¿no?

—Sí.

Observó la pulsera de plástico que Jennie llevaba pegada a la muñeca y asintió.

Jennie sonrió.

—¿Es que acaso no me creía?

—Siempre hay que comprobarlo todo dos veces —dijo la enfermera—. Mi padre era carpintero, ¿sabe? Siempre decía: «Mide dos veces y cortarás una sola».

Jennie tuvo que hacer esfuerzos para no reírse, al pensar que tal vez ése no fuese el mejor refrán para decirles a los pacientes de un hospital.

Vio cómo la enfermera llenaba una aguja de líquido cristalino y preguntó:

—¿Ha ordenado el doctor Williston que me pongan una inyección?

—Sí.

—Sólo he venido a que me hagan unas pruebas.

La mujer consultó otra vez la página impresa y asintió.

—Esto es lo que ha ordenado.

Jennie miró la hoja, pero le fue imposible discernir nada entre tantos números y letras.

La enfermera le limpió el brazo con un algodón empapado en alcohol y le puso la inyección de forma indolora. Aunque, una vez que extrajo la aguja, Jennie percibió una extraña sensación en el brazo: sintió frío.

—El doctor la verá muy pronto.

Se fue antes de que Jennie pudiera preguntar qué era lo que le había inyectado. Eso le preocupó un poco. Entendía que en su estado tenía que tener cuidado con las medicinas pero se dijo que no tenía por qué alarmarse. Jennie sabía que en su historial se especificaba que estaba embarazada y estaba claro que allí nadie haría nada que pudiera perjudicar a su bebé.

Capítulo 00100000 / Treinta y dos

—Todo lo que necesito son los números del teléfono móvil que está usando y encontrarme a algo así como un kilómetro cuadrado de él. Y entonces puedo colgarme en su espalda.

Semejante convencimiento salía de la boca de Garvy Hobbes, un hombre rubio de edad indeterminada, delgado a pesar de una tripa prominente que delataba cierta pasión por la cerveza. Vestía vaqueros y una camisa de un solo color.

Hobbes era el jefe de seguridad de Mobile America, el mayor proveedor de teléfonos móviles del norte de California.

El correo electrónico que Shawn le había enviado a Phate sobre las empresas de telefonía móvil y que Gillette había encontrado en el ordenador de Holloway era un estudio comparativo de empresas que proveían el mejor servicio para la gente que deseaba conectarse on-line desde su móvil. El estudio declaraba a Mobile America la mejor de todas, y el equipo presupuso que Phate habría hecho caso a la recomendación de Shawn. Tony Mott había llamado a Hobbes, que ya había colaborado antes con la UCC.

Hobbes corroboró que muchos hackers usaban Mobile America porque, para conectarse a la red con el móvil, uno necesitaba una señal regular y de alta calidad, algo que Mobile America podía ofrecer. Hobbes señaló con la cabeza a Stephen Miller, quien estaba trabajando duro con Linda Sánchez para unir los ordenadores de la UCC y poder conectarlos a la red de nuevo.

—Stephen y yo hablamos sobre ello la semana pasada. Él pensaba que debíamos rebautizar la empresa como Hacker's America.

Bishop preguntó cómo se disponían a rastrear a Phate ahora que sabían que era cliente suyo, aunque ilegal, con toda probabilidad.

—Todo lo que se necesita es el ESN y el MIN de su teléfono —dijo Hobbes.

Gillette, quien había hecho sus pinitos como *phreak* telefónico, sabía lo que significaban esas iniciales y se lo explicó: cada teléfono móvil tiene tanto un ESM (el número de serie electrónico, que es secreto) como un MIN (número de identificación del móvil: el código de área y los siete dígitos del número de teléfono).

Hobbes le reveló que, si sabía esos números y se encontraba a un kilómetro del teléfono en cuestión, podía servirse de un equipo de búsqueda direccional de radio para localizar al emisor con una exactitud de centímetros. O, como le gustaba repetir a Hobbes, «colgarse en su espalda».

—¿Y cómo podemos saber cuáles son los números de su teléfono? —preguntó Bishop.

—Bueno, eso es lo complicado del caso. Muchas veces conseguimos los números porque el cliente llama para denunciar que le han robado el teléfono. Pero este tipo no tiene pinta de andar birlando el aparato de nadie. Aunque necesitamos esos números: de lo contrario, no hay nada que podamos hacer.

—¿Con qué rapidez puede moverse si lo llamamos?

—¿Yo? En un pispás. Y aún más rápido si me dejáis subir a uno de esos coches con luces en el techo y sirenas —bromeaba. Les dio una tarjeta. Hobbes tenía dos números de oficina, un número de fax, un busca, y dos números de móvil. Sonrió—: A mi novia le gusta que esté accesible. Yo le digo que tengo todo esto porque la quiero, pero la verdad es que con tanta llamada pirata, la empresa me anima a estar disponible. Créeme: el robo de servicio telefónico celular va a ser el crimen del próximo siglo.

—O uno de tantos —murmuró Linda Sánchez.

Hobbes se largó y el equipo volvió a revisar los pocos documentos del ordenador de Phate que habían podido imprimir antes de que él codificara los datos.

Miller anunció que el sistema volvía a funcionar. Gillette lo comprobó y supervisó la instalación de la mayoría de las copias de seguridad: quería cerciorarse de que seguía sin existir vínculo alguno con ISLEnet desde esa máquina. Apenas había acabado de realizar el último chequeo de diagnóstico cuando la máquina empezó a pitar.

Gillette miró la pantalla, preguntándose si su bot habría encontrado algo más. Pero no, el sonido anunciaba que tenían correo. Era de Triple-X. Leyendo el mensaje en voz alta, Gillette dijo:

—«Aquí tenéis un Phichero con inphormación sobre nuestro amigo» —alzó la vista—. Phichero, «P-H-I-C-H-E-R-O». Inphormación, «I-N-P-H-O-R-M-A-C-I-ÓN».

—Todo reside en la ortografía —comentó Bishop. Y luego añadió—: Creía que Triple-X estaba algo paranoico y que sólo iba a utilizar el teléfono.

—No menciona el nombre de Phate y la información del mensaje está encriptada.

Gillette advirtió que el agente del Departamento de Defensa se removía en su asiento y añadió:

—Siento decepcionarlo, agente Backle, pero esto no es el Standard 12. Es un programa de encriptación con clave pública.

—¿Cómo funciona? —preguntó Bishop.

Gillette les habló de la encriptación con clave pública, en la que cualquiera puede encriptar un mensaje con software a disposición del público. Entonces el emisor se lo envía por correo electrónico al destinatario, quien debe usar una clave privada para decodificarlo. Esa clave la recibe el destinatario normalmente por teléfono o en persona, pero nunca on-line: alguien podría interceptarla.

Pero nadie había recibido una llamada del hacker.

—¿Tienes su teléfono? —preguntó Gillette a Bishop.

El detective dijo que, cuando le había llamado antes para darle la dirección de correo de Phate, el indicador de llamadas indicaba que el hacker estaba telefoneando desde una cabina.

—Quizá la clave esté en camino. Mucha gente envía la clave de decodificación por mensajero —Gillette examinó el programa de encriptación y se echó a reír—: Pero os apuesto algo a que puedo descifrarlo antes de que llegue la clave —insertó el disquete que contenía sus herramientas hacker en uno de los PC y cargó un programa de decodificación que había escrito años atrás.

Linda Sánchez, Tony Mott y Shelton habían estado ojeando las pocas páginas de material que Gillette había logrado imprimir de la carpeta «Proyectos actuales» de Phate antes de que el asesino detuviera la descarga y encriptara los datos.

Mott pegaba las hojas en la pizarra blanca y el grupo se congregaba frente a ellas.

—Hay muchas referencias a gestión de centros: portería, servicios de cocina y de seguridad, personal, nóminas... —advirtió Bishop—. Parece que el objetivo es un sitio grande: lo ha estudiado y tiene descripciones exhaustivas de los pasillos, de los garajes y de las rutas de escape.

—La última página —dijo Mott—. Mirad: «Servicios Médicos».

—Un hospital —dijo Bishop—. Va a atacar un hospital.

—Eso tiene sentido —añadió Shelton—: Hay alta seguridad y multitud de víctimas entre las que elegir.

—Concuerda con su pasión por los retos y por divertirse con sus juegos —dijo Nolan—. Y puede hacerse pasar por quien quiera: un cirujano, una enfermera o un conserje. ¿Alguien intuye cuál de ellos va a escoger?

Pero nadie encontraba ninguna referencia específica a ningún hospital en concreto.

Bishop señaló un bloque de caracteres en uno de los listados

—Ahí hay algo que me suena.

Bajo esas palabras había un gran listado de lo que parecían ser números de la Seguridad Social.

—CSGEI, sí —asintió Shelton—. Sí. Lo he oído antes.

De pronto Linda Sánchez dijo:

—Claro, ya lo sé: es nuestro asegurador, la compañía de seguros de los empleados del gobierno del Estado. Y ésos deben de ser los números de la Seguridad Social de los pacientes.

Bishop llamó a la oficina del CSGEI de Sacramento. Informó a un especialista de demandas de lo que habían encontrado y le preguntó a qué se refería esa información del listado. Asintió mientras oía la respuesta y luego alzó la vista y miró a los miembros del equipo:

—Son demandas recientes de servicios médicos realizadas por empleados del Estado.

Volvió a hablar por teléfono y preguntó:

—¿Qué es la Unidad 44?

Escuchó. Un segundo después frunció el ceño. Miró al equipo.

—La Unidad 44 es la policía estatal: la oficina de San José. Somos nosotros. Esa información es confidencial... ¿Cómo la consiguió Phate?

—¡Jesús! —dijo Gillette—. Pregúntales si los archivos de esa unidad están en ISLEnet.

Bishop lo hizo. Asintió.

—Sí, están.

—Maldición —juró Gillette—. Cuando se coló en ISLEnet, Phate no estuvo conectado sólo cuarenta segundos: mierda, alteró los ficheros de anotación de actividades para hacernos creer eso. Ha debido de descargar gigas de información. Tendríamos que...

—Oh, no —se oyó decir a una voz masculina, con un evidente tono de alarma.

El equipo se volvió para ver a Frank Bishop con la boca abierta, angustiado, señalando una lista de números pegada a la pizarra.

—¿Qué pasa, Bishop? —preguntó Gillette.

—Va a atacar el Centro Médico Stanford-Packard —susurró el detective.

—¿Cómo lo sabes?

—La segunda línea empezando por el final: ¿ves ese número de la Seguridad Social? Es el de mi esposa. Y ella está ahora mismo en el hospital.

Un hombre entró en la habitación de Jennie Bishop.

Ella dejó de mirar el televisor sin sonido, en el que había estado posando la vista para ver los primeros planos del culebrón de turno y comparar los peinados de las protagonistas. Estaba esperando al doctor Williston, pero el visitante era otra persona: un hombre vestido con un uniforme azul marino. Era joven y tenía un grueso bigote negro, que contrastaba con su pelo castaño. Daba la impresión de que, en su caso, la función del vello facial era la de darle a ese rostro aniñado algo de madurez.

—¿La señora Bishop?

Tenía un poco de acento sureño, no demasiado común en esa parte de California.

—Sí.

—Me llamo Hellman. Pertenezco al equipo de seguridad del hospital. Su marido ha llamado y me ha pedido que me quede en su habitación.

—¿Por qué?

—No nos lo ha dicho. Nos ha solicitado que nos cercioremos de que nadie entra en su habitación salvo él mismo, la policía o su médico.

—¿Por qué?

—No lo ha dicho.

—¿Mi hijo está bien? ¿Brandon?

—No he oído que no lo esté.

—¿Por qué Frank no me ha llamado directamente?

Hellman jugó con el bote de Mace que colgaba de su cinturón.

—Los teléfonos del hospital se han averiado hace una hora. Los de reparaciones están trabajando para restaurar la línea. Su marido nos contactó por medio de la radio que usamos para, ya sabe, hablar con las ambulancias.

Jennie tenía su móvil en el bolso pero había visto el cartel que alertaba de que estaba prohibido usar los móviles en el hospital, pues su señal a veces interceptaba los marcapasos y otros instrumentos.

El guardia echó un vistazo a la habitación y luego acercó una silla a la cama y se sentó. Ella no miró al joven de frente, pero podía sentir que él la estudiaba, que recorría su cuerpo con la vista, como si quisiera escudriñarla por los agujeros de las axilas del camisón con puntitos y entrever sus pechos. Se volvió hacia él con una expresión asesina pero entonces él miró hacia otro lado.

El doctor Williston, un hombre calvo de cincuenta y muchos años, entró en la habitación.

—Hola, Jennie, ¿cómo estamos esta mañana?

—Bien —dijo ella sin mucha certidumbre.

El doctor vio al guardia de seguridad. Lo miró con las cejas arqueadas.

—El detective Bishop me ha pedido que me quede con su esposa —dijo el hombre.

El doctor Williston contempló al hombre un poco más y luego preguntó:

—¿Es usted miembro de la seguridad del hospital?

—Sí, señor.

—A veces tenemos algunos problemillas con los casos que lleva Frank —dijo Jennie—. Le gusta andar con cautela.

El doctor asintió y luego alegró la cara para darle confianza.

—Vale, Jennie, estas pruebas no van a durar todo el día pero me gustaría decirte qué es lo que vamos a hacer, y qué es lo que estamos buscando —señaló el esparadrapo que ella llevaba en el brazo y dijo—: Veo que ya te han sacado sangre y...

—No. Eso es de la inyección.

—¿De qué...?

—Ya sabe, de la inyección.

—¿Cómo es eso? —dijo él, frunciendo el ceño.

—Hará como veinte minutos. La inyección que usted me había prescrito.

—No había ninguna inyección programada.

—Pero... —ella sintió el miedo helado que corría por sus venas: tan frío e incisivo como la medicina que había penetrado por su brazo un rato antes.

—La enfermera que lo hizo... Tenía una hoja impresa. ¡En ella se leía que usted la había prescrito!

—¿Cuál era la medicación? ¿Lo sabes?

Con la respiración agitada ahora por el pánico, ella susurró:

—¡No lo sé! Doctor, el bebé...

—No te preocupes —dijo él—. Ahora mismo me entero. ¿Quién era la enfermera?

—No me fijé en su nombre. Era baja, pesada, morena. Latina. Llevaba un carrito.

Jennie comenzó a llorar.

—¿Pasa algo? —dijo entonces el guardia de seguridad, inclinándose hacia delante—. ¿Puedo hacer algo?

No le hicieron caso. Ella miró el rostro del doctor y le dio miedo: también estaba asustado. Él sacó una linterna de la bata. Le examinó los ojos con ella y le tomó el pulso. Luego miró el monitor Hewlett-Packard.

—El pulso y la presión andan un poco altos. Pero no nos preocupemos aún. Voy a ver qué ha sucedido.

Salió de la habitación con rapidez.

No nos preocupemos aún...

El guardia de seguridad se levantó y cerró la puerta.

—No —dijo ella—. Déjela abierta.

—Lo siento —le respondió con calma—. Son órdenes de su marido.

Él volvió a sentarse y acercó aún más la silla.

—Esto anda bastante tranquilo. ¿Quiere que encendamos la tele?

—Claro —dijo ella, abstraída—. No me importa.

No nos preocupemos aún...

El guardia agarró el mando a distancia y subió el volumen. Escogió otro culebrón y se echó hacia atrás en su silla.

Ella sentía que él volvía a mirarla pero Jennie no pensaba en el guardia para nada. Sólo tenía dos cosas en mente: una era el horrible recuerdo de la inyección. La otra era su bebé. Cerró los ojos rezando para que todo fuera bien y acunó su vientre, donde yacía su hija de dos meses, quizá dormida, quizá flotando inmóvil mientras escuchaba el golpeteo asustado y fiero del corazón de su madre, un sonido que seguro colmaba el mundo mínimo y oscuro de la pequeña criatura.

Capítulo 00100001 / Treinta y tres

El agente del Departamento de Defensa Arthur Backle se sentía agarrotado e irritado, y corrió su silla hacia un lado para ver mejor lo que hacía Wyatt Gillette en su ordenador.

El hacker miró hacia abajo, movido por el ruido chirriante que hacía la silla del agente contra el barato suelo de linóleo, y luego observó de nuevo la pantalla y siguió tecleando. Sus dedos volaban por el teclado.

Ambos hombres eran los únicos ocupantes de la oficina de la Unidad de Crímenes Computerizados. Cuando Bishop tuvo noticia de que su esposa podía convertirse en la siguiente víctima de Phate, había salido lanzado hacia el hospital. Todo el mundo se había ido con él salvo Gillette, quien decidió quedarse a decodificar el correo electrónico enviado por ese tipo de nombre extraño, Triple-X. El hacker había sugerido a Backle que sería de más utilidad en el hospital, pero el agente se había limitado a brindarle esa inescrutable media sonrisa que sabía que irritaba a los sospechosos, y había acercado su silla a la de Gillette.

Backle no podía seguir la velocidad con la que los encallecidos dedos romos del hacker bailaban sobre las teclas.

Pero, caso curioso, Backle era un agente militar de campo que estaba muy familiarizado con la escritura rápida: en los últimos años había visto a muchos teclear a toda velocidad. Como parte de su entrenamiento, el agente había asistido a muchos cursos de crímenes informáticos organizados por la CIA, por el Departamento de Justicia y por el suyo propio, el Departamento de Defensa. Había pasado horas y horas viendo cintas de hackers trabajando.

Gillette le recordó un curso reciente al que asistió en Washington D. C.

Los agentes de la División de Investigaciones Criminales se habían sentado en mesas baratas de panel de fibra, y habían estado bajo la tutela de dos jóvenes que no se parecían a los típicos instructores de educación continuada del ejército. A uno el pelo le llegaba a los hombros y llevaba chancletas de macramé, pantalones cortos y una camiseta arrugada. El otro vestía de forma algo más conservadora y llevaba el pelo más corto, pero estaba lleno de *body piercing* y su cabello rapado estaba pintado de verde. Los dos formaban parte de un «equipo tigre»: un grupo de antiguos chicos malos que habían decidido no seguir siendo hackers al servicio del Lado Oscuro (al darse cuenta de la cantidad de dinero que podían ganar protegiendo a las empresas y a las agencias gubernamentales de sus antiguos colegas).

Aunque en un principio se mostró escéptico al ver a semejantes manzanas podridas, muy pronto Backle se maravilló de la brillantez de estos hackers, y de su habilidad para simplificar todo lo relacionado con los difíciles temas de la encriptación y de la piratería informática. Esas clases fueron las mejor articuladas y las más comprensibles de todas las que había recibido en seis años en la División de Investigaciones Criminales del DdD.

Backle sabía que no era ningún experto pero, gracias a esas clases, podía seguir en términos generales lo que Gillette estaba haciendo. En un principio, no parecía tener nada que ver con el Standard 12 del DdD. Pero el señor Pelo Verde les había explicado que uno puede camuflar sus programas. Que, por ejemplo, uno podía poner un caparazón al Standard 12 para hacerlo pasar por otro tipo de programa, incluso por un juego o por un procesador de textos. Y ésa era la razón de que ahora se encontrase inclinado hacia delante, mientras su irritación se desparramaba por toda la estancia, gracias al chirrido que hacían las patas de su silla contra el suelo, y él escudriñaba la pantalla que Wyatt Gillette tenía enfrente: se preguntaba si el hacker estaría haciendo eso.

A Gillette se le volvieron a tensar los hombros y dejó de teclear. Miró al agente.

—Necesito concentrarme mucho en estos momentos. Y no voy a poder hacerlo si sigue soplándome en el cuello cada vez que respira.

—Dime otra vez qué programa es éste.

—Nada de «otra vez»: nunca le he dicho qué programa era.

Volvió a brindarle la media sonrisa.

—Bueno, pues dímelo, ¿quieres? Siento curiosidad.

—Es un programa de encriptación y descriptación que he descargado de la página web Hackrmart y que he modificado. Como es *freeware,* supongo que no soy culpable de violar los derechos de autor. Que, por otra parte, tampoco quedan bajo su jurisdicción. Y ahora, ¿quiere saber qué algoritmo usa?

Backle no contestó y siguió observando la pantalla.

—Vamos a ver, Backle —dijo Gillette—. Tengo que acabar esto. ¿Qué te parece ir a por un café y un donut a la cocina y dejarme hacer mi trabajo? —y añadió, con sorna—: Y después, cuando lo haya acabado, te dejo echar un vistazo y me imputas todos los cargos falsos que se te ocurran, ¿vale?

—Caray, alguien anda algo quisquilloso por aquí, ¿no? —dijo Backle—. Yo sólo hago mi trabajo.

—Y yo trato de hacer el mío —replicó el hacker, y volvió la vista hacia su ordenador.

Backle se encogió de hombros. El engreimiento del hacker no había mitigado su irritación pero le sedujo la idea del donut. Se levantó, se estiró y fue por el pasillo siguiendo el aroma del café.

Frank Bishop metió el Crown Victoria en el aparcamiento del Centro Médico Stanford-Packard y saltó del coche, olvidándose de cerrar la puerta y de apagar el motor.

Camino del vestíbulo se dio cuenta de lo que había hecho, se paró y se dio la vuelta. Pero oyó una voz femenina que le dijo:

—No se preocupe, jefe, que yo me encargo.

Era Linda Sánchez. Ella, Bob Shelton y Tony Mott iban en un coche camuflado detrás de él, ya que Bishop había salido tan raudo en busca de su esposa que no había esperado al resto del grupo. Patricia Nolan y Stephen Miller marchaban en un tercer coche.

Avanzó rápidamente hasta la puerta principal.

En la zona de acogida pasó entre pacientes que esperaban turno, enseñando la placa. Tres enfermeras rodeaban a la recepcionista y miraban la pantalla de su ordenador. Nadie le prestaba atención. Algo iba mal. Todas tenían el ceño fruncido y se turnaban al frente del teclado.

—Perdón, es una emergencia policial —dijo Bishop esgrimiendo la placa—. Tengo que saber en qué habitación se encuentra Jennie Bishop.

—Lo siento, agente —respondió una enfermera alzando la vista—. El sistema está bloqueado. No sabemos qué sucede, pero en estos momentos no tenemos ninguna información sobre los pacientes.

—Tengo que encontrarla. Ahora.

La enfermera vio la expresión agónica en su rostro y fue a donde él.

—¿Es ella una paciente hospitalizada?

—¿Qué?

—¿Ella va a pasar la noche aquí?

—No, sólo tenía que hacerse unas pruebas. Cosa de una hora o dos. Ella es paciente del doctor Williston.

—Una paciente de oncología no hospitalizada —resumió la enfermera—. Tercer piso, ala oeste. Por allí —señaló una dirección y se disponía a añadir algo más, pero Bishop ya había echado a correr por el pasillo. Vio un destello blanco a su lado. Bajó la mirada. La camisa se le había salido totalmente. Se la metió por el pantalón sin dejar de correr.

Fue escaleras arriba, corrió por un pasillo que parecía medir más de un kilómetro, se dirigió al ala oeste.

Al final de pasillo se topó con una enfermera, quien lo encauzó hacia una habitación. La joven rubia parecía alarmada, pero Bishop no sabía si lo estaba por lo que sabía sobre el estado de Jennie o por el pánico pintado en su propio rostro.

Corrió por el pasillo, se metió por la puerta y estuvo a punto de atropellar al joven guardia de seguridad delgado, que estaba sentado junto a la cama. El hombre se puso en pie y echó mano a la pistola.

—¡Cariño! —gritó Jennie.

—Está bien —dijo Bishop al guardia—. Soy su marido.

Su mujer lloraba en silencio. Él la estrechó entre sus brazos.

—Una enfermera me ha puesto una inyección —susurró ella—. Y el doctor no la había prescrito. No sé qué contenía. ¿Qué está pasando, Frank?

Bishop se sentía bien por la presencia del guardia. Había pasado un rato horrible mientras hablaba con el personal de seguridad del hospital para reclamar que enviaran a alguien a la habitación de Jennie. Phate había paralizado las líneas telefónicas del hospital y la radio retransmitía con tanta electricidad estática que él no estaba seguro ni de haber podido hablar con el hospital: no podía oír al tipo al otro lado de la línea. Pero, al parecer, habían recibido el mensaje. A Bishop también le alegraba que el guardia (a diferencia de otros miembros de seguridad del hospital) llevara un arma.

—¿Qué está pasando, Frank? —repitió Jennie.

Linda Sánchez llegó corriendo hasta la habitación. El guardia vio la identificación policial que colgaba sobre su pecho y la invitó a entrar. Las dos mujeres se conocían pero Jennie estaba demasiado enfadada para esbozar un saludo.

—Frank, ¿qué va a pasar con la niña? —ella ahora lloraba—. ¿Qué sucederá si me han dado algo que hace daño a la niña?

—¿Qué ha dicho el doctor?

—¡No sabe nada!

—Todo va a ir bien, amor mío. Vas a estar bien.

Bishop informó a Linda Sánchez de lo que había sucedido y se sentó sobre la cama, junto a su esposa. Linda tomó la mano de la paciente, se inclinó hacia ella y le dijo con voz cariñosa pero firme:

—Mírame, cariño. Mírame... —cuando Jennie volvió su rostro atormentado hacia ella, Sánchez dijo—: Ahora estás en un hospital, ¿no? Jennie asintió.

—Si alguien ha hecho algo que no debía pueden arreglarlo aquí en cuestión de segundos —las manos oscuras y fuertes de la agente frotaban los brazos de Jennie como si la mujer acabara de ponerse a cubierto de una fuerte tormenta—. Aquí hay más doctores por centímetro cuadrado que en todo el valle, ¿no? Mírame. ¿Tengo razón o no?

Jennie se secó los ojos y asintió. Pareció relajarse un poco.

Bishop también se calmó, dichoso de compartir el trance de tener que consolar a su esposa. Pero a ese alivio lo acompañaba una certeza: que si tanto su mujer como su hija sufrían cualquier tipo de daño, el que fuera, ni Shawn ni Phate llegarían vivos a su condena.

Tony Mott corrió hasta la puerta sin demostrar ningún cansancio por el esfuerzo, al contrario que Shelton, quien, apoyándose en el umbral de la puerta, tuvo que detenerse para recuperar el resuello. Bishop dijo:

—Puede que Phate haya hecho algo con la medicina de Jennie. Ahora lo están comprobando.

—Dios mío —murmuró Shelton.

Por primera vez, Bishop se alegró de que Tony Mott estuviera en primera línea, y de que llevara esa gran pistola plateada encima. Ahora pensaba que uno no puede tener ni aliados ni armas suficientes si se opone a gente como Shawn o como Phate.

Sánchez siguió reconfortando a Jennie, tomándola de la mano, susurrando cosas sin importancia y hablando de lo guapa que estaba, de lo mala que sería la comida en ese sitio y que, vaya por Dios, ese ordenanza del pasillo estaba lo que se dice cachas. Bishop pensó que la hija de Linda era una persona muy afortunada por contar con semejante mujer a la hora de traer al mundo a ese hijo tan perezoso que cargaba en su vientre.

Mott había tenido la precaución de acarrear consigo copias de la fotografía de Holloway tomada cuando lo ficharon en Massachusetts. Se las pasó a unos guardias del piso de abajo, que fueron distribuyéndolas entre el personal del hospital. Pero nadie había visto al asesino hasta ese momento.

—Patricia Nolan y Miller están en el departamento informático del hospital, tratando de evaluar daños —informó Mott a Bishop.

Bishop asintió y les dijo a Shelton y a Mott:

—Quiero que vosotros...

De pronto el monitor de constantes vitales empezó a emitir un pitido muy alto. El diagrama que mostraba el corazón de Jennie empezó a saltar arriba y abajo de manera frenética.

Apareció un mensaje en la pantalla en caracteres rojos brillantes:

PELIGRO: Fibrilación

Jennie tragó saliva y alzó la cabeza, mirando el monitor. Gritó.

—¡Jesús! —gritó Bishop y pulsó el botón de llamada. Lo pulsó una y otra vez. Bob Shelton corrió al pasillo y comenzó a gritar:

—¡Necesitamos ayuda! ¡Aquí! ¡Ahora!

Y de pronto las líneas de la pantalla se volvieron planas. El tono de aviso se convirtió en un chirrido penetrante y un nuevo mensaje apareció en el monitor:

PELIGRO: Embolia

—¡Cariño! —lloraba Jennie. Bishop la abrazó, sintiéndose inútil. A ella le caía el sudor por la cara y temblaba, pero seguía consciente. Linda Sánchez corrió a la puerta y gritó:

—¡Que venga un maldito doctor!

En un momento llegaba el doctor Williston. Echó una ojeada al monitor. Inspeccionó luego a su paciente y desconectó la máquina.

—¡Haga algo! —gritó Bishop.

Williston colocó el estetoscopio a Jennie y le tomó la presión. Luego se levantó y dijo:

—Ella está bien.

—¿Bien? —preguntó Mott.

Dio la impresión de que Sánchez iba a agarrar al doctor por las solapas y hacer que volviera a revisar a su paciente.

—¡Compruébelo otra vez!

—A ella no le pasa nada —le respondió el médico.

—Pero el monitor... —dijo Bishop.

—Una anomalía. Algo ha sucedido en el sistema informático. Todos los monitores de esta planta han estado haciendo lo mismo.

Jennie cerró los ojos y volvió a dejar caer la cabeza sobre la almohada. Bishop la abrazó con fuerza.

—En cuanto a la inyección —prosiguió el médico—, ya lo he comprobado. Por alguna extraña razón, los de farmacia recibieron una orden para darte un pinchazo de vitaminas. Eso es todo.

—¿Una vitamina?

Bishop, temblando de alivio, luchaba para no llorar.

—No te hará daño ni le hará daño al feto —dijo Williston—. Es muy raro: la orden llevaba mi nombre y, quienquiera que fuera el que lo hizo, utilizó mi contraseña para autorizarla. La guardo en un fichero privado de mi ordenador. No puedo figurarme cómo se las arregló para agenciársela.

—No puedo imaginármelo —dijo Tony Mott, con una mirada burlona dirigida a Bishop.

Un hombre de unos cincuenta años con apariencia de militar entró en la habitación. Vestía un traje conservador. Se presentó, Les Allen. Era el jefe de seguridad del hospital.

Bishop le contó la invasión del asesino en el hospital y el episodio de su mujer con el monitor.

—Ha entrado en nuestro ordenador principal —dijo Allen—. Lo sacaré a relucir hoy mismo, en la reunión del comité de seguridad. Pero, por ahora, ¿qué creen que debemos hacer? ¿Creen que el tipo está aquí, en algún lado?

—Sí, claro que está aquí —dijo Bishop, señalando el monitor colocado encima de la cabeza de Jennie—. Ha hecho esto para distraernos, para que nos centremos en Jennie y en esta ala del hospital. Lo que significa que su objetivo es otro paciente.

—O pacientes —añadió Shelton.

—O alguien del personal —sugirió Mott.

—A este sujeto le van los retos —comentó Bishop—. ¿Cuál es el lugar de más difícil acceso del hospital?

El doctor Williston y Les Allen lo discutieron:

—¿Qué opina usted, doctor? ¿Los quirófanos? Todas las puertas son de acceso restringido.

—Pienso que sí.

—¿Y dónde se encuentran?

—En otro edificio: se accede a él por medio de un túnel que sale de esta misma ala.

—Y la mayor parte de los médicos y de las enfermeras lleva mascarillas y gorros, ¿no? —preguntó Linda Sánchez.

—Sí.

De esa manera, Phate podía pasearse sin problemas por el escenario de su próximo crimen.

—¿Están operando a alguien ahora mismo? —preguntó Bishop.

El doctor Williston se rió.

—¿A alguien, dice? Ahora estarán practicando al menos veinte operaciones —se volvió hacia Jennie—. Estaré de vuelta en diez minutos.

Dejó la habitación.

—Vamos de caza —dijo Bishop a Shelton, Sánchez y Mott. Abrazó de nuevo a Jennie. Mientras salían el joven guardia de seguridad acercó la silla un poco más a la cama de la paciente. Cuando se adentraron en el pasillo, el guardia cerró la puerta. Bishop oyó cómo echaba el cerrojo.

Allen y Bishop recorrieron el pasillo deprisa. Mott y Shelton iban detrás, y el joven policía llevaba la mano sobre la automática y miraba a un lado y a otro, como si estuviera a punto de desenfundar y disparar al primero que se pareciera un poco a Phate.

Bishop también estaba tenso, pensando que el asesino era como un camaleón y que, gracias a sus disfraces, podrían cruzárselo por el pasillo y ni siquiera advertir su presencia.

Estaban en el ascensor cuando algo se le pasó por la cabeza. Se alarmó pensando en la puerta cerrada de la habitación de Jennie. No entró en detalles sobre las habilidades en cuestión de ingeniería social de Phate, pero le preguntó a Allen:

—Con nuestro sospechoso no se sabe muy bien qué pinta tendrá la próxima vez. No le he prestado mucha atención al guardia de la habitación de mi mujer. Tiene más o menos la edad y la altura del tipo que buscamos. ¿Está seguro de que trabaja para su departamento?

—¿Quién? ¿Dick Hellman, el del cuarto? —contestó Allen moviendo la cabeza—. Bueno, puedo asegurarle que es el marido de mi hija y que lo conozco desde hace ocho años. Y en cuanto a si trabaja, digamos que si una jornada de cuatro horas en un turno de ocho es trabajo, entonces me temo que la respuesta es sí.

En la pequeña cocina de la Unidad de Crímenes Computerizados, el agente Art Backle se sirvió un café y buscó en vano algo de leche o de crema en la pequeña nevera. Desde que la cadena Starbucks se estableciera en la zona de la bahía, Backle no había bebido otro tipo de café, y supo de antemano que ese líquido con pinta de aguachirle y olor a quemado sabría a rayos. Desencantado, le añadió un poco de leche en polvo que hizo que la poción adquiriera un tono grisáceo.

Tomó un donut de chocolate que, al morderlo, resultó ser un bollo de plástico. «Maldición...» Arrojó el donut falso al otro lado de la habitación mientras caía en la cuenta de que Gillette lo había enviado aquí para gastarle una broma. Decidió que cuando el hacker volviera a la cárcel lo...

¿Qué era ese ruido?

Empezó a volverse hacia el pasillo.

Pero para cuando identificó el ruido como pisadas que se le acercaban a la carrera ya tenía al atacante encima. Éste golpeó al delgado agente en la espalda y lo arrojó contra la pared, sustrayéndole todo el aire de los pulmones.

El atacante apagó las luces. La habitación sin ventanas se sumió en la oscuridad más total. Luego agarró a Backle por el cuello y le empotró la cabeza contra el suelo. Su cara chocó contra el cemento haciendo un ruido sordo.

El agente buscó su pistola mientras intentaba tomar aire.

Pero una mano fue más rápida que la suya y se la arrebató.

¿Quién quieres ser?

Phate caminaba lentamente por el pasillo de la Unidad de Crímenes Computerizados de la policía estatal. Vestía un viejo uniforme manchado de la compañía de Gas y Electricidad Atlantic y un casco. Escondido bajo el sobretodo llevaba su cuchillo Ka-bar, y también una pistola (una Glock) con tres cargadores de repuesto. También acarreaba otra arma pero ésta no era tan fácil de reconocer como tal, no en la mano de un encargado de reparaciones: se trataba de una gran llave mecánica.

¿Quién quieres ser?

Alguien de quien los policías se fiaran, alguien de quien no sospecharan si se lo encontraban entre la bruma. Ése era quien quería ser.

Phate miró a su alrededor, sorprendido de que la UCC hubiera elegido un corral de dinosaurios como base de operaciones. ¿Había sido una coincidencia que vinieran a parar allí? ¿O tal vez había sido una decisión irónica del difunto Andy Anderson?

Se detuvo, se orientó y siguió avanzando lentamente (y sin hacer ruido) hacia un cubículo en penumbra en la zona de control central del corral. Dentro del cubículo se oía un repiqueteo furioso.

También se había sorprendido de que la UCC estuviera así de vacía, pues esperaba encontrarse al menos tres o cuatro personas (de ahí la gran pistola y la munición de reserva) pero parecía que todo el mundo se había ido al hospital, donde era probable que la señora de Bishop estuviera sufriendo un trauma, a resultas de una inyección de vitamina B rica en nutrientes que él le había prescrito esa misma mañana.

Phate había contemplado la posibilidad de asesinarla, y no le habría costado mucho ordenar a los de Medicación Central que administraran a la mujer una gran dosis de insulina, por decir algo: pero ésa no habría sido la mejor táctica en este segmento del juego MUD. Como personaje de distracción era mucho más valiosa viva y gritando. De haber muerto, la policía habría supuesto que era el objetivo y habría vuelto a la UCC de inmediato. Pero ahora la policía andaba a la carrera por el hospital tratando de encontrar a la verdadera víctima.

Y, de hecho, la víctima de Phate estaba en otro lado. Aunque esa persona no era ni un paciente ni alguien de la plantilla del Centro Médico Stanford-Packard. Esa persona se encontraba allí, en la UCC.

Y su nombre era Wyatt Gillette.

Quien se encontraba sólo a nueve metros, dentro de este cubículo desaseado.

Phate escuchó el sorprendente *staccato* de Valleyman al pulsar las teclas con rapidez y fuerza. Su ritmo era continuo, como si temiera que sus brillantes ideas pudieran desaparecer como agua en la arena si no las golpeaba al instante en la unidad del procesador central de su máquina.

Se acercó poco a poco al cubículo, aferrando la llave que llevaba en la mano.

En la época en la que ambos jóvenes lideraban los *Knights of Access,* Gillette solía repetir que los hackers debían abrazar el arte de la improvisación.

Y Phate había desarrollado esa misma disciplina y, por eso, aquel día había improvisado.

Había decidido que había demasiadas posibilidades de que Gillette hubiera encontrado sus planes de ataque al hospital cuando se había colado en su ordenador. Así que había alterado un poco sus planes. En vez de matar a varios pacientes en uno de los quirófanos, tal como se había propuesto en un principio, haría una visita a la UCC.

Cabía, por supuesto, la posibilidad de que Gillette acompañara a los policías al hospital, así que le envió un mensaje encriptado que parecía provenir de Triple-X, para que se quedara a intentar decodificarlo.

Decidió que ésa era la solución perfecta. No sólo le suponía un reto entrar en la UCC (acción que valía veinticinco sólidos puntos) sino que, de tener éxito, le brindaría por fin la oportunidad de destruir al hombre que había buscado durante años.

Volvió a mirar a su alrededor, a la escucha. En todo ese espacio inmenso no había otra alma que la de Judas Valleyman. Y contaba con defensas mucho menos férreas de lo que se esperaba. Aun así, no se arrepentía de haberse molestado tanto en los detalles: el uniforme de la compañía del gas, la falsa orden de trabajo para arreglar unas cajas de circuitos, la identificación que tanto le había costado en su máquina de hacer carnés y el tiempo gastado en abrir la cerradura. Cuando uno juega a *Access* contra un verdadero wizard toda precaución es poca, sobre todo si ese wizard se refugia en las mazmorras del mismísimo Departamento de Policía.

Y ahora estaba a un paso de su adversario, del hombre cuya muerte Phate había soñado durante días, imaginándosela gratamente.

Pero, a diferencia del juego tradicional de *Access,* en el que uno extrae el corazón latiente del pecho de su víctima, Phate tenía otra cosa en mente para Gillette.

Ojo por ojo...

Primero golpearía a Gillette en la cabeza con la gran llave mecánica para atontarlo y luego trabajaría en su cabeza con ayuda de su cuchillo Ka-bar. Había robado la idea de Jamie Turner, su joven amigo Trapdoor en la Academia St. Francis. Pues el muchacho le había escrito a su hermano:

JamieTT: Tío, ¿puedes imaginar algo más terrible que quedarte ciego si eres un hacker?

«No, Jamie, no puedo», respondía ahora Phate en silencio.

Se detuvo junto al cubículo, encogido, escuchando el flujo seguido de golpes sobre el teclado. Tomó aire y se metió deprisa, girando la llave hacia atrás para tener un buen efecto de palanca.

Capítulo 00100010 / Treinta y cuatro

Phate se quedó en medio del cubículo con la llave alzada sobre su cabeza.

—No —susurró.

El sonido de los golpes sobre las teclas no provenía de los dedos de Gillette sino de un altavoz conectado a la terminal del ordenador. El cubículo estaba vacío.

Pero mientras dejaba caer la llave y sacaba la pistola del sobretodo, Gillette salió de un cubículo contiguo y le puso en el cuello la pistola que había tomado del pobre agente Backle, mientras él se apoderaba de la suya.

—No te muevas, Jon —dijo Gillette, y advirtió que el hombre temblaba, no de miedo sino de rabia.

Gillette le revisó los bolsillos y extrajo un disco ZIP, un reproductor portátil de CD Sony con cascos, un juego de llaves de coche y una cartera. Luego encontró el cuchillo. Lo dejó todo sobre el escritorio.

—Eso ha estado bien —dijo Phate señalando el ordenador, cuyos altavoces retransmitían el sonido de un golpeteo frenético sobre un teclado. Gillette pulsó una tecla y el sonido se paró.

—Te has grabado en un archivo .wav, tecleando. ¿Para que yo creyera que estabas aquí?

—Eso mismo.

Phate sonrió con amargura y negó con la cabeza.

Gillette dio un paso atrás y los dos se estudiaron. Era la primera vez que se encontraban cara a cara. Habían compartido cientos de secretos y millones de palabras, pero nunca se habían comunicado en persona, sino en la milagrosa encarnación de electrones que viajaban por hilos de cobre o por cables de fibra óptica.

Gillette pensó que Phate parecía estar sano y en forma para ser un hacker. Estaba un poco moreno, pero Gillette sabía que ese color formaba parte de la ingeniería social y que provenía de un bote: ningún hacker del mundo renunciaría a su máquina por diez minutos de playa. El rostro del hombre parecía divertido, pero sus ojos eran duros como piedras.

—Buen sastre —dijo Gillette, aludiendo al uniforme de mantenimiento. Agarró el disco ZIP que Phate había traído y alzó una ceja interrogante.

—Mi versión del Escondite —dijo Phate. Éste era un potente virus que codificaría todos los datos y los sistemas operativos de la UCC, con la salvedad de que no existía manera de decodificarlos posteriormente—. ¿Cómo has sabido que venía? —preguntó a Gillette.

—Pensé que de verdad ibas a matar a alguien en el hospital, pero luego que te preocuparía desconocer si yo había llegado a ver tus notas cuando me había metido en tu ordenador. Y que habrías cambiado de planes. Y que habías enviado a todo el mundo allá y venías por mí.

—Así ha sido, más o menos.

—Te cercioraste de que yo me quedaría al mandarnos ese e-mail de Triple-X. Eso me ha avisado de que vendrías. Él nunca nos hubiera enviado un mensaje, habría llamado por teléfono: estaba demasiado paranoico con Trapdoor, pensaba que podías encontrarlo.

—Bueno, lo he encontrado, ¿no? —dijo Phate, Y añadió—: Está muerto. Ya sabes, Triple-X.

—¿Qué?

—He hecho una paradita por el camino —miró el cuchillo—. Ésa es su sangre. Su nombre era Peter C. Grodsky. Vivía en Sunnyvale y trabajaba como programador durante el día en una agencia de créditos. *Hackeaba* por las noches. Ha muerto cerca de su máquina. De algo le ha valido.

—¿Cómo lo supiste?

—¿Que andabais pasándoos información sobre mí? —Phate se mofaba—. ¿Tú crees que hay una sola cosa en el mundo que no pueda averiguar si me da la gana?

—Hijo de perra.

Gillette acercó el arma y esperó que Phate se acobardara, llorara o pidiera clemencia. No hizo nada de eso. Solamente miró a Gillette a los ojos sin sonreír y continuó hablando:

—En cualquier caso, Triple-X tenía que morir. Era el personaje traidor.

—¿El qué?

—En nuestro juego. Nuestro juego MUD. Triple-X era el chaquetero. Todos ellos tienen que morir: como Judas. O como Boromir en *El señor de los anillos*. El papel de tu personaje también está bastante claro. ¿Sabes cuál es?

Personajes... Gillette recordó el mensaje que acompañaba la foto de la moribunda Lara Gibson. «El mundo entero es un MUD, y la gente que lo puebla son meros personajes.»

—Dime.

—Tú eres el héroe con defectos. Defectos que lo meten en líos. Vaya, y al final harás algo heroico y los salvarás y el público llorará por ti. Pero en cualquier caso nunca llegarás al nivel último del juego.

—¿Cuál es mi defecto?

—¿No lo sabes? Tu curiosidad.

—¿Y cuál es tu personaje? —preguntó Gillette.

—Soy el antagonista, soy mejor y más fuerte que tú y no me frena ningún remordimiento de tipo moral. Pero las fuerzas del bien se alinean contra mí. Y eso lo vuelve todo más difícil... Veamos, ¿quién más? ¿Andy Anderson? Era el sabio que muere pero cuyo espíritu permanece. Obi Wan Kenobi... Frank Bishop es el soldado...

Gillette estaba pensando: «Tendríamos que haber puesto a algún policía protegiendo a Triple-X. Podríamos haber hecho algo».

Otra vez con expresión divertida, Phate miró la pistola que sostenía Gillette:

—¿Te permiten tener un arma?

—La he tomado prestada —respondió Gillette—. De un tipo que se había quedado a hacer de canguro.

—¿Uno que está, pongamos por caso, fuera de juego? ¿Atado y amordazado?

—Algo así.

Phate asintió.

—Y que no te ha visto hacerlo, así que les dirás que fui yo.

—Algo así —respondió Gillette, asintiendo.

Phate rió con amargura.

—Me había olvidado que eras un táctico MUD de los mejores. En los *Knights of Access* tú eras el callado. Pero vaya por Dios, jugabas de muerte.

Gillette se sacó unas esposas del bolsillo. También las había tomado prestadas del agente Backle cuando fue golpeado en la cocina. No sentía los remordimientos que esperaba experimentar por todo ello. Le pasó las esposas a Phate y dio un paso atrás.

—Póntelas.

El hacker las tomó pero no se las colocó en las muñecas. Sólo miró a Gillette durante largo rato. Luego dijo:

—Déjame preguntarte algo: ¿por qué te fuiste al otro lado?

—Las esposas —murmuró Gillette, señalándolas—. Póntelas.

—Venga, hombre —dijo Phate, con pasión—. Tú eres un hacker. Naciste para vivir en tu Estancia Azul. ¿Qué haces trabajando para ellos?

—Estoy trabajando con ellos porque soy un hacker —le cortó Gillette—. Y tú no. Tú eres un asesino que además del cuchillo se sirve de las máquinas. Eso no es ser hacker, no se basa en eso.

—Un hacker vive para el acceso. Para adentrarse tan profundamente como le sea posible en la máquina de otro.

—Pero tú no te detienes en el disco C:, Jon. Tienes que seguir adelante, tienes que adentrarte en el cuerpo —señaló la pizarra blanca con enfado, donde colgaban las fotos de Lara Gibson y de Willem Boethe—. ¿Por qué? Estás asesinando gente. Ellos no son personajes. Ellos no son bytes. Son seres humanos.

—¿Y...? No veo la diferencia entre un ser humano y un código de software. Ambos son creados, ambos sirven para un fin y luego mueren, reemplazados por una versión posterior. Dentro o fuera de la máquina, dentro o fuera del cuerpo, no hay diferencia entre una célula y un electrón.

—Claro que hay diferencias, Jon.

—¿Sí? —preguntó, sonriendo—. Piénsalo. ¿Cómo comenzó la vida? Con un rayo que encendió esa mezcla primordial de carbono, hidrógeno, nitrógeno, oxígeno, fosfato y sulfato. Toda criatura viviente posee esos elementos, toda criatura viviente funciona gracias a impulsos eléctricos. En cualquiera de esas funciones, de una forma u otra, encontrarás una máquina. Que funciona gracias a impulsos eléctricos.

Levantó las manos como si lo que estaba diciendo fuera obvio.

—Guárdate esa falsa filosofía para los chavales del chat, Jon. Las máquinas son juguetes maravillosos: han cambiado el mundo para siempre. Pero no están vivas. Y no razonan.

—¿Y desde cuándo razonar es un requisito para la existencia de vida? —se rió Phate—. La mitad de la gente del mundo es idiota, Wyatt. No razonan mejor que un perro amaestrado o que un delfín adiestrado.

—Por Dios, ¿qué pasa contigo? ¿Estás tan perdido en el Mundo de la Máquina que ya no ves la diferencia?

A Phate se le agrandaron los ojos con ira:

—¿Perdido en el Mundo de la Máquina? ¡No tengo otro mundo! ¿Y quién es el culpable?

—¿Qué quieres decir?

—Jon Patrick Holloway tenía una vida real en el Mundo Real. Vivía en Cambridge, tenía amigos, salía a cenar, solía tener citas. Era tan real como la vida de cualquier otro. ¿Y sabes lo mejor de todo? ¡Me gustaba! Él iba a encontrar a alguien, él iba a formar una familia —su voz se quebró—. ¿Y qué pasó? Su Judas, Valleyman, lo vendió y lo destruyó. El único sitio que me quedaba era el Mundo de la Máquina.

—No —dijo Gillette, con enfado—. El verdadero «tú» robaba software y hardware y suspendía el número de teléfono de urgencias de la policía. La vida de Jon Holloway era totalmente falsa.

—¡Pero era ALGO! ¡Fue lo más cerca que estuve de tener vida privada! —Phate tragó saliva y, por un segundo, Gillette pensó que iba a echarse a llorar. Pero el asesino controló sus emociones deprisa y, con una sonrisa, señaló dos teclados rotos que estaban tirados en una esquina—. ¿Solamente has roto dos?

Se echó a reír. Gillette no pudo evitar una sonrisa.

—Sólo llevo aquí un día y medio. Dame un poco de tiempo.

—Recuerdo que decías que nunca podrías pulsar las teclas con suavidad.

—Hace unos cinco años estaba *hackeando* y me rompí el dedo meñique. No me enteré. Estuve tecleando dos horas más. Hasta que vi que la mano se me había puesto negra.

—¿Cuál es tu récord de permanencia? —le preguntó Phate.

—Una vez estuve treinta y nueve horas seguidas frente al ordenador —recordó Gillette.

—El mío es de treinta y siete —confesó Phate—. Podría haber estado más pero me quedé dormido. Cuando desperté no pude mover las manos durante dos horas. Tío, hicimos unas cuantas cosas potentes, ¿eh?

—¿Te acuerdas de aquel tipo —dijo Gillette—, el que era general de las fuerzas aéreas? Lo vimos en la CNN. Decía que la página web de reclutamiento era más segura que Fort Knox y que ningún golfete podría colarse en ella.

—Y nos metimos dentro de su WAX en, ¿cuánto tiempo?, ¿diez minutos?

Los jóvenes hackers habían colgado en la web anuncios de Kimberly Clark: reemplazaron con anuncios de cajas Kotex todas las excitantes fotos de bombarderos y de jets.

—Eso estuvo muy bien —dijo Phate.

—¿Y te acuerdas cuando convertimos la línea telefónica de la oficina de prensa de la Casa Blanca en un teléfono público?

Estuvieron un rato en silencio. Finalmente, Phate dijo:

—Vaya, tío, piensa en lo que podríamos haber hecho juntos. Tú eras mejor que yo, sólo que descarrilaste. Te casaste con aquella chica griega, ¿cómo se llamaba? Ellie Papandolos, ¿no? —miró a Gillette muy de cerca cuando pronunciaba ese nombre—. Os divorciasteis pero sigues enamorado de ella, ¿no? Lo puedo ver en tu cara.

Gillette no dijo nada.

—Tío, tú eres un hacker. No tienes nada que hacer con una mujer. Cuando las máquinas son tu vida no necesitas una amante. Sólo te retienen.

—¿Y qué pasa con Shawn? —contrarrestó Gillette.

Su cara se ensombreció.

—Eso es distinto. Shawn entiende perfectamente quién soy. No hay mucha gente que lo haga.

—¿Quién es él?

—Shawn no es problema tuyo —dijo Phate con agresividad y un segundo después volvía a sonreír—. Venga, Wyatt, trabajemos juntos. Sé que deseas que te cuente lo que pasa con Trapdoor. ¿No darías lo que fuera por saber cómo funciona?

—Sé cómo funciona. Husmea paquetes para desviar mensajes. Y luego te sirves de la esteneanografía para insertar un demonio en el paquete. El demonio se activa nada más entrar en el nuevo sistema y restablece los protocolos de comunicación. Se oculta en el programa del Solitario y se autodestruye cuando alguien se pone a buscarlo.

Phate se echó a reír.

—Pero eso es como decir: «Bueno, ese tipo mueve los brazos y echa a volar». ¿Cómo lo hice? Eso es lo que no sabes. Eso es lo que nadie sabe... ¿No te preguntas cómo es el código de origen? ¿No te encantaría ver ese código, señor don Curioso? Te daré una pista. Es como echarle un vistazo a Dios, Wyatt. Sabes que lo estás deseando.

Durante un segundo la mente de Gillette se movió entre líneas y líneas de código de software: lo que él escribiría para hacer un duplicado de Trapdoor. Pero al llegar a un cierto punto la pantalla de su imaginación se apagó. No podía ver más allá, y el impulso de su curiosidad lo consumía. Sí, claro que deseaba echar un vistazo al código de origen. Le encantaría hacerlo.

Pero dijo:

—Ponte las esposas.

Phate miró el reloj de pared.

—¿Recuerdas lo que solía apuntar sobre la venganza cuando éramos piratas informáticos?

—La venganza del hacker es venganza paciente. ¿Qué pasa con eso?

—Quiero dejarte pensando en eso. Ah, y otra cosa: ¿has leído alguna vez a Mark Twain?

Gillette frunció el ceño y no contestó.

—*Un yanqui en la corte del rey Arturo* —siguió Phate—. ¿No? Bueno, trata de un hombre del siglo pasado que es transportado a la Inglaterra medieval. Contiene una escena totalmente fuera de serie cuando el héroe, u otro personaje, se mete en un aprieto y los caballeros van a matarlo.

—Jon, ponte las esposas —lo apuntó con la pistola.

—Sólo que el tipo, y esto es lo bueno, tiene un almanaque y mira la fecha del año que era, pongamos el 1 de junio de 1066, y ve que va a haber un eclipse total de Sol. Así que les dice a los caballeros que si no se rinden convertirá el día en noche. Y, por supuesto, no le creen pero llega el eclipse y todos se quedan alucinados y por eso el héroe se salva.

—¿Y?

—Tenía miedo de meterme en un aprieto aquí.

—Habla claro.

Phate no dijo nada. Pero unos segundos más tarde, cuando el reloj marcó las doce y media y el virus que Phate había cargado en el ordenador de la compañía eléctrica dejó totalmente a oscuras la UCC, quedó claro a qué se refería.

La habitación permaneció en la más estricta oscuridad.

Gillette se echó hacia atrás, levantó el arma de Backle y buscó su blanco entre las sombras. Phate le golpeó con su potente puño en el cuello y lo dejó aturdido. Luego arrojó a Gillette contra la pared del cubículo, y lo tiró al suelo.

Oyó un tintineo cuando Phate guardó sus llaves y las otras cosas que habían quedado sobre el escritorio. Gillette se lanzó hacia delante tratando de retener la cartera. Pero Phate ya la había agarrado y todo lo que Gillette pudo conservar fue el reproductor de CD. Sintió un dolor agudo cuando Phate lo golpeó con la llave mecánica en la espinilla. Gillette se quedó de rodillas, alzó la pistola de Backle y, tras haber apuntado donde creía que se encontraba Phate, disparó.

Pero no pasó nada. Parece ser que tenía el seguro puesto. Y cuando intentó quitarlo un pie le pateó la mandíbula. La pistola se le cayó de la mano y, una vez más, fue a dar contra el suelo.

5. Nivel de expertos

«Sólo hay dos maneras de acabar con los hackers y con los phreakers. Una es acabar con los ordenadores y los teléfonos. (...) La otra es darles todo lo que deseen, que no es otra cosa que el libre acceso a TODA la información. Mientras no acontezca ninguna de esas dos alternativas, no iremos a ninguna parte.»

UN HACKER LLAMADO REVELATION,
The Ultimate Beginner's Guide to Hacking and Phreaking

Capítulo 00100011 / Treinta y cinco

—¿Te encuentras bien? —le preguntó Patricia Nolan, al observar la sangre que había en el rostro de Gillette, en su cuello y en sus pantalones.

—Estoy bien —dijo él.

Pero ella no lo creyó y de todas formas jugó a las enfermeras, y fue a recoger toallas de papel empapadas en agua y jabón líquido para limpiarle la ceja y ver dónde se había cortado en su pelea con Phate. Las fuertes manos de ella olían a esmalte de uñas recién aplicado y él se preguntó cuándo había encontrado ella tiempo para la cosmética con sendos ataques de Phate al hospital y a la UCC.

Ella lo forzó a que se levantara la pernera para limpiar el corte en su rodilla, lo que hizo agarrándolo con fuerza en la pantorrilla. Terminó y le ofreció una sonrisa entrañable.

«Vamos, cariño, por favor... Soy un convicto, estoy enamorado de otra mujer. Ni te molestes...»

—¿Te duele? —le preguntó, acercando el paño mojado a la herida.

Abrasaba como una docena de picaduras de abeja.

—Sólo escuece un poco —dijo él, deseando desanimarla en su papel de madre infatigable.

Tony Mott entró corriendo en la UCC empuñando su enorme pistola.

—Ni rastro de él.

Un instante después también regresaban Shelton y Bishop. Los tres hombres habían vuelto a la UCC desde el centro médico a mediodía y habían pasado la última media hora rastreando el área en busca de Phate o de algún testigo que lo hubiera visto entrar o escapar de la UCC. Pero los rostros de los compañeros de homicidios revelaban que no habían tenido más suerte que Mott.

—¿Qué ha sucedido? —preguntó Bishop al hacker tras sentarse cansadamente en una silla de oficina.

Gillette le informó del ataque de Phate a la UCC.

—¿Dijo algo que nos pueda servir?

—Un poco más y me hago con su cartera, pero acabé con eso —señaló el reproductor de CD. Un técnico de la Unidad de Identificación de la Escena del Crimen le había pasado el pincel y sólo había encontrado huellas de Phate y del mismo Gillette.

El hacker les informó de que Triple-X había muerto.

—Oh, no —dijo sentidamente Frank Bishop, al oír que un civil que se había arriesgado a ayudarlos había sido asesinado.

Mott se acercó a la pizarra blanca y escribió su nombre «Triple-X», al lado de los de «Lara Gibson» y «Willem Boethe».

Pero Gillette se puso en pie (de forma inestable, debido al corte en su rodilla) y se acercó a la pizarra. Borró el nombre.

—¿Qué haces? —preguntó Bishop.

Gillette con un rotulador escribió «Peter Grodsky».

—Éste era su verdadero nombre —dijo—. Era programador y vivía en Sunnyvale —miró al equipo—. He creído que debíamos recordar que era algo más que un nombre de pantalla.

Bishop llamó a Huerto Ramírez y a Tim Morgan y les dijo que buscaran la dirección de Grodsky y enviaran a los de Escena del Crimen.

Gillette vio una etiqueta rosa de recordatorio de mensajes telefónicos.

—He recibido un mensaje para ti, justo antes de que regresaras del hospital —le dijo a Bishop—. Te ha llamado tu mujer —leyó la nota—. Ha dicho algo acerca del resultado de unas pruebas que han salido bien. Vaya, no estoy seguro de haberlo apuntado correctamente: creía que ella había dicho que tenía una infección grave. No estoy seguro de por qué ha salido tan bien, en ese caso.

Pero la cara de inmenso alivio de Bishop le dijo que había anotado el mensaje perfectamente.

Se alegró por el detective pero se sentía algo desencantado por el hecho de que Elana no lo hubiera llamado. Recordó el tono de su voz cuando habló con ella desde la casa de Bishop. Quizá a ella nunca se le había pasado por la cabeza llamar, quizá le dijo que sí porque deseaba que colgara el teléfono para volver a dormirse. Con Ed a su lado. Le sudaron las manos.

El agente Backle entró en la oficina proveniente del aparcamiento. Tenía el pelo revuelto y caminaba muy rígido. Lo habían tratado los médicos: en su caso, los profesionales de los Servicios de Emergencias Médicas cuya ambulancia estaba fuera, en el aparcamiento. Había sufrido una ligera contusión cuando lo atacaron en la cocina. Y ahora llevaba un gran vendaje en un lado de la cabeza.

—¿Cómo te encuentras? —le preguntó Gillette despreocupadamente.

El agente no contestó. Vio que su pistola estaba en un escritorio próximo a Gillette y la agarró. La revisó con un mimo exagerado y la guardó en la funda que llevaba amarrada al cinturón.

—¿Qué demonios ha pasado? —preguntó.

—Phate ha entrado aquí —respondió Bishop—, te ha atacado por sorpresa y se ha apoderado de tu arma.

—¿Y tú se la has arrebatado? —preguntó el agente a Gillette con escepticismo.

—Sí.

—Pero tú sabías que yo estaba en la cocina —soltó el agente—. Y el intruso no.

—Pero supongo que sí lo sabía, ¿no crees? —contestó Gillette—. ¿Cómo, si no, pudo pillarte por sorpresa y quitarte el arma?

—Me da la impresión —dijo el agente con lentitud— de que de alguna forma tú sabías que él vendría. Querías un arma y te has servido de la mía.

—No es eso lo que ha sucedido —Gillette miró a Bishop, quien había alzado una ceja como queriendo señalar que él pensaba lo mismo, aunque no dijo nada.

—Si me entero de que...

—Vale, ya está bien... —soltó Bishop—. Creo que debería ser un poco más considerado, señor. Por lo que parece aquí Wyatt le ha salvado la vida.

El agente trató de mantener la mirada al policía pero se rindió y, con pies de plomo, se sentó en una silla.

—No te pierdo de vista, Gillette.

Bishop recibió una llamada. Colgó y dijo:

—Era Huerto otra vez. Dice que les ha llegado un informe de Harvard. No existen registros de nadie llamado Shawn que estudiara o trabajara allí en la misma época que Phate. También ha comprobado los demás lugares donde trabajó Holloway: Western Electric, Apple y demás. Ningún empleado llamado Shawn —miró a Shelton—. También ha dicho que el caso MARINKILL está que arde. Se ha visto a los malos en nuestro jardín: en Santa Clara, justo a la salida de la 101.

Shelton se rió.

—No importa si querías o no el caso, Frank. Parece que te sigue la pista.

Bishop sacudió la cabeza.

—Quizá, pero te aseguro que ahora sí que no lo deseo cerca, no en estos momentos. Va a comernos recursos y necesitamos toda la ayuda que podamos conseguir —miró a Patricia Nolan—: ¿Qué encontraste en el hospital?

Ella les explicó que, con ayuda de Miller, había comprobado el sistema informático del centro médico y que, a pesar de que habían encontrado señales de que Phate lo había pirateado, no habían dado con nada que les indicara desde dónde lo había hecho.

—El administrador de sistemas nos imprimió esto —dijo ella, pasándole a Gillette un montón de hojas—. Son los informes de actividades de conexión y desconexión de la semana pasada. He pensado que quizá podías sacar algo de ello.

Gillette comenzó a estudiar el centenar de páginas que le habían dado.

Entonces Bishop echó una ojeada al corral de dinosaurios, frunció el ceño y dijo:

—¿Dónde está Stephen Miller?

—Se fue del centro informático del hospital antes que yo —dijo Patricia Nolan—. Dijo que venía directo hacia aquí.

—No lo he visto —dijo Gillette, sin levantar la vista del papel.

—Quizá haya ido al laboratorio de informática de Stanford —señaló Mott—. Suele reservarse tiempo de superordenadores siempre que puede. Tal vez haya ido a comprobar alguna pista —intentó contactar con el policía llamándole al móvil pero no hubo suerte y le dejó un mensaje en el buzón de voz.

Gillette estaba ojeando las páginas impresas cuando encontró una entrada concreta y su corazón empezó a latir con violencia. Lo leyó otra vez para asegurarse.

—No...

Había hablado en voz baja pero el equipo se calló y lo miró.

El hacker alzó la vista.

—Cuando tomó el directorio raíz de Stanford-Packard, Phate se conectó a otro sistema que estaba vinculado al de los hospitales: así es como pudo apagar el sistema telefónico, por poner un ejemplo. Pero también saltó del hospital a un ordenador exterior. Ése reconoció Stanford-Packard como a un sistema de fiar y Phate pudo pasar sin problemas por los cortafuegos y tomar ese nuevo directorio raíz.

—¿Cuál es el nuevo sistema? —preguntó Bishop.

—La Universidad del Norte de California en Sunnyvale —Gillette alzó la vista—. Ha descargado los nombres y las fichas de dos mil ochocientos estudiantes —el hacker suspiró—. También tiene ficheros sobre procedimientos de seguridad e información sobre el personal del centro, incluyendo cada guardia de seguridad que trabaja para la universidad. Así que ya sabemos cuál es su nuevo objetivo.

Alguien lo estaba siguiendo...

¿Quién podría ser?

Por el espejo retrovisor, Phate miró a los conductores que tenía detrás en la Ruta 280 mientras se escapaba de la base de la UCC en San José. El hecho de que Valleyman hubiera vuelto a ser más hábil que él le había afectado y quería llegar a casa como fuera.

Pensaba ya en su próximo ataque: en la Universidad del Norte de California. El desafío era menor que lo que ofrecían otros objetivos que podría haber elegido, pero la seguridad de los colegios mayores era alta y la universidad tenía un sistema informático que, como declarara una vez el rector en una entrevista, era a prueba de hackers. Uno de los aspectos más interesantes de ese sistema era que controlaba las alarmas de incendios y el sistema de aspersores de los veinticinco colegios mayores que formaban el grueso de las viviendas estudiantiles.

Era una operación fácil, no tan interesante como la de Lara Gibson o la de la Academia St. Francis. Pero Phate necesitaba una victoria en ese momento. En este nivel del juego estaba siendo derrotado y eso le hacía perder la confianza en sí mismo.

Y alimentaba su paranoia.

Otra ojeada al espejo retrovisor.

¡Sí, había alguien! Dos hombres en los asientos delanteros lo observaban.

Vuelta a la carretera y luego otra mirada hacia atrás.

Y el coche que había visto (o que pensaba que había visto) tornaba en una sombra o un reflejo.

¡Espera! ¡Ahí estaba! Pero ahora lo conducía una mujer sola.

La tercera vez que miró no había conductor. ¡Dios! ¿Qué tipo de criatura era aquélla?

Un fantasma.

Un *demonio...*

Sí, no...

Valleyman, tenías razón: cuando los ordenadores conforman el único tipo de vida que te sostiene, cuando se convierten en los tótems que te guardan del cruel maleficio del tedio igual que un crucifijo repele a los vampiros, tarde o temprano la frontera entre las dos dimensiones se difumina y la Estancia Azul comienza a aparecer en el Mundo Real.

A veces esos personajes son tus amigos.

A veces no.

A veces los ves conduciendo detrás de ti, a veces ves sus sombras en los callejones por los que pasas, a veces los ves esperándote en tu garaje, tu dormitorio, tu armario, junto al lecho de tu amante. Los ves con la mirada del extraño.

Los ves en el reflejo de tu monitor mientras te sientas frente a tu máquina para la hora del aquelarre.

A veces no son más que imaginaciones tuyas.

Otra mirada por el retrovisor.

Y, por supuesto, a veces están ahí.

Bishop desconectó su teléfono móvil.

—En los colegios mayores del campus de la Universidad del Norte de California viven casi tres mil estudiantes. La seguridad es la típica en estos casos, y eso significa que es fácil saltársela.

—Creía que le gustaban los desafíos —dijo Mott.

—Me temo que esta vez busca un asesinato sencillo —comentó Gillette—. Lo más seguro es que esté frustrado por lo cerca que hemos andado de él en las últimas ocasiones.

—Y tal vez eso no sea sino otra distracción —apuntó Nolan.

Gillette estuvo de acuerdo en que eso podía ser otra posibilidad.

—Le he dicho al rector que debería cancelar las clases y enviar a todo el mundo a casa —comentó Bishop—. Pero la idea no le ha gustado: faltan sólo dos semanas para los exámenes finales. Así que vamos a tener que llenar el campus de patrulleros y de policía estatal: eso le da a Phate otra oportunidad para practicar la ingeniería social e infiltrarse en un colegio mayor.

—¿Qué vamos a hacer? —preguntó Mott.

—Un poco de labor policial pasada de moda —dijo Bishop. Buscó el reproductor de CD de Phate. El detective lo abrió. Contenía la grabación de una obra de teatro, *Otelo*. Le dio la vuelta a la máquina y apuntó el número de serie—. Tal vez Phate lo compró en esta zona. Llamaré a la empresa y veré adónde enviaron esta unidad.

Bishop llamó a varios centros de ventas y de distribución de la empresa Productos Electrónicos Akisha por todo el país. Traspasaron su llamada y lo pusieron en espera durante un rato interminablemente largo, y no encontraba a nadie que pudiera (o quisiera) ayudarlo.

Mientras el detective discutía por teléfono, Gillette se volteó en su silla giratoria, se puso frente a una terminal de ordenador y comenzó a teclear. Un momento después salía una hoja de papel por la impresora.

Mientras la voz irritada de Bishop resonaba en el teléfono clamando «¡No podemos esperar dos días para obtener esa información!», Gillette le pasó la hoja al detective.

Productos Electrónicos Akisha—Envíos—Primer Cuarto
Modelo: HB Heavy Bass Portable Compact Disc Player

Números de serie	Fecha de entrega	Destinatario
HB40032 - HB40068	1/12	Mountain View Music & Electronics 9456 Río Verde, #4 Mountain View, California

La mano del detective estuvo a punto de romper el teléfono y exclamó:

—Da igual —colgó—. ¿Cómo has conseguido esto? —le preguntó a Gillette. Y luego alzó una mano—: Da igual. Prefiero no saberlo —se rió—: Como decía antes, trabajo policial pasado de moda.

Bishop llamó otra vez a Huerto Ramírez y a Tim Morgan. Les dijo que delegaran en alguien la escena del crimen de Triple-X y que fueran a Mountain View Music con una foto de Phate para ver si podían averiguar si vivía en la zona.

—Diles a los encargados que a nuestro chico le gustan las obras de teatro. Tiene una grabación de *Otelo*. Eso acaso les refresque la memoria.

Un patrullero de la Central de San José dejó un sobre para Bishop. Él lo abrió y leyó en voz alta:

—El informe del FBI sobre lo averiguado tras la revisión de la fotografía enviada de Lara Gibson por Phate. Dicen que es un calefactor de gas Tru-Heat, modelo GST3000. Un modelo nuevo, que se empezó a comercializar hace tres años y que es muy popular en construcciones nuevas. Debido a su capacidad BTU, ese modelo suele utilizarse en casas separadas y no en edificios urbanos, pues son de dos o tres pisos. Los técnicos aumentaron por ordenador la foto para ver la información sellada en los tableros de yeso y obtuvieron una fecha de manufactura: enero del año pasado.

—Una casa nueva en una urbanización construida hace poco —resumió Mott, quien escribía los datos en la pizarra—. Dos o tres pisos.

Bishop tuvo un acceso de risa floja y levantó una ceja admirándose de algo:

—Chicos, chicas, el dinero del contribuyente se gasta en cosas que valen la pena. Esos tipos de Washington saben lo que se hacen. Escuchad esto. Los agentes han descubierto irregularidades significativas en la colocación de las baldosas del suelo y sugieren que la casa seguramente se vendió con el sótano sin acabar y que fue el mismo dueño quien colocó las baldosas.

—Vendida con el sótano sin terminar —escribió Mott en la pizarra.

— Aún no hemos acabado —prosiguió el detective—. También aumentaron un trozo de periódico que estaba en el cubo de basura y vieron que era un folleto que se regala gratis, *The Silicon Valley Marketeer*. Llamaron al periódico y descubrieron que se reparte por las casas sólo en la zona de Palo Alto, Cupertino, Mountain View, Los Altos, Los Altos Hills, Sunnyvale y Santa Clara.

—¿Podríamos averiguar algo sobre urbanizaciones recién construidas en esos municipios?

—Justo lo que estaba a punto de hacer —asintió Bishop, y miró a Bob Shelton—: ¿Aún tienes ese amigo en el condado de Santa Clara?

—Claro.

Shelton llamó al Consejo de Planificación y Zonificación. Indagó sobre permisos de construcción de viviendas unifamiliares de dos o tres pisos con los sótanos inacabados, construidas después de enero del año anterior en los municipios de la lista. Después de cinco minutos de espera, Shelton se enganchó el teléfono bajo la barbilla, agarró un bolígrafo y empezó a escribir. Lo estuvo haciendo durante largo rato: la lista de nuevas urbanizaciones era increíblemente extensa. Por lo menos había unas cuarenta en aquellos siete municipios

—Dicen que no pueden construir lo bastante deprisa —dijo al colgar—. Ya sabes, el punto-com.

Bishop tomó la lista de urbanizaciones y fue hacia el mapa de Silicon Valley a poner un círculo en aquellos lugares que Shelton había apuntado. Mientras lo hacía, sonó el teléfono y contestó. Luego, colgó.

—Eran Huerto y Tim. Los dependientes de la tienda de música han reconocido a Phate y han dicho que se ha pasado media docena de veces en los últimos meses: siempre compra obras de teatro. Música, nunca. La última fue la *Muerte de un viajante*. Pero el tipo no tenía ni idea de dónde vive.

Puso un círculo en la ubicación de la tienda de música. Lo señaló y luego hizo lo mismo con la tienda de artículos teatrales Ollie de El Camino Real, donde Phate había comprado la goma y los disfraces. Las dos tiendas quedaban a poco menos de un kilómetro. Lo que sugería que Phate estaba en la parte central-oeste de Silicon Valley; y aun así había veintidós nuevas urbanizaciones construidas en la zona de unos veinte kilómetros cuadrados.

—Demasiado grande para ir casa por casa.

Descorazonados, miraron el mapa y el tablero con las pruebas durante unos diez minutos, en un intento infructuoso por estrechar la superficie de búsqueda. Llamaron unos oficiales desde el apartamento de Peter Grodsky en Sunnyvale. El joven había muerto de una cuchillada en el corazón; como las otras víctimas de la versión real del juego *Access*. Los policías revisaron la escena del crimen pero no habían encontrado ninguna prueba..

—¡Maldición! —dijo Shelton, expresando la frustración que todos sentían.

Estuvieron un rato en silencio con la vista fija en la pizarra blanca, silencio que fue roto cuando una tímida voz dijo:

—¿Se puede?

Un quinceañero gordito con gafas gruesas estaba en la puerta, acompañado de un joven de unos veintitantos años.

Eran Jamie Turner, el estudiante de St. Francis, y su hermano Mark.

—Hola, jovencito —saludó Frank Bishop, sonriendo al muchacho—. ¿Qué tal?

—Bien, supongo —miró a su hermano, quien asintió para darle ánimos. Jamie avanzó por la sala y le dijo a Gillette—: Hice lo que me pediste —dijo, tragando saliva.

Gillette no recordaba de qué podía estar hablando el muchacho. Pero asintió y dijo para animarle:

—Adelante.

—Bueno, estuve mirando las máquinas del colegio —continuó Jamie—, en la sala de ordenadores. Tal como me pediste. Y he encontrado algo que quizá os ayude a atraparlo: quiero decir, a atrapar al hombre que mató al señor Boethe.

Capítulo 00100100 / Treinta y seis

—Cuando me conecto a la red tengo siempre este cuaderno conmigo —le dijo Jamie Turner a Wyatt Gillette.

Aunque en ciertos aspectos sean desorganizados y descuidados, todos los hackers serios se pertrechan de bolígrafos y de cuadernos de anillas, de blocks de notas o de libretas (de cualquier tipo de material de árbol muerto) que ponen junto a su ordenador cuando están on-line. En ellos apuntan el nombre exacto de las URL (las direcciones) de las páginas web que visitan, los nombres del software que buscan, cosas relacionadas con otros hackers que quieren localizar y cualquier cosa que les pueda ser de ayuda. Esto es una necesidad pues gran parte de la información que flota en la Estancia Azul es tan complicada que resulta difícil de recordar y uno tiene que hacerlo, en cualquier caso, al dedillo: un error tipográfico puede suponer un fallo a la hora de hacer un pirateo fuera de serie o la imposibilidad de acceder a la página web o al tablón de anuncios más fabulosos del mundo.

Era la una y media de la tarde y todos los miembros del equipo de la UCC sentían cierta desesperación prolongada, y provocada por el hecho de que Phate podría estar llevando a cabo una acción en ese mismo momento. De todas formas, Gillette permitió que el chico se explayara a su ritmo.

—Estaba leyendo lo que escribía antes de que el señor Boethe... Antes de que le ocurriera eso, ya sabes.

—¿Y qué has encontrado? —le preguntó Gillette. Bishop se sentó cerca del chico y asentía—. Sigue, sigue.

—Vale. Mira, la máquina que yo usaba en la biblioteca, la que os llevasteis, andaba bien hasta hace unas dos o tres semanas. Pero entonces comenzó a suceder algo muy extraño. Empecé a tener esos errores fatales. Y mi máquina se quedaba colgada.

—¿Errores fatales? —preguntó Gillette, sorprendido. Miró a Nolan, quien movía la cabeza, con curiosidad. Se quitó un mechón de pelo de la cara y, distraída, empezó a enrollarlo con el dedo.

—Vale, ahora para el resto de nosotros —dijo Bishop, mirando al uno y al otro—. ¿Qué significa eso?

—Lo normal es que uno sufra errores cuando su máquina está tratando de hacer dos cosas a la vez —explicó Nolan—. Como andar con una hoja de cálculo mientras uno lee sus correos en la red.

Gillette asentía.

—Pero una de las razones por las que empresas como Apple o Microsoft crearon un nuevo sistema operativo fue para permitir que se pudieran utilizar varios programas a la vez. Y ahora es muy raro ver errores fatales.

—Lo sé —dijo el chico—, por eso pensé que era extraño. Luego traté de arrancar los mismos programas en una máquina diferente, una que no se había conectado a la red. Y lo mejor es que no pude duplicar los errores.

—Vale, vale, vale —dijo Tony Mott, que estaba muy atento—. Trapdoor tiene un fallo.

—Esto es genial, Jamie —dijo Gillette, saludando al muchacho—. Creo que es la clave que necesitábamos.

—¿Por qué? —preguntó Bishop—. No lo pillo.

—Necesitábamos los números de serie y de teléfono móvil de Phate en Mobile America, para rastrearlo.

—Lo recuerdo.

—Si tenemos suerte los obtendremos gracias a esto —dijo Gillette, mirando al chico—. ¿Recuerdas la fecha y la hora de algunos errores que sufriste?

El chico revisó el cuaderno y le enseñó una página a Gillette.

—Vale —dijo y, volviéndose hacia Tony Mott, anunció—: Llama a Garvy Hobbes. Que se ponga en el teléfono de manos libres.

Mott lo hizo, y en un segundo el jefe de seguridad de Mobile America estaba conectado.

—¿Qué tal? —dijo Hobbes—. ¿Alguna pista sobre el chico malo?

Gillette miró a Bishop, quien delegó todo en el hacker:

—Esto es trabajo policial a la moda. Todo tuyo.

—Prueba esto, Garvy —dijo el hacker—. Si te doy cuatro fechas y horas distintas en las que uno de tus móviles se desconectó durante un minuto y luego llamó al mismo número, ¿podrás identificarme el número?

—Hmmm. Eso es nuevo, pero lo intentaré. Dame las fechas y las horas.

—No cuelgues —dijo Hobbes después de que Gillette se las proporcionara—. Ahora vuelvo.

El hacker explicó al equipo lo que estaba haciendo: cuando el ordenador de Jamie se quedaba colgado, el chico tenía que reiniciar el equipo para volver a conectarse a la red. Eso tardaba un minuto. Y significaba que el móvil de Phate también se desconectaba por el mismo periodo de tiempo, pues el asesino también tenía que reiniciar y volverse a conectar. Si uno cotejaba los momentos exactos en que el ordenador de Jamie se había colgado con aquéllos en los que un solo móvil de Mobile America se había desconectado y vuelto a conectar, podía saber el número de teléfono de Phate.

Cinco minutos después, el especialista de seguridad agarraba de nuevo el aparato.

—Esto es divertido —dijo Hobbes, alegre—. Lo tengo —luego imprimió un tono de objeción reverente a su voz—. Pero lo raro es que el ESN y el MIN están en disponibilidad.

—Lo que dice Garvy —tradujo Gillette— es que Phate pirateó un conmutador seguro, no público, y robó los números.

—Nadie había pirateado nuestro tablero central antes. Este chico es algo fuera de lo normal. Te lo digo yo.

—Pero eso ya lo sabemos —replicó Bishop.

—¿Sigue usando el teléfono? —preguntó Shelton.

—No lo ha utilizado desde ayer. El perfil típico de un pirata telefónico nos muestra que si no lo usan en veinticuatro horas es porque han cambiado de número.

—Así que no podemos rastrearlo cuando vuelva a conectarse a la red, ¿no? —preguntó Bishop, desalentado.

—Eso mismo —dijo Hobbes.

—Bueno, pero eso ya me lo figuraba —dijo Gillette, encogiéndose de hombros—. Ningún hacker serio se sirve de números robados por más de ocho horas. Pero sí podemos delimitar el área desde donde realizaba las llamadas cuando ha estado llamando en estas últimas dos semanas, ¿verdad, Garvy?

—Claro que sí —afirmó Hobbes—. Guardamos constancia de las células desde donde se originan nuestras llamadas. La mayor parte de las llamadas de ese móvil provenían de nuestra célula 879. Eso es Los Altos. Y he restringido el área un poco más con la MITSO.

—¿La qué?

—Con la oficina de conmutadores de teléfonos móviles. Tiene capacidad de ubicar los sectores: eso significa que te pueden decir en qué parte de la célula está localizado. O sea, que pueden delimitar el área en un kilómetro cuadrado.

Hobbes se rió y preguntó con cautela:

—Señor Gillette, ¿cómo es que sabe tanto como nosotros sobre nuestro propio sistema?

—Leo mucho —respondió Gillette, para salir del paso. Luego preguntó—: Deme las coordenadas de la ubicación. ¿Nos podría dar la información en calles? —fue por el mapa.

—Sin problemas.

Hobbes le señaló cuatro cruces y Gillette conectó los puntos. Era una zona trapezoidal que cubría una gran superficie de Los Altos.

Dentro de ese perímetro se encontraban seis nuevas urbanizaciones que respondían a las especificaciones dadas por el Consejo de Planificación y Zonificación.

Aunque era mejor que veintidós, seguían siendo demasiadas.

—¿Seis? —preguntó una desmotivada Sánchez—. Eso supone unas tres mil personas viviendo allí. ¿No podríamos delimitarlo un poco más?

—Sí —respondió Bishop—. Porque sabemos dónde compra las cosas.

Sobre el mapa, Bishop señaló la urbanización que quedaba entre la tienda de Ollie y Mountain View Music.

Se llamaba Stonecrest.

Todos se pusieron en movimiento. Bishop le pidió a Garvy que se reuniera con ellos en Los Altos, cerca de la urbanización, y luego llamó al capitán Bernstein para informarle de todo. Decidieron que agentes de paisano irían puerta por puerta mostrando la foto de Holloway. Bishop tuvo la idea de comprar cubos de plástico y de facilitárselos a los agentes, quienes harían como que estaban recogiendo dinero para alguna causa benéfica, por si se daba el caso de que el mismo Holloway saliera a abrir la puerta. Luego alertó a los de operaciones especiales. Y los mismos miembros de la UCC se prepararon: Shelton y Bishop comprobaron sus pistolas; Gillette, su portátil, y Tony Mott comprobó ambas cosas a la vez, como no podía ser menos.

Patricia Nolan se quedaría, por si el equipo necesitaba acceder al ordenador de la UCC.

Mientras salían, sonó el teléfono y Bishop contestó la llamada. Estuvo un rato en silencio y luego miró a Gillette con una ceja levantada, antes de pasarle el aparato.

Frunciendo el ceño, el hacker se llevó el auricular a la oreja.

—¿Sí?

Silencio. Y luego Elana Papandolos dijo:

—Soy yo.

—Hola.

Gillette vio cómo Bishop sacaba a todo el mundo afuera.

—No pensaba que llamarías.

—Yo tampoco —dijo ella.

—¿Por qué?

—Porque creo que te lo debía.

—¿Que me debías qué?

—Decirte que de todas formas me largo mañana a Nueva York.

—¿Con Ed?

—Sí.

Esas palabras lo golpearon con más fuerza de lo que lo habían sacudido los nudillos de Phate momentos antes. Tenía la esperanza de que ella hubiera retrasado la partida...

—No lo hagas.

Otra interminable pausa.

—¿Wyatt?...

—Te amo. Y no quiero que te vayas.

—Bueno, pues nos vamos.

—Hazme un favor —dijo Gillette—. Déjame verte antes de que te vayas.

—¿Para qué? ¿De qué serviría?

—Por favor. Sólo diez minutos.

—No me vas a hacer cambiar de idea.

«Sí —pensó él—, sí que lo haré».

—Tengo que colgar. Adiós, Wyatt. Te deseo suerte en cualquier cosa que hagas en la vida.

—¡No!

Ellie colgó sin añadir nada más.

Gillette miró el teléfono, ahora mudo.

—Wyatt —dijo Bishop.

Cerró los ojos.

—Wyatt —lo llamó de nuevo el detective—. Tenemos que irnos.

Alzó la vista y dejó el auricular sobre el aparato. Aturdido, Gillette siguió al policía por los pasillos.

El detective le murmuró algo.

Gillette lo miró, ausente. Preguntó a Bishop qué le había dicho.

—He dicho que es como lo que comentabais Patricia y tú sobre estar en uno de esos juegos MUD.

—¿Qué pasa con ellos?

—Que creo que nos encontramos en el nivel de expertos.

El Monte Road se conecta con El Camino Real por medio de la columna vertebral de Silicon Valley, la autopista 280, unos kilómetros más al sur.

Mientras uno va por la autopista, el paisaje de El Monte varía desde tiendas de ropa, pasando por clásicos ranchos californianos de los años cincuenta y sesenta, hasta las nuevas urbanizaciones residenciales construidas con el propósito de cosechar el abundante dinero de los informáticos que andan por el vecindario.

No lejos de una de esas urbanizaciones, Stonecrest, había unos dieciséis coches de la policía estatal aparcados junto a dos furgonetas de los equipos especiales. Estaban en el aparcamiento de la Primera Iglesia Baptista de Los Altos, que una gran empalizada ocultaba de El Monte: ésa era la razón de que Bishop hubiera elegido este solar de la casa del Señor como base de operaciones.

Wyatt Gillette estaba en el asiento del copiloto del Crown Victoria, junto a Bishop. Shelton estaba sentado detrás y miraba una palmera meciéndose en la brisa húmeda. En un coche a su lado estaban Linda Sánchez y Tony Mott. Bishop parecía haber tirado la toalla en cuanto a ponerle las riendas al aspirante a Eliot Ness, y Mott se apresuraba a unirse a un grupo de policías uniformados y de operaciones especiales que estaban colocándose los chalecos antibalas. El jefe del equipo de especiales, Alonso Johnson, estaba allí de nuevo. Se encontraba solo, con la cabeza gacha mientras escuchaba lo que le radiaban por el auricular en su oreja.

El agente del Departamento de Defensa, Arthur Backle, había seguido a Bishop y esperaba de pie, con un paraguas en la mano, medio apoyado en el costado de su coche mientras se palpaba el vendaje que le cubría la cabeza.

Cerca de allí, Stonecrest estaba siendo rastreado por agentes de paisano, quienes, con el pretexto de hacer una cuestación, agitaban cubos de plástico amarillo y mostraban fotos de Jon Holloway.

Pasó un rato y nadie dio parte con éxito. Afloraron las dudas: quizá Phate estaba en otra urbanización, quizá el análisis de los teléfonos de Mobile America era erróneo. Quizá los números estaban bien pero, tras el incidente con Gillette, Phate había decidido dejar el Estado.

Entonces sonó el móvil de Bishop y éste respondió la llamada. Sonrió, asintiendo y mirando a Shelton y a Gillette:

—Identificación efectuada. Un vecino lo ha reconocido. Está en el 34004 de Alta Vista Drive.

—¡Sí! —gritó Shelton, con un glorioso encuentro entre su puño y la palma de la otra mano—. Voy a decírselo a Alonso.

El fornido policía desapareció entre la multitud de agentes.

Bishop llamó a Garvy Hobbes y le dio la dirección. En su coche, el hombre de seguridad tenía conectado un Cellscope, un cruce entre ordenador y buscador direccional de radio. Conduciría cerca de la casa y comprobaría si éste estaba trasmitiendo o no. Un rato después llamaba a Bishop y le decía:

—Tiene un móvil funcionando. La transmisión es de datos, no de voz.

—¡Está on-line! —dijo Gillette.

Bishop y Gillette salieron del coche y se encontraron con Shelton y con Alonso Johnson.

Johnson envió una furgoneta de vigilancia, camuflada como una de reparto, para que aparcara en la calle de Phate, frente a su casa. El oficial informó de que las cortinas estaban echadas y la puerta del garaje abierta. En la acera había un último modelo de Acura. Desde fuera no se veían luces encendidas. Un segundo equipo, pertrechado detrás de una jacarandá cercana, ofreció un informe similar.

Ambos equipos añadieron que todas las puertas y ventanas estaban cubiertas: incluso en el caso de que Phate viera a la policía, no podría escapar antes del asalto.

Entonces, Johnson abrió un mapa detallado y plastificado de las calles de Stonecrest. Hizo un círculo en la casa de Phate con una pintura de cera y luego examinó un catálogo de los modelos de casas de la urbanización, también plastificado. Alzó la vista y dijo:

—Está en una casa del modelo Troubadour.

Buscó el plano de ese modelo de casa y se lo mostró a su segundo, un joven de pelo rapado y comportamiento militar, sin sentido del humor.

Gillette echó una ojeada al catálogo y vio un anuncio impreso bajo el plano. Decía: «Troubadour... La casa de tus sueños para que tú y tu familia la disfrutéis en los años venideros...».

—De acuerdo, señor —dijo el ayudante de Johnson—. Tenemos puertas delanteras y traseras en el piso al nivel de la calle. Otra puerta se abre a una terraza en la parte trasera. No hay escaleras pero son menos de cuatro metros. Podría saltar. No hay entrada lateral. El garaje tiene dos puertas, una conduce a la cocina y otra al patio. Yo propondría entrar con tres equipos dinámicos.

—Separadlo de su ordenador de inmediato —dijo Linda Sánchez—. No le dejéis teclear nada. Podría destruir el contenido del disco duro en unos segundos.

—Positivo —afirmó el ayudante. Johnson dijo:

—Vale. El equipo Able va a ir por delante, Baker por detrás y Charlie por el garaje. Que dos del Charlie se queden atrás y vigilen la terraza por si le da por saltar por ahí —alzó la vista y tiró del pendiente de oro que llevaba en la oreja izquierda—. Vale, vamos a cazar una mala bestia.

Gillette, Shelton, Bishop y Sánchez se reunieron en uno de los Crown Victoria y condujeron hasta la misma urbanización, aparcando cerca pero fuera del ángulo de visión que se podía tener desde la casa de Phate, junto a las furgonetas de los de operaciones especiales. Les siguió su sombra, el agente Backle. Todos vieron cómo las tropas se posicionaban con rapidez, agachándose y ocultándose tras los arbustos.

Bishop se volvió hacia Gillette y sorprendió al hacker, al inclinarse y estrecharle la mano.

—Pase lo que pase, Wyatt, no lo podríamos haber hecho sin ti. No hay mucha gente que se hubiera arriesgado y trabajado tanto como lo has hecho tú.

—Sí —dijo Linda Sánchez—, este chico es una joya, jefe —miró a Gillette con sus grandes ojos marrones—. Oye, si buscas trabajo cuando salgas, quizá puedas intentarlo en la UCC.

Por una vez dio la impresión de que Bob Shelton iba a hacerse eco de los sentimientos de sus compañeros, pero entonces salió del coche y fue a unirse a un grupo de policías de paisano que parecía conocer.

Gillette trató de pensar en algo que responder a Bishop para acusar recibo de lo dicho, pero no supo hacer otra cosa que asentir.

Se les acercó Alonso Johnson. Bishop bajó la ventanilla.

—Los de vigilancia no pueden ver nada y el tipo tiene el aire acondicionado al máximo, por lo que los infrarrojos resultan nulos. ¿Sigue el tipo conectado?

Bishop llamó a Garvy Hobbes y se lo preguntó.

—Sí —respondió el vaquero—. El Cellscope aún recibe su transmisión.

—Eso es bueno —dijo Alonso—. Lo queremos tranquilo y distraído cuando llamemos a su puerta —luego habló al micrófono—: Limpiad la calle.

Los agentes forzaron a dar la vuelta a varios coches que conducían por Alta Vista. Interceptaron a una señora de pelo blanco, una vecina de Phate que se disponía a salir del garaje, y guiaron su Explorer por una calle lejos de la casa del asesino. Tres chavales que, indiferentes a la lluvia, armaban jaleo con unos monopatines, también fueron interceptados por unos agentes de paisano vestidos con shorts y camisas Izod, que los quitaron de en medio.

La plácida calle de la urbanización quedó desierta.

—Tiene buena pinta —dijo Johnson, y acto seguido corrió agachado hacia la casa.

—Todo se reduce a esto...

Linda Sánchez se dio la vuelta y afirmó:

—Y que lo diga, jefe —le hizo una señal de buena suerte a Tony Mott, quien estaba agachado detrás de una valla que lindaba con la propiedad de Phate. Él le devolvió el saludo y señaló la casa del asesino. Ella dijo en voz baja—: Será mejor que ese chico no se haga daño.

Gillette no oyó que se impartieran instrucciones pero de pronto los del SWAT salieron de sus escondrijos y corrieron hacia la casa. Se oyeron tres explosiones. Gillette se sobresaltó.

—Son balas especiales —le explicó Bishop—. Están destrozando las cerraduras.

A Gillette le sudaban las manos y se mecía y contenía la respiración esperando oír disparos, explosiones, gritos, sirenas...

Bishop no se movía, y tenía la mirada fija en la casa. Si estaba tenso no lo demostraba.

—Venga, venga —musitó Linda Sánchez—. ¿Qué está pasando?

Fue un largo silencio roto tan sólo por el tamborileo del agua sobre el techo del coche.

Cuando sonó la radio, fue algo tan abrupto que todos se sobresaltaron.

—Jefe del equipo Alpha a Bishop. ¿Estás ahí?

Bishop respondió:

—Dime, Alonso.

—Frank —informó la voz—. No está aquí.

—¿Qué? —dijo el detective, sin poder creérselo.

—Estamos cribando el lugar pero no tiene pinta de que haya nadie.

—Mierda—dijo Shelton.

—Estoy en el salón —prosiguió Johnson—. Es su oficina. Hay una lata de soda Mountain View que aún sigue fría. Y el detector de calor corporal muestra que ha estado sentado en esta silla frente al ordenador, hasta hace cinco o diez minutos.

—Él está ahí, Al —replicó Bishop, con tono de desesperación—. Tiene que estar ahí. Seguro que tiene algún escondrijo por ahí. Busca en los armarios. Busca debajo de la cama.

—Frank, los infrarrojos no recogen nada salvo su fantasma en la silla.

—Pero no ha podido salir —dijo Sánchez.

—Seguiremos buscando.

Bishop se apoyó contra la puerta y en su rostro aguileño se leía una fuerte desesperación.

Diez minutos más tarde el comandante de operaciones especiales hablaba de nuevo:

—Frank, la casa está limpia —dijo Johnson—. Él no está aquí. Si quieres comenzar a estudiar el escenario, adelante.

Capítulo 00100101 / Treinta y siete

Dentro, la casa estaba inmaculada.

Era lo opuesto a lo que Gillette se esperaba encontrar. La mayor parte de las moradas de los hackers estaban sucias y atiborradas de componentes electrónicos, alambres, libros, manuales técnicos, herramientas, disquetes, contenedores de comida con sobras pegadas, vasos sucios y basura.

La sala de estar de Phate lucía como si Martha Stewart hubiera acabado de decorarla en ese instante.

Los de la UCC entraron y se quedaron mirando. En un principio, Gillette se preguntó si no se habrían equivocado de casa, pero luego vio las fotos con la cara de Holloway.

—Mirad —dijo Linda Sánchez, señalando una instantánea enmarcada—, esa mujer debe de ser Shawn —luego vio otra—. ¿Y además tienen hijos?

—Podemos enviarlas al FBI y... —comenzó a decir Shelton.

Pero Bishop negó con al cabeza.

—¿Qué sucede? —le preguntó el comandante de los SWAT.

—Son falsas, ¿no? —dijo Bishop, mirando a Gillette con la ceja alzada.

El hacker abrió un marco y extrajo la foto. No estaban hechas en papel fotográfico sino que se habían impreso en una impresora a color. Le pasó la foto a Bishop, quien examinó de cerca las caras de la gente.

—Las descargó de la red o escaneó fotos de alguna revista y les pegó su rostro encima.

En la repisa, cerca de la fotografía de una pareja feliz sentada en hamacas junto a una piscina, había un viejo reloj que marcaba las dos y cuarto. La aguja actuaba como recordatorio para el grupo de que la próxima víctima, o víctimas, de Phate podía morir en cualquier minuto.

Gillette echó un vistazo a la habitación, que contenía todo aquello que uno puede desear en una casita de las afueras.

Troubadour... La casa de tus sueños para que tú y tu familia la disfrutéis en los años venideros...

Huerto Ramírez y Tim Morgan habían interrogado a los vecinos pero ninguno había podido brindarles una pista sobre otros lugares que el asesino pudiera frecuentar. Ramírez dijo:

—Según los vecinos de la casa de enfrente, se hacía pasar por un tal Gregg Warren y le decía a la gente que su familia se reuniría con él en junio, cuando hubieran acabado las clases.

Bishop le dijo a Alonso:

—Sabemos que es probable que su próximo objetivo sea un estudiante de la Universidad del Norte de California pero no sabemos quién. Asegúrate de que tu gente busca pistas que nos puedan decir algo al respecto.

Johnson hizo un gesto con la cabeza y dijo:

—Ahora que hemos encontrado su nidito, ¿no crees que se esconderá y tratará de olvidarse de sus víctimas durante un tiempo?

—Dudo mucho que haga eso —dijo Bishop, mirando a Gillette.

El hacker estuvo de acuerdo.

—Phate quiere una victoria. De una forma u otra va a asesinar a alguien hoy mismo.

—Voy a correr la voz —dijo el comandante de operaciones especiales, y se fue a hacerlo.

El equipo examinó las restantes habitaciones pero las encontró prácticamente vacías, ocultas del exterior por medio de persianas. En el baño había pocos productos: cuchillas desechables y pasta de afeitar, jabón y champú. También encontraron una gran caja llena de piedras pómez.

Bishop acercó una y la observó con curiosidad.

—Para sus dedos —explicó Gillette—. Usa las piedras para suavizar sus callos.

—¿Para no parecer deformado? —preguntó Bishop.

—No —dijo Gillette—. Para poder teclear mejor.

Fueron al salón, donde descansaba el portátil de Phate.

Gillette miró la pantalla y sacudió la cabeza, enfadado: «Mirad».

Bishop y Shelton leyeron:

INSTANT MESSAGE DE: SHAWN
CÓDIGO 10-87 PARA 34004 ALTA VISTA DRIVE

—Ése es el código táctico del asalto: un diez ochenta y siete. Si no hubiera recibido el mensaje lo habríamos atrapado —dijo Bishop—. Hemos estado muy cerca.

—¡Puto Shawn! —gritó Shelton. Un patrullero los llamó desde el sótano:

—He encontrado su vía de escape. Está aquí abajo.

Gillette descendió las escaleras con los otros. Pero en el último peldaño se paró al haber reconocido el escenario de la fotografía de Lara Gibson. Las baldosas mal puestas, el yeso Sheetrock sin pintar. Y los remolinos de sangre en el suelo. La escena estaba distorsionada.

Se unió a Alonso Johnson, Frank Bishop y a otros patrulleros que estaban examinando una puerta en uno de los laterales. Se abría a una tubería de un metro de diámetro, del tamaño de un gran conducto de agua. «Conduce a la casa contigua.»

Gillette y Bishop se miraron.

—¡No! —dijo el detective—. ¡La mujer del pelo blanco, en el Explorer! La que salió del garaje. Era él.

Johnson mandó a sus hombres que entraran en la casa de al lado. Y luego pidió un localizador de vehículos de emergencia para el coche huido.

—La casa contigua está totalmente vacía —informó un patrullero por radio—. No hay muebles. No hay nada.

—Tenía dos casas.

—¡Maldita ingeniería social! —estalló Shelton, estirando mucho la primera palabra.

En cinco minutos les llegó el informe de que habían encontrado el Explorer en el aparcamiento de un centro comercial a trescientos metros de allí. En el asiento trasero había una peluca blanca y un vestido. Ninguno de los interrogados había visto salir a nadie del Ford y meterse en otro vehículo.

La unidad de Escena del Crimen de la policía estatal investigó ambas casas y no encontró nada que fuera de verdadera utilidad. Se supo que Phate (en su papel de Gregg Warren) había comprado las dos, pagando en efectivo. Llamaron a la agente inmobiliaria que las había vendido. Ella dijo que no había nada raro en que él las comprara pagando en efectivo: en «el valle del gozo en el corazón» los ricos ejecutivos de empresas de informática a menudo compraban dos casas: una para vivir y la otra como inversión. No obstante, ella añadió que hubo algo extraño en esa transacción en particular: cuando fue a consultar los informes sobre créditos por petición de la policía se dio cuenta de que habían desaparecido.

—¿No les parece curioso? Se borraron por accidente.

—Sí, curioso —dijo Bishop con sorna.

—Sí, por accidente —añadió Gillette.

—Llevemos la máquina a la UCC —dijo Bishop al hacker—. Si tenemos suerte quizá contenga alguna referencia a la víctima de la universidad. Vamos a movernos deprisa.

Gillette también sentía la urgencia del detective. Recordó uno de los objetivos del juego *Access* en los MUD: asesinar a tanta gente en una semana como les fuera posible.

Johnson y Bishop dieron por concluida la operación y Linda Sánchez rellenó la cadena de formularios de custodia y envolvió el disco duro del ordenador de Phate.

Gillette fue quien le explicó a Patricia Nolan que la redada había sido infructuosa.

—Shawn volvió a avisarlo, ¿no? —dijo ella, suspirando.

Sánchez les pasó el ordenador de Phate a Gillette y a Nolan y luego atendió una llamada telefónica.

—¿Cómo pudo enterarse de que íbamos a asaltar su casa? —se preguntó Tony Mott—. No me cabe en la cabeza.

—Yo sólo quiero saber una cosa —dijo Shelton —: ¿Quién demonios es Shawn?

Y aunque era indudable que no esperaba recibir una respuesta en ese preciso momento, ésta le llegó:

—Yo lo sé —dijo Linda Sánchez, horrorizada y con la voz quebrada. Miró al equipo con el auricular y luego colgó el teléfono. La mujer cerró los dedos con las uñas pintadas de color rojo y continuó—: Era el administrador de sistemas de ISLEnet. Hace diez minutos encontró a alguien que estaba infiltrándose en ISLEnet para usarla como un sistema de fiar, y así poder piratear la base de datos del Departamento de Estado. El usuario era Shawn. El administrador imposibilitó la entrada y luego echó un vistazo al fallido objetivo de Shawn. Estaba dando instrucciones al sistema del Departamento de Estado para que hiciera dos pasaportes con nombres falsos. El administrador de sistemas reconoció las fotos escaneadas que trataba de infiltrar en el sistema. Una era la de Holloway —respiró hondo—. La otra era la de Stephen.

—¿Qué Stephen? —preguntó Mott.

—Stephen Miller —dijo Sánchez, y se echó a llorar—. Él es Shawn.

Bishop, Mott y Sánchez estaban en el cubículo de Miller rebuscando en su escritorio.

—No me lo creo —dijo Mott con rebeldía—. Es un truco de Phate. Está jugando con nosotros.

—Pero entonces ¿dónde está Miller? —preguntó Bishop. Patricia Nolan dijo que ella había permanecido en la UCC durante todo el tiempo que ellos habían estado en casa de Phate y que Miller no había llamado. Y ella había intentado contactarle llamando a varios laboratorios informáticos de universidades cercanas pero él no estaba en ninguno de ellos.

Mott encendió el ordenador de Miller.

En la pantalla apareció el aviso para introducir una contraseña. Mott lo intentó por las bravas con las conjeturas más obvias: cumpleaños, nombres y demás.

Gillette entró en el cubículo y cargó su programa Crack-it. En unos minutos había descifrado la contraseña y Gillette estaba dentro del ordenador de Miller. Pronto encontró docenas de mensajes enviados a Phate bajo el nombre de pantalla de Miller, Shawn, que se conectaba a Internet por medio de la empresa Monterrey On-Line. Los mensajes estaban codificados pero los encabezamientos no dejaban lugar a dudas sobre la verdadera identidad de Miller.

—Pero Shawn es genial —objetó Patricia Nolan—, y Stephen era un principiante en comparación.

—Ingeniería social —dijo Bishop.

—Tenía que parecer estúpido para que no nos fijáramos en él —añadió Gillette—. Mientras tanto, informaba a Phate de todo.

—Él es el causante de la muerte de Andy Anderson —se dolió Mott—. Él lo engañó.

—Y cada vez que andábamos cerca de Phate, Miller lo prevenía —susurró Shelton.

—¿Pudo saber el administrador de sistemas desde dónde estaba *hackeando* Miller? —preguntó Bishop.

—No, jefe —respondió Sánchez—. Estaba usando un anonimatizador a prueba de bombas.

Bishop preguntó a Mott:

—Y esas universidades en las que trabajaba... ¿Podía ser la del Norte de California una de ellas?

—No lo sé. Es probable.

Sonó el teléfono de Bishop. Escuchó asintiendo. Cuando colgó, dijo:

—Era Huerto —Bishop había enviado a Ramírez y a Morgan a la casa de Miller tan pronto como Linda recibió la llamada del administrador de ISLEnet—. El coche de Miller ha desaparecido. El estudio de su casa está vacío, con la excepción de un montón de cables y unos cuantos componentes de ordenadores: se ha llevado todas las máquinas y los disquetes —preguntó a Mott y a Sánchez—: ¿Tiene una casa de verano? ¿Tiene familia?

—No. Las máquinas lo eran todo en su vida —dijo Mott—. Trabajaba aquí, en la oficina, y también en casa.

Bishop le dijo a Shelton:

—Que distribuyan una foto de Miller a los agentes y que envíen a unos cuantos a la Universidad del Norte de California con ella —miró el ordenador de Phate y le preguntó a Gillette—: Los datos de ése ya no están codificados, ¿no?

—No —respondió Gillette y le explicó que para usar la máquina había tenido que descriptarlo todo. Señaló el monitor, saltándose el salvapantallas de Phate, que era el lema de los *Knights of Access*.

El acceso es Dios...

—Veré qué puedo encontrar.

—Puede que eso aún contenga trampas —le avisó Linda Sánchez.

—Voy a andar con pies de plomo. Voy a cerrar el salvapantallas y empezaremos por ahí. Conozco los lugares lógicos donde él ubicaría sus trampas —Gillette se sentó ante el ordenador y tocó la más inocua de todas las teclas del teclado (*Shift*) para cerrar el salvapantallas. Puesto que la tecla *Shift,* por sí sola, no crea comandos ni afecta a los programas o a los datos contenidos en un ordenador, los hackers no suelen colocar trampas en ella.

Pero lo cierto es que Phate no era un hacker normal y corriente.

En el mismo instante en que Gillette pulsó la tecla, la pantalla se borró y aparecieron estas palabras:

COMENZAR ENCRIPTACIÓN
ENCRIPTANDO: STANDARD 12
DEPARTAMENTO DE DEFENSA

—¡No! —gritó Gillette y apagó el interruptor. Pero Phate había alterado el controlador de energía y no tuvo resultado. Dio la vuelta al portátil para quitarle la batería pero alguien había roto el botón que permitía abrirla. En tres minutos, todo el contenido del ordenador estaba codificado.

—Mierda, mierda... —dijo Gillette, suspirando disgustado—. Todo eso es ahora inútil.

El agente Backle del Departamento de Defensa se levantó y caminó lentamente hacia la máquina. Miró primero a Gillette y luego la pantalla, que ahora estaba llena de símbolos sin sentido. Luego observó las fotos de Lara Gibson y de Willem Boethe pegadas en la pizarra.

—¿Crees que ahí dentro hay algo que pueda ayudarnos a salvar vidas? —preguntó a Gillette.

—Es probable.

—Antes lo dije en serio. Si puedes romper su encriptación, me olvidaré de haberte visto hacerlo. Lo único que te pediré son los discos que tengas con el programa de decodificación.

Gillette dudó.

—¿Lo dices en serio? —preguntó, al fin.

Backle le brindó una cara amable y una pequeña risa.

—Ese cabrón me ha dado un dolor de cabeza de mil pares de demonios. Me encantaría añadir «Agresión a un agente federal» al conjunto de sus cargos.

Gillette miró a Bishop, quien asintió: era su forma de decirle que lo apoyaría. El hacker se sentó en una terminal y se conectó a la red. Volvió a la cuenta de Armstrong en Los Álamos, donde escondía sus herramientas de hacker, y descargó un programa llamado Pac-Man.

—¿Pac-Man? —se rió Nolan.

Gillette se encogió de hombros.

—Cuando lo acabé llevaba veinticuatro horas levantado. No me dio para pensar un nombre mejor.

Lo copió en un disquete que insertó en el portátil de Phate.

En la pantalla apareció:

Encriptación / Decodificación
Nombre usuario:

Gillette tecleó: Luke Skywalker

Contraseña:

Las letras, números y símbolos que Gillette tecleó sumaban doce caracteres.

—Eso sí que es una contraseña difícil —dijo Mott.

Entonces en la pantalla apareció esto:

Escoja Patrón de Encriptación:
1. Privacy On-Line, Inc.
2. Patrón de Encriptación Defensa
3. Departamento de Defensa Standard 12
4. OTAN
5. International Computer Systems, Inc.

Patricia Nolan lo dijo al mismo tiempo que Mott.

—¡Esto sí que es un *hack*! ¿Has escrito programas que pueden decodificar todos estos patrones de encriptación?

—Normalmente decodifica el noventa por ciento de un fichero —dijo Gillette, pulsando la tecla 3. Y luego comenzó a abastecer al programa de ficheros encriptados.

—¿Cómo lo haces? —preguntó Mott, fascinado.

Gillette no pudo evitar que su voz sonara entusiasmada (y también orgullosa) mientras les decía:

—En realidad lo que hice fue conseguir muestras de todos los patrones hasta que el programa empezó a reconocer los arquetipos que el algoritmo codificador usa para encriptarlo. Y, a partir de ahí, el programa hace conjeturas lógicas sobre...

De pronto el agente Backle pasó por delante de Bishop, agarró a Gillette por el cuello y lo tiró al suelo. Y luego, con rudeza, le colocó las esposas en las muñecas.

—Wyatt Edward Gillette, quedas arrestado por violación del Acta de Privacidad Informática, robo de información clasificada del gobierno y traición.

—¡No puedes hacer eso! —dijo Bishop.

—¡Hijo de puta! —dijo Tony Mott, avanzando hacia él.

Backle movió la falda de la chaqueta para que todos vieran su pistola.

—Tenga cuidadito. Yo me lo pensaría dos veces antes de hacer nada, agente.

Mott se paró. Y Backle, casi como por diversión, siguió esposando al detenido.

—Venga, Backle, ya lo has oído —dijo Bishop, exaltado—: Phate va a atacar a alguien en la universidad. ¡Puede que ahora mismo esté en el campus!

—¡Y le dijiste que no había problema! —dijo Patricia Nolan.

Pero el imperturbable Backle la ignoró, puso en pie a Gillette para luego sentarlo en una silla.

Entonces el agente sacó una radio y dijo:

—Backle a unidad 23. He capturado al prisionero. Pueden recogerme.

—¡Le has tendido una trampa! —gritó Nolan, furiosa—. ¡Sois unos cabrones que estabais esperando el momento de hacerlo!

—Voy a llamar a mi capitán —dijo Bishop, sacando el teléfono y yendo en dirección del nicho frontal de la UCC.

—Llama a quien quieras. Éste vuelve a la cárcel.

—Tenemos un asesino que está acechando a su nueva víctima ahora mismo —dijo Shelton—. Puede que ésta sea nuestra única oportunidad de atraparlo.

—Y el código que ha pirateado puede significar que mueran cientos de personas —replicó Backle mirando a Gillette.

—Nos has dado tu palabra —le recriminó Sánchez—. ¿Es que no vale nada?

—No. Lo que vale, y para todo, es echar el guante a gente como él.

—Dame sólo una hora —dijo Gillette, con desesperación. Miró el reloj—. Ahora tenemos una oportunidad de atraparlo. No podemos permitirnos perder un solo minuto.

Backle negó con la cabeza y comenzó a leerle sus derechos.

Fue entonces cuando oyeron disparos fuera y el estallido de las balas y de las ventanas rotas sacudió la puerta principal de la UCC.

Capítulo 00100110 / Treinta y ocho

Mott y Backle sacaron sus armas y miraron hacia la puerta. Sánchez fue hacia su cubículo y buscó su pistola en el bolso. Nolan se escondió bajo una mesa.

Frank Bishop, tirado en el suelo, se alejó a gatas de la puerta.

—¿Te han dado, jefe? —preguntó Sánchez.

—¡Estoy bien! —el detective buscó refugio en una pared y se puso de pie como pudo. Sacó su pistola y, echando una rápida ojeada fuera, gritó para que le oyeran en el corral de dinosaurios—: ¡Phate está fuera! Yo, en el vestíbulo. Me ha disparado un par de veces. ¡Sigue ahí!

Backle se movió para llamar por radio a sus compañeros y decirles que condujeran con cuidado y que trataran de localizar al criminal. Se agachó junto a la puerta, observó los agujeros producidos por los disparos en la pared y los fragmentos de vidrio. Tony Mott también avanzó, haciendo gestos a Linda Sánchez y a Nolan para que se replegaran.

—¿Dónde está? —preguntó Backle echando un rápido vistazo fuera y volviendo para cubrirse.

—Detrás de la furgoneta blanca —respondió el detective—. Hacia la izquierda. Ha debido de volver para matar a Gillette. Vosotros dos, id hacia la derecha y mantenedlo clavado allí. Yo voy a atraparlo por detrás. Agachaos, es un buen tirador. Conmigo ha fallado por centímetros.

El agente de defensa y el joven policía se miraron y asintieron. Juntos salieron corriendo por la puerta y se parapetaron tras un coche cercano.

Bishop los vio partir y entonces se levantó y guardó el arma. Se metió la camisa por el pantalón, sacó las llaves, le quitó las esposas a Gillette y se las guardó en el bolsillo.

—¿Qué haces, jefe? —preguntó Sánchez, levantándose del suelo.

Patricia Nolan se echó a reír al darse cuenta de lo que pasaba.

—Una fuga de la cárcel, ¿eh?

—Sí.

—¿Y los disparos? —preguntó Sánchez.

—Era yo.

—¿Tú? —se asombró Gillette.

—Salí afuera y pegué un par de tiros a la puerta principal —sonrió—. Eso de la ingeniería social... Creo que ya me estoy amoldando —entonces el detective señaló el ordenador de Phate y le dijo a Gillette:

—Bueno, no te quedes ahí. Agarra su máquina y vámonos pitando.

—¿Estás seguro de que quieres hacerlo? —le preguntó Gillette, frotándose las muñecas.

—Estoy seguro de que Phate podría estar ahora mismo en el campus de la Universidad del Norte de California, con Miller —respondió Bishop—. Y no voy a dejar que muera nadie más. Así que vamos. ¡Ya!

El hacker recogió la máquina y caminó tras el detective.

—Esperad —les llamó Patricia Nolan—. He aparcado detrás. Podemos ir en mi coche.

Bishop vaciló.

—Iremos a mi hotel —añadió ella—. Puedo echarte una mano con esa máquina.

El detective asintió. Comenzó a decirle algo a Linda Sánchez pero ella lo mandó callar con su mano regordeta:

—Todo lo que sé es que me di la vuelta y Gillette se había escapado y tú corrías tras él. Y parece que él va camino de Napa, contigo siguiéndole la pista. Buena suerte y a ver si lo atrapas, jefe. Tómate un vaso de vino a mi salud. Buena suerte.

Pero daba la impresión de que el acto heroico de Bishop no había servido para nada.

En la habitación de hotel de Patricia Nolan (con mucho, la suite más increíble que Wyatt Gillette había visto en la vida) el hacker decodificó los datos del ordenador de Phate con rapidez. Pero sucedía que se trataba de una máquina diferente a la que Gillette había pirateado anteriormente. No era lo que se dice una máquina caliente, pero sólo contenía un sistema operativo, el Trapdoor y algunos ficheros con artículos de periódicos que Shawn había descargado para Phate. La mayor parte de ellos eran sobre Seattle, donde Phate pensaba jugar su siguiente partida. Pero ahora que sabía que ellos tenían esa máquina se iría a otra parte.

No había referencias a la Universidad del Norte de California ni a ningún estudiante.

Bishop se dejó caer sobre una de las sillas forradas de felpa y miró al suelo sin esperanzas, juntando las manos.

—Nada de nada.

—¿Me dejas probar? —pidió Patricia Nolan. Se sentó junto a Gillette y fue pasando revista al directorio de ficheros—. Quizá haya borrado los ficheros. ¿Has tratado de recuperarlos con Restore8?

—No —respondió Gillette—. Me he figurado que lo habría borrado todo.

—Quizá no se haya molestado —señaló ella—. Estaba muy seguro de que nadie podría entrar en su máquina. Y que, si lo hacían, la bomba codificadora los detendría.

Ella arrancó el programa y, en un instante, aparecieron en la pantalla datos que Phate había borrado en las últimas semanas, en su mayor parte inservibles. Ella echó un vistazo.

—Nada sobre la universidad. Nada sobre los ataques. Todo lo que encuentro son fragmentos de facturas y recibos de unos componentes de ordenadores que vendió. La mayor parte de los datos está corrompida. Pero aquí hay algo que quizá os sirva.

```
Ma%%%ch 27***200!!!++
55eerrx3^^shipped to:
San Jose Com434312 Produuu234aawe%%
2335 Winch4ster 00u46lke^
San Jo^^44^^^^9^^^$$###
Attn: 97J**seph McGona%%gle
```

Bishop y Gillette leyeron la pantalla.

—Pero eso no nos vale —apuntó el hacker—. Ésa es una empresa que compró algunos de sus componentes. Necesitamos la dirección de Phate, el lugar desde donde fueron enviados.

Gillette sustituyó a Nolan y fue revisando el resto de los ficheros borrados. Sólo eran basura digital.

—Nada.

Pero Bishop sacudió la cabeza.

—Espera un poco —señaló la pantalla—. Vuelve hacia arriba.

Gillette fue hacia donde se encontraba el texto semilegible del recibo.

Bishop dio un golpecito en la pantalla y dijo:

—Esta empresa, Productos Informáticos San José, tiene que tener facturas en las que se especifique quién les vende los componentes y desde dónde se envían.

—Salvo que sepan que son robados —apuntó Nolan—. En ese caso negarán todo lo referente a Phate.

—Apuesto a que si saben que Phate ha estado asesinando gente se mostrarán algo más dispuestos a cooperar —dijo Gillette.

—O algo menos —replicó una escéptica Nolan.

—Comprar bienes robados es un delito —dijo Bishop—. Pero evitarse San Quintín es una razón excelente para cooperar.

El detective se tocó el pelo con fijador mientras se inclinaba para acercarse el teléfono. Llamó a la UCC, mientras rezaba para que uno de los miembros del equipo (ni Backle ni ningún otro federal) atendiera a su llamada. Se sintió aliviado cuando contestó Tony Mott.

—¿Tony? Soy Frank —dijo el detective—. ¿Puedes hablar? ¿Cómo anda eso? ¿Tienen alguna pista? No, me refiero a alguna pista sobre nosotros... Vale. Escucha, hazme un favor, busca Productos Informáticos San José, 2355 Winchester en San José. No, te espero.

Un rato después Bishop alzaba la cabeza. Asintió poco a poco.

—Vale, lo tengo. Gracias. Creemos que Phate ha estado vendiéndoles componentes de ordenadores. Vamos a ver si podemos hablar con alguien allí. Te avisaré si encontramos algo. Mira, llama al rector y al jefe de seguridad de la Universidad del Norte de California y diles que pensamos que el asesino se dirige hacia allá en estos momentos —escuchó mientras Mott le decía algo y rió profusamente—. No, estoy seguro de que «atrincherado y macilento» es la expresión adecuada.

Colgó y les dijo a Gillette y a Nolan:

—La empresa está limpia. En quince años de antigüedad, nunca ha tenido ningún problema con el fisco o con el Departamento de Impuestos del Estado. Paga todas sus licencias. Si han comprado algo a Phate lo más seguro es que desconozcan que es robado. Vamos allá y hablemos un poco con el señor McGonagle, o con quien sea.

Gillette se unió al detective. Nolan, por el contrario, dijo:

—Id vosotros. Yo me quedo para ver si encuentro algo más en esta máquina.

Parado en el umbral, Gillette volvió la vista y la miró sentada frente al teclado. Ella le sonrió como para darle coraje. Pero a él le pareció que era una sonrisa algo melancólica y que, más bien, parecía la concesión de que quizá no tenía demasiada esperanza en que entre los dos floreciera una relación.

Pero entonces, como al mismo hacker le sucedía a menudo, a ella se le borró la sonrisa de la cara y comenzó a teclear con furia. En ese momento y con expresión concentrada, ella dejó el Mundo Real para adentrarse en la Estancia Azul.

El juego ya no le hacía gracia.

Sudoroso, desesperado y furioso, Phate se dejó caer en el escritorio y, con mirada ausente, observó todo lo que le rodeaba, todas esas preciosas antigüedades informáticas. Sabía que Gillette y la policía andaban cerca, y que ya no le sería posible continuar su juego en el lujoso condado de Santa Clara.

Eso era algo muy duro de aceptar porque tenía esta semana (la Semana Univac) por una edición muy especial de su juego. Era como *Las Cruzadas,* el famoso juego MUD: Silicon Valley era la nueva Tierra Santa y él deseaba ganar a lo grande en cada nivel.

Pero los de la policía (y Valleyman) habían demostrado ser mucho mejores de lo que él había esperado.

No había otra opción. Adoptaría una nueva identidad y se iría inmediatamente, y se llevaría a Shawn con él a una nueva ciudad. Su nuevo destino había sido Seattle pero existía la posibilidad de que Gillette hubiera podido piratear el código de encriptación Standard 12 y encontrado detalles sobre el juego MUD de Seattle y sobre sus víctimas potenciales.

Quizá lo intentaría en Chicago, en el Silicon Prairie. O en la Ruta 128, al norte de Boston.

Pero no podía esperar tanto: le consumía la lujuria de seguir jugando. Así que primero haría una parada y dejaría como regalo de despedida una bomba de gas en un colegio mayor de la Universidad del Norte de California. A uno de esos dormitorios le habían dado el nombre de un pionero de Silicon Valley pero, siendo como era un objetivo lógico, había decidido que los que morirían serían los alumnos del colegio mayor del otro lado de la calle. Ése se llamaba Yeats Hall, como el poeta, quien seguro no invirtió mucho tiempo en preocuparse por las máquinas ni por lo que representan.

Ese colegio era de estructura de madera, lo que lo hacía más vulnerable al fuego, sobre todo si el sistema informático se había ocupado de desactivar las alarmas y el sistema aspersor: algo que Phate ya había hecho.

También había una cosa más. Si le hubiera sucedido con cualquier otro ni se habría molestado. Pero su adversario en esta partida del juego *Access* era Wyatt Gillette y Phate necesitaba una gran maniobra de distracción para conseguir algo de tiempo para poner la bomba y largarse al este. Estaba tan enfadado y tenso que le daban ganas de agarrar una ametralladora y cargarse a una docena de personas para tener a la policía ocupada mientras él se escapaba. Pero ésa no era, por supuesto, el arma de su elección y, sencillamente, se sentó frente a su terminal de ordenador y empezó a teclear un conjuro familiar.

Capítulo 00100111 / Treinta y nueve

El centro de control del Departamento de Obras Públicas del condado de Santa Clara, ubicado en un complejo rodeado de alambradas al suroeste de San José, era un inmenso superordenador apodado Alanis.

La máquina hacía cientos de tareas para el departamento mencionado: programaciones de mantenimiento y reparación de calzadas, regulaciones de ubicación de aguas en la frecuentemente seca California, control de alcantarillado y de tratamiento de aguas y coordinación de los diez mil semáforos de Silicon Valley.

No lejos de Alanis se encontraba uno de sus mayores enlaces con el mundo exterior, un anaquel de metal de más de dos metros de alto que contenía treinta y dos módems de alta velocidad. En ese momento, llegaban muchas llamadas telefónicas por esos módems: claro que de forma silenciosa, pues Alanis no necesitaba señales sonoras para advertir que alguien trataba de comunicarse con ella. La mayor parte de estas llamadas era de técnicos de campo, administradores de sistemas o de otros ordenadores, todos ellos deseosos de conectarse al departamento para compartir información sobre reparaciones, nóminas, contabilidad, programaciones u otras de esas tareas mundanas que realizan los ordenadores de los estamentos públicos.

Una de las llamadas que llegó a Alanis a esa hora, las tres y media de la tarde, era un mensaje de datos de un veterano técnico de Obras Públicas de Mountain View. Llevaba años trabajando en eso pero sólo el año pasado consintió en seguir la política del departamento de conectarse desde el campo por medio de un ordenador portátil para recibir nuevos encargos, conocer la ubicación de los puntos conflictivos en el sistema de Obras Públicas y notificar que su equipo había terminado una tarea. El cincuentón gordito que antes pensaba que los ordenadores eran una pérdida de tiempo era ahora un adicto a las máquinas y le encantaba conectarse cuantas veces pudiera.

Este e-mail en concreto era un mensaje muy corto sobre una reparación de alcantarillado.

El mensaje que Alanis recibió fue, no obstante, algo distinto del enviado por el destrozado ordenador Compaq del empleado. Dentro de su prosa rechoncha, saltarina, había un código extra: un demonio Trapdoor.

Y, una vez dentro de la confiada Alanis, el demonio vagó desde el correo electrónico hasta su sistema operativo.

A diez kilómetros de allí, sentado frente a su ordenador, Phate tomó el directorio raíz y echó un vistazo a Alanis en busca de los comandos que necesitaba. Los apuntó en un papel amarillo y prestamente volvió al directorio raíz, donde tras consultar sus anotaciones escribió «permit/g/segment-*» y dio a *Enter*. Como gran parte de los comandos de los sistemas operativos de los ordenadores técnicos, éste era críptico pero tenía consecuencias muy concretas.

Entonces Phate borró el programa de anulación manual y cambió la contraseña del directorio raíz a ZZY?a##9/%48?95, algo que ningún humano podría averiguar y que un superordenador tardaría días en descifrar, como poco.

Luego se desconectó.

Cuando se levantó para empezar a empaquetar sus cosas y huir de Silicon Valley, ya podía oír los sonidos provocados por su chapuza, inundando la tarde.

El Volvo marrón pasó un cruce en el Boulevard Stevens Creek y dio un patinazo a unos tres metros del puesto de copiloto del coche de Bishop.

Su conductor presentía con horror la colisión inminente.

—¡Tío, ten cuidado! —gritó Gillette, moviendo el brazo para protegerse de forma instintiva, girando la cabeza hacia la izquierda y cerrando los ojos mientras el famoso logo diagonal cromado en el capó del coche sueco se le acercaba cada vez más.

—Tranquilo —dijo Bishop, con calma.

Quizá era puro instinto, o tal vez se debía a la instrucción de conducción policial pero el detective no quiso frenar. Pegó el acelerador al suelo y dirigió el Crown Victoria hacia el Volvo que se aproximaba. La maniobra funcionó. Los coches no se rozaron por milímetros y el Volvo se empotró contra el parachoques del Porsche que iba detrás del coche del policía. Bishop controló el derrape y frenó hasta detener el coche.

—Ese imbécil se ha saltado el semáforo —murmuró Bishop, asiendo la radio para informar sobre el accidente.

—No, no lo ha hecho —contestó Gillette mirando hacia atrás—. Mira, ambas luces estaban en verde.

Una manzana más allá, otros dos coches estaban en medio del cruce, de costado, y un capó echaba humo.

Desde la guantera, la radio se llenó de informes sobre accidentes y errores en el funcionamiento de semáforos. Los escucharon durante un rato.

—Todos los semáforos están en verde —dijo Bishop—. En todo el condado. Es Phate, ¿no? Lo ha hecho él.

—Ha pirateado Obras Públicas —dijo Gillette, con una risa floja—. Es una cortina de humo para escapar.

Bishop volvió a avanzar pero, debido al tráfico, su velocidad era de pocos kilómetros a la hora. La luz intermitente del salpicadero no impresionaba a nadie y Bishop la retiró. Elevando la voz sobre el ruido de las bocinas, preguntó:

—¿Hay algo que puedan hacer los de Obras Públicas para solucionar este embrollo?

—Lo más seguro es que haya suspendido el sistema o que haya puesto una contraseña indescifrable. Tendrán que cargarlo todo de nuevo desde las copias de seguridad. Les llevará horas —el hacker movió la cabeza—. Pero el tráfico lo va a atrapar a él también. ¿De qué le sirve?

—No, apuesto a que su escondrijo está cerca de la autopista —dijo Bishop—. Seguro que queda cerca de una entrada a la 280. Y la Universidad del Norte de California también lo está. Matará a su próxima víctima, llegará a la autopista y se largará vete a saber dónde, sin problemas.

Gillette asintió y añadió lo siguiente:

—Al menos nadie de Productos Informáticos San José podrá marcharse.

A unos cuatrocientos metros de su destino, el tráfico estaba tan parado que tuvieron que dejar el vehículo e ir a pie. Avanzaban al trote, movidos por una urgencia desesperada. Phate no habría creado ese atasco si no estuviera preparado para su asalto a la universidad. Y, en el mejor de los casos (contando con que alguien en Productos Informáticos San José pudiera dar con su dirección de envíos), podría suceder que no llegaran a su casa hasta después de que su víctima hubiera muerto y Phate y Miller se hubiesen esfumado.

Llegaron al edificio que albergaba Productos Informáticos San José y se pararon para recuperar el resuello contra la valla encadenada.

El aire estaba repleto de sonidos cacofónicos, bocinas y el zumzum-zum de un helicóptero que volaba cerca (una televisión local que recogía las pruebas de la proeza de Phate y de la vulnerabilidad del condado de Santa Clara) para que lo disfrutara el resto del país.

Los dos hombres avanzaron de nuevo, entrando por una puerta abierta cercana al área de carga y descarga de la empresa. Subieron los escalones y entraron. Un trabajador que amontonaba cartones sobre una carretilla alzó la vista y los vio.

—Perdóneme, señor: policía —le dijo Bishop al hombre regordete de mediana edad mientras le enseñaba la placa—. Tenemos que hacerle unas preguntas.

El hombre forzó la vista a través de sus gafas de presbicia y examinó la identificación de Bishop.

—Sí, señor, ¿en qué puedo ayudarles?

—Estamos buscando a Joe McGonagle.

—Soy yo —dijo el hombre—. ¿Es por un accidente o algo así? ¿Qué pasa con esos bocinazos?

—Los semáforos no funcionan.

—¿Ninguno?

—Eso parece.

—Vaya follón. Y además cuando se acerca la hora punta.

—¿Es usted el dueño? —preguntó Bishop.

—Yo y mi cuñado. ¿Cuál es el problema exactamente, agente?

—La semana pasada usted hizo un envío de componentes de superordenadores.

—Y todas las semanas. En eso se basa nuestro negocio.

—Tenemos motivos para creer que alguien les ha vendido componentes robados.

—¿Robados?

—Nadie le está investigando a usted, señor. Pero es crucial que encontremos al hombre que se los vendió. ¿Le importaría que viéramos los registros de entradas?

—Le juro que no sabía que eran robados. Y Jim, mi cuñado, tampoco haría algo así. Es un buen cristiano.

—Sólo queremos encontrar al hombre que se los vendió. Necesitamos la dirección o el número de teléfono del sitio desde donde cargaron esos componentes.

—Todos los ficheros de envíos están aquí —caminó por el pasillo—. Pero si es mejor que tenga un abogado conmigo antes de hablar con ustedes, dígamelo.

—Sí, señor, se lo diría —replicó Bishop sinceramente—. Pero sólo me interesa atrapar a ese tipo.

—¿Cómo se llama? —preguntó McGonagle.

—Lo más seguro es que se haya hecho pasar por Gregg Warren.

—No me suena.

—Tiene muchos alias.

McGonagle se paró en una pequeña oficina y abrió un cajón de un archivo.

—¿Sabe la fecha? ¿La del envío?

—Creemos que fue el 27 de marzo —respondió Bishop, tras consultar su libreta.

—Veamos... —McGonagle rebuscó en el archivo, revolviendo cosas.

Wyatt Gillette no pudo evitar una sonrisa. Resultaba muy irónico que una empresa de elementos informáticos guardara los registros en armarios de ficheros y no en un ordenador. Estaba a punto de susurrarle eso a Bishop cuando alcanzó a ver la mano izquierda de McGonagle, que descansaba sobre la manilla del cajón del archivo mientras la otra mano buceaba en el interior.

Las yemas de los dedos estaban muy deformadas. Eran nudosas, romas y coronadas de unos callos amarillentos.

La manicura del hacker...

A Gillette se le evaporó la sonrisa de la boca y se puso rígido. Bishop se dio cuenta de ello y lo miró. Gillette señaló sus propios dedos y luego llamó su atención en silencio sobre la mano izquierda de McGonagle. Bishop vio a qué se refería.

McGonagle alzó la vista y observó los reveladores ojos de Bishop.

Claro que, por supuesto, su nombre no era McGonagle. Bajo las falsas canas, las arrugas, las gafas y los rellenos postizos se encontraba Jon Patrick Holloway. Esos fragmentos pasaron por la mente de Gillette como líneas de software: Joe McGonagle era otra de sus identidades. Esa empresa era una de sus tapaderas. Había pirateado el sistema de registro de sociedades del Estado y había creado una empresa de quince años de antigüedad, cuyos dueños no eran otros que Miller y él. El recibo que buscaban era el de un ordenador que Phate había comprado, y no vendido.

Ninguno de ellos se movió.

Y entonces pasó esto:

Gillette se echó a un lado, Bishop quiso sacar el arma, Phate se lanzó hacia atrás y extrajo una pistola del archivo. A Bishop no le dio tiempo a levantar la suya y se lanzó hacia delante y golpeó al asesino, quien dejó caer su arma. Bishop la echó a un lado y Phate pescó el arma del policía con su mano deforme y agarró un martillo que descansaba sobre una caja de madera. Golpeó con fuerza la cabeza del policía con esa herramienta.

El detective soltó un gemido y cayó de rodillas. Phate volvió a golpearlo, en la nuca, y luego soltó el martillo y se lanzó a recoger su pistola del suelo.

Capítulo 00101000 / Cuarenta

Por instinto, Wyatt se lanzó hacia delante y agarró a Phate por el cuello y por el brazo para que el tipo no pudiera alcanzar ninguna de las pistolas.

El asesino golpeó con el puño el rostro y el cuello de Gillette, pero los dos estaban tan cerca el uno del otro que no pudo tomar impulso y los golpes no le hicieron ningún daño a Wyatt.

Ambos entraron dando tumbos por otra puerta, saliendo de la oficina y yendo a dar a un espacio abierto: se trataba de otro corral de dinosaurios como el de la UCC.

Los ejercicios de dedos que Gillette había estado haciendo en los dos últimos años lo ayudaron a agarrar con fuerza a Phate pero el asesino también era fuerte y Gillette no podía sacarle ventaja. Como dos luchadores enlazados, rodaron por el suelo levantado. Gillette miró a su alrededor buscando un arma. Le asombró la cantidad de viejos ordenadores y de componentes que había. Toda la historia de la informática estaba representada allí.

—Lo sabemos todo, Jon —dijo Gillette, volviéndose hacia el asesino—. Sabemos que Stephen Miller es Shawn. Sabemos tus planes, tus próximas víctimas. ¡No tienes posibilidad de escapar!

Pero Phate no respondió. Gruñó, tiró a Gillette al suelo y trató de alcanzar una barra de hierro. Con fuerza, Gillette apretó con el pie un tablón tirado en el suelo, y alejó la barra de Phate.

Durante cinco minutos ambos hackers estuvieron intercambiando golpes blandos, y fueron cansándose. Luego Phate se liberó y corrió por la barra de hierro. Se las arregló para empuñarla y blandirla. Se fue acercando a Gillette, quien buscaba un arma con desesperación. Vio una caja de madera sobre una mesa cercana, arrancó la tapa y fue sacando su contenido.

Phate se quedó helado.

Gillette sostenía en la mano lo que parecía ser una bombilla muy antigua: era un tubo de audion original, el precursor del tubo de vacío y, por ende, del mismo chip de silicio.

—¡No! —gritó Phate, alzando una mano. Susurró—: Por favor, ten cuidado.

Gillette se encaminó hacia la oficina donde yacía Frank Bishop.

Phate lo seguía, sosteniendo la barra de metal como si se tratara de un bate de béisbol. Sabía que podía golpear a Gillette en el brazo o en la cabeza (no le resultaría difícil) pero aun así le era imposible poner en peligro el delicado artefacto de cristal.

Para él las máquinas son más importantes que la gente. Una muerte no le supone ninguna pérdida: pero si se le rompe el disco duro es toda una tragedia.

—Ten cuidado —susurró Phate—. Por favor.

—¡Tírala! —gritó Gillette mirando la barra de hierro.

El asesino empezó a blandirla pero en el último minuto pensó en la frágil bombilla de cristal y se detuvo. Gillette se paró, miró hacia atrás para medir las distancias y entonces arrojó la bombilla a Phate, quien lanzó un grito y se deshizo de la barra para tratar de asirla. Pero el tubo cayó al suelo y se rompió.

Phate lanzó un grito y cayó de rodillas.

Gillette fue rápidamente hasta la oficina donde yacía Frank Bishop, quien respiraba con dificultad y sangraba profusamente, y agarró la pistola. Volvió y apuntó a Phate, que contemplaba los restos del tubo con el rostro de un padre que observa la tumba de su hijo. A Gillette le impactó la expresión de sentida pesadumbre: daba aún más miedo que su anterior furia.

—No deberías haberlo hecho —murmuró el asesino, lúgubre, mientras se secaba las lágrimas con la manga de la camisa y se ponía en pie. Ni siquiera se dio cuenta de que Gillette estaba armado.

—Te vienes conmigo —dijo Gillette—. Vamos a ayudar a Frank.

—¿Y si me niego?

—Te mataré.

—No, no creo que lo hagas —dijo Phate. Tenía la voz calmada y los ojos brillantes y tenebrosos. Avanzó hacia él poco a poco—. ¿Recuerdas tu fatal defecto? Ambicioso Macbeth, loco Hamlet, celoso Otelo... No, no me matarás, Wyatt. Porque sientes demasiada curiosidad por Trapdoor.

—¡Alto!

Se agachó y sujetó la barra de hierro.

—Para ti es un milagro. Es la máquina del movimiento perpetuo. Es fusión en frío. Imagínatelo: un programa que nos da acceso ilimitado a la vida de la gente. Un programa que nadie puede escribir salvo, ¡sorpresa!, un servidor.

—Trae esos trapos. Anúdaselos en la cabeza a Frank.

—Déjalo morir —afirmó Phate, mirando al detective—. De la misma manera que tú asesinaste a ése... —señaló el tubo roto—. Bishop es sólo otro personaje... Estamos en el nivel de expertos de este juego, Wyatt. Tiene que haber vencedores y vencidos. Y a él le ha tocado perder.

Phate avanzó hacia delante. Gillette lo apuntó con el arma.

—No lo harás —dijo Phate, sonriendo—. Cualquier persona en sus cabales me mataría ahora mismo. Tú mismo lo estás deseando... Pero te pueden las ganas de comprender Trapdoor.

El asesino siguió avanzando.

A Gillette las manos le temblaban y sudaba copiosamente.

—¡Alto! —recordó su otro intento de disparar una pistola, el día anterior. El seguro estaba puesto. Ahora movió la palanca hasta la otra posición y volvió a levantar el arma.

Phate alzó aún más la barra de hierro. No dejaba de avanzar, poco a poco.

—Piensa en el código de origen de Trapdoor... ¿Qué lenguaje crees que he usado? ¿Java? ¿C++? Quizá un lenguaje mío. Tío, ahí tienes algo en qué pensar. ¿Puedes creértelo? ¡Un lenguaje de programación totalmente nuevo!... Vale, y ahora voy a salir por esa puerta y tú no vas a detenerme. Y si piensas en dispararme a la pierna, recuerda que a esta distancia y con lo que peso aún puedes matarme: podría sufrir un shock, asepsia, o quizá me desangre.

Gillette se echó hacia delante pero Phate blandió la barra sobre su cabeza y tuvo que apartarse.

«¡Dispara!», se dijo el hacker a sí mismo.

Pero no podía.

Phate, quien seguía mirando a su adversario, llegó a la puerta. Le faltaban unos centímetros para llegar al pasillo y de allí correría hacia la libertad.

—¡Alto!

Gillette apuntó a Phate en el pecho y, al ver que el otro no se detenía, se dispuso a apretar el gatillo.

—¡No! —gritó una voz de mujer.

Gillette dio un salto al oírla. Se dio la vuelta para mirar. Phate hizo lo mismo.

Patricia Nolan entró como si nada pasara en la oficina, cargando con su portátil.

¿Cómo diantre había llegado hasta aquí?

¿Y por qué?

Parecía otra. Su pelo, que siempre le colgaba, estaba ahora reunido en una coleta bien anudada, y no llevaba las gafas de diseñador.

—Quiero enseñaros algo —dijo, acercándose a Gillette. Vio a Bishop inconsciente pero no le prestó atención.

—¿Cómo has llegado hasta aquí? —preguntó Gillette, bajando la pistola.

No contestó, sólo continuó acercándose a Gillette mientras buscaba una cosa en su bolso y la sacaba. Parecía que se trataba de una pequeña linterna. Entonces ella la alzó y tocó el brazo tatuado de él con la punta del artefacto. Él oyó el crujido de la electricidad, vio un rayo de luz amarillenta o gris y sintió cómo un dolor indescriptible le corría desde la mandíbula hasta el pecho. Sin aliento, cayó de rodillas y la pistola rodó por el suelo.

Pensó: «¡Mierda, me he vuelto a equivocar! Stephen Miller no era Shawn».

Intentó volver a empuñar la pistola pero Patricia Nolan le colocó la barra aturdidora en el cuello y volvió a apretar el gatillo.

Capítulo 00101001 / Cuarenta y uno

Wyatt Gillette despertó dolorido y sin poder mover más que la cabeza y los dedos. No sabía cuánto tiempo había estado inconsciente.

Bishop seguía tirado en la oficina. Había dejado de sangrar pero respiraba con dificultad.

El ángulo de visión de Gillette no era muy grande, pero podía ver los viejos componentes de ordenadores que Phate estaba empaquetando cuando él y Bishop entraron. Le sorprendió que hubiera desechado todo eso, pues valía más de un millón de dólares en antigüedades informáticas.

Claro que ya se habrían largado. El almacén quedaba cerca de la entrada de Winchester a la autopista 280. Tal como habían previsto Bishop y él, Shawn y Phate habrían superado el atasco y ahora estarían en la Universidad del Norte de California, asesinando a la última víctima de este nivel de su juego. Ellos...

«Pero, un momento», pensó Gillette a pesar de su dolor: ¿cómo era que él seguía vivo? Ellos no tenían ningún motivo para no asesinarlo. ¿Qué habían...?

Se oyó un grito de hombre cerca de donde se encontraba, desde detrás. Gillette gimió por el sonido lastimoso y movió la cabeza con dificultad.

Patricia Nolan estaba agachada junto a Phate, quien gritaba agonizante mientras se apoyaba contra una columna de metal que ascendía hasta el techo lúgubre. Él tampoco estaba atado (las manos le colgaban a los lados) y Gillette supuso que ella también lo había atacado con su barra aturdidora. No obstante, ella había dejado atrás la alta tecnología de su armamento para hacerse con el martillo con el que Phate había golpeado a Bishop.

—Supongo que sabes que no bromeo —le decía ella al asesino, encarándolo con el martillo como un profesor en clase con un puntero—. No tengo ningún problema en hacerte daño.

Phate asintió. El sudor le chorreaba por la cara.

Ella debió de advertir que Gillette había movido la cabeza. Lo miró, pero no lo consideró ninguna amenaza. Volvió a Phate.

—Quiero el código de origen de Trapdoor. ¿Dónde está?

¡Así que ella tampoco era Shawn! Entonces, ¿quién era?

Nolan repitió la pregunta.

Phate señaló un ordenador portátil que había en una mesa, detrás de ella. Nolan miró la pantalla. El martillo se alzó para caer con fuerza sobre la pierna de él, produciendo un ruido sordo y pesado. Volvió a gritar.

—Tú no llevarías el código de origen en un portátil. Eso no es, ¿verdad? Ese programa denominado «Trapdoor» en esa máquina, ¿qué es en realidad?

Ella se echó hacia atrás alzando el martillo.

—Shredder-4 —susurró él.

Un virus que destruía todos los datos contenidos en el ordenador en que se cargara.

—Eso no ayuda, Jon —ella se inclinó sobre él, con el vestido de punto aún más desfigurado por la postura—. Escucha con atención. Sé que Bishop no llamó pidiendo refuerzos porque andaba con Gillette a la carrera. Y, aunque lo hubiera hecho, nadie vendría porque, gracias a ti, las carreteras están impracticables. Tengo todo el tiempo del mundo para forzarte a que me digas lo que quiero saber. Y, créeme, soy una mujer que puede hacerlo. Tengo experiencia.

—¿Por qué no te callas? —murmuró él.

Con calma, ella agarró su muñeca y le puso la palma de la mano sobre el cemento. Él trató de ofrecer resistencia pero no pudo. Miró cómo ella había desplegado sus dedos y ahora suspendía la cabeza de acero sobre ellos.

—Quiero el código de origen. Sé que no lo tienes aquí. Que lo has cargado en algún escondrijo: un sitio FTP protegido por una contraseña. ¿Es así?

Un sitio FTP (protocolo de transferencia de ficheros) era el lugar elegido por muchos hackers para esconder sus programas. Podía estar en cualquier sistema informático en cualquier parte del mundo. Si uno no contaba con la dirección exacta del FTP, con el nombre de usuario y con la contraseña, encontrar el fichero en cuestión era tan sencillo como hallar un microfilm del tamaño de un punto en la selva amazónica.

Phate vaciló.

—Mira esos dedos... —dijo ella con suavidad—. Dios mío, ¿qué te has hecho? —le acarició los dígitos romos y nudosos. Un segundo después le susurraba—: ¿Dónde está el código?

Él negó con la cabeza.

El martillo le aplastó el meñique. Gillette ni siquiera oyó el golpe: sólo el grito descarnado de Phate.

—Puedo seguir todo el día —afirmó ella, enfadada—. No me importa y es mi trabajo.

En el rostro de Phate se dibujó de pronto la furia más intensa. Era un hombre que siempre había tenido el control, un maestro de los juegos MUD y ahora se hallaba completamente indefenso.

—¡Jódete! —se rió, nervioso—. Y hazlo sola, pues nunca encontrarás a nadie que desee joderte. Eres una fracasada. Eres una solterona geek: te espera una vida de mierda.

Sus ojos enfurecidos se relajaron con rapidez. Ella volvió a levantar el martillo.

—¡No, no! —gritó Phate. Respiró hondo—. Vale... —le dio los números de la dirección de Internet, el nombre de usuario y la contraseña.

Nolan sacó el teléfono móvil y apretó un botón. Dio la impresión de que así marcaba directamente un número concreto. Dio a su interlocutor los detalles necesarios sobre la página web de Phate y luego dijo:

—Te espero. Compruébalo.

Phate respiraba con dificultad, hinchando y deshinchando el pecho. Luego miró a Gillette.

—Aquí estamos, Valleyman, en el tercer acto —se irguió un poco y movió su mano ensangrentada un centímetro. Hizo una mueca de dolor—. El juego no ha acabado saliendo como yo esperaba. Parece que nos espera un final sorpresa.

—Quieto —murmuró Nolan.

Pero Phate no le hizo caso y siguió hablando a Gillette con la voz entrecortada:

—Hay algo que quiero decirte. ¿Me escuchas? «Y, sobre todo, sé fiel a ti mismo, pues de ello se sigue, como el día a la noche, que no podrás ser falso con nadie.»

Tosió un poco. Y luego:

—Adoro las obras de teatro. Eso es de *Hamlet,* una de mis favoritas. Recuerda ese verso, Valleyman. Es el consejo de un wizard. «Sé fiel a ti mismo.»

Nolan frunció el ceño mientras escuchaba lo que le decían por el teléfono móvil. Combó los hombros mientras comentaba por el micrófono:

—Espera.

Dejó el teléfono a un lado y volvió a agarrar el martillo mientras miraba a Phate, quien, a pesar de estar sufriendo dolores atroces, reía débilmente.

—Han comprobado la página web que me has dado —dijo ella—, y ha resultado ser una cuenta de correo electrónico. Cuando han abierto los ficheros, el programa de comunicaciones ha enviado algo a una universidad de Asia. ¿Era el Trapdoor?

—No sé lo que era —susurró él, mientras miraba su mano sangrienta y hecha pedazos. Frunció el entrecejo y acto seguido le brindó una sonrisa dura—. Quizás te he dado una dirección equivocada.

—Bueno, pues dame la verdadera.

—¿Por qué tanta prisa? —preguntó él con crueldad—. ¿Es que tienes una cita importante en casa, con tu gato? ¿Te estás perdiendo un programa de la tele? ¿Habías quedado para tomar una botella de vino... con tu sombra?

La furia la invadió de nuevo y le incrustó el martillo en la mano. Phate volvió a gritar.

Díselo, pensaba Gillette. Por amor de Dios, díselo ya.

Pero él siguió callado durante cinco interminables minutos de tortura, mientras el martillo subía y bajaba y le crujían los huesos de los dedos. Al final, Phate no pudo aguantarlo más.

—Vale, vale.

Le dio una nueva dirección, un nombre y una contraseña.

Ella sacó un móvil e hizo una llamada. Pasó la información a alguien al otro lado del teléfono. Esperó unos minutos, escuchó y dijo:

—Míralo línea por línea y luego pásale un compilador. Cerciórate de que es real.

Mientras esperaba, ella miró a su alrededor, vio los viejos ordenadores. Sus ojos a veces brillaban por haber reconocido (o por la dicha o el afecto al contemplarlos) los artículos conservados allí.

Cinco minutos más tarde asentía mientras su interlocutor le hablaba de nuevo.

—Bien —dijo, aparentemente satisfecha al oír que todo era cierto—. Ahora vuelve al sitio FTP y toma el directorio raíz. Comprueba las anotaciones de carga y descarga de archivos. Comprueba si ha transferido el programa a otro sitio.

¿Con quién hablaba?, se preguntó Gillette. Revisar y compilar un programa tan complejo como Trapdoor era cuestión de horas; la única solución que se le ocurrió a Gillette es que hubiera un equipo armado con potentes superordenadores ocupados en analizarlo todo.

Más tarde levantó la cabeza y escuchó.

—Vale —dijo ella—. Quema el sitio FTP y todo aquello que tenga conexión con él. Usa Infekt IV... No, quiero decir todo el sistema. Me importa un bledo si está conectado con el CDC o con la Cruz Roja. Quémalo.

Ese virus era como un fuego de malezas incontrolable. Destruiría metódicamente todos y cada uno de los ficheros del sitio FTP donde Phate había guardado el código de acceso, y cada máquina del sistema al que estuviera conectado. Infekt podía convertir los datos de cientos de máquinas en cadenas indescifrables de símbolos escogidos al azar para que resultara imposible encontrar cualquier tipo de referencia a Trapdoor, por no hablar del código de origen.

Phate cerró los ojos y dejó caer la cabeza contra la columna.

Nolan se puso en pie y, aún con el martillo en la mano, fue hacia Gillette. Él rodó hasta quedar de lado y trató de arrastrarse. Pero su cuerpo, aún afectado por la descarga eléctrica, no le respondió y quedó tirado en el suelo. Patricia se inclinó. Gillette miró el martillo. Luego la observó de cerca y comprobó que las raíces de los cabellos de ella no eran del mismo color que los mechones y que también usaba lentillas de colores. Si uno observaba su rostro podía ver unas facciones duras, más allá del espeso maquillaje que hacía que su cara pareciera hinchada. Lo que significaba que quizá también vestía rellenos dentro del vestido para añadir quince kilos más a lo que sin duda era un cuerpo musculoso y delgado.

Luego se fijó en sus manos

Esos dedos... Tenían las yemas brillantes y parecían opacas. Entonces cayó en la cuenta: cuando parecía que ella se estaba aplicando esmalte en las uñas no estaba haciendo otra cosa que pintarse alguna sustancia que borrara sus huellas dactilares.

«Ella también nos ha aplicado la ingeniería social. Desde el primer día.»

—Llevas mucho tiempo tras él —dijo Gillette—, ¿no es cierto?

—Un año —dijo ella, asintiendo—. Desde que oímos hablar de Trapdoor.

—¿Quiénes sois?

Ella no contestó pero tampoco había necesidad de hacerlo. Gillette sabía que Horizon On-Line la había contratado para encontrarles el código de origen de Trapdoor, el más increíble software para el voyeur, que otorgaba acceso completo a las vidas de quienes no sospechaban nada. Los jefes de Nolan no explotarían el Trapdoor, pero deseaban escribir antídotos para el programa y luego destruirlo o ponerlo en cuarentena. Ese programa era una amenaza inmensa para su industria de un trillón de dólares. Gillette podía imaginarse con facilidad cómo los suscriptores cancelarían sus tratos con los proveedores de Internet si llegaba a sus oídos que los hackers podían pasearse por sus ordenadores con total libertad, conocer cualquier detalle sobre sus vidas o asesinarlos.

En su búsqueda, ella se había servido de Andy Anderson, de Bishop y del resto del equipo de la UCC, así como con anterioridad se habría servido de la policía de Portland y del norte de Virginia, donde Phate y Shawn habían estado de visita.

De la misma manera que se había servido del mismo Gillette.

—¿Te ha dicho algo acerca del código de origen? —le preguntó ella—. ¿Algún otro sitio donde lo esconde?

—No.

No habría tenido sentido que Phate hubiese hecho eso y, después de meditarlo un segundo, ella pareció creer a Gillette. Luego volvió a levantarse lentamente y miró a Phate. Gillette vio que ella lo observaba de una manera extraña y sintió una punzada de angustia. Al igual que los programadores saben que el software tiene que moverse de principio a fin sin desviarse, sin pérdidas ni digresiones, siguiendo la lógica en cada línea, entonces Gillette comprendió con claridad cuál era el siguiente paso que Patricia iba a dar.

—¡No lo hagas! —le dijo con premura.

—Tengo que hacerlo.

—No, no tienes por qué. Nunca volverá a andar en público. Estará en la cárcel hasta el fin de sus días.

—¿Crees que la cárcel podría mantenerlo fuera de la red? A ti no te frenó.

—¡No puedes hacerlo!

—El Trapdoor es demasiado peligroso —le explicó ella—. Y él tiene el código en su cabeza. Y, lo más seguro, también tiene otra docena de programas igual de peligrosos.

—No —susurró Gillette, desesperado—. Jamás ha habido un hacker tan bueno como él. Puede que nunca lo haya. Puede escribir programas que muchos de nosotros ni siquiera soñamos.

Ella volvió donde estaba Phate.

—¡No! —gritó Gillette.

Pero sabía que su protesta no serviría de nada.

Ella extrajo un pequeño neceser de piel de la bolsa de su portátil, y de él una aguja hipodérmica que llenó con el líquido trasparente de un botecillo. Sin vacilar, se agachó y se lo inyectó a Phate en el cuello. Él no se resistió y a Gillette le dio la impresión por un instante de que Phate sabía qué sucedía y se disponía a abrazar la muerte. Phate miró a Gillette y luego a la carcasa de madera de un ordenador Apple, dispuesto sobre una mesa cercana. Los primeros Apple eran verdaderos ordenadores hacker: uno compraba las tripas de la máquina y tenía que construirse la carcasa. Phate continuó mirando la unidad, y mientras parecía que iba a decir algo. Miró a Gillette.

—¿Quién...? —comenzó a decir pero sus palabras se tornaron en un susurro.

Gillette movió la cabeza.

Phate tosió y luego dijo con voz endeble:

—¿Quién... quieres ser? —y luego se le cayó la cabeza y dejó de respirar.

Gillette no pudo evitar sufrir un sentimiento de pérdida y de tristeza. Claro que Jon Patrick Holloway merecía su muerte. Era malvado y asesinaba a otro ser humano con la facilidad con que arrancaba el corazón a un luchador digital en un juego MUD. Pero aun así había otra persona dentro del mismo joven: alguien que escribía programas tan elegantes como una sinfonía, en cuyos golpes de tecla se podía escuchar la risa silenciosa de los hackers y podía vislumbrarse la brillantez de una mente sin ataduras que (de haber ido en otra di-

rección en los últimos años) habría convertido a Jon Holloway en un
gurú cibernético admirado por todo el mundo.

También había sido alguien con quien Gillette había realizado algunos pirateos en verdad fuera de serie. Y uno nunca pierde del todo
los vínculos que se crean entre los compañeros exploradores de la
Estancia Azul.

Entonces Patricia Nolan se levantó y miró a Gillette.

«Estoy muerto», pensó.

Ella volvió a llenar la jeringuilla, suspirando. Al menos, este asesinato iba a costarle un poco.

—No —susurró él, moviendo la cabeza—. No diré nada.

Él trató de levantarse o de arrastrarse para huir de ella, pero sus
músculos aún estaban atolondrados por la descarga eléctrica. Ella se
puso en cuclillas a su lado, le bajó la ropa y le dio un masaje en el cuello para buscarle la arteria.

Gillette miró en la dirección en donde yacía Bishop, que todavía seguía inconsciente. Le apenó pensar que, tras él, la próxima víctima iba a ser el detective.

Nolan se aproximó con la aguja.

—No —susurró Gillette. Cerró los ojos y pensó en Ellie—. ¡No!
¡No lo hagas!

—¡Eh! ¡Quietos! —gritó una voz de hombre.

En cuestión de un solo segundo Patricia Nolan había dejado caer
la jeringuilla y sacado una pistola de la bolsa de su portátil.

Antes de que pudiera levantarla sonó una potente explosión. Nolan
soltó un breve chillido y se tiró al suelo antes de que una bala pasara
por encima de su cabeza. Tony Mott (con medio cuerpo dentro de la
oficina y el otro medio en el pasillo) volvió a disparar su pistola plateada. Volvió a fallar pero esta vez el tiro anduvo mucho menos errado.

Nolan se levantó de pronto y disparó su pistola (mucho menor
que la de Mott) y también falló.

—¡Gillette! —gritó él—. Ponte a cubierto. ¿Dónde está Frank?

—Herido pero vivo —gritó el hacker—. En la oficina que queda
a tu izquierda.

El policía de la UCC, que vestía maillot de ciclista, una camisa Guess y las gafas de sol Oakley que le colgaban del cuello, avanzó a gatas por el almacén. Volvió a disparar, haciendo que Nolan tuviera que resguardarse. Ella también disparó varias veces pero no dio en el blanco.

—¿Qué demonios pasa? ¿Qué está haciendo ella?

—Mató a Holloway. Y yo era el siguiente.

Nolan volvió a disparar y luego se encaminó hacia la parte delantera del almacén.

Mott agarró a Gillette por las trabillas del pantalón y lo arrastró hasta que quedó a cubierto, y luego vació un cargador en la dirección donde se encontraba Nolan.

El policía amaba los equipos SWAT pero era un tirador muy malo. Mientras recargaba la pistola, Nolan desapareció tras unos cartones.

—¿Te ha dado? —preguntó Mott, sin resuello y con las manos temblando por el tiroteo.

—No, a mí me atacó con un arma de descargas eléctricas o algo así. No me puedo mover.

—¿Y Frank?

—No le ha disparado. Pero tenemos que conseguirle un médico. ¿Cómo supiste que estábamos aquí?

—Frank llamó y me pidió que comprobara los informes sobre este sitio.

Gillette recordó que Bishop había hecho una llamada desde la habitación de hotel de Nolan.

Mientras comprobaba el almacén en busca de Nolan, el joven policía continuó hablando:

—Ese cabrón de Backle había pinchado el teléfono de Bishop. Oyó la dirección y mandó a su gente para que te atraparan aquí. Y yo vine para avisarte. No podía llamar por los pinchazos telefónicos.

—¿Cómo lo has conseguido con semejante tráfico?

—En bici, ¿recuerdas?

Mott se acercó agachado hasta Bishop, que comenzaba a agitarse. Y luego Nolan se levantó y disparó media docena de tiros desde el corral de dinosaurios. Y escapó por la puerta principal.

Mott se dispuso a seguirla.

—Ten cuidado —le advirtió Gillette—. Tampoco puede moverse a causa del tráfico. Estará fuera, esperando...

Pero su voz fue haciéndose más y más tenue a medida que oía un sonido inconfundible que se acercaba. Se dio cuenta de que, al igual que los hackers, la gente que tenía trabajos como el de Patricia se veía forzada a improvisar: un atasco del tamaño de un condado no iba a obstaculizar sus planes. El ruido era el bramido de un helicóptero, sin duda alguna el que había visto antes camuflado como un helicóptero de la prensa, que también la había traído hasta aquí.

En menos de treinta segundos el aparato volvía a estar en el aire, a máxima potencia, y una orquesta sinfónica de bocinas de coches y de camiones reemplazaba el rechoncho rugido de sus rotores en el cielo de esa tarde.

Capítulo 00101010 / Cuarenta y dos

Gillette y Bishop estaban de vuelta en la Unidad de Crímenes Computerizados.

Bishop había salido de la unidad de cuidados de urgencia. Una contusión, un dolor de cabeza atroz y ocho puntos era todo lo que le quedaba de su ordalía: además de una nueva camisa que reemplazaba a la anterior manchada de sangre. (Ésta le quedaba mejor que su predecesora, aunque también fuera reacia a mantenerse dentro de los pantalones.)

Eran las seis y media de la tarde y los de Obras Públicas habían conseguido recargar el software que controlaba los semáforos. Ahora éstos funcionaban bien y gran parte de las retenciones del condado de Santa Clara se había terminado. En una batida por el edificio de Productos Informáticos San José se encontró una bomba de gasolina e información sobre el sistema de la alarma de incendios de la Universidad del Norte de California. Conocedor de las tácticas MUD de Phate, Bishop tenía miedo de que hubiera colocado un segundo artefacto en el campus. Pero la revisión exhaustiva de dormitorios de alumnos y de las dependencias universitarias no halló nada.

Nadie se sorprendió cuando Horizon On-Line declaró no saber quién era Patricia Nolan. Los ejecutivos de la empresa y su jefe de seguridad en Seattle negaron haber contactado con el centro de operaciones de la policía estatal después del asesinato de Lara Gibson (no sabían que fuera subscriptora de HOL) y nadie le había enviado a Andy Anderson correos electrónicos ni faxes que contuvieran credenciales. El número de Horizon On-Line al que había llamado Anderson para verificar el cargo de Nolan estaba en activo, pero un examen del conmutador de la compañía telefónica local en Seattle había demostrado que las llamadas eran transferidas a un móvil de Mobile America sin números asignados y que ya no estaba en funcionamiento.

La gente de seguridad de Horizon tampoco conocía a nadie que cuadrara con su descripción física. La dirección que ella había escrito para registrarse en su hotel era falsa, así como lo era la tarjeta de crédito que había usado para abonar los gastos. Todas las llamadas que había hecho desde el hotel eran al mismo número de Mobile America.

Por supuesto, nadie en la UCC creyó lo afirmado por Horizon. Pero tratar de demostrar una conexión entre HOL y Patricia Nolan iba a resultar muy difícil: por lo menos tanto como localizarla a ella. De la cinta de seguridad de la UCC se sacó una foto de la mujer que fue enviada a las centrales de las policías estatales y a los federales, para que la colgaran en el VICAP. En cualquier caso, Bishop tuvo que incluir una nota de retractación pues, a pesar de que ella había pasado varios días dentro de las instalaciones de la policía, no sólo no tenían ninguna muestra de sus huellas dactilares sino que se sospechaba que su aspecto físico podía diferir considerablemente del que mostraban las cámaras de seguridad de la UCC.

Al menos se había descubierto el paradero del otro conspirador. El cadáver de Shawn (Stephen Miller) fue localizado en el bosque que había detrás de su casa: se había disparado con su propia arma reglamentaria cuando supo que se tenía conocimiento de que él era en realidad Shawn. Su arrepentida nota de suicidio había sido, cómo no, en forma de correo electrónico.

Los agentes de la UCC Linda Sánchez y Tony Mott estaban tratando de descubrir las ramificaciones de la traición de Miller. La policía estatal tendría que escribir un comunicado en el que se informara de que uno de sus oficiales había sido cómplice en el caso del hacker asesino de Silicon Valley y los de asuntos internos querían conocer hasta dónde llegaban los daños causados por Miller y cómo y por cuánto tiempo éste había sido el compañero y el amante de Phate.

El agente Backle, del Departamento de Defensa, aún quería procesar a Gillette por una larga lista de delitos que incluían el programa de codificación Standard 12, y ahora también deseaba arrestar a Bishop por permitir la excarcelación de un prisionero federal.

Haciendo una referencia a los cargos por el pirateo del Standard 12, Bishop le explicó a su capitán lo siguiente:

—Señor, está claro que, o bien Gillette tomó el directorio raíz de uno de los sitios FTP de Holloway, o bien descargó una copia del programa o bien usó telnet directamente para meterse en la máquina de Holloway y consiguió allí la copia.

—¿Qué demonios significa todo eso? —protestó el policía con el pelo cano y rapado.

—Perdone, señor —se excusó Bishop por el vocabulario técnico—. Lo que quiero decir es que creo que fue Holloway quien pirateó el DdD y quien escribió el programa. Y Gillette se lo robó e hizo uso de él porque nosotros se lo pedimos.

—Así que crees que... Bueno, lo cierto es que no entiendo nada de toda esta basura sobre ordenadores que nos rodea —murmuró el hombre. Pero llamó al fiscal general, quien estuvo de acuerdo en repasar todas las pruebas que la UCC pudiera enviarle en defensa de la tesis de Bishop antes de imputar cargos tanto a Gillette como a Bishop (pues los «valores» de ambos se cotizaban muy bien en ese momento por haber sido capaces de atrapar al «Kracker de Silicon Valley», tal como denominaba a Phate una televisión local). De mala gana, Backle tuvo que volverse a su oficina en el presidio de San Francisco.

En esos momentos, a pesar de las heridas y del cansancio, la atención de los defensores de la ley dejó de lado a Phate y a Stephen Miller y se volcó en el caso MARINKILL. Varios informes rezaban que se había vuelto a ver a los asesinos (esta vez muy cerca, en San José) y que éstos estaban rondando varias sucursales bancarias. Bishop y Shelton fueron asignados al equipo formado por un conjunto de miembros de la policía estatal y del FBI. Pasarían unas horas con sus respectivas familias y luego tendrían que presentarse en las oficinas del FBI en San Francisco.

Bob Shelton se había ido a casa (la única despedida que le brindó al hacker fue una mirada críptica cuyo significado fue enteramente inaccesible para Gillette). En cambio, Bishop había aplazado su vuelta a casa y se encontraba compartiendo Pop-Tarts y café con Gillette mientras esperaban la llegada de los patrulleros que devolverían al hacker a San Ho. Sonó el teléfono. Contestó Bishop. «Es para ti.»

—¿Diga?

—Wyatt.

La voz de Elana le era tan familiar que él podía casi escucharla bajo su forma de teclear compulsiva. El timbre de esa voz revelaba todo el espectro de su alma (todos los canales) y con una sola palabra él ya sabía si ella estaba juguetona, enfadada, asustada, sentimental, apasionada...

Hoy, por ese mismo tono de su voz, él supo que ella llamaba de mala gana, que tenía las defensas tan altas como las corazas protectoras de las naves espaciales en las películas que habían visto juntos.

Pero, por otra parte, lo había llamado.

—He oído que ha muerto —dijo ella—. Jon Holloway. Lo esché en las noticias.

—Así es.

—¿Estás bien?

—Sí.

Una larga pausa. Como si ella estuviera buscando algo que acabara con el silencio, añadió:

—En cualquier caso me voy a Nueva York. Salgo mañana.

—Con Ed.

—Sí.

Él cerró los ojos y suspiró. Y luego, con un hilo de voz, preguntó:

—Entonces, ¿por qué has llamado?

—Supongo que para decirte que si te quieres pasar por aquí un rato, puedes hacerlo.

Pensó: «¿Para qué molestarse? ¿De qué serviría?».

—Voy para allá —respondió él.

Colgaron. Él se volvió hacia Bishop, quien lo miraba.

—Una hora —dijo Gillette.

—No te puedo llevar —señaló el detective.

—Déjame tomar prestado un coche.

El detective se lo pensó, miraba a todos los lados, pensando dentro del corral de dinosaurios.

—¿Hay algún coche de la Unidad que pueda utilizar? —preguntó a Linda Sánchez.

—Éstas no son las normas, jefe —dijo ella, y le dio unas llaves de mala gana.

—Me responsabilizo de todo.

Bishop lanzó las llaves a Gillette y sacó el móvil para llamar a los patrulleros que tenían que llevarlo a San Ho. Les dio la dirección de Elana y dijo que daba el visto bueno a la presencia de Gillette allí. El recluso volvería a la UCC en una hora. Colgó.

—Volveré.

—Sé que lo harás.

Los hombres se miraron. Se dieron un apretón de manos. Gillette asintió y fue hacia la salida.

—Espera —dijo Bishop, frunciendo el ceño—. ¿Tienes permiso de conducir?

Gillette se rió.

—No, no tengo permiso de conducir.

—Bueno, pues procura que no te paren —replicó Bishop encogiéndose de hombros.

El hacker asintió y comentó con gravedad:

—Claro. Me podrían mandar a la cárcel.

La casa olía a limones, siempre lo había hecho.

Esto se debía a las duchas artes culinarias de la madre de Ellie, Irene Papandolos. No era la típica matrona griega callada, recelosa y vestida de negro: no, era una hábil mujer de negocios que tenía dos restaurantes de mucho éxito y una empresa de catering y que, para colmo, todos los días sacaba tiempo para cocinar de la nada cada comida de su familia. Era la hora de la cena y ella llevaba un delantal plastificado sobre el traje de color rosa.

Saludó a Gillette con un gesto frío, sin sonreír, y le indicó que pasara al estudio.

Gillette se sentó en un sofá, bajo una foto del puerto del Pireo. Siendo como es la familia algo muy importante en las casas griegas, había dos mesas llenas de fotografías con gran diversidad de marcos: algunos muy baratos y otros de pesado oro o de plata. Vio una foto de Elana vestida de novia. La instantánea no le sonaba, y se preguntó si en un principio los habría albergado a los dos y luego a él lo habían quitado de en medio.

Elana entró en la habitación.

—¿Has venido solo? —le preguntó, sin sonreír. Sin ningún otro tipo de saludo.

—¿Qué quieres decir?

—¿Sin niñeras policiales?

—Sistema de honor.

—He visto pasar un par de coches patrulla. Me preguntaba si estaban contigo —ella señaló fuera.

—No —respondió Gillette, aunque supuso que los patrulleros lo estarían vigilando.

Ella vestía vaqueros y una camiseta de Stanford.

—No tengo mucho tiempo.

—¿Cuándo te vas?

—Mañana por la mañana —respondió ella.

—No te diré adiós —dijo él. Ella frunció el ceño y él prosiguió—: Porque quiero convencerte de que no te vayas. No quiero dejar de verte.

—¿De verme? Gillette: estás en la cárcel.

—Pero salgo en un año.

A ella su descaro le hizo reír.

—Quiero intentarlo de nuevo —confesó él.

—Quieres intentarlo de nuevo, ¿eh? ¿Y qué pasa con lo que yo quiero?

—Creo que sé cómo convencerte. Le he estado dando muchas vueltas. Puedo hacer que me ames de nuevo. No te quiero fuera de mi vida.

—Elegiste a las máquinas en vez de elegirme a mí. Tienes lo que querías.

—Pero eso ya ha pasado.

—Ahora mi vida es distinta. Soy feliz.

—¿Lo eres?

—Sí —dijo Elana con convicción.

—Por Ed.

—En parte... Venga, Wyatt, ¿qué puedes ofrecerme? Eres un convicto. Y un adicto a esas malditas máquinas. No tienes trabajo y el juez dijo que al salir tendrías que esperar un año para conectarte a la red.

—¿Y Ed tiene un buen trabajo? Es eso, ¿no? No sabía que contar con un buen sueldo fuera una de tus preferencias.

—No es una cuestión de manutención, Gillette, sino de responsabilidad. Y tú no eres responsable.

—Yo no era responsable. Lo admito. Pero lo seré —intentó asir su mano pero ella la retiró. Él dijo—: Venga, Ellie, vi tus e-mails. Cuando hablas de Ed no parece que ése sea el marido perfecto.

Ella se puso rígida y él percibió que acababa de tocar un punto sensible.

—Deja fuera a Ed. Estoy hablando de ti y de mí.

—Y yo también. De eso es de lo que hablo. Te quiero. Sé que hice de tu vida un infierno. No volverá a suceder. Tú querías hijos, una vida normal. Saldré de la cárcel. Conseguiré un trabajo. Tendremos una familia.

Otra expresión de incredulidad.

—¿Por qué te tienes que ir mañana? —volvió él a la carga—. ¿A qué tanta prisa?

—Empiezo en mi nuevo trabajo el próximo lunes.

—¿Por qué a Nueva York?

—Porque es el punto más alejado de donde estás.

—Espera un mes. Sólo un mes. Tengo derecho a dos visitas a la semana. Ven a verme —sonrió—. Podemos pasar el rato. Podemos comer pizza.

Ella miraba al suelo y él se dio cuenta de que se lo estaba pensando.

—¿Me cortó tu madre de esa foto? —dijo, señalando la foto en la que estaba vestida de novia.

—No —dijo ella con una sonrisa apagada—. Ésta es la que sacó Alexis, la del césped. Estaba sólo yo. Es ésa en la que no se me pueden ver los pies.

Él se rió.

—¿Cuántas novias pierden los zapatos en su boda?

—Siempre nos hemos preguntado qué pasaría con ellos —dijo ella, asintiendo.

—Ellie, por favor. Posponlo un mes. Es todo lo que te pido.

Ella miró más fotos. Iba a decir algo pero su madre apareció por la puerta de improviso. Su cara estaba aún más sombría si cabe.

—Tienes una llamada.

—¿Para mí? ¿Aquí?

—Es alguien llamado Bishop. Dice que es importante.

—Frank, ¿qué...?

—Escúchame con calma, Gillette —dijo el detective con un tono de urgencia extrema—. Podemos perder la comunicación en cualquier momento. Shawn no ha muerto.

—¿Qué? Pero Miller...

—No, nos equivocamos. Miller no era Shawn. Es otra persona. Linda Sánchez encontró un mensaje de voz para mí en el contestador general de la UCC. Miller lo dejó antes de morir. ¿Recuerdas cuando Phate entró en la UCC y te atacó?

—Sí.

—Miller salía del centro médico. Estaba en el aparcamiento cuando vio que Phate salía corriendo del edificio y se metía al coche. Lo siguió.

—¿Por qué?

—Para atraparlo.

—¿Él solo? —preguntó Gillette.

—El mensaje decía que quería detener al asesino él solo. Decía que la había cagado tantas veces que deseaba probar que podía hacer las cosas bien.

—¿No se suicidó, entonces?

—No. Aún no le han practicado la autopsia pero el investigador de muertes violentas ha estado buscando huellas de pólvora en sus manos, y no había ni una sola. Si se hubiera suicidado de un disparo habría muchas. Seguro que Phate lo vio ir en su busca y lo mató. Y luego se hizo pasar por Miller y se metió en el Departamento de Estado. Pirateó la terminal de Miller en la UCC y colocó esos falsos correos electrónicos y sacó sus máquinas y sus discos fuera de su casa. Todo para que le perdiéramos la pista al verdadero Shawn.

—Bueno, ¿y quién es él?

—No tengo ni idea. Todo lo que sé es que tenemos un grave problema. Tony Mott está aquí. Shawn ha pirateado los ordenadores del sistema táctico del FBI en Washington y en San José y ha tomado el directorio raíz —Bishop continuó hablando en voz baja—: Quiero que me escuches con atención. Shawn ha creado órdenes de arresto y protocolos de confrontación en relación con los sospechosos del caso MARINKILL. Los tenemos enfrente, en la pantalla. Ahora está conectado con Mark Little, comandante de los equipos de operaciones especiales del FBI, y le está dando instrucciones.

—No entiendo —dijo Gillette.

—Las órdenes de arresto dicen que los sospechosos se encuentran en el 3245 de la avenida Abrego en Sunnyvale.

—¡Es aquí! ¡Es la casa de Elana!

—Lo sé. Ha ordenado a los equipos de operaciones especiales que asalten la casa en veinte minutos.

—Dios mío, Frank...

¿A qué tendría acceso Phate, de estar en ISLEnet?

A todo. Tendría acceso a todo.

6. Todo reside en la ortografía

```
CODE SEGMENT
ASSUME DS:CODE,SS: CODE,CS: CODE,ES: CODE
ORG $+0100H
VCODE: JMP

***
virus: PUSH CX
MOV DX, OFFSET vir_dat
CLD
MOV SI,DX
ADD SI,first_3
MOV CX,3
MOV DI,OFFSET 100H
REPZ MOVSB
MOV SI,DX
mov ah,30h
int 21h
cmp al,0
JnZ dos_ok
JMP quit
```

Capítulo 00101011 / Cuarenta y tres

Elana dio un paso al frente al ver la expresión de alarma de Gillette.

—¿Qué sucede? ¿Qué está pasando?

Él la ignoró y le dijo a Bishop:

—Llama al FBI. Diles lo que sucede. Llama a Washington.

—Lo he intentado —respondió Bishop—. Y también Bernstein. Pero los agentes nos han colgado. El protocolo que envió Shawn especifica que los malos pueden intentar hacerse pasar por policías estatales para revocar o retrasar la orden de ataque. No se autorizan vistos buenos verbales: sólo electrónicos. Ni siquiera de Washington.

—Dios, Frank...

¿Cómo había llegado a saber Shawn que estaba allí? Entonces se dio cuenta de que Bishop había llamado a los agentes para decirles que Gillette pasaría una hora en casa de Elana. Recordó que tanto Phate como Shawn habían estado pinchando las retransmisiones de teléfono y radio que contuvieran palabras clave como Triple-X, Holloway o Gillette. Shawn habría logrado escuchar la conversación de Bishop.

—Están muy cerca de la casa —dijo Bishop—. Ahora andan montando la puesta en escena —y luego el detective añadió—: No entiendo por qué Shawn hace esto.

Pero Gillette sí lo sabía.

La justicia del hacker es justicia paciente.

Gillette había traicionado a Phate años atrás, había destruido la vida que con tanta ingeniería social se había montado... Y momentos antes había acabado con su vida. Ahora Shawn destruiría a Gillette y a todos sus seres queridos.

Miró por la ventana, había creído ver cómo se movía algo.

—¿Wyatt? —preguntó Elana—. ¿Qué sucede? —también quiso mirar por la ventana pero él la atrajo hacia sí con brusquedad—. ¿Qué pasa? —gimió ella.

—¡Mantente alejada! ¡Mantente alejada de las ventanas!

—Shawn ha impuesto el protocolo de asalto número 4 —continuó Bishop—. Eso significa que los equipos de los SWAT no realizan ninguna demanda de rendición. Ellos presuponen que se enfrentan a una resistencia suicida. Es el protocolo de asalto que se emplea contra terroristas dispuestos a morir.

—Así que dispararán gas lacrimógeno —murmuró Gillette—. Romperán las puertas y si alguien se mueve es hombre muerto.

—Algo parecido —replicó Bishop, tras una pausa.

—¿Gillette? —preguntó Elana—. Dime qué está pasando.

—¡Diles a todos que se echen al suelo en el salón! —gritó él—. ¡Ahora mismo! ¡Al suelo!

Él se volvió y atisbó por la ventana. Podía ver cómo dos grandes furgones negros se adentraban por el callejón a unos quince metros. En la distancia también se oía un helicóptero.

—Escucha, Wyatt, el FBI no llevará a cabo el ataque si no tiene una confirmación final de Washington. Eso forma parte del protocolo de asalto. ¿Hay alguna forma de apagar la máquina de Shawn?

—Dile a Tony que se ponga.

—Aquí estoy —dijo Mott.

—¿Estás dentro del sistema del FBI?

—Sí, podemos ver la pantalla. Shawn está haciéndose pasar por el Centro de Operaciones Tácticas de Washington, y envía órdenes. El agente de operaciones especiales de aquí está respondiendo con normalidad a todo ello.

—¿Dónde está el ordenador del FBI? ¿En Washington?

—No, se encuentra en su oficina local de San Francisco.

—¿Podrías rastrear la llamada hasta Shawn?

—No contamos con una orden —dijo Mott—, pero voy a llamar a un contacto en Pac Bell. Dame un par de minutos.

Fuera se oía el sonido de los pesados furgones. El helicóptero estaba cada vez más cerca.

Gillette podía oír el gemido histérico de la madre de Elana en la habitación contigua, y las palabras de enfado de su hermano. Elana no decía nada. Él vio cómo ella se santiguaba y lo miraba sin esperanzas para luego hundir la cabeza en la moqueta al lado de su madre.

«Señor, ¿qué he hecho?»

Unos minutos más tarde Bishop volvió a ponerse al aparato.

—Pac Bell está llevando a cabo el rastreo. Es una línea terrestre. Ellos han limitado la oficina central y la han permutado: así han llegado a la conclusión de que él se encuentra en algún lugar al oeste de San José, cerca del Boulevard Winchester. Donde estaba el almacén de Phate.

—¿Crees que se halla en el edificio de Productos Informáticos de San José? —preguntó Gillette—. Quizá ha podido volver a entrar después de que lo precintaseis.

—O tal vez está en algún sitio cercano: allí hay un montón de viejos almacenes. Estoy en la UCC, lo tengo sólo a diez minutos —dijo el detective—. Voy para allá ahora mismo. Mierda, ojalá supiéramos qué aspecto tiene Shawn.

A Gillette se le ocurrió una idea. Tal como le sucedía cuando programaba, empleó esta hipótesis contra los hechos conocidos y contra las leyes de la lógica.

—Tengo algo al respecto —dijo.

—¿Sobre Shawn?

—Sí. ¿Dónde anda Bob Shelton?

—En casa.

—Llama para averiguarlo.

—Vale. Te telefoneo cuando esté en el coche.

Unos minutos más tarde sonaba el teléfono de los Papandolos y Gillette contestaba. Frank Bishop llamaba otra vez mientras se dirigía a toda velocidad hacia Winchester por San Carlos.

—Bob tendría que estar en casa —dijo Bishop—, pero no está. Nadie contesta. Aunque si crees que Bob es Shawn te equivocas.

Mientras por la ventana se veía pasar un nuevo coche patrulla seguido de un furgón militar, Gillette contestó:

—No, Frank. Escúchame: Shelton asegura que no sabe nada de ordenadores, que los odia, pero en casa tiene esa CPU.

—¿Esa qué?

—Ese disco duro que vimos: es un tipo de hardware que sólo usaba la gente que sabía de programación o que llevaba tablones de anuncios en la red.

—No sé —replicó Bishop—. Quizá sea una prueba de algún caso o algo así.

—¿Ha trabajado con anterioridad en algún caso que tuviera que ver con la informática?

—Bueno, la verdad es que no...

Bishop no dijo nada más y Gillette prosiguió:

—Y desapareció un buen rato mientras tú hacías una redada en la casa de Phate en Los Altos. Tuvo tiempo de enviar ese mensaje sobre el protocolo de asalto y de dar tiempo a Phate para que escapara. Y no olvides que fue gracias a él que Phate pudo meterse en ISLEnet y obtener las direcciones y las órdenes tácticas del FBI. Shelton dijo que se había conectado on-line para informarse sobre mí. Pero ¿y si en realidad estaba dejándole a Phate la contraseña y la dirección del ordenador de la UCC para que éste pudiera infiltrarse en ISLEnet?

—Pero Bob no es un tipo que ande con ordenadores.

—Dice que no lo es. Pero ¿puedes estar seguro de ello? ¿Te pasas mucho por su casa?

—No.

—¿Qué es lo que hace por las noches?

—Suele quedarse en casa.

—¿No sale nunca?

—No —respondió Bishop.

—Eso es comportamiento de hacker.

—Mira, lo conozco desde hace tres años.

—Ingeniería social.

—Imposible. Espera, tengo una llamada por la otra línea.

Mientras estaba en llamada en espera, Gillette husmeó por la ventana. Aparcado cerca de allí podía ver lo que parecía un camión de movimiento de tropas. En los arbustos al otro lado de la calle se advertía movimiento. Policías vistiendo ropas de camuflaje corrían de una hilera de setos a otra. Daba la impresión de que fuera había más de cien policías.

Bishop volvió a ponerse.

—Pac Bell ha localizado el lugar desde el que Shawn ha pirateado al FBI. Está otra vez en el edificio de Productos Informáticos de San José. Ya casi he llegado allí. Te llamaré cuando haya entrado.

Frank Bishop llamó pidiendo refuerzos y luego aparcó el coche en el aparcamiento al otro lado de la calle; el almacén parecía no tener ventanas pero Bishop no quería exponerse a que Shawn pudiera advertir su presencia allí.

Agazapado, avanzó tan rápido como pudo hasta llegar al almacén, sintiendo un dolor inmenso en las sienes y en la nuca.

No se creía la deducción de Gillette sobre Bob Shelton. Pero, al mismo tiempo, tenía que considerar si podía ser cierta o no. Shelton había sido el compañero de Bishop más hermético: no sabía nada de él. El enorme policía pasaba todas las noches en casa, eso era cierto. Como también lo era el que no se relacionaba con otros policías. Y aunque Bishop poseía conocimientos básicos sobre ISLEnet, no podría haber efectuado el tipo de búsqueda sobre Gillette que Shelton había llevado a cabo. Y rememoró que Shelton se había presentado voluntario en este caso; y Bishop recordó haberse preguntado por qué querría este caso antes que el MARINKILL.

Pero nada de esto importaba en ese momento. Tanto si Bob Shelton como cualquier otro era Shawn, a él sólo le quedaban nueve minutos antes de que Mark Little y el equipo federal de operaciones especiales hicieran su entrada. Empuñó su pistola, se pegó a la pared cercana a la plataforma de carga y se detuvo a escuchar. No se oía nada dentro. Vio que la cinta de precintado de la policía seguía puesta, pero también podía haber sucedido que Shawn entrara por cualquiera de las otras puertas.

Abrió la puerta con violencia y se adentró por el pasillo, la oficina y hasta el mismo interior del almacén. Estaba oscuro y parecía desocupado. Se topó con un montón de luces en lo alto y fue encendiendo los interruptores con la zurda mientras su mano derecha sostenía la pistola. La severa iluminación alcanzó a la totalidad del espacio y pudo ver con claridad que éste estaba vacío.

Salió para ver si había algún cobertizo u otro edificio que Shawn pudiera estar utilizando. Pero no había ninguna estructura que estuviera conectada al almacén. Mientras estaba a punto de volver por donde había venido se dio cuenta de un factor: el almacén parecía desde el exterior mucho más grande que de lo que era en su interior.

Siete minutos.

Otra vez dentro, observó que una pared parecía haber sido añadida en uno de los extremos del almacén: era de una construcción más reciente que el resto del edificio. Sí, seguro que Phate había añadido una nueva estancia. Y allí era donde estaba Shawn.

En un rincón oscuro del edificio encontró una puerta y probó suerte con la manilla. No estaba cerrada con llave. Respiró hondo, se secó el sudor de la mano en el faldón de la camisa y agarró la manilla de nuevo.

Todo se reduce a esto...

Frank Bishop entró por la puerta con la pistola en alto.

Cayó en cuclillas oteando en busca de un enemigo, recorriendo con la vista la oscura habitación de unos cincuenta metros por veinte, en la que hacía fresco debido al aire acondicionado. No vio a nadie, sólo máquinas y equipos, utensilios y cajas de embalaje, herramientas y una grúa hidráulica que se manejaba a mano.

Estaba vacío. No había...

De pronto lo vio.

Oh, no...

Entonces Bishop se dio cuenta de que tanto Wyatt Gillette como su mujer y la familia de ella estaban condenados.

Shawn no estaba allí. La habitación sólo contenía un repetidor telefónico. Con toda probabilidad, ésa habría sido la razón por la que Phate y Shawn se decidieran a alquilar la otra parte del edificio: para infiltrarse con mayor facilidad en los sistemas telefónicos.

De mala gana, llamó a Gillette.

El hacker no tardó en contestar y en decir, con desesperación:

—Puedo verlos, Frank. Tienen armas automáticas. Esto tiene muy mala pinta. ¿Has encontrado algo?

—Wyatt, estoy en el almacén... Pero... Lo siento. Shawn no se encuentra aquí. Aquí sólo hay lo que parece ser un repetidor telefónico o algo así —describió la negra consola metálica.

—No es un repetidor telefónico —murmuró Gillette, con una voz que denunciaba mucha desesperación—. Es un *router*. Pero tampoco nos sirve de nada. Nos llevaría una hora rastrear la señal hasta Shawn. Nunca lo encontraremos a tiempo.

Bishop miró la caja.

—No tiene interruptores y los cables van por debajo del suelo: esto es uno de esos corrales de dinosaurios como el de la UCC. Así que no me es posible desenchufarlo.

—Y de todas formas tampoco serviría de nada. Recuerda cómo trabajan los paquetes: incluso si pudieras cerrar esa ruta, la transmisión de Shawn encontraría una distinta para acceder al FBI.

—Tal vez pueda encontrar algo aquí que nos dé alguna pista sobre su paradero —desesperado, Bishop comenzó a revolver el escritorio y las cajas—. Hay un montón de papeles y de libros.

—¿De qué se trata? —preguntó el hacker, aunque su voz era monótona, como si hubiera tirado la toalla: como si hasta su curiosidad infantil lo hubiera abandonado.

—Manuales, copias impresas, hojas de trabajo y disquetes. En su mayor parte, cosas técnicas. De Sun Microsystems, Apple, Harvard,

Western Electric: de todos esos sitios donde trabajó Phate —Bishop abrió cajas, desparramó hojas—. No, aquí no hay nada. Nada de nada —Bishop miró a su alrededor, alarmado—. Trataré de llegar a tiempo a casa de Ellie, voy a intentar convencer al FBI de que envíen un negociador antes de empezar el asalto.

—Estás a veinte minutos de camino, Frank —musitó Gillette.

—Lo intentaré —respondió el detective, con suavidad—. Escúchame, Wyatt: ponte en medio del salón y tírate al suelo. Que tus manos queden a la vista. Y reza —se dispuso a salir.

—¡Espera! —oyó que de pronto le gritaba Gillette.

—¿Qué pasa?

—Esos manuales que están ahí —le inquirió el hacker—: ¿Me puedes repetir los nombres de las empresas?

Bishop miró los documentos.

—Son de aquellos lugares donde Phate trabajó y robó hardware y software: Harvard, Sun, Apple, Western Electric y...

—¡NEC! —gritó Gillette.

—Justo. ¿Cómo lo has sabido?

—No lo sabía. Me lo he imaginado por las siglas.

—¿Qué quieres decir?

—Acuérdate —le dijo el hacker—. Acuérdate de todas las siglas que usan los hackers. En cuanto a las iniciales de los sitios donde trabajó, mira: S de Sun. H de Harvard. A de Apple, Western electric, NEC... S,H,A,W,N... Ésa máquina que está ahí, a tu lado... Ni siquiera es un *router*. Esa caja es Shawn.

—No puede ser —se burló Bishop.

—No, ésa es la razón de que el rastreo acabe allí. Shawn es una máquina: y genera esas señales. Antes de morir, Phate la programaría para que entrara en el sistema del FBI y concertara el asalto. Y sabía de la existencia de Ellie: la mencionó por su nombre cuando entró en el ordenador de la UCC.

—Cómo demonios podría un ordenador hacer algo así... —se preguntó Bishop, temblando de frío y mirando la gran caja de color negro.

Pero Gillette lo interrumpió:

—No, no. ¿Cómo no lo habré pensado antes? Sólo podía hacerlo con un ordenador. Sólo con un ordenador se puede acceder a señales revueltas como ésas y ver en el monitor todas las llamadas telefónicas y transmisiones de radio que entraban o salían de la UCC. No es tarea de un solo ser humano: demasiado a lo que prestar atención a un mismo tiempo. Los ordenadores de la NSA lo hacen a diario cuando buscan palabras como «presidente» y «asesinar» en una misma frase. Así es como Phate pudo saber que Andy Anderson iba al Otero de los Hackers o tener noticias sobre mí: seguro que Shawn escuchó la llamada de Backle al Departamento de Defensa y envió a Phate esa parte de la transmisión. Y consiguió el código del protocolo de asalto cuando estábamos a punto de atrapar a Phate en Los Altos, y ahí fue cuando le envió el mensaje.

—Pero ¿esos correos electrónicos de Shawn a Phate?... —preguntó el detective—. Sonaban como si los hubiera escrito un ser humano.

—Uno puede comunicarse con una máquina como le venga en gana: los correos electrónicos funcionan en este sentido como cualquier otra cosa. Phate los programó para que pareciera que alguien los había escrito. Seguro que le hacían sentirse mejor, viendo que sonaban como palabras humanas. Como te dije que hacía yo con mi Trash-80. S-H-A-W-N.

Todo reside en la ortografía...

—¿Qué podemos hacer? —preguntó el detective.

—Sólo hay una cosa que podamos hacer. Tienes que...

Entonces se cortó la línea.

—Hemos cortado la línea —le dijo un técnico de comunicaciones al agente especial Mark Little, el comandante de operaciones especiales del FBI en el caso MARINKILL—. Y también los móviles. Ninguno funciona en un kilómetro y medio a la redonda.

—Bien.

Little, en compañía de su segundo, el agente especial George Steadman, estaba en una furgoneta llena de tableros de control que hacía las veces de puesto de mando. El vehículo estaba aparcado en la esquina de la casa de Abrego donde se suponía que se escondían los delincuentes del caso MARINKILL.

Cortar las líneas telefónicas era uno de los procedimientos en curso en este tipo de operaciones. Uno suspendía las líneas cinco o diez minutos antes del asalto. Así nadie podía avisarlos del mismo.

Little tenía a sus espaldas unas cuantas «entradas dinámicas» en localizaciones parapetadas (en su mayor parte redadas antidroga en Oakland y San José) y nunca había perdido a ningún agente. Había estado trabajando en el MARINKILL desde el primer día y había leído todos los partes, incluyendo el que acababan de recibir de un informante confidencial, en el que se afirmaba que los asesinos se sabían perseguidos por la policía y el FBI y planeaban torturar a todos aquellos agentes que cayeran en sus garras. A este informe se le sumaba otro que rezaba que los asesinos preferían morir antes que ser atrapados.

«Vaya, nunca resulta fácil. Pero es que esto...»

—¿Anda todo el mundo parapetado, con munición suficiente y un antibalas encima? —preguntó Little a Steadman.

—Sí. Los tres equipos y los francotiradores están listos para acceder a su posición. Las calles están bajo control. Los helicópteros de Travis están en el aire. Los bomberos están a la vuelta de la esquina.

Little asentía mientras escuchaba estas palabras. Vale, todo parecía en su sitio. Entonces, ¿por qué estaba tan preocupado?

No estaba seguro. Quizá era la desesperación de la voz de ese tipo: el que decía que era de la policía estatal. Se llamaba Bishop, o algo parecido. Chillaba que alguien había pirateado los ordenadores del FBI y había ordenado un ataque contra un grupo de inocentes.

Pero el protocolo dispuesto en Washington les había advertido de que los chicos malos se harían pasar por agentes para anunciar que toda la operación era un malentendido. El ROE había informado de que los asesinos asegurarían formar parte de la policía estatal. «Además», pensaba Little, «¿cómo van a piratear los ordenadores del FBI? Es imposible. La página web abierta al público, vale. ¿Pero el seguro ordenador de operaciones especiales? Nunca».

Miró el reloj.

Faltaban ocho minutos.

—Consigue la confirmación amarilla —le dijo a uno de los técnicos que estaba sentado frente a un ordenador.

El hombre tecleó:

DE: FUERZAS ESPECIALES, DOJ DISTRITO NORTE CALI-
FORNIA
A: DOJ TAC OP CENTER, WASHINGTON, D. C.
RE: DOJ DISTRITO NORTE CALIFORNIA, OPERACIÓN
139-01:
¿CONFIRMAN CÓDIGO AMARILLO?

Dio a *Return*.

Había tres niveles en los códigos de operaciones de fuerzas especiales. Verde, amarillo y rojo. El verde aprobaba la aproximación de los agentes hasta el lugar donde se llevaría a cabo la operación. El amarillo aprobaba que se prepararan para el asalto y que se pusieran en posición. El rojo controlaba el mismo asalto.

DE: DOJ TAC OP CENTER, WASHINGTON, D. C.
A: FUERZAS ESPECIALES, DOJ DISTRITO NORTE CALI-
FORNIA
RE: DOJ DISTRITO NORTE CALIFORNIA, OPERACIÓN
139-01:
CÓDIGO AMARILLO: <ROBLE>

—Imprímelo —le dijo Little al técnico de comunicaciones.

—Sí, señor.

Little y Steadman comprobaron la palabra del código y vieron que «roble» era correcta. Se aprobaba que los agentes se desplegaran en torno a la casa.

En cualquier caso, dudaba al oír una y otra vez la voz de Bishop resonando en su cabeza. Pensó en los niños que murieron en Waco.

A pesar del protocolo de asalto cuatro, que regía que en este tipo de operaciones y con este tipo de criminales no era apropiada la intervención de negociadores, Little se preguntaba si no debería llamar a alguien de San Francisco, donde el FBI tenía un excelente negociador de asedios con el que ya había trabajado con anterioridad. Quizá...

—¿Agente Little? —le interrumpió el técnico de comunicaciones, ojeando su pantalla—. Hay un mensaje para usted.

Little se inclinó para leerlo.

URGENTE URGENTE URGENTE
DE: DOJ TAC OP CENTER, WASHINGTON, D. C.
A: FUERZAS ESPECIALES, DOJ DISTRITO NORTE CALIFORNIA
RE: DOJ DISTRITO NORTE CALIFORNIA, OPERACIÓN 139-01:
INFORMANTE CONFIDENCIAL AFIRMA QUE LOS SOSPECHOSOS MARINKILL ENTRARON EN RESERVA MILITAR SAN PEDRO A LAS 15.40 HORAS HOY Y ROBARON GRAN CANTIDAD DE ARMAS AUTOMÁTICAS, GRANADAS DE MANO Y ANTIBALAS.
AVISAR AGENTES FUERZAS ESPECIALES DE DICHA SITUACIÓN

Conque ésas tenemos, pensó Little, desterrando de su mente cualquier idea de un negociador. Miró al agente Steadman y le dijo:

—Pasa la voz, George. Todo el mundo en posición. Entramos en seis minutos.

Capítulo 00101100 / Cuarenta y cuatro

Frank Bishop caminaba alrededor de Shawn.

El armazón era de algo más de un metro cuadrado y estaba formado por gruesas planchas de metal. En la parte trasera tenía unas aberturas de ventilación que expulsaban bocanadas de aire caliente, fumaradas tan visibles como el vaho en un día de invierno. El panel frontal no consistía en otra cosa que en tres luces verdes, indicadores que de vez en cuando se apagaban para mostrar que Shawn trabajaba a destajo para llevar a cabo las instrucciones póstumas de Phate.

El detective había tratado de llamar a Gillette pero la línea no funcionaba. Tenía el horrible presentimiento de que el FBI podía haber empezado el asalto antes, aunque sabía que el procedimiento de los SWAT implicaba silenciar todos los teléfonos donde se localizaba el asalto antes de que entraran los agentes.

Llamó a Tony Mott a la UCC. Les habló a él y a Linda Sánchez sobre la máquina y les dijo que Gillette pensaba que había algo concreto que se podía hacer. Pero el hacker no había tenido tiempo suficiente para decírselo. «¿Alguna idea?»

Lo discutieron. Bishop pensaba que podía tratar de apagar la máquina para suspender la transmisión del código de confirmación desde Shawn hasta Little. Por el contrario, Tony Mott pensaba que en ese caso habría una segunda máquina en algún otro lugar que no sólo enviaría el código de confirmación sino que, habiendo conocido que Shawn había sido apagado, podría estar programada para hacer aún más daño: y causar algo así como una congestión en el ordenador de algún controlador aéreo. Pensaba que era mejor tratar de infiltrarse en Shawn y tomar su directorio raíz.

Bishop no estaba en contra de la tesis de Mott, pero le explicó que allí no había ningún teclado. Y que, además, no tenían más que unos pocos minutos y no había tiempo para descifrar contraseñas y tratar de hacerse con el control de la máquina.

—Voy a apagarla —dijo.

Pero el detective no podía hallar ninguna forma obvia de hacerlo. Mott le dijo que algunos ordenadores no tienen interruptores de encendido y apagado: y que se controlan exclusivamente por medio de software. Buscó un panel de acceso que le permitiera encontrar los cables de corriente bajo las gruesas planchas de madera del suelo, pero no encontró ninguno.

Miró el reloj.

Dos minutos para el asalto. No había tiempo para salir a buscar cajas de empalmes.

Y así, de igual manera a como había hecho seis meses atrás en un callejón de Oakland cuando Tremain Winters lo apuntara a él y a otros dos policías más con una Remington del doce, el detective sacó con calma su arma reglamentaria y disparó tres proyectiles al torso de su adversario.

Pero, al contrario de lo que sucedió con los disparos que acabaron con la vida del jefe de la banda, estas balas cubiertas de cobre se convirtieron en pequeños guisantes que rebotaron contra el suelo. La piel de Shawn no se resintió casi nada.

Bishop se acercó un poco más, se puso de tal manera que las balas no le rebotaran y vació el cargador frente a las tres luces de indicación. Una de las luces verdes se apagó pero no pareció que ese fusilamiento tuviera ningún efecto en la operación que Shawn llevaba a cabo. El vapor seguía saliendo de las aberturas de ventilación, en medio del frío reinante.

—Acabo de descargar un cargador en la máquina —gritó Bishop por el teléfono móvil—. ¿Sigue on-line?

Tuvo que incrustarse el teléfono en la oreja, pues los disparos lo habían dejado medio sordo, para oír al joven policía de la UCC, quien le comunicaba que Shawn seguía funcionando.

«Mierda...»

Cargó el arma y vació otro cargador por las aberturas de ventilación. Esta vez un rebote le alcanzó el dorso de la mano y le marcó un estigma astroso en la piel. Se limpió la sangre en los pantalones y se acercó el teléfono.

—Lo siento, Frank —repitió Mott, sin esperanzas—. Esa máquina sigue viva y coleando.

El policía miró la caja, lleno de frustración. Bueno, si a uno le da por jugar a ser Dios y crear una nueva vida, pensó, es lógico que trate de hacerla invulnerable.

Sesenta segundos.

Bishop estaba angustiado a más no poder. Pensó en Wyatt Gillette, alguien cuyo único crimen había sido andar tropezando un poco para escapar de una infancia vacía. La mayoría de los chavales que Bishop había atrapado (del East Bay, de Haight) eran asesinos sin remordimientos que al poco tiempo se paseaban libres. Y Wyatt Gillette no había hecho otra cosa que seguir el camino por el que Dios y su propia brillantez le habían guiado y, por culpa de esto, tanto él como la mujer que amaba y la familia de ella iban a sufrir terriblemente.

No quedaba tiempo. Shawn mandaría la señal de confirmación en cualquier momento.

¿Podía hacer algo para frenar a Shawn?

¿Podría tratar de prenderle fuego?

Podía hacer un fuego cerca de la ventilación. Fue hasta el escritorio y removió todo en busca de un mechero y cigarrillos.

Nada.

Entonces algo se le pasó por la mente.

¿Qué?

No podía recordarlo con exactitud, parecía un recuerdo de hacía siglos: algo que Gillette había dicho cuando entró en la UCC por vez primera.

Había mencionado la palabra fuego.

Haz algo con eso...

Miró el reloj. Era la hora del asalto. Los dos ojos verdes que le quedaban a Shawn brillaban sin compasión.

Haz algo...

Fuego.

... con eso.

¡Sí! De pronto Bishop dio la espalda a Shawn y miró frenéticamente por la estancia. ¡Allí estaba! Corrió hacia una pequeña caja gris con un botón rojo en el centro: el conmutador de fuga del corral de dinosaurios.

Golpeó el botón con la palma de la mano.

En el techo comenzó a sonar una alarma atronadora y los vapores del halón empezaron a descender, con un siseo penetrante, desde las cañerías de arriba, y a aflorar desde debajo de la máquina, envolviendo a ambos (al humano y al que no lo era) en una fantasmal neblina blanca.

El agente de operaciones especiales Mark Little ojeaba la pantalla del ordenador de la furgoneta de control.

CÓDIGO ROJO: <Arce>

Éste era el código de visto bueno para el asalto.

—Imprímelo —le dijo Little al agente técnico. Luego se volvió hacia George Steadman—: Confirma si «arce» nos da luz verde para el asalto con protocolo cuatro.

El agente consultó un librillo con el sello del Departamento de Justicia y la palabra «Confidencial» escrita en grandes letras de molde.

—Confirmado.

—Vamos a entrar —les radió Little a tres francotiradores que cubrían todas las puertas—. ¿Se divisa a algún objetivo a través de las ventanas?

Todos respondieron que no.

—Vale. Si alguno aparece armado por la puerta, lo tiráis al suelo. De un disparo en la cabeza, para no darles tiempo a que aprieten ningún botón detonador. Si no parecen armados, guiaos por vuestro propio juicio. Pero os recuerdo que el protocolo de asalto es de nivel cuatro. ¿Queda claro?

—Del todo —respondió uno de los francotiradores y todos los demás lo confirmaron.

Little y Steadman dejaron la furgoneta de control y corrieron hasta donde estaban apostados sus equipos en el atardecer nublado. Little se metió en un callejón con los ocho oficiales que comandaba: el equipo Alfa. Steadman iba con el suyo, el Bravo.

Little escuchó lo que le comunicaba el equipo de Búsqueda y Vigilancia:

—Jefe del equipo Alfa, los infrarrojos muestran calor humano en el salón y en la sala. También en la cocina, pero puede ser el horno.

—Roger —entonces Little anunció por su radio—. Yo iré con Alfa y cubriremos la parte derecha de la casa. Vamos a echar unas cuantas granadas detonadoras: tres en la sala, tres en el salón y tres en la cocina, con intervalos de cinco segundos. Al tercer estallido Bravo entra por delante y Charlie por detrás. Cubriremos zonas de fuego cruzado desde las ventanas laterales.

Steadman y el jefe del tercer equipo confirmaron sus instrucciones.

Little se puso los guantes, el gorro y el casco, pensando en el montón de armas automáticas, granadas de mano y chalecos antibalas que había sido robado.

—Vale —dijo—. El equipo Alfa delante. Vamos poco a poco. Cubríos todo lo que podáis. Y estad a punto para encender las velitas.

Capítulo 00101101 / Cuarenta y cinco

Dentro de la residencia de los Papandolos (la casa de los limones, la casa de las fotografías, la casa de la familia), Wyatt Gillette pegaba la cara a las cortinas de encaje que recordaba haber visto bordar a la madre de Elana un otoño. Desde esta nostálgica posición de ventaja vio cómo los hombres del FBI comenzaban a entrar.

Centímetro a centímetro, con cuidado.

Miró en el cuarto contiguo, detrás de él, y vio a Elana tumbada boca abajo que le pasaba el brazo a su madre por los hombros. Cerca tenía a Christian, su hermano, quien tenía la cabeza erguida y miraba a Gillette a los ojos con inmenso odio.

No había nada que pudiera decirles que fuera adecuado y siguió en silencio, volviéndose de nuevo hacia la ventana.

Ya había decidido qué iba a hacer: de hecho, lo había decidido antes pero deseaba pasar los últimos momentos de su vida con la mujer que amaba.

Lo irónico del caso es que Phate le había dado la idea.

Tú eres el héroe con defectos. Defectos que lo meten en líos. Vaya, y al final harás algo heroico y los salvarás y el público llorará por ti...

Iba a salir con los brazos en alto. Bishop le había dicho que no se fiarían de él y que pensarían que era un suicida que llevaba una bomba o que escondía un arma. Phate y Shawn lo habían dispuesto así para que la policía se esperase lo peor. Pero los agentes también eran humanos: podían vacilar. Y, si lo hacían, podrían creerlo y dejar que salieran Elana y su familia.

Pero en cualquier caso nunca llegarás al nivel último del juego.

Y aunque no lo hiciera (si le disparaban y lo mataban) registrarían su cuerpo y verían que estaba desarmado y podrían pensar que los de dentro accederían a rendirse sin problemas. Y luego descubrirían que todo había sido un terrible error.

Miró a su mujer. Pensó que incluso entonces estaba preciosa. Ella no alzó la vista y él se sintió mejor por eso: no podría haber soportado la carga de su mirada.

Temeroso de que cuando saliera un francotirador pudiera ver a Elana o a su familia e interpretar mal cualquier gesto y abrir fuego, decidió apagar todas las luces de la planta baja. Mientras entraba en el estudio para hacerlo, se fijó en un viejo clónico de IBM. Wyatt Gillette pensó en todas las horas que había pasado on-line en los últimos días. Si no podía llevarse el amor de Elana a la tumba, al menos lo acompañarían los recuerdos de las horas pasadas en la Estancia Azul.

Con cuidado, lentamente, temeroso de que por la ventana lo viera un francotirador, fue apagando las restantes luces de la casa.

Los agentes del equipo Alfa reptaban lentamente hasta la casa de estuco de las afueras: un escenario nada grato para llevar a cabo este tipo de operaciones. Mark Little mandó al equipo Alfa que se cubriera tras un macizo de rododendros erizados de púas a unos seis metros al oeste de la casa.

Hizo una señal con la mano a tres de sus hombres de cuyos cinturones colgaban las potentes granadas detonadoras. Corrieron a posicionarse bajo las ventanas de la sala, de la cocina y del salón y quitaron las anillas a las granadas. Se les unieron otros tres que llevaban barras para romper los cristales de las ventanas, y así permitir que sus compañeros lanzaran sus granadas dentro.

Los hombres miraban a Mark Little en espera de que éste hiciera con la mano la señal de seguir adelante.

Y entonces algo crepitó en el auricular del casco de Little.

—Jefe del equipo Alfa, tenemos un despacho de emergencia desde una línea terrestre. Es el AEM de San Francisco.

¿El Agente Especial al Mando Jaeger? ¿Para qué llamaba ahora?

—Pásamelo —susurró en el pequeño micrófono.

Se oyó un clic.

—Agente Little —la voz no le era familiar—. Soy Frank Bishop. Policía estatal.

—¿Bishop? —era ese puto poli que lo había llamado antes—. Dígale a Henry Jaeger que se ponga.

—No se encuentra aquí, señor. Mentí. Tenía que ponerme en contacto con usted. No cuelgue. Tiene que hacerme caso.

Bishop era el que pensaban que podría ser uno de los delincuentes dentro de la casa que trataba de distraerlos.

—Bishop... ¿Qué quiere? ¿Sabe en qué líos se va a meter por haberse hecho pasar por un agente del FBI? Voy a colgar.

—¡No! ¡No lo haga! Pida una reconfirmación.

—No voy a oír más de esa mierda sobre hackers.

Little observó la casa. Todo estaba en calma. En momentos así la sensación era extraña: exultante, aterradora y aletargante al mismo tiempo. Y, como todos los agentes de operaciones especiales, sentía el desasosiego de pensar que uno de los asesinos tenía los pelos de punta mientras apuntaba a un blanco humano a dos centímetros del antibalas.

—He detenido al asesino que pirateó el sistema y he apagado su ordenador —dijo el policía—. Le garantizo que no recibirá confirmación.

—Ése no es el procedimiento.

—Hágalo de todos modos. Si entra ahí siguiendo un protocolo de asalto cuatro se arrepentirá toda su vida.

Little se detuvo. ¿Cómo conocería Bishop que estaban operando con un protocolo de asalto cuatro? Sólo podía saberlo alguien del equipo o que tuviera acceso al ordenador del FBI.

El agente vio que su segundo, Steadman, le hacía señas apuntando al reloj y a la casa.

—Por favor —la voz de Bishop era de pura desesperación—. He puesto mi trabajo en juego.

El agente vaciló y luego murmuró:

—Claro que lo ha hecho, Bishop —devolvió su arma al hombro y cambió a la frecuencia del equipo de operaciones especiales—. A todos los equipos, continúen en posición. Repito, continúen en posición. Si les disparan autorizo que tomen las represalias pertinentes.

Volvió al puesto de control corriendo. El técnico de comunicaciones lo miró sorprendido:

—¿Qué sucede?

En la pantalla, Little podía ver el código de confirmación del ataque.

—Confirma de nuevo el código rojo.

—¿Por qué? No lo necesitamos si...

—¡Ahora! —sentenció Little.

El hombre tecleó.

DE: FUERZAS ESPECIALES, DOJ DISTRITO NORTE CALIFORNIA
A: DOJ TAC OP CENTER, WASHINGTON, D.C.
RE: DOJ DISTRITO NORTE CALIFORNIA, OPERACIÓN 139-01:
¿CONFIRMAN CÓDIGO ROJO?

Un mensaje:

<Por favor, espere>

Esos minutos podían dar a los asesinos la oportunidad de prepararse para el asalto o de llenar la casa de explosivos para un suicidio colectivo que se llevaría a una docena de sus hombres.

<Por favor, espere>

Esto tardaba demasiado.

—Olvídalo —le dijo al técnico de comunicaciones, disponiéndose a salir por la puerta—. Vamos a entrar.

—Espere —dijo el agente—. Aquí pasa algo —señaló la pantalla—: Eche un vistazo.

DE: DOJ TAC OP CENTER, WASHINGTON, D. C.
A: FUERZAS ESPECIALES, DOJ DISTRITO NORTE CALI-
FORNIA
RE: DOJ DISTRITO NORTE CALIFORNIA, OPERACIÓN
139-01:
<NO HAY INFORMACIÓN. POR FAVOR, COMPRUEBE EL
NÚMERO DE LA OPERACIÓN>

—El número era correcto. Lo comprobé —dijo el hombre.

—Vuélvelo a enviar —dijo Little.

El agente volvió a teclear y dio a *Enter*.

La respuesta:

DE: DOJ TAC OP CENTER, WASHINGTON, D. C.
A: FUERZAS ESPECIALES, DOJ DISTRITO NORTE CALI-
FORNIA
RE: DOJ DISTRITO NORTE CALIFORNIA, OPERACIÓN
139-01:
<NO HAY INFORMACIÓN. POR FAVOR, COMPRUEBE EL
NÚMERO DE LA OPERACIÓN>

Little se sacó el verdugo negro y se secó la cara. ¿Qué era esto?

Agarró el teléfono y llamó al agente del FBI que llevaba el territorio cerca de la reserva militar San Pedro, a unos cuarenta y cinco kilómetros de donde se encontraban. El agente le informó de que no tenía conocimiento de que se hubiera producido ningún ataque. Little dejó caer el teléfono y volvió a mirar la pantalla.

Steadman corrió hasta la puerta de la furgoneta.

—¿Qué demonios sucede, Mark? Estamos esperando demasiado. Si queremos entrar debemos hacerlo ya.

Little seguía mirando la pantalla.

<NO HAY INFORMACIÓN. POR FAVOR, COMPRUEBE EL NÚMERO DE LA OPERACIÓN>

—Mark, ¿vamos o no?

El comandante señalaba la casa. En ese momento habían tenido tal demora que sus ocupantes estarían sospechando que pasaba algo, ya que no funcionaban los teléfonos. Los vecinos habrían llamado a la policía local debido a las tropas que había en el vecindario y los escáneres de la policía que tenían los periodistas habrían oído las llamadas. Los helicópteros de la prensa se presentarían en unos minutos y lo trasmitirían en directo por lo que los asesinos podrían presenciarlo todo en pocos minutos.

De pronto se oyó una voz en la radio:

—Jefe uno, equipo Alfa, le habla francotirador tres. Hay un sospechoso en la entrada. Varón blanco, veintitantos años. Manos alzadas. Tengo blanco mortal. ¿Disparo?

—¿Tiene armas? ¿Explosivos?

—Nada que sea visible.

—¿Qué hace?

—Camina lentamente. Se ha dado la vuelta para enseñarnos la espalda. No se ven armas. Pero puede llevar algo bajo la camisa. Pierdo el blanco en diez segundos por las hojas de los árboles. Francotirador dos, apunta al objetivo en cuanto pase el arbusto.

—Roger —dijo otra voz.

—Lleva un artefacto encima, Mark —dijo Steadman—. Todos los informes decían lo mismo: que tratarían de llevarse a tantos de nosotros como les sea posible. Ese tipo activará la carga y el resto saldrá del fondo disparando.

<NO HAY INFORMACIÓN. POR FAVOR, COMPRUEBE EL
NÚMERO DE LA OPERACIÓN>

—Jefe del equipo Bravo número dos, ordene al sospechoso que
se tire al suelo —dijo Mark Little por el micrófono—. Francotirador
dos, si el sujeto no besa el suelo en cinco segundos, dispare.

—Sí, señor.

Un segundo después oían por el altavoz:

—¡Le habla el FBI! Tírese al suelo boca abajo y extienda los brazos. ¡Ahora! ¡Ahora! ¡Ahora!

NO HAY INFORMACIÓN...

El agente llamó:

—Está en el suelo, señor. ¿Lo cacheamos y lo arrestamos?

Little pensó en su mujer y en sus dos hijos y dijo:

—No, yo mismo lo haré —agarró el micrófono—: A todos los
equipos, retírense.

Se volvió hacia el técnico de comunicaciones:

—Ponme con el subdirector en Washington —señaló con el dedo
los mensajes conflictivos: los que daban el visto bueno y los de «No
hay información» que estaban en la pantalla—. E infórmame con total exactitud de cómo ha pasado esto.

Capítulo 00101110 / Cuarenta y seis

Mientras yacía sobre la hierba y olía a suciedad, a lluvia y a un apagado aroma a lilas, Wyatt Gillette observó con ojos parpadeantes las luces que lo enfocaban. Vio cómo se le acercaba un joven agente impetuoso y afilado que lo apuntaba a la cabeza con un arma muy grande.

El agente lo esposó y lo cacheó, para relajarse solamente cuando Gillette le pidió que contactara a un policía estatal llamado Bishop, quien podía confirmar que el sistema informático del FBI había sido pirateado y que la gente que estaba dentro de la casa no era sospechosa del caso MARINKILL.

Entonces el agente ordenó a la familia de Elana que saliera de la casa. Ella, su madre y su hermano salieron muy lentamente con los brazos en alto. Los esposaron y los cachearon y, aunque no se les trató de forma ruda, se les veía en los rostros desolados que sufrían tanto por la indignidad y el terror de la situación como si les hubieran infligido algún tipo de castigo físico.

No obstante, el peor trago se lo llevaba Gillette y no tenía nada que ver con el tratamiento recibido por el FBI: era que sabía que la mujer que amaba se le había escapado para siempre. Ella parecía estar sopesando la decisión de mudarse a Nueva York pero ahora las máquinas, que los separaron años atrás, habían estado a punto de matar a toda su familia y eso era, por supuesto, imperdonable. Ahora ella se largaría a la costa Este con el responsable y solvente Ed, y Ellie se convertiría en un montón de recuerdos para Gillette, como los archivos .wav y .jpg: en imágenes visuales y sonoras que se evaporan del ordenador cuando lo apagas por la noche.

Los agentes del FBI formaron corrillos e hicieron llamadas y luego volvieron a hacer más corrillos. Su conclusión fue que el asalto había sido ordenado de forma ilegal. Dejaron marchar a todos salvo a Gillette, aunque le aflojaron un poco las esposas y le ayudaron a ponerse en pie.

Elana se plantó frente a su ex y él se mantuvo sin decir palabra ni moverse mientras recibía una fuerte bofetada en la mejilla. La mujer, bella y sensual incluso cuando estaba enfadada, se largó sin decir nada y ayudó a su madre a subir los escalones de la entrada. Su hermano le brindó la amenaza inarticulada de un chico de veinte años de demandarlo o algo peor, y luego las siguió y cerró de un portazo.

Mientras los agentes recogían todo, llegó Bishop y se encontró a Gillette acompañado por un agente alto en el patio delantero.

Se acercó al hacker y dijo:

—El conmutador de fuga.

—La descarga de halón —dijo Gillette, asintiendo—. Eso es lo que iba a comentarte cuando se cortaron los teléfonos.

—Recordaba que lo habías mencionado en la UCC —respondió Bishop, también asintiendo—. La primera vez que viste un corral de dinosaurios.

—¿Algún otro daño? —preguntó Gillette—. ¿A Shawn?

Confiaba que no fuera el caso. Sentía tanta curiosidad por ver la máquina: cómo funcionaba, qué podía hacer, qué sistema operativo regía su mente y su corazón...

Pero Bishop le explicó que la máquina no había sufrido grandes daños.

—Vacié dos cargadores en la caja y no le hice nada —sonrió—. Sólo una herida superficial.

Hacia ellos caminaba un hombre grande, a través de los cegadores focos. Sólo cuando se acercó pudo comprobar Gillette que se trataba de Bob Shelton.

Saludó a su compañero e ignoró a Gillette.

Bishop le comentó lo que había pasado pero no dijo nada sobre haber sospechado que él fuera Shawn.

El policía sacudió la cabeza y rió amargamente.

—¿Shawn era un ordenador? Dios, alguien debería tirar todos esos putos bichos al mar cualquier día de éstos.

—¿Por qué sigues diciendo eso? —le reprochó Gillette—. Ya me estoy cansando.

—¿De qué? —contestó Shelton, retándolo.

El hacker ya no podía aguantar la rabia originada por el cruel tratamiento que había recibido del detective en los últimos días y murmuró:

—Has estado echando mierda sobre las máquinas y sobre mí en cada ocasión que se te ha presentado. Algo muy difícil de creer, viniendo de un tipo que tiene un disco Winchester de mil dólares tirado en su sala de estar.

—¿Un qué?

—Cuando fuimos a tu casa, vi el disco de servidor que tenías en la sala de estar.

Al policía se le abrieron los ojos.

—Era de mi hijo —gruñó—. Estaba a punto de tirarlo a la basura. Estaba acabando de limpiar su cuarto para desprenderme de todas esas mierdas informáticas que tenía. Mi mujer no quería que tirara nada. Por eso peleábamos.

—¿A tu hijo le interesaba la informática? —preguntó Gillette.

Otra risa sarcástica.

—¡Claro que le gustaba! Se pasaba horas y horas en la red. Sólo quería *hackear*. Hasta que una ciberbanda descubrió que era hijo de un poli y pensaron que él estaba tratando de infiltrarse. Lo atacaron. Colgaron toda clase de mierdas sobre él en Internet: que si era gay, que si la poli lo había fichado, que si le iba la pedofilia... Entraron en el ordenador de su colegio e hicieron creer a todo el mundo que él había cambiado sus notas. Eso le valió la expulsión. Y luego le enviaron a la chica con la que salía un e-mail asqueroso en su nombre.

Ella cortó con él por eso. El día que sucedió, él se emborrachó y condujo hasta los límites de la autopista. Quizá fue un accidente, quizá se suicidó. En cualquier caso lo mataron los ordenadores.

—Lo siento —dijo Gillette, con suavidad.

—Y una mierda —Shelton se puso muy cerca del hacker, con la misma ira de siempre—. Es por eso por lo que me presenté voluntario en este caso. Creía que el asesino bien podría ser uno de los miembros de esa banda. Y por ello me conecté en la red ese día: para ver si tú eras también uno de ellos.

—No, no lo era. Yo no le haría eso a nadie. No me hice hacker para cosas así.

—Vaya, sigues con lo mismo. Pero eres tan malo como cualquiera de los que le hicieron creer a mi niño que esas malditas cajas de plástico eran el mundo entero. Bien, eso es basura. La vida está en otro lado —agarró a Gillette por la chaqueta. El hacker no opuso resistencia, sólo miraba su cara roja, congestionada. La saliva de Shelton le cayó en la cara mientras éste vociferaba—: ¡La vida de verdad está aquí! En la carne y en la sangre... En los seres humanos... En tu familia, en tus hijos... —se atoró y rompió a llorar—. ¡Esto es real!

Shelton echó al hacker a un lado y se limpió las lágrimas con la mano. Bishop dio un paso al frente y le tomó el hombro, pero Shelton se desasió y echó a andar, desapareciendo entre la multitud de policías y agentes del FBI.

El corazón de Gillette se sentía apesadumbrado por el pobre hombre pero a un tiempo pensaba: «Las máquinas también son reales, Shelton. Cada vez son más carne de nuestra carne y más sangre de nuestra sangre y eso no va a cambiar. La pregunta que debemos hacernos es si este hecho es bueno, malo o simplemente esto: ¿en quién nos convertimos cuando accedemos a través de la pantalla a la Estancia Azul?».

Ahora solos, el detective y el hacker se quedaron mirando. Bishop se dio cuenta de que le colgaba el faldón de la camisa. Se lo metió por dentro del pantalón y luego señaló el tatuaje de la palmera en el antebrazo de Gillette:

—Tal vez quieras quitarte eso. No te queda muy bien que digamos. Al menos la paloma. El árbol no está tan mal.

—Es una gaviota —replicó el hacker—. Pero ahora que lo traes a colación, Frank... ¿Por qué no te haces uno?

—¿Un qué?

—Un tatuaje.

El detective hizo como que iba a empezar a decir algo pero luego alzó una ceja.

—Quién sabe, quizá me lo haga.

Entonces Gillette sintió cómo alguien le agarraba los brazos. Los agentes acababan de llegar, justo a tiempo, dispuestos a devolverlo a San Ho.

Capítulo 00101111 / Cuarenta y siete

Una semana después de que el hacker volviera a la cárcel, Frank Bishop cumplió la promesa hecha por Andy Anderson y, a pesar de las objeciones del alcaide, envió un maltratado ordenador portátil Toshiba de segunda mano a Wyatt Gillette.

Lo primero que se encontró cuando lo inició fue la foto digitalizada de un bebé gordo de piel oscura que parecía estar mascando un teclado de ordenador. El pie de foto rezaba: «Saludos de Linda Sánchez y de su nueva nieta Marie Andie Harmon». Gillette tomó nota mentalmente para escribirle una carta de felicitación; no obstante, tendría que esperar algún tiempo para hacerle un regalo a la niña: las prisiones federales no gozan de tiendas donde se puedan comprar esa clase de presentes.

El ordenador no llevaba incluido un módem: estaba claro que *hackear* le estaba terminantemente prohibido. Por supuesto, Gillette podría haberse conectado a la red con sólo haberse construido un módem a partir del walkman de Devon Franklin (conseguido gracias a un trueque de melocotones en conserva de Gillette) pero prefirió no hacerlo. Eso formaba parte de su trato con Bishop. Además, no deseaba sino que el año que le quedaba pasara rápido para recuperar su vida.

Lo que no equivale a afirmar que estaba en perpetua cuarentena con respecto a la red. Se le permitía acceder al lento PC IBM de la biblioteca (con supervisión, por descontado) para ayudar al análisis de Shawn, que había sido trasladado a la Universidad de Stanford. Gillette colaboraba con los científicos informáticos del centro y con Tony Mott. (Frank Bishop había denegado con vehemencia la petición de Mott para ser transferido a Homicidios y había aplacado al joven policía recomendando que fuera nombrado jefe de la Unidad de Crímenes Computerizados, algo a lo que Sacramento accedió.)

Lo que Gillette encontró en Shawn lo sorprendió. Phate, para conseguir acceder a tantos ordenadores como le fuera posible por medio de Trapdoor, lo había dotado de su propio sistema operativo. Era único e incorporaba elementos de todos los sistemas operativos existentes: Windows, MS-DOS, Apple, Unix, Linux, VMS, otros oscuros sistemas para científicos y aplicaciones para ingenieros. Ese nuevo sistema operativo, llamado Protean 1.1, le recordó a Gillette esa elusiva teoría unificadora que los científicos llevan toda la vida buscando, y que explica el comportamiento de todo lo que existe en el universo, energía incluida.

Aunque, al contrario que Einstein y sus sucesores, Phate no había tenido éxito en el intento.

Una de las cosas que Shawn no desembuchó fue el código de origen de Trapdoor, así como tampoco pudieron localizar los sitios donde podría estar éste escondido. La mujer que se hacía llamar Patricia Nolan había fracasado a la hora de aislarlo para robar ese código.

A ella tampoco la encontraron.

«Hace años, desaparecer solía ser fácil, pues no había ordenadores que te siguieran la pista», le había dicho Gillette a Bishop cuando le dieron la noticia. «Y ahora esfumarse resulta fácil pues contamos con ordenadores que borran todas las huellas de tu antigua identidad y te proporcionan una nueva.»

¿Quién quieres ser?

Bishop le comunicó que el cuerpo había rendido un funeral por todo lo alto a Stephen Miller. Linda Sánchez y Tony Mott aún seguían con remordimientos por haber creído que era un traidor, cuando de hecho sólo había sido un triste desecho de los viejos tiempos de la informática, un excedente del «Gran Cambio» de Silicon Valley.

Wyatt Gillette podría haberles dicho a los policías que no debían sentirse culpables por ello; la Estancia Azul tolera mejor el fracaso que la incompetencia.

El hacker obtuvo una nueva dispensa de su prohibición para conectarse a la red. Le encomendaron que comprobara los cargos contra David Chambers, el suspendido jefe de la División de Investigaciones Criminales del Departamento de Defensa. Tanto Frank Bishop como el capitán Bernstein y el fiscal general habían llegado a la conclusión de que Phate había entrado en los ordenadores de Chambers (tanto en el personal como en el del trabajo) para conseguir que lo echaran, con lo que conseguía que lo reemplazaran con Kenyon o con cualquier otro de sus lacayos, por una parte, y por la otra que Gillette volviera de inmediato a la cárcel.

Al hacker no le llevó más de un cuarto de hora encontrar pruebas de que los ficheros de Chambers habían sido pirateados, y que Phate había falsificado las transacciones de correduría y las cuentas en el extranjero.

Retiraron los cargos y le devolvieron el puesto.

También se retiraron los cargos contra Wyatt Gillette en el caso del Standard 12 y no se le imputó nada a Frank Bishop por haber ayudado a Gillette a fugarse de la UCC. El fiscal general decidió acabar con la investigación no porque creyera la historia de que Phate había sido el artífice del programa que pirateara el Standard 12, sino porque un comité de investigación y revisión de cuentas del Departamento de Defensa estaba indagando por qué se habían gastado treinta y cinco millones de dólares en un programa de codificación que era esencialmente inseguro.

La historia de los asesinatos de Phate en Washington, Portland y Silicon Valley tuvo mucha repercusión en los medios de comunicación por culpa del caso David Chambers. La prensa sensacionalista aireó los trapos sucios de Internet, el congreso tuvo sesiones en las que se trató la posibilidad de mejorar la seguridad en la red y la publicidad de los bancos y de las empresas de inversiones no se enfocó tanto en sus proezas a la hora de hacer dinero como en la calidad tecnológica de sus cortafuegos y de sus programas de encriptación.

Pero entonces comenzó la guerra de los Balcanes y la histeria hacker se evaporó de la noche a la mañana.

La vida en la Estancia Azul, siempre en expansión, recuperó la normalidad.

Un martes a finales de abril, mientras Gillette estaba sentado en su celda frente a su portátil, analizando algunos aspectos del sistema operativo de Shawn, un guardia se acercó a su puerta.

—Visita, Gillette.

Pensó que podría tratarse de Bishop. El detective aún trabajaba en el caso MARINKILL y pasaba mucho tiempo al norte de Napa, donde se suponía que estaban escondidos los asaltantes. (De hecho, nunca habían estado en el condado de Santa Clara. Parece ser que Phate había sido el creador de la mayoría de los soplos sobre los asesinos vertidos a la prensa y a la policía, en una estrategia de diversión.) En cualquier caso, Bishop solía pasarse por San Ho cuando andaba por esa zona. La última vez le había traído a Gillette Pop-Tarts y conservas de melocotón que su esposa Jennie elaboraba con las frutas del huerto de su marido. (No es que fueran su plato favorito pero, en cualquier caso, la mermelada era un excelente material de trueque dentro de la cárcel: de hecho, esta remesa había sido la que cambió por el walkman que podía alterar para crear un módem, aunque decidiera no hacerlo.)

Pero esta visita no era de Frank Bishop.

Se sentó en un cubículo y vio cómo entraba por la puerta Elana Papandolos. Llevaba un vestido azul marino. Se había recogido el pelo, negro y rizado. Era tan espeso que el pasador de terciopelo que llevaba parecía a punto de reventar. Cuando observó sus uñas bien cortadas, perfectamente limadas y pintadas de color lavanda, se le ocurrió una cosa que jamás antes había pensado: que Ellie, la profesora de piano, también se había abierto paso en el mundo con sus manos, como él, aunque en el caso de ella los dedos fueran bellos e inmaculados, sin ni siquiera un asomo de callos.

Ella se sentó y arrastró la silla hacia delante.

—Aún estás aquí —le dijo él, agachándose un poco para acercarse a los agujeros del plexiglás—. No habías vuelto a dar señales de vida y había supuesto que te habías largado hace un par de semanas.

Ella no respondió. Miró el divisor.

—Esto no estaba antes.

La última vez que fue a visitarlo, varios años atrás, se habían sentado en una mesa sin divisor y tenían a un guardia revoloteando a su alrededor. Con el nuevo sistema no había guardia: se ganaba en privacidad pero se perdía en proximidad. Gillette pensó que, de ser posible, se conformaba con tenerla cerca, recordando cómo solían hacerse cosquillas en la palma de la mano con la punta de los dedos y cómo se tocaban sus pies bajo la mesa, provocándose una sensación cercana a la que se experimenta cuando se hace el amor.

Mientras se inclinaba hacia delante, Gillette se dio cuenta de que estaba tecleando en el aire con furia.

—¿Hablaste con alguien por lo del módem? —preguntó.

Elana asintió.

—He encontrado un abogado. No sabe si se venderá o no. Pero si se vende, voy a montarlo de tal manera que pague la factura de tu abogado y la mitad de la casa que perdimos. El resto es tuyo.

—No, quiero que tengas...

Ella le interrumpió al decir:

—He pospuesto mis planes. Los de ir a Nueva York.

Él se quedó callado, procesando ese nuevo dato. Y luego preguntó:

—¿Por cuánto tiempo?

—No estoy segura.

—¿Qué pasa con Ed?

—Está fuera —dijo ella, volviendo la cabeza hacia atrás.

Esto se le quedó clavado en el corazón. El hacker, muerto de celos, pensó con amargura que era todo un detalle por parte de Ed hacer de chófer de ella para llevarla a ver a su ex.

—¿Y por qué has venido? —preguntó él.

—He estado pensando en ti. En lo que me dijiste el otro día. Antes de que viniera la policía.

Él le hizo un gesto para que continuara.

—¿Dejarías las máquinas si te lo pidiera?

Gillette respiró hondo, antes de responder lisamente:

—No. No lo haría. Las máquinas son aquello para lo que estoy destinado en esta vida.

Él esperaba que en ese momento ella se levantara y saliera por la puerta. Eso mataría una parte de él (la mayor parte de él) pero se había jurado que si tenía una nueva oportunidad de hablar con ella no le diría más mentiras.

—Pero puedo prometerte que nunca se interpondrían entre nosotros como antes. Nunca más.

Elana asintió lentamente.

—No sé, Wyatt. No sé si puedo fiarme de ti. Mi padre bebe una botella de *ouzo* cada noche. No para de jurar que va a dejar de beber. Y lo hace: como unas seis veces al año.

—Tendrás que arriesgarte —dijo él.

—Tal vez esa expresión no haya sido muy afortunada...

—Pero es la verdad.

—Certezas, Gillette. Quiero certezas antes de planteármelo siquiera.

Gillette no respondió. No había mucho que pudiera ofrecerle a ella como prueba de que había cambiado. Allí estaba, en la cárcel, y había estado a punto de hacer que mataran a esa mujer y a su familia debido a su pasión por un mundo completamente distinto al que ella habitaba y entendía.

Un rato después él afirmó:

—No hay nada más que pueda decirte, salvo que te amo y que quiero estar contigo, formar una familia contigo.

—Me voy a quedar durante un tiempo —dijo ella con lentitud—. ¿Por qué no vemos qué sucede?

—¿Y qué pasa con Ed? ¿Qué es lo que tiene él que decir?

—¿Por qué no se lo preguntas?

—¿Yo?

Elana se levantó y fue hasta la puerta.

Poco después entraba la inquebrantable y nada sonriente madre de Elana. De la mano llevaba un niño pequeño, de unos dieciocho meses.

Dios, Señor... Gillette estaba anonadado. ¡Ed y Elana tenían un niño!

Su ex mujer se volvió a sentar en la silla y acomodó al niño en su regazo.

—Éste es Ed.

—¿Él? —preguntó Gillette.

—Eso mismo.

—Pero...

—Presupusiste que Ed era mi novio. Pero es mi hijo... En realidad debería decir nuestro hijo. Le puse tu nombre. Tu segundo nombre: Edward no es un nombre de hacker.

—¿Nuestro? —susurró él.

Ella asintió.

Gillette recordó las últimas noches que había pasado con ella antes de entregarse a las autoridades: en la cama, atrayéndola hacia sí...

Cerró los ojos. Dios, Dios, Dios... Recordó la vigilancia a la casa de Elana en Sunnyvale la noche que escapó de la UCC: había presupuesto que los niños que la policía avistaba eran los de su hermana. Pero ese niño había sido uno de ellos.

Vi tus e-mails. Cuando hablas de Ed no parece que éste sea el marido perfecto.

Sofocó una risa.

—No me lo habías dicho.

—Estaba tan enfadada contigo que no quería que lo supieras. Nunca.

—¿Aún te sientes así?

—No estoy segura.

Él observó el pelo del niño: rizos negros y espesos. El pelo era de su madre. También había heredado sus bellos ojos negros y su rostro redondo.

—Levántalo un poco, ¿quieres? —le pidió a ella.

Ella hizo que el niño se pusiera en pie sobre su regazo. Sus raudos ojos estudiaron a Gillette con cuidado. Y luego el niño advirtió la presencia del Plexiglás. Se inclinó hacia delante y tocó la superficie con sus dedos gordezuelos, mientras sonreía fascinado tratando de averiguar cómo podía ver a través del cristal si no podía acceder a la otra parte.

Gillette pensó que era un bebé curioso. «Eso lo ha heredado de mí.»

Entonces el guardia susurró algo a Elana, que se levantó y dejó al niño en el suelo, quien regresó con su abuela y salió con ella llevándolo de la mano.

Elana y Gillette se miraron a través del Plexiglás.

—Veamos qué tal va todo —dijo ella—. ¿Te parece?

—Es todo lo que pido.

Ella asintió.

Luego cada uno se fue por su lado y, mientras Elana desaparecía por el pasillo, el guardia condujo a Wyatt Gillette por el corredor en penumbra hasta su habitación, donde lo esperaba su máquina.

Nota del autor

Al escribir este libro me he tomado algunas libertades significativas con relación a las agencias que velan por el cumplimento de la ley en el Estado de California. Ojalá pudiera decir lo mismo de mi retrato de las habilidades con las que cuentan los hackers para invadir nuestras vidas privadas, pero tengo malas noticias al respecto: todo ello es cierto y sucede a diario. Y, sí, claro, los números de los capítulos están en forma binaria. Pero no se preocupen: yo también me perdí al intentar seguir la correlación y tuve que consultar un libro.

Agradecimientos

A medida que se prolonga la trayectoria de uno en este negocio crece la lista de aquellos a quienes el novelista debe un agradecimiento imperecedero por los esfuerzos hercúleos al interceder por él: a David Rosenthal, Marysue Rucci, George Lucas y a todo el excelente equipo de mis editores americanos, Simon & Schuster/Pocket Books; a Sue Fletcher, Carolyn Mays y Georgina Moore, por nombrar a algunos de mis increíbles editores ingleses, Hodder & Stoughton; a mis agentes Deborah Schneider, Diana McKay, Vivienne Schuster y a los tremendos chicos de Curtis Brown en Londres, y también a Ron Bernstein, así como a mis agentes en otros países, quienes han conseguido que mis libros estén en manos de los lectores por todo el mundo. Gracias también a mi hermana y colega escritora, Julie Deaver y, como siempre, mi máxima gratitud eterna para Madelyn Warcholik: si no fuera por ella, habríais comprado un libro compuesto exclusivamente por páginas en blanco.

Glosario

2600: tono de 2600 megahercios, la frecuencia exacta que permite entrar en las líneas de larga distancia de las compañías telefónicas y hacer llamadas gratuitas. También es el nombre de una de las publicaciones periódicas más famosas del mundo de la informática.

Acceso leve *(Soft Access):* cuando alguien entra mediante Internet en otro ordenador conectado a la Red desde cualquier lugar.

Acceso sólido *(Hard Access):* cuando un hacker allana la casa o la oficina de alguien y entra en el ordenador de la víctima.

Bot: abreviatura de robot. Programa que funciona directamente, sin necesidad de intervención humana.

Browser: localizador de páginas web en Internet. Programa de aplicación utilizado para ubicar y ver páginas web.

Caja roja *(Red Box):* dispositivo que reproduce el sonido de las monedas cayendo por la cabina, permitiendo así a los *phreaks* llamar gratis.

Chatterbot: programa que efectúa simulaciones de conversaciones humanas por medio de la inteligencia artificial.

Civil: usuario ocasional de ordenadores ajeno al mundo de la informática.

Code: software.

Code Cruncher: programador.

Corral de dinosaurios *(Dinosaur Pen):* nombre con que se conocen las salas destinadas a albergar superordenadores de los primeros días de la informática.

Cortafuegos *(Firewalls):* centinelas informáticos que sólo admiten la entrada en un ordenador de aquellos ficheros o datos que previamente se hayan solicitado.

Demonio *(Demon):* tipo de *bot* (software que trabaja por su cuenta, sin necesidad de ninguna entrada de datos por parte de los humanos).

Directorio raíz *(Root):* directorio principal de un ordenador y que controla el acceso a todos los demás directorios.

Encabezamiento *(Header):* texto que aparece al comienzo de un fichero o mensaje de Internet y que ofrece información sobre su localización dentro de la Red.

Encriptar *(Encrypt):* codificar un mensaje para hacerlo ilegible.

Freeware: software gratuito.

Geek: experto informático loco por los ordenadores que a menudo trabaja en una empresa del sector.

Gurú *(Guru):* Wizard, genio informático.

Hackear: verbo que incluye tanto actos de piratería informática como tareas de programación y desarrollo de nuevo software.

IM-*Instant Message:* mensaje instantáneo, una de las posibilidades que ofrece Internet para comunicarse.

Ingeniería social *(Social Engineering):* engañar a alguien simulando que eres otra persona.

IRC-*Internet Relay Chat:* sistema que permite a la gente conectarse a Internet para mantener conversaciones en tiempo real.

.jpeg: formato utilizado para guardar archivos de imágenes.

Máquina: ordenador.

MUD-*Multi User Dungeon/Domain:* juego de Internet que permite a varios usuarios jugar simultáneamente.

Phishing: buscar en la Red la identidad de alguien.

Phreak: nombre que se le da a una persona que penetra de manera ilegal en una red de teléfonos o de ordenadores.

Router: dispositivo que conecta dos redes de área local.

Shareware: software que se ofrece al usuario de manera gratuita.

Servidor *(Server):* empresa proveedora de servicios informáticos.

Script Bunny: joven programador que, por pasárselo bien, escribe programas inmensamente creativos pero en ocasiones torpes y a la larga ineficaces.

Sysadmin: abreviatura de *System Administrator*, administrador de sistemas.

Teléfono fortaleza *(Fortress Phone):* cabina telefónica, teléfono público utilizado por los hackers para evitar ser localizados.

Vector de datos *(Array):* tipo de estructura de datos informáticos.

Warez: software comercial robado.

.wav: formato utilizado para guardar archivos de sonido.

Wizard: mago de los ordenadores. Genio informático.

Índice

Este libro
se terminó de imprimir
en los Talleres Gráficos
de Mateu Cromo, S. A.,
Pinto, Madrid (España)
en el mes de noviembre de 2001